# 随随涂随抹

## 快乐的

（修订版）

王宏图·著

上海远东出版社

**图书在版编目（CIP）数据**

快乐的随涂随抹 / 王宏图著 . —— 修订版 . —— 上海 ：
上海远东出版社，2025. —— ISBN 978-7-5476-2086-1

Ⅰ . I106

中国国家版本馆 CIP 数据核字第 20251A9Y58 号

责任编辑　陈　娟
封面设计　许林云

**快乐的随涂随抹（修订版）**

王宏图　著

出　　版　**上海远东出版社**
　　　　　（201101　上海市闵行区号景路 159 弄 C 座）
发　　行　上海人民出版社发行中心
印　　刷　上海锦佳印刷有限公司
开　　本　890×1240　　　1/32
印　　张　11.25
插　　页　1
字　　数　260,000
版　　次　2025 年 5 月第 1 版
印　　次　2025 年 5 月第 1 次印刷
ISBN　978-7-5476-2086-1/I・398
定　　价　58.00 元

# 序

## 清风明月人自适

王宏图

日月运行，寒暑移替，时光悠然流逝。当年孔夫子面对滔滔滚流的河水，百感交集，发出"逝者如斯夫"的喟叹。1780年，德国诗人歌德正担任魏玛公国枢密顾问，公务繁冗，觅得闲暇，便登高望远，一时兴起，便在山顶小屋的墙壁用铅笔写下了意味隽永的《浪游者的夜歌》：

> 群峰
> 一片沉寂，
> 树梢
> 微风敛迹。
> 林中
> 栖鸟缄默。
> 稍待
> 你也安息。

（钱春绮译）

初读此诗，人们多半会将结尾两行解读为歌德对人生短暂不无伤感的感叹。但那时歌德刚年过三十岁，尚处风华正茂之年，离人生的终点尚有五十多年之遥。因而，有研究者认为诗中的"安息"并不意指死亡，而是内心的宁静。然而，诗歌文本的意义并不是一个固定的存在，它有赖于一代代读者的接受与阐释。三十三年后的 1813 年，歌德故地重游，惊喜地目睹旧日的诗行。由于字迹被时光剥蚀得有些模糊，他遂重描加深。此时歌德已是六十四岁的老人，"安息"在他的心中真被赋予了死亡的意味。十八年后，在 1831 年 8 月八十二岁寿辰日，歌德第三次也是最后一次造访此山，重读旧诗，感慨万千，自言自语吟诵着"稍待/你也安息"，不禁潸然泪下。这一诗句成了死神悄然而至的脚步声。翌年三月，他便安然长逝。

眼前这本小书，初版于 1998 年 5 月，迄今已近二十七年。它汇集了我 20 世纪八九十年代写下的一些有关中外文学的理论批评文章。以当今严格的学术规范加以审察，它们大多显得粗陋浅薄，无的放矢，学养功底更是无从谈起，只不过留存了那个年代特有的气息与烙印。我从没奢望这本小书能有机会重版。承编辑美意，它得以以修订版的面目在同一家出版社推出，给人老树萌新枝的惊喜。这次我删除了一些不忍卒读的篇章，增添了一些近年新写的批评文字。当年不无轻狂的青春激情早已烟消云散，有的只是略显沉重的思索与怅惘。

冬日已去，又到了天朗气清、惠风和畅的踏青时节。近斯重读苏东坡《前赤壁赋》，文末那段文字再次在耳畔回响："惟江上之清风，与山间之明月，耳得之而为声，目遇之而成色，取之无禁，用之不竭，是造物者之无尽藏也，而吾与子之所共适。"正是以苏东坡寄情山水的旷达之情，我敝帚自珍，将这本小书推出，并对在出版过程中付出诸多心血的编辑谨致谢忱。

2025 年 3 月

# 目　录

# 关于我们这一代人

在上几代人的眼里，我们是幸运的一代，我们没有被耽误，躯体没有被史无前例的癫狂的漩流所裹挟、冲撞……但这种幸运反过来成了我们的劫运——由于一帆风顺（相对而言，将那些小小的崎岖、波折忽略不计），我们的成长期格外地漫长：在自身的迷乱、焦灼中，在忽忽欲狂的等待与期盼中，在生涩而鲁莽的尝试中，我们辨不清方向，而有意无意之间沾染上的对一切神圣价值目标刻毒的嘲谑又使我们有了一副未老先衰、矫情、面目可憎的世故相。

但这并不是我们生命的全部。我们这一代人并不是一无所有：我们不必像某些人那样故作姿态地自诩为"苦难历史的魔鬼终结者"，①但我们有着尽管卑微却也独一无二、无可替代的生命体验。它熔铸成了我们的文化视角和立场，建构了与自己的精神世界相匹合的知识传统与结构。在上一代与下一代人的映衬下，我们的色彩虽不绚烂璀璨但却鲜明丰盈，我们的声音虽不激越高亢但却从容沉着、跌宕有致——总之，它们不是任何人的摹仿、放大或者延伸。

---

① 宋强、乔边等：《第四代人的精神——现代中国人的救世情怀》，甘肃文化出版社 1997 年版，第 105—110 页。

# 文 化 立 场

一代人有一代人独特的文化立场,但在某些人(主要是上一代人)的眼里,我们这一代人的文化立场总显得有些可疑、暧昧不明。有一种看法认为,19世纪60年代出生的写作者不太关注社会和重大事件,缺乏高昂的人文精神。① 这是一种似是而非的指责。与其说上述指责在一定程度上反映了我们这一代人真实的精神风貌,不如说它是上一代人话语的一种习惯性反射——实际上他们要指斥的是我们没有全心全意地承袭他们对当下社会生活和重大事件的那种激昂的热情和根深蒂固的救世情结。但我这儿要说的是,凭什么我们非得像前辈人那样,以他们的方式和姿态来看待世界和人生?

我丝毫不认为人在动荡不息的社会现实面前应采取一种漠然处之的犬儒主义态度。但应该打上问号的是人究竟应以怎样的方式介入社会生活?我们并不缺乏人文精神,但我们与前辈人的主要分岔点在于我们心目中的人文理想立足于我们个体的生命存在,而不是凌驾于个体之上。

我们理解,前几代人由于特定的社会情境的制约与文化传统的影响,从而认定他们生命中最有价值的一切都要在社会的舞台上得到体现与确认。我们会对他们抱有适度的敬意,但决无可能再重复他们的历程。

对我们来说,我们依据的是一个再简单不过的事实:从出生到死亡,我们每一个人都独立走着自己的人生之路。尽管其间你可以最大限度地与亲友分享欢乐与痛苦,参与投入各种群体活动,但最终你得

① 宋强、乔边等:《第四代人的精神——现代中国人的救世情怀》,甘肃文化出版社1997年版,第292—294页。

独自承担生命的重负与虚无。当你的生命历程结束时，你是孤独一人离开这个世界的，就像海德格尔所说的"死总是自己的死"，任何慰藉、祷告都无济于事，任何盖世的伟业与巍峨的丰碑都无力抗衡死亡摧枯拉朽的淫威。人生这种永恒的悲剧性境遇在加缪的剧作《卡利古拉》中一语道破："人终有一死，却并不幸福。"

然而，我们并不是虚无主义者。我们和前辈人一样热爱此生此世的生活。但正是在这一点上，我们或许又会遭到前辈人激烈的责难：你们这一代人是多么地虚怯啊！你们口口声声地说热爱生活，但你们又付出了什么！鬼才相信你们热爱生活，如果真是热爱，为什么不像我们那样义无反顾地投入？为什么不关注当下沸腾的生活和重大的社会事件？离开了这些，个体还有什么真正的生活？说到底，你们永远是长不大的孩子，永远是冷漠的旁观者。加缪《局外人》中的默尔索倒是你们的真切写照。你们反复声辩你们有着并不比我们黯淡的人文理想，但你们从来没有为它的实现倾注过心血。你们从来没有奋斗过，从来没有忘我地投入过一项事业。你们永远只是纸上谈兵，只是一味贪图安逸。不错，你们是历史的幸运儿，你们不费吹灰之力便享受了改革的年代带来的全部好处，并以此沾沾自喜。你们从来没有真正地生活过！你们只是像影子一样地飘浮着。

诚然，在我们的心目中，个人精神的独立追求与自我完善比殚精竭虑地作种种救世的高贵尝试更为重要。由于我们人类作为一个生物种系的局限，人永远不可能臻于至善的境地。堕落、腐败源于我们内在的天性，只要人类存在一天，就不可能从根本上剔除它们。在污浊的大地上，正义的实现总是要打折扣的，除非你将这个世界整个地毁灭。对于俗世，我们不抱过大的奢望。文明只是粘附在人肉体上的一层貌似坚固的膜，野性说不定在哪个凄惨的清晨便会肆意横行起来。我们的确很渺小，我们所能做的只是穷尽个体生命的可能性。我们不依恃任何人。我们不必为名利的得失而戚戚惶惶。死亡为我们的生命设定了最终的归宿和边界线。然而，我们并不因为我们必有一死而颓唐不振，相反，正因为我们必有一死，生命才显得如此可贵，才如此值得尝试与呵护，我们才满怀激情、义无反顾地投入一次性的生活，即使像西西弗斯那样徒劳地将滚下山的巨石一次次地推上高岗。如果说西西弗斯最终能声言他是幸福的，那么我们也将是幸福的，因为这是我们自己的生活，是我们归于尘土之前的一次潇洒的腾跃与飞翔。这样我们能在离去时像古巴作家卡彭铁尔那样说上一句："回归种子!"

　　生活是这样，写作又何尝是例外。对于我自己，写作是一种快乐的涂抹，一种速朽的随涂随抹。写下，随即被抹去，消散得无影无踪，正如一代人的出生、成长、死亡，从地球上被抹去，来自尘土又回归尘土，新一代人又在出生、成长，再一次被抹去。里尔克的一首诗概括了我们的基本的立场：

> 啊，诗人，你说，你做什么？——我赞美。
>
> 但是那死亡和奇诡
>
> 你怎样担当，怎样承受？——我赞美。
>
> 但是那无名的、失名的事物，
>
> 诗人，你到底怎样呼唤？——我赞美。
>
> 你何处得的权力，在每样衣冠内，
>
> 在每个面具下都是真实？——我赞美。
>
> 怎么狂暴和寂静都像风雷
>
> 与星光似地认识你？——因为我赞美。

## 共 同 经 验

20 世纪 60—90 年代，急剧的历史变迁是我们共同拥有的过去，它构成了我们这一代人基本的感性资源。在我们的心目中，它似乎还没有成为历史，似乎依旧留存在当下的生活之流中，触手便可叩击、抓捏、称量。然而，在细细的辨析和回味中，一种往事如烟的隔世之感却慢慢地爬上了心头。

多少次，在回顾这一段历史时，震惊，依旧是我的第一感觉。一切到来得是那么的迅捷、那么的突然、那么的不可思议，仿佛技艺高强的魔术师在一夜间将魔法抛撒布施到大地的每一个角落。无法断言这几十年所发生的一切为人类历史上前所未有，但其变迁速度之迅捷，规模之浩大，震荡之深远，代价之沉重，实在难以找到可相与匹敌者。在我们诞生之初，全中国沉陷在前所未有的乌托邦的狂热中。等到这股红色的狂潮耗尽了它的全部威力而趋于疲软之际，全方位的社会转型旋即启动。尽管身历其境，我还是感到眩目。

在我们贫瘠而苍白的童年，我们被亲切而又武断地告知，我们是时代的幸运儿。和地球上三分之二在水深火热中挣扎的劳苦大众比较，我们有幸享受天堂的富足与美满。我们年年月月日日时时地高呼着打倒牛鬼蛇神和帝修反的口号，吟诵着光芒四射的词句，陶醉在不知其然的所谓的献身的热情中。我们不自觉地为自己的高尚无私而感动。然而，这并不是我们童年生活的全部内容。我们还有着极为充裕的时间（尤其在假期中）玩耍、游乐，沉迷于打牌、捉迷藏、"造房子"游戏，摆四国大战、海陆空大战的浩大棋阵，这在今日里匍匐在升学的悬剑下，战战兢兢到唯分数是瞻的学童眼里，真可算是一个不可思议的奇迹。

转眼间，一切都改变了。我们不必再为"上山下乡"的前景而惴惴不安。我们总算可以在一定程度上操纵自己的命运。但也正是在这个时候，长辈和老师们长年累月在我们头脑中苦心浇铸而成的海市蜃楼般的理想王国崩坍了。我们从一个恶作剧般的噩梦中醒来。先前紧紧锁着的窗户打开了，一个宏大的新世界展露在我们眼前：自欺欺人的神话在一夜间被打得粉碎，我们不但不是生活在天堂里，而且还面对着令人难堪而又难以忍受的贫困与落后。我们变得空前地清醒，我们一时间变得一无所有，这一冲击波的力度一直到很多年之后才完全显露出来。

这便是1980年代，充满希望、高亢激奋的年代。那时我们为即将降临的美好的新世界而激动不已。20世纪80年代是呼唤人性、自由与青春的时代：西方在本世纪内又一次向我们作着媚眼，允诺着自由与福祉。我们一下坠入了情网，变得那么地自作多情，以为白种人对黄种人的爱慕也会报之以桃李。这一切都变得那么地顺理成章：我们疯狂地汲取着海外传来的新福音，吞嚼着闻所未闻的新信息。对我们爱恨交加的本土传统，我们自以为有了崭新的解读——平心而论，与对西方的爱慕相比，这种理解既不深入，又显得有些苛刻。

然而，在希望的亮色的边缘部位，绝望与焦灼不断地增加着浓度。我们游荡着，不知将飘向何方，这正如帕斯卡尔在《思想录》中所说的那样，"我们是航行在辽阔无垠的区域里，永远飘移不定，从一头被推到另一头。……没有任何东西可以为我们停留。这种状态对我们既是自然的，又是最违背我们的意志的"。我们不停地在两个极端间游移摆动，一时间实在难以找到生存的坚固的基石。也正是在1980年代，出国潮席卷全国，人们急躁不安地蜂拥着迈出国门，携着各种黄金色的梦想，提前体味着充当现代人的兴奋与窘迫——这成了时代焦灼的一种典型症候。

然而另一支旋律（它在 1980 年代已经若隐若现）渐渐地响亮起来，并压倒了先前的一切音色——1990 年代的经济改革与起飞。人们又一次地激动、亢奋起来。但这一次与 1980 年代完全不同：如果说充溢着浪漫情思的 1980 年代像是一张多种色调竞相交映的彩色照片，1990 年代则是一幅黑白对比过分鲜明的照片，务实，但又凝滞、沉闷。它在使我们一步步远离贫困并初次领略到空前的富足与丰裕的同时，也将物欲横流、良知泯灭重重地压在了我们的头上。在消费主义近乎将人吞噬殆尽之际，留给人们的是自我消沉的愁闷与放浪形骸的狂欢。时时刻刻，人们祈求着股票、债券、邮票、磁卡、不动产几何级数地增值；时时刻刻，人们期盼着别墅、豪车、美女蜂拥而来；然而，人们忘记了我们的道德在一天天沦丧，忘记了我们的生态环境在一天天恶化。

如果说 1990 年代的人欲横流是 1980 年代人文主义思潮在现实中合乎逻辑的直接操演与翻版，我还是感到震惊与晕眩。无论从哪一方面看，它所包蕴的众多的不可测与混沌未辨的因素都对人类高傲的理性发出了强有力的挑战。我只是凝视着这万花筒般变幻沸腾的生活之流，为人们的热情与变革的勇气，为人们的痴狂与无知，为人们长江后浪推前浪、亘古不绝的青春活力与美艳而惊叹、迷醉。也许，这就是生活，这就是生活永恒的魅力和一切大写的意义得以衍生的源头。对我个人来说，还是像伏尔泰所说的那样，去耕种自己的园地。

## 知 识 传 统

这儿的"知识传统"不应被理解为纯粹学理层面上知识信息的延续与接受，它更多指涉的是一种精神气质上的浸染与传承。它并不表现为某种明确的信条、原则或是方法，但却像大气一样环绕着一代代的人们，滋润着他们的心灵，间接地引导着一个时代文化创造与发展的基本走向。在详尽地剖析我们这代人自身的知识传统之前，有必要回顾一下前辈人的知识传统——在这样的比照中，有可能对我们自身的特性认识得更为清晰。

我们的前一代人有一个梦想，而且历史似乎也提供了机遇让他们实现这个梦想——将自身个体的奋斗追求汇入历史的大潮，促使人类走向至善的王国。我们在这儿一点没有揶揄嘲笑这一梦想的企图，它可以说是世世代代蛰伏在人类心灵深处改造世界的冲动，没有了它，这个世界将永远沉没在漫漫长夜之中。但梦想是一回事，将它搬移到现实中加以实施是性质迥然不同的另一回事。黄昏时分，密涅瓦的猫头鹰起飞了，黑格尔主义的幽灵向人们展示出一幅绝对理念王国迷人的图景：交织着千千万万人互相抵牾、冲突意愿的历史活动在它们纷乱错杂、光怪陆离的表象背后竟蕴藏着同自然界相似的规律，在螺旋型的曲折上升过程中，人类一步地迈向光辉璀璨的自由王国。依照着这一蓝图，人们可以充分地自觉意识介入历史的发展历程，对它进行大胆随意的改动、剪切、拼接和重组，以吻合他们善良崇高的目标。尽管一切都涂抹着无神论的色调，但人们毕竟需要一个神灵。当基督教和其他古老宗教的上帝趋于式微之际，理性的上帝便充当了替代品。它那宗教般的感召力吸引了无数虔诚的信徒（当然也包括为数不少的投机分子），他们心甘情愿地为它奉献出自身的一切。然而，他们并不是毫无偿报，在理性的高歌凯旋中他们的救世情怀和道德热忱得到了前所未有的满足，这成了他们人生价值最为深厚的源泉。尽管前几代的不少人在精神和肉体上都蒙受了难以想象的煎熬，但他们虽九死而不悔。因为他们坚信大地上最终会出现一个正义与理性的王国。

早在 18 世纪末叶，仿佛是有先见之明，西班牙画家弗郎西斯科·戈雅曾作过一幅题为"理性之梦召来妖魔鬼怪"的浮雕，隐喻启蒙主义的理性导致了拿破仑血腥的战争。理性有一种僭妄的梦想，它企图将由具有丰沛活力的人创造的历史如同无机的自然一样笼于股掌之间，然而也正是在这儿，它遭到了致命的失败。况且，近年来的科学发展使数百年来建立在形式逻辑体系和以求索因果关系为宗旨的实验基础上的巍峨的科学殿堂也出现了巨大的裂缝；在世界深层的微观结构层面，经典科学的原则束手无策，取而代之的是不确定、不可测、非决定、随机、混沌等非因果性的概念范畴。理性的权威在此受到了前所未有的挑战。在先前独擅胜场的自然科学领域尚且如此，在比自然界复杂得多的人类社会，理性更愈益显示出它先天的局限性。这一切在陀思妥耶夫斯基的《地下室手记》中主人公的自白中得到了极为充分、完整的阐述。正如地下室人所说的那样，在理性的视野中，"无论是意志还是任性，在人的身上实际上都不存在，而且从来都不曾存在过，人本身充其量只不过是钢琴或风琴的琴键之类的东西罢了……人不论做什么事，都绝非出于本人的意愿，而是身不由己地按自然规律行事的"。但事实上这只是理性武断的假设，因此地下室人质问理性道："人要是没有愿望，没有意志，没有欲念，那还成什么人呢，岂不成了风琴上的一个键子？"这不仅仅是他一个人的呼喊和抗议，这是繁衍、生息在整个大地上的生命在诉说、争辩："人，不论他是何等样的人，也不论在何时何地，总喜欢随心所欲地行动，而绝对不喜欢按照理智和利益的指点去行动……自身的、自由自在的、随心所欲的愿望，自身的、即便是最最乖僻的任性，自己的、有时甚至被撩拨到疯狂程度的幻想——这一切便是那种被遗漏掉的、最最有利的利益"，"他要为自己保留的正是荒诞不经的幻想、庸俗不堪的蠢事，用以向自己证明（好像这是非常必要似的），人终究是人，而不是钢琴的琴键"。这个撒旦般的爱捣蛋的人成了理性实现其目标过程中最大的障碍，他对理性用甜言蜜语允诺的拔地而起的"水晶宫"竭尽冷嘲热讽之能事，死命地抱住自身卑微、怪戾、荒诞的习性不放——他所要捍卫的一切看似是某些极端个人化的怪癖，实则牵涉整个人类乃至生命世界的尊严与自由。

这并不是将世界描绘成没有任何规律可循的混沌未辨的黑箱，而是要标明理性的限度。理性并不是所到之处无所不能，它只在一定范围、区域内才能有效地发挥功用，一旦越出了边界线，它便会像真空中失重的物体、断线的风筝，轻飘飘无所适从。这成了我们这一代人和前几代人的重大分野之一。

马克思主义、精神分析学说、存在主义以及后结构主义等产生于西方不同时代的思想学说，从1980年代起汇合在同一个时空，深深地影响了我们这一代人，在不同程度上塑造、丰富了我们的心灵。

应该说，我们是以一种复杂的心情走近马克思主义的。出于对人类现世苦难的深切同情，出于对天上的王国在地上实现的坚定信心与急切愿望，马克思主义的创始人勾勒了未来美好世界的蓝图。它在长达一个多世纪的时间内，唤起了千百万下层群众起来反抗自身被奴役的处境，为自己的权利与幸福进行着不屈不挠的斗争。

我们无法绕开马克思主义，像萨特所说，它是当代无法被超越的思想体系。马克思早年所写的《1844 年哲学经济学手稿》点燃了我们的热情，他的人类学的思考取向，他对人类生存异化状况的思考，开拓了一片新的天地，成了我们理解世界与人生的门槛。我们由此明白了马克思主义理论体系中还蕴藏着许多不为人知的东西。一时间，各种马克思主义的流派（例如法兰克福学派、南斯拉夫的"实践派"等）也成了我们关注的热点。它们对马克思主义的不同阐释推动着我们从新的途径去接近它。

尽管马克思主义最终为人们树立了一个终极性的信仰，但在分析具体的社会现象时，它充溢着大胆的怀疑精神和毫不妥协的批判态度。它揭示了资产阶级意识形态的秘密，打破了它神圣不可侵犯的面具。它将一切事物放在历史的长河中加以考察、阐释。这已成为我们血脉中不可分离的一部分，而且也成了一切人文学科发展、进步的内在驱动力。

在谈及性这个私人化的隐秘领域时，没有人比弗洛伊德更富有革命性了。他传授的不是什么房中秘术，而是对人的无意识世界和内在的精神动力结构的精湛描绘。在经过弗洛伊德思想洗礼之后，性成为我们思考人、理解人的一个基本向度，尽管在他那儿唯性论和机械的因果论触目皆是。于是，自我不再是一个稳固的实体，不再是通过一系列古典式的道德修炼可达到的一个超人的理想境地的载体；相反，它是一个危机四伏的所在，一个由本我、社会化了的自我与伦理化的超我角逐的赛场，一座行将喷发的活火山。东方民族的性伦理与风俗在此遇到了严重的挑战：在这之后剔除性因素的任何纯粹完美的道德

11

修行都是一件难以想象的怪事了。

当然我们不会遗漏萨特等人的存在主义思想对我们的巨大启迪，它构成了我们这一代人文化立场的一个重要内容。反抗荒谬、追求自由、独立地选择自身的生活道路、充满激情地生活成了我们的座右铭。此外，我尤其钦佩敢于抵抗一时风气的加缪，他在《反抗的人》中对以适度与平衡为核心的古希腊地中海思想的强调，否定了当世盛行的导致世界与人走向毁灭的虚无主义思潮。

福柯对迈入信息时代的我们有着特殊的价值。在这个被铺天盖地的信息遮得密不透风的世界，他对知识话语类型的考古学溯源，对与知识交相纽结的权力网络的分析使我们有可能与这个世界保持距离，并从界外观察这世界，从而有可能相对清楚地认识这个被各式各样眼花缭乱的话语屏蔽了的世界。话语只是话语，只是粘附在大地表面的一层泡沫，而不是大地本身，更不是生命本身。

## 代 际 差 异

我们怎样看待上一代与下一代人，这是一个敏感、颇具诱惑、吃力不讨好但又无法回避的话题。

在对他人评头论足时，人们既要满足他自大的虚荣心，又要讲究策略，不可太张狂。通常人们一般不愿将自己贬得过低，以免给人留下自轻自贱或作秀表演的印象。但坦率地说，在与上一代和下一代人的比较中，我还是感到了一种自卑。

我们这一代人生存在阳光与阴翳的夹缝中。就学识和所受的教育而言，尽管我们与1950年代人相比占据着某些优势，但这是一种不牢固的优势。我们有着一个被耽误的童年，只是耽误得不太久而已。上一代人中的佼佼者凭借着他们的勤奋，完全可以将这段差距减少到最小限度，他们中涌现出来的许多杰出的学人就证明了这一点。自然，1970年代人所受的正规教育我们无法望其项背。从纯粹学理的意义上说，真正的大学者将在他们那一代人中产生。

从经历上说，我们尽管避免了"文革"的直接冲击，但这也使我们成为巨大的历史变迁的旁观者。和上一代人相比，我们免去了他们所受的肉体与灵魂上的剧烈创痛，但因此我们也永远无法体验到他们那种处于历史舞台中心的兴奋感。平顺、稳定、和缓的生活有时像长久的风和日丽那样令人无法忍受。对下一代人来说，昔日历史的荒诞、酷烈与他们没有直接的关联，他们所要面对的是一个全新的世界，以及另一种性质的压力——市场经济带来的社会竞争的白热化及个体生存的巨大压力：那儿没有政治的迷狂及浪漫的情思，有的只是实实在在的为金钱、地位所作的马拉松式的搏斗。

从精神上来说，我们特有的经历使我们格外地犹豫不定。生活对我们来说像是一场梦幻，有其不可承受之轻。从某种意义上说，我们是多余的一代人。我们不想介入什么，只想在个体的探索、开掘中终其一生。上一代人由于经受了难以想象的磨难，其精神变得异乎寻常的坚韧与执着，其入世的热情令人艳羡地旺盛，这在上一代学人的著作与言谈中表现得极为充分，前些年产生很大影响的有关人文精神失落的讨论便是由他们发起的。下一代人有着与我们截然不同的关心领域，与我们及前几代人喋喋不休地谈论着的所谓宇宙人生的"大世界"相比，他们更倾心于身边日常生活的"小世界"。他们的头脑中没有那些无谓的冲突与玄想，他们能更快速、更有效地实现他们的目标。他们与身边的这个世界的吻合度大大超过我们，更能亲密无间地与外部的世界接轨。他们中涌现的学人将更富世界性的眼光，将更娴熟地以信息时代所提供的各种手段处理各种学术问题，并将学术的积累与发展推向更完美的境地，但也不要认为他们会与这个世界水乳交融（没有一代人会这样）。也许在将来的某个时刻，他们这代人会厌憎于物欲至上的社会对人性的深重压抑，从而产生反叛的冲动。

然而，我们在阳光与阴翳交织中的独特处境使我们有着前一代人与后一代人无法具有的优势。与前一代人相比，我们更能理解历史的全部变迁而不致因自身的创痛而沉溺其中不能自拔。我们不必像他们中的某些人那样因对青春岁月的遗憾而强行将那一段历史幻化为美好事物，将它蒙上一层虚幻的壮丽色彩，更不必徒劳地发出"青春无悔"的哀叹。与下一代人相比，我们由于亲历了那段重大事变的尾声而不致像他们那样对往昔的历史感到隔膜与陌生，不致将那段历史的动荡单纯地理解为某个个人或集团心血来潮的冲动与盲动，不致对历史深层的动因视而不见。由此，我们获得了一种洞察的灵视，这对人文学科与文化批评都是必不可少的精神资源。

此外，与下一代相比，应该说我们这一代人身上还残留着相当浓厚的浪漫情结。这绝对不是一个浪漫的时代：现代性向全球的扩展带动了工具理性不断地深化、渗透、扩散到全社会的各个角落；人口繁衍几何级数的增长，人类欲望的不断强化和亢奋，导致了社会生态环境的全面恶化。人们卷入了一场从摇篮到坟墓的马拉松式的竞争，几乎没有一刻喘息的机会，没有一块可供憩息的绿洲。一切都是那么急促、紧张。在这种生存氛围中成长起来的人们具有怎么样的精神世界便可想而知了，那儿没有浪漫的容身之地，有的只是漫长、无穷无止的生存斗争。在历史上的某些年代，生存并不是生活的全部内容，但由于竞争的恶性发展和蔓延，为生存而斗争不知不觉地成了生活的主要甚至是全部的内涵。在本应享受全面发展的机会并品尝童年、少年欢乐的年代，人们被驱赶着早早地搭上了"战车"，为日后成为标准、精致、高效的工作机器和消费机器奔波劳累着。这样，马尔库塞所说的"单向度的人"的大面积繁殖便是势所必然了。我们不是不食人间烟火的神仙超人，但毕竟无法俯首帖耳地接受金钱至上的价值观。我们特有的文化立场和知识传统决定了我们在金钱与权力的网络上苦苦地寻找着突围口，寻觅着属于自己的一方天地。我们身上的浪漫情怀在这个大规模数码复制时代不可避免地会被人视为无可救药的唐·吉诃德式的幻梦，一种散溢着浓重的腐沤气息的怀乡病，仅供博人一笑。但也正凭藉着这种情怀，在某些时刻，我们顽强地保留着说"不"的权利。

我似乎还遗漏了点什么。总会遗漏点什么，和每一代人一样，我们的每一句言语、每一次写作其实都是向可望而不可即的完美之境作着一次次徒劳的冲刺。

我们一生都在与各种敌人（实在的和假想中的）作斗争。然而，生活中最大的敌人是时间。涛声、风声、雨声、笑声、哭声依旧，但时间流逝了，从你渐渐变得枯涩的发缝间，从你日趋僵硬的手指间，从你的慢慢昏黄的眼光中，从亘古长存的深不可测的苍穹间。醉生梦死也罢，勤勉操持也罢，流去的时光无法逆转，只有像普鲁斯特笔下的玛德莱娜小点心，才能使你在某一个瞬间凭藉着那一丝气息、一种滋味，复活往昔的那段情景。写作是抵御时光的一件笨拙的武器。通过随涂随抹的写作，人们得以将美、将生命的信息凝固在纸页上，暂时战胜了时光的暴虐。由此文本便成了生命的映证，成为与虚无抗争的最后堡垒。的确，我们的写作是旋生旋灭的写作，但它毕竟带来了某种依恃、某种解脱。正是出于同一个理由，佛祖会在一个漆黑的夜晚逃离豪华的宫殿，寻找着超越时光暴政的途径。他在菩提树下的顿悟似乎为人类指明了最终解脱的光明之道，那凝聚着渴望解脱的咒语在空中久久地回荡：

　　　揭谛揭谛

　　　波罗揭谛

　　　波罗僧揭谛

　　　菩提萨婆诃！

　　我们的写作不也正是这样一种呼唤吗？

1997 年 7—9 月

# 东西纵横

# 在西方的目光下

## ——当代文学价值评判与世界文学标准[①]

## 一、问题的缘起

近期，有关中国当代文学价值的争论在学界烽烟四起，一时间聚讼纷纭，煞是热闹。这些年来，德国汉学家顾彬对中国当代文学发表了毫不留情的否定性意见，激起轩然大波。这一次论争主要是在中国本土学者间展开，但话题依旧与顾彬贬抑性的言论密不可分，或者说是对他此类话语从正反两面进行的阐释与再阐释。陈晓明认为，当代中国文学经过 60 年的发展，达到了前所未有的高度，"当代中国文学并不是一个颓败的历史，而是有几个作家，有几部作品是站得住脚的，是世界级的作品，创造了中国文学的独特经验，对现代世界文学是一种贡献"[②]。而肖鹰等人的观点则针锋相对，认定当下中国文学处于非常低谷状态，而且陈晓明倡导的评价当代文学时要"有一点中国学者的立场"，则是在重建本土学者文化立场的大旗下，隐藏着固步自封的

① 此文得到上海海市重点学科建设项目资助，项目编号：B104。

② 陈晓明：《回应批评：重新阐释中国当代文学的价值——答〈羊城晚报〉记者吴小攀问》，《文艺争鸣》2010 年第 2 期，第 34—35 页。

"长城心态"①。

显而易见的是,争论的双方语气激烈,用词尖刻,有时免不了意气用事,但究其用意,对于什么是文学的价值、该如何来评判当代文学作品则有着深刻的歧异。产生这种歧异的原因,除了各自的学术背景、知识谱系的不同外,更为重要的是他们禀持着不同的人文价值情怀。在这轮争辩中,对于中国当代文学价值的评判其实援引了不同的文学标准:陈晓明看重的是如何从当下中国的经验出发,确立本土文化的价值立场;肖鹰等人的心目中则高悬普世性的文学标准,以此展示当下文学发展中的种种不如意状况,本土的经验、立场和普世性的标准在此冲撞、龃龉,掀起了冲天波澜。而渗透在众多学人话语肌理之中的普世性的文学标准与滥觞于 19 世纪早期的"世界文学"观念密不可分。本文将对"世界文学"观念作一番解析,以期对这场论争的实质与意义有一个更为明晰的透视。

## 二、世界文学:美丽的新世界/霸权意味十足的普世性标准?

每每谈到"世界文学",人们大多会回溯到 1827 年 1 月间歌德与艾克曼的那段脍炙人口的谈话。在谈到他刚读过的一部中国小说和法国诗人贝朗瑞的作品时,歌德发表了一段经典的论述,"我愈来愈深信,诗是人类共有的精神财富……民族文学在现在算不了什么,世界

---

① 相关论争,参看肖鹰:《中国文学批评怪象批判——兼驳"当下中国文学高度论"》,《探索与争鸣》2010 年第 4 期。其他相关文章可参看肖鹰:《评中国当代文学批评家的"长城心态"》,《中华读书报》2009 年 11 月 18 日;肖鹰:《当下中国文学之我见》,《北京文学》2010 年第 1 期;王彬彬:《关于"当代文学"的评价问题》,《北京文学》2010 年第 1 期;王彬彬:《关于"十七年文学"的评价问题》,《文学报》2009 年 12 月 4 日。

文学的时代已快来临了。现在每个人都应该发挥自己的作用，促使它早日来临"①。

歌德的这番话为人们打开了一扇窗户，一个美丽的新世界在地平线上呼之欲出：人们即将步入一个崭新的时代，随着各民族物质生产交流的日趋频繁，诸如文学之类的精神创造活动也不再局囿于各自民族的畛域中，它们将在很大程度上受到其他民族的影响、渗透、制约，全方面的交流互动将成为常态。这是交流意味着一切的年代，不在交流中生存，便在交流中死灭。它无疑将改写文学的既定版图，催生出全人类一体化的文学图景。

在世界文学的年代，短时期内民族文学不会消失，但一体化的文学必然会产生某种普世性的文学价值标准。各民族文学由于历史发展和审美趣味的差异，它们的文学评判标准不可能整齐划一。尽管在世界文学的话语中，各民族享有抽象意义上的平等，但其地位和影响实则各不相同。一些强势民族的文学标准更有可能成为世界文学普世性标准，或在普世性标准的形成中享有更大的发言权。我们再来看歌德的另一番话，"不过我们在高度重视外国文学的同时，也不应拘守某一种特殊的文学，奉它为模范。我们不应该把中国的文学或塞尔维亚的文学，卡尔德隆或尼伯龙人奉为模范。如果需要模范，我们就该经常回到古希腊人那里去找，他们的作品常常描绘美好的人，对其他一切文学我们只须用历史的目光加以观察"②。

歌德这段话的前半部分颇合情理。在他看来，单个民族的文学都

---

① 艾克曼：《歌德谈话录》，洪天富译，译林出版社2002年版，第221页。（据译者所加的注释，朱光潜先生认为歌德提及的那部中国小说可能是《风月好逑传》。）

② 同上。

不应成为凌驾于其他民族之上的楷模，无论它们是中国、塞尔维亚还是西班牙，但到了后半部分，他的观点发生了惊人的陡转——在某种程度上推翻了前面的观点。因为有一种民族文学获得了豁免权，一种超越历史的特权，那便是作为欧洲文学之源的古希腊。古希腊文学本身虽然也是一种民族文学，但却被提升成了超越历史情境、民族语境的普世性典范，它的艺术风格、美学偏好、题材选择、价值取向成了评判其他民族文学好恶美丑的标杆与尺度。这里，"古希腊人"和"人类"几乎是划上了等号，相互间可以自由替换。当然，这一普世性的标准也会汲取其他民族文学的长处，但只是局部的调整，根本不涉及其整体格局的改变。

　　一百多年来的西学东渐，彻底重塑了中国文化的面貌。长时期内，国人心目中的世界文学的普世性标准无疑是以西方为主导的，只要看一看 20 世纪 80 年代人们是如何理解"世界文学"这一观念的，便可明了其实质。在当年一部颇具影响力的探讨现代中外文学关系的专著中，人们读到了关于"世界文学"观念的表述："世界范围内的各民族文学，以欧洲文艺复兴以来的人文主义文学思潮为基础，在文学观念、创作方法、批评原则、艺术风格、美学理想等方面，取得了在求同存异中进行相互交流和融合的世界性的共同语言。"[①] 这一观念也成了 20 多年来中国文学界的主流话语，一种貌似不证自明的公理。和歌德对古希腊文学的推崇一样，这一世界文学观念也是高度欧洲中心主义的，尽管使用了"求同存异""相互交流""融合"等颇富亲和力的语汇，但掩盖不住其欧洲文化霸权的意味。在这一世界文学的大格局中，欧

---

　　① 曾小逸：《论世界文学时代》，载曾小逸主编《走向世界文学：中国现代作家与外国文学》，学林出版社 1985 年版，第 22 页。

洲不仅是源泉、是根，而且是核心、是基石，发挥着主宰性的影响，引领着发展方向；其他民族的文学只有沐浴在它的光晕中，谦卑、恭顺地吸吮它的奶汁，才能加入全球总体文学的大合唱之中，否则便面临着淘汰出局的危险。其间虽不乏质疑、盘诘之声，但大多被这一文学宏大叙事话语所遮蔽。

现在人们要追问的是，一种超越了民族、文化界限的普世性的文学标准是否可能存在？在一些人的心目中，普世性标准的存在天经地义，如日月星辰，不容置疑。然而，事实果真是这样吗？只要回溯一下西方的思想史，所谓的普世性标准与其说是一种客观的存在，不如说很大程度上出自人们大脑思维活动的建构。许多人坚定而虔诚地相信，在纷繁多样的事物表象背后，潜藏着一个柏拉图式的理念，用英国哲学家以赛亚·柏林的话来说，这些观点认定"存在着某些普遍的真理，它对无论何时何地的所有人都是真实的，而且这些真理就体现在普遍的法则之中"①；毋庸讳言，普遍的人性论是其理论基石，在这些人看来，"无论何时何地，人类的基本目标都是一致的……真理之光，无论何时何地都是一样的，尽管人们经常是德性不足、愚蠢或脆弱，不能发现它，或者即便是看到它了，也不能够在它的光芒下生活"②。此外，这一普世性价值与标准的话语蕴含着强烈的乐观主义气息，它确信人类的历史将朝着理性凯旋这一终极目标不断前行，呈单线发展的轨迹，"一切高级文化，均为同一棵启蒙大树上的一些枝杈，也就是说，人类的进步基本上是一种一往直前的运动，中间可能被衰

---

① 以赛亚·伯林：《扭曲的人性之材》，岳秀坤译，译林出版社 2009 年版，第 33—34 页。

② 同上，第 54 页。

退和崩溃时期打断，但无论破坏多么严重，总是能不断更新，而且无限趋近于理性的最终胜利"①。

依照这一思维逻辑，地球上各个民族起先经历了民族文学时代，它由地方和集团的文学在交流中融合为民族性的文学，是文学的内部交流时代，是各民族文学在世界范围内多中心、分途发展的时代。到了近代，随着各民族文学世界性交流的增多，人们逐渐萌生了一体化的"世界文学"意识。各民族文学在交流和融合中将产生并组合为总体性的世界文学，而各民族文学间自觉的外部交流取代了先前内部交流所据有的主导地位。② 在此情形下，一体化的世界文学赫然间成了无可争辩、无可质疑的人间正道，成了无数人心仪、倾慕的大同世界，它的标准自然也成为评判文学的普世性标准。

然而，对同质化、普世性的霸权话语的反抗也开始萌生，并不断壮大其声势。从 18 世纪中后叶起，不少思想家开始关注到文化的差异性问题，并在此基础上发展出有关文化多元论的各种论说。纷繁的差异性在一些人眼里只是微不足道的细节表象，但在德国批评家赫尔德那儿却成了其理论言说的重心。他赞美民族文化的差异性，尤其是它们间的不可通约性。他的认识基于这样一种信念：人类各族群的生活方式和制度丰富多样，生活观念和经验有着巨大的差异，不可能将它们化约到一个简单、千篇一律的公式中去。③ 而意大利思想家维柯更

---

① 以赛亚·伯林：《扭曲的人性之材》，岳秀坤译，译林出版社 2009 年版，第56 页。

② 此处的论述引用了曾小逸主编《走向世界文学：中国现代作家与外国文学》（学林出版社 1985 年版，第7—13 页）的导言部分"论世界文学时代"中相关论述。

③ 以赛亚·伯林：《扭曲的人性之材》，岳秀坤译，译林出版社 2009 年版，第57—61 页。

是在其皇皇巨著《新科学》中，将文化多元论的思维方式运用到对古代神话、仪式、法律、艺术形象的分析中。他的工作体现了这样一种观念，"每一个文化通过各自的艺术作品、思想产品以及生活和行动的方式表现自身，每一种文化都有自己的个性特征，这些特征不可能结合在一起，它们也并不必然会朝向唯一的宇宙目的单线发展的一个阶段"①。维柯的立场可以顺理成章地推导出如下结论，"运用一个单一的绝对标准——这一标准实际上是后世的批评家和理论家的标准——来评判任何一个时代的成就，不仅是非历史的、时代倒错的，而且它建立在一种谬误的基础上，亦即假定存在永恒的标准——理想社会里的理想标准"②。

不难看出，"世界文学"观念向人们展示的恰恰是人类文学活动单线发展的远大前景。由于它根植于欧洲的文学经验，因而在运用它评判、品鉴欧洲之外的文学时，经常会出现裂缝与错讹。③ 而在中国古代文学研究中，人们经常会遇到此类削足适履的事例。由于史诗、戏剧在欧洲文学中的崇高地位，许多中国学者不时为中国古代文学中缺乏系统的神话和长篇史诗而自惭形秽，为此他们不得不使出九牛二虎之力寻踪觅迹，非要在《诗经》《楚辞》和先秦诸子百家文本中复原出失传了的神话和史诗的母本。而戏剧文学发育迟缓、直到元朝才蔚为大观这一现象，也颇令不少中国学者汗颜。此外，文学体裁的划分也

---

① 以赛亚·伯林：《扭曲的人性之材》，岳秀坤译，译林出版社 2009 年版，第 67 页。

② 同上，第 69—70 页。

③ 这里论及的欧洲经验，也包括北美和南美使用欧洲语言（英语、法语、西班牙语和葡萄牙语）的地区。尽管在很大程度上，美洲地区的文学对原有的欧洲经验有所修正、拓展，但从其源头而言，它们依然是从欧洲文学中衍生而出的枝杈。

成为令人头疼的问题。如今通行的诗歌、散文、小说、戏剧（加上影视文学）分类方法，无疑是从西方沿袭而来的。把它运用到深受域外文学影响的中国现当代文学，自然是严丝合缝，但一旦将它挪用到与欧洲文学没有直接影响关系的中国古代文学，便陷入一片难以自拔的沼泽。中国古代文学除了宋代以后出现的戏剧、白话小说外，主要体裁无疑是诗文，但其诗文的分类和欧洲文学大不相同。只要打开《昭明文选》，翻阅其目录，便可发现它收录的作品除了诗、赋外，文章则包括了众多的亚类型，主要有诏、册、令、教、表、上书、启、笺、书、檄、设论、序、颂、论、诔等。赋是介于诗、文间的一种体裁，是韵文和散文的混合体；而文章各种体裁除了一部分用散文体写成外，很大一部分用词句整齐对偶、突显声韵和谐和词藻华丽的骈体文写成。此外，用通行的文学标准来衡量，《昭明文选》收录的林林总总的文章只有一小部分可归入文学范畴，其余作品大都偏重实用功能，非文学性因素远远大于文学因素。作品的分类尚且如此，如果扩展到文学的观念、趣味、风格、批评标准、美学理想等领域，庞大芜杂的中国古代文学体系实在难以用单一的"世界文学"标准加以梳理、评判。

然而，在西方文化大规模输入中土的语境下，百余年来人们正是借助这一"世界文学"的观念对卷帙浩繁的中国文学进行解析、阐释。在文化自信力萎缩之际，人们忘记了本来可以使用另外的方式来阐释中国的文学，也丧失了从传统资源中推陈出新的能力。在西方霸气十足的"世界文学"的强势话语下，人们战战兢兢地匍匐在地，唯恐被扣上落后、老朽的帽子。中国数千年独特的文学经验只有在西方的概念、框架和语境中才能得到理解，才能获得其合法性的证明；而那些无法被普世性标准顺利吸纳、规驯、化约的因素，则被弃置一旁，如孤魂野鬼般地长年游荡。

### 三、复杂的张力：在普世性标准与本土经验之间

进入新世纪之后，随着中国融入国际社会步伐的加速和宏观经济实力的提升，先前隐晦不明的本土文化意识再一次开始彰显。除了风行一时的国学热外，涉及当代中国文学价值的诸多争议也可视为这一本土文化意识突现的鲜明征兆。平心而论，德国汉学家顾彬并没有读过多少中国当代小说，他对当代中国文学的评论缺乏精细的学理辨析，经不起认真的推敲。而他的"垃圾论"所以被人看重，除了颇具吸引眼球的媒体效应外，一个重要原因是他是一个西方人，他代表了普世性标准在发言。其实，以前全盘否定中国当代文学价值的观点并不鲜见，但并没有引发如此巨大的轰动效应，一个重要的原因在于发言的人都身处本土文化圈内部，缺乏顾彬所具有的居高临下的权威。而陈晓明对当代中国文学价值的肯定性评论，对于具体作品的褒贬的意义还在其次，其着眼点就在于在中国文学批评领域内重建本土文化经验的自信心，而对中国立场的呼吁则凸现了中国批评家在西方强势话语和所谓普世性标准压力下的焦虑。具有中国立场，不但意味着中国批评家有能力阐释自己国族的文学，而且意味着不再唯普世性标准为上，而要从中国的语境和本土经验出发，夺回中国当代文学价值评判应有的话语权。

在当今各国文化交流日益频繁的情形下，要完全无视普世性标准的影响和效力也是不可能的，这一点在陈晓明的言论中也体现得非常明显。他再三辨白，"但我的做法，绝对不是弃置西方的现代文学另搞一套，而是牢牢地，甚至坚实地站立在西方现代文学（小说或诗）创

造的经验基础上，去发掘汉语写作的特质"①。这儿，其维护西方普世性标准的语气透露出中国本土批评家无法回避的窘境。一方面，他们目前无法撼动以西方文学经验为蓝本的普世性标准的霸权地位；另一方面，他们又不甘束手就擒，只能借倡导以"中国立场"为本土文化意识的生长创造必要的空间，以鲜明丰厚的本土经验争取更多的话语权力。

这一姿态在其他批评家那儿也得到了强有力的呼应。张清华提出，"普世性的人文价值和真实的当下本土经验是两个不可分离的评价标准"，"因为即便是从最苛刻的角度看，当代文学也是充满着人文主义的批判精神的，其中那些最优秀的作品恰当而且有力地使用了人类的普世价值，对当代中国人自身的生存处境和基本经验做出了真切而深刻的揭示"。② 乍看之下，这似乎是一种和稀泥的方式，它将普世性标准与本土经验并重并置，但其实是一种诡谲的文化策略。它并不直接否定普世性价值的存在与效力，但在它身边悄悄添加着从本土丰厚的历史传统和驳杂的现实情境中生发而出的经验，以此为本土文化意识的繁盛开拓场域。

或许，这是一条切实可行的途径。中国文学批评中本土文化意识的强化将不是采取与"世界文学"等普世性标准全然对抗的方式，并不试图在顷刻间颠覆后者的霸权地位，而是以一种渐进的方式积累着本土的经验，并藉此参与到原有"世界文学"观念和标准的拓展之中，

---

① 陈晓明：《回应批评：重新阐释中国当代文学的价值——答〈羊城晚报〉记者吴小攀问》，《文艺争鸣》2010 年第 2 期，第 39 页。

② 张清华：《人本主义与本土经验——如何评价中国当代文学，从肖鹰对陈晓明的批评谈起》，《文艺争鸣》2010 年第 2 期，第 45 页。

并在这一过程中，争取到更多的话语权，修正原有的规则和模式。因此，对中国文学批评家而言，这其实是对其学识、能力和智慧的高难度挑战。这意味着在相当长的时期内，他必须在"世界文学"的普世性标准与本土经验二者间穿梭往返，如走钢丝一般，保持着困难而必要的平衡。他有时必须低下高傲的头颅，承认普世性标准的某种合理性；有时也必须孤注一掷地为本土经验的提升而拼死一搏。他有时是忠诚于母国文化骁勇善战的骑士，有时则是圆滑老道、巧于周旋的外交家。他的使命就在于此，在二者的张力间拓展出新的领地、孕育新的可能性。

# 诺贝尔情结：西方文化的霸权和东方的边缘性

在 20 世纪众多撩人心弦的文化景观中，诺贝尔文学奖无疑是辉煌的一幕。作为一项全球性的文学大奖，它不仅成了个人写作生涯中的辉煌瞬间，而且也是各个国家、民族炫耀其文化实力的绝佳时机。但令国人甚为遗憾的是：在那一长列幸运者中，竟然找不出一个中国本土的作家，或是入了外籍的华裔作家，或是以华语写作的外籍作家。不能说诺贝尔文学奖对中国作家全然绝情，至少获得提名的缘分还是有的，如林语堂、巴金、沈从文、艾青等人，但迄今无一人中选（本文创作于 1991 年）。失望之余，遗憾和懊恼在不断膨胀，而且只要诺贝尔奖一天不落到中国作家头上，这一情结大概就不会自行消失。笔者拟从当今世界文学结构格局的角度入手，对这一现象作一番分析。

## 一、西方文化的霸权和东方的边缘地位

远在各民族的文学由于地域的阻隔、肤色的深浅、习俗的悖违、价值观念的抵牾、表现形式的歧异而形成对峙的年代，那些沸腾着乌托邦血液的理想主义者已在憧憬、描绘未来文学的绚丽奇景了：

> 民族文学在现代算不了很大的一回事，世界文学的时代已快

来临了。现在每个人都应该出力促使它早日来临。

（《歌德谈话录》）

随着 19 世纪以来西方文明在全球的凯旋进军，随着各个分散的种族、地域性的群体聚合为"地球村"的整体，歌德的预言似乎正一步步地变为现实。但具有讽刺意味的是：为这些理想主义者梦寐以求、欢呼雀跃的以共同人性为基础的世界文学的大同时代并不是一个美丽的新世界，并不是各民族文学平等交流、其乐融融的天国；相反，它以西方对东方（包括中国）的征服、统治、压抑、同化为前提，它是西方对东方的一次文化十字军东征，它意味着东方对西方霸权的臣服，意味着东方丧失自身独特的文学话语并在很大程度上借用西方的话语。对这一事态的确认，构成了理解当今世界文化和文学格局的一个重要条件。

各民族在近现代时空中全方位的交往和接触，引发了各种文化前所未有的冲撞、渗透和融合，而从中孵化出某些或冠之为"世界性""全人类意义"的共同精神财富，本不足为怪。但在当今以西方霸权为核心的文化话语中，"世界""人类"往往被赋予了一种异乎寻常的含义。

在文学领域里，只有质的增添才是有价值的；根据这个观点看，一种"民族的"文学或音乐只有在它为世界艺术所贡献出的新的声音和色彩不仅仅是地方色彩而已的情况下，它才具有普遍的价值和重要性。我们必须规定如下条件：独创性，新的色彩，新的音响并非指的是一种粗野的民族主义；此外，并非每种民族主义都适应纳入一个更大的文化统一体，民族主义只有在它既能吸收世界文化又能被世界文化吸收的条件下，才是世界艺术积极<br>的收获。(保罗·亨利·朗格《十九世纪西方音乐文化史》，引文<br>中着重号为笔者所加)

在上面那些冠冕堂皇的词句背后，人们可以发现不少可疑的成分：什么是文化的"普遍的价值"，什么是"世界文化"和"文化的统一体"？这种普遍性的文化以何为标准？谁有权创立这些准则？潜藏的答案只有一个——那就是西方，只有西方的文化才具有"普遍的价值"，才是世界性的文化，才有资格将全球各种文化组合为一个"文化的统一体"。在这里，人类、世界、普遍性成了西方的代名词。依据作者的逻辑，西方——它是当之无愧的中心，是众星环绕的太阳，是光明的源泉，一切非西方的、粗野的文化充其量只能陪衬反射西方的光芒，它们的微薄价值仅在于为西方文化吸纳消化并且进入以西方为支柱的全球文化的框架中。

西方的长驱直入，触发了东方文化和文学历史上迄今为止最为深刻的变革，但这一切又是以东方丧失自身文化话语的主体地位为代价的。在这场实力悬殊的搏击中，东方的沉默和顺从分外映衬出西方的聒噪与趾高气扬。与在传统的基础上吸纳融化外来影响的温和平稳的改良不同，这是一场脱胎换骨的变革。日本启蒙思想家福泽谕吉便主张："如果想使日本文明进步，就必须以欧洲文明为目标，确定它为一切议论的标准，而以这个标准来衡量事物的利害得失。"(《文明论概略》)在这样的情形下，东方原有文化和文学话语的崩溃解体、对西方价值观的认同、对西方话语的移植和借用，乃至文化话语系统的全面转换，便成为不可避免的结果。

就中国"五四"期间发轫的新文学而言，它刻意追慕效法的对象正是近现代西方文学（包括俄罗斯文学）。半个多世纪以来，中国文学究竟向西方汲取了什么呢？从作为思想价值观念的进化论、人道主义、民主主义和社会主义，到现代诗歌、散文、戏剧、小说等各式体裁；从反映切入现实的艺术思维方式，到人物的塑造、情节的结构布局；从对文学本体的思索和文学作品的评判标准，到文学语言的丰富完善发展，无不受益于西方。新文学作品里不是没有特定的民族和地域色彩的烙印，但和文学话语整体上的西方化相比，它们便显得微不足道了。"五四"前后一些文化人对传统文化的激烈批判和全盘拒斥便是这种急风暴雨式文化转换的鲜明表征。鲁迅在《华盖集·青年必读书》中说："中国书虽有劝人入世的话，也多是僵尸的乐观；外国书即使是颓唐和厌世的，但却是活人的颓唐和厌世。我以为要少——或者竟不——看中国书，多看外国书。"胡适在《我自己的思想》中认为："我们如果还想把这个国家整顿起来，如果还希望这个民族在世界占了一个位置——只有一条生路，就是我们自己要认错，我们必须承认自己百事不如人；不但物质机械不如人，不但政治制度不如人，而且道德不如人，文学不如人，音乐不如人，艺术不如人，身体不如人。"

就这样，东方被纳入了世界文化和文学的共同体中。在这个全然陌生的环境中，东方既丧失了原有话语的主体性，又无法从传统的遗产中抽取催生出全新而又生机勃勃的话语，以应付全然改变了的生存情势，那它所能做的只能是向处于中心宝座上的西方认同。一切无法与西方认同的东西都或早或晚地被抛弃、剔除。东方古老文学衰败式微的命运再清楚不过地说明了这一点。埃及文学家塔哈·侯赛因感叹道："阿拉伯文学的过错只是人们不去读它也不去理解它。"（《阿拉伯文学在世界几大文学中的地位》）在当今世界文学的园苑中，被漠视、遗忘的又岂止是阿拉伯文学？整个东方已沦为一种边缘性的存在，沦为西方话语的回音壁，沦为被西方权势主宰的文化景观中的"他者"形象，一个丧失了传统根基、被剥夺了话语权的沉默的他者。

尽管西方文化长时间陶醉在自我中心的幻象中，常常不屑于对处于边缘地带的非西方的、地方色彩甚为浓厚的各类文化加以认真、仔细的审视，以至于有些视野较为开阔的西方学者也对此发出了尖锐的批评："在所有伟大的当代文化中，西方文化是气度最狭小的，因为它被锁住在进行现代化的当地经验里，缺乏对它自身的外面的一瞥。"（保尔·A. 柯亨《在中国发现历史》）但这并不意味着东西方文化在近现代遭遇所产生的结局纯然是从西方到东方的单向性输入，并不意味着西方没有从东方汲取过任何有价值的东西。相反，从18世纪欧洲文化界兴起的东方和中国热（伏尔泰的《中国孤儿》直接脱胎于中国元代的杂剧《赵氏孤儿》，歌德创作过以东方和中国为主题素材的《西方与东方合集》《中德四季晨昏杂吟》等诗集），到中国和日本古典诗歌对20世纪初以庞德等人为代表的美国意象诗运动的刺激催化和启示，直至中国唐代诗僧寒山为20世纪六七十年代美国反主流文化运动引为同道，人们可以轻易地拈出一连串事例展示东方文化和文学对西方的反向影响及渗透。但与西方对东方的冲击相比，二者数量上的悬殊一望便知；同时，二者间更具本质意义的差异在于：和东方在西方的威压下放弃自身的话语主体权力、全盘移用西方话语不同，西方原有的话语主体地位、文化价值内核和表现方式在这个过程中并没有遭到颠覆，东方对西方的影响成了西方自我中心意识笼罩下的原有文化视域的扩大和调整，而且根本不涉及它基本框架的改弦更张和重塑。荷兰比较文学学者福克马曾说："对非西方文学的价值系统作深入探讨，也许能间接地带来对我们西方文学的价值系统作出进一步的了解。这样的研究也许还能帮助我们发展一些方法，使我们得以成功地研究欧洲的早期文学。"（《文化的相对主义与比较文学》）这里东方成了西方进行自我阐释和分析活动中的一面镜子、一个参照系。和抱着善良意愿的天真的乐观主义者预想的相反，东方对西方影响的存在不但不能填平横亘在东方和西方之间的文化鸿沟，不但不能改变这一无情的事实（在近现代世界文学格局中西方由于占据中心的有利位置，而得以随心所欲地向处于边缘位置的东方推行文学上的霸权主义），而且正是这种影响使西方吸收了新的养料，使其内部调节功能更趋灵活多变，并为今后的发展开拓了更大的发展余地，其结果只能是其中心霸权地位的巩固和强化。

中国作家迄今与诺贝尔文学奖无缘，翻译的拙劣平庸与交流介绍的匮乏只是某种更为深层原因的结果。诺贝尔文学奖并不是不食人间烟火、冰清玉洁的神祇，它本身便是当今世界西方文化霸权机构化的体现，它致力在文学领域中维系和粉饰以西方为中心的文化秩序。从颁奖标准看，诺贝尔文学奖似乎超越于各个文化、民族、国界之上，向全人类一视同仁地开放，但实际上它远非字面上允诺的那样公正，否则便难于解释这一倚轻倚重的现象：何以在八十多位获奖者中，非西方文化圈的作家仅此三位：印度的泰戈尔、日本的川端康成和埃及的马哈福兹（尼日利亚的索夫卡和南非的戈迪默用英语创作的作品从整体上看属于西方文化圈）。在一些作家的颁奖词中，这种以西方为中心的霸权意识已表露到了不加掩饰的地步：法国作家纪德由于创作了"内容广博和艺术意味深长的作品——这些作品以对真理的大无畏的热爱和敏锐的心理洞察力而表现了人类的问题和处境"、美国作家索尔·

贝娄"由于他在作品中所表现的对于人类的了解,以及对当代文化的精湛分析"而获奖。这些西方文化的宠儿成了全人类诗情灵感与道德良心的代言人和化身,而日本作家川端康成获奖仅仅是由于"他的高超的叙事文学以非凡的敏锐表现了最具民族特性的日本灵魂"——那只是一种边缘、地域性的存在,在文化等级秩序中与前者无法比肩而立。

中国作家为诺贝尔奖所冷落,是以西方为中心的世界文化结构所衍生的必然结果。纵使来年有个别中国作家荣膺此奖,从而打破零的记录,但也无法从整体上扭转这一全球性的文化态势。

### 二、中国文学的现实图景

前面我们分析的是中国文学在当今世界文学格局中所处的地位,现在再来看看中国文学自身,看看它是否已具备可摆脱目前边缘地位的可能性。

一种文化孕育出来的文学,要想真正对其他文化体系内的文学产生强而有力的影响,而不仅仅是成为极少数书斋中的学问家案头赏玩的摆设,必须以它自身充溢的强健的生命为前提。任何一种文化,不管它是如何自诩富于开放和宽容的精神,都有一种根深蒂固的自我中心的倾向——这并不是文化的罪过。的确,正是这种倾向使某些文化陷于固步自封、僵死退化的颓运,但它同时又是文化生存和发展的必要条件。没有一定程度的排他性,这种文化顷刻间便会淹没在异质文化喧嚣的声浪中,更遑论发展和更新了。因而,一种文化只有在其他文化强大到足以对它产生压力时,它才会为了生存的需要而作出反应,才会对别种文化作深入的了解和研究,才会转而反思自身文化中潜藏的缺陷和弊端，才会在一定限度内吸收异质文化因子。而当其他文化处于孱弱无力、对它构不成实质性威胁的境地时，它一般对前者的态度是漠然置之，至多是投以走马看花、观光客式的匆匆的一瞥，并继续沉醉于自身优越的地位。当今的中国文学想要受到其他民族的瞩目，并进而动摇西方的中心地位，只有以它自身内在的力度去震撼、威慑对方。但中国文学目前显然还不具备这个条件。

从历史上看，任何时代的文学高峰都不会魔术般地凭空产生。它的因子蛰伏在文化的沃土中，在特定形式的社会生活的激发下，在几代人的播撒、耕耘下，在一群天才人物意气风发的挥洒点拨中，方能得以卓然挺立。中国古代的诗词曲赋、小说和戏剧就是这样一些文学高峰。这些作品采用的完全是属于本民族的话语结构和话语方式，以本民族文化中特有的意象与象征，诉说着本民族心灵深处亘古常在的悲哀和欢乐——这种情感和瑞士精神分析学家荣格阐述的"集体无意识"已相差无几。当一个民族文学的黄金时代已成为过去，并由于坐井观天、衰朽保守而日益丧失创造原生力的时候，异域摇曳多姿的文学便犹如强大的刺激源，为它开辟一个前所未有的新的天地，重新激发它自身的创造活力，从而成为本民族文学发展的一大动因。但一个新的文学高峰的崛起，则有赖于本土文学对外来文学的吸收不再停留于表层的摹拟、复写阶段，有赖于外来的影响已完全融化到本民族的文化中，转换为一种独具魅力的文学话语。它能与自身传统的泉源进行有机的对接，能够容纳本民族最深层的感受、梦想和自由奔涌的诗情，而不是去扭曲或是阻碍它们的凸现。但它与本土自生的古典的文学话语也存在着质的差别，它已是脱胎换骨后的文化土壤中生长出来的果实。正是在这一点上，中国文学遭遇了它的卡夫丁峡谷。

　　和富于自生力、植根于本土文化土壤中的古典文学不同，现今的中国文学是一种过渡型、混血型的文学。它是在外来文学强有力的刺激下作为一种回应而产生的。鲁迅在谈到他的创作时曾直言不讳地说："我所取法的，大抵是外国的作家。"(《致董永舒》1933.8.13)这段话也适用于"五四"以来很大一部分中国作家。对外来文学亦步亦趋或独出心裁的模仿与效法成了这个历史时期中国文学的基本特色之一，直到现在我们还没有完全走出这个阶段。我们可用德国文化哲学家斯宾格勒在《西方的没落》中所用的"假晶"这个术语来描述这一复杂的现象。

　　"假晶"本是地质学上的一个概念，它指一种岩石的熔岩注入他种岩石的罅隙和空洞中，以致造成了一种混生的"假晶"，即貌似乙种的岩石，包裹的实际是甲种岩石。文化上的"假晶"指的是在不同文化遭遇、影响的过程中，势力弱的一方被迫接受势力强的一方的文化样式与外衣，来寄托本民族的精神生活。在现当代中国文学的发展过程中，由于外来文学的势力过于强大，本土的文学传统又无法繁衍出富有生机的文学话语，因而一时间只能借助外来的形式表达新时代民族的生活和情感。中国文学在此陷入二律背反的窘境：不以"假晶"的形式，便无法展示新时代的生活、情感和梦想；如果长久匍匐在"假晶"的外衣下，便会与本民族的传统形成巨大的断裂，民族真实的精神面貌在一定程度上会受到屏蔽，更无力铸造出新的文学话语与西方争雄斗胜。对这个问题，"五四"以来的中国文学有时并没有清醒的认识。郑振铎曾说："文学是无国界的。它所反映的是全体人们的精神，不是一国、一民族的"，"新文学的目的，并不是给我们民族保存国粹，乃是超于国界，求人们的最高精神与情绪的流通。"(《新旧文学的调和》）这种文学的世界主义胸襟固然值得钦佩，但实在无助于培植本民族的文学话语。作为艺术创作内核之一的这种独特的话语，是一切富有生命力的民族文学的基本标记，没有它，文学高峰的产生将始终是一个海市蜃楼。深谙艺术创作奥秘的德国文化哲学家卡西尔在《人论》里有一段精采的论述："对于一个伟大的画家、一个伟大的音乐家，或一个伟大的诗人来说，色彩、线条、韵律和语词不只是他技术手段的一个部分，它们是创造过程的必要要素。"对于单个的作家是这样，对于一个民族的文学同样是这样。

如果说古老的中国文学由于其自生性和独特性还足以刺激西方人的灵感，那么响彻西方回声的、以"假晶"方式出现的中国现当代文学实难引起他们浓厚的兴趣，进而对西方的文学造成震撼性的冲击。作为一种过渡型的文学，现当代的中国文学是昔日的古典文学高峰和未来可能涌现的新的文学高峰间的低谷。在相当长时期内，中国文学只能在低谷中逡巡，无力抵达高峰，这是历史的命数。这也就决定了我们的文学无力与虽已呈现衰弱征兆的西方文学抗衡，无力摆脱目前的边缘地位。

## 三、"西方的桂冠"的代价

历史有时是如此的冷酷无情：对那些意气风发、一心旨在复兴中国文学的作家，它剥夺了他们攀上文学高峰的机缘，将他们抛置在低谷中，无奈地追想往昔的光荣，惆怅万端地憧憬未来的辉煌。但历史并不排斥这样一种可能性：他们中的某些佼佼者，由于其作品独特的魅力、由于特殊的机缘而获得西方世界的激赏，从而获得诺贝尔奖。仅有的几位东方作家获奖这一事实便向人们昭示了西方的桂冠并不是那么可望而不可即。但摘取"西方的桂冠"并没有想象中的那般自始至终跌宕着胜利的凯旋和荣耀，在这片鲜亮的底色上，沉重苦涩的代价成了抹不去的阴影。下面以 1913 年获奖的泰戈尔为例加以说明。

有"东方诗哲"美称的泰戈尔，在他浩如烟海的著述中，在西方文学界激起重大反响的莫过于他的英语诗集《吉檀迦利》。这部诗集是泰戈尔本人从他孟加拉语诗集《吉檀迦利》《渡船》《奉献集》中选出一些诗篇翻译成英语后缀合而成。瑞典文学院授予他诺贝尔奖，便是要表彰他"那含义深远、清新而美丽的诗歌。他运用完美的技巧，自己的英语辞汇，使他诗意盎然的思想成为西方文学的组成部分"。西方在文学上的霸权没有比这表达得更明晰清楚的了。西方的桂冠有着这样神奇的魔力，它能把泰戈尔从印度原有的文化体系中抽取出来，予以蒸馏过滤，说得不客气一点，就是随心所欲地加以阉割，从而将他的作品转化为西方文学的一部分。泰戈尔多方面的成就决不是西方的桂冠所能囊括得了的，但它们浸渍着印度孟加拉文化独有的色彩，有着太浓郁的地方性，因而无法为西方文化吸纳，也无法成为以西方为核心的世界文学共同体的组成部分。在西方桂冠的精心粉饰下，泰戈尔那源自一个古老次大陆心灵深处神秘而又奇丽的诗情从最初对西方的诱惑和刺激，被同化为西方富于压抑性的文学话语的一部分。

问鼎西方桂冠的幸运者看来都无法逃避这样的命运：在他们受到前所未有的尊崇的同时，西方的剃刀悄无声息地阉割、扭曲、改装并进而同化着他们，使他们的作品沦为西方文学的一种变体。虽不强韧，但已成为他们鲜明标记的本民族的文学话语在西方桂冠的垂照下一天天枯萎、模糊。他们凌空出世、曾令对手惊惧不已的激情并没有能瓦解、颠覆西方的话语，现在占据主声部的渐渐变成了西方的声音，带着东方情调，比纯粹的西方声音多了几分妖娆，多了几分魔力。他们成功了，似乎是功德圆满了，培育他们的民族文学似乎也胜利了，它们似乎重新站立起来，走向了世界，为世界承认。它们似乎一洗往日的卑微与屈辱。但是，对于这些东方民族来说，熠熠闪亮的西方的桂冠与其说是胜利者的旌旗，不如说是被奴役的烙印、被阉割的刀疤。

在未来的某个时刻，只有在新生文化的土壤上，只有铸造出新的一套生机盎然的话语系统，中国文学才有可能真正走向世界，才能摆脱为西方话语霸权统治的命运。

1992 年 3—4 月

# 遥相对峙的国度：
# 纯文学的衰微与大众的文学接受模式

## 一、问题的缘起：举步维艰的窘境

在不太久远的过去，我们的文学还曾经有过一个虽短暂但却辉煌、灿烂、令人心醉神迷的时期。但这毕竟已成为过去。现在人们眼前呈现出来的却是一副萧瑟的景象。与之形成鲜明对照的是，1980 年代重新发轫的大众通俗文学，却正沸沸扬扬、铺天盖地涌来，大有全盘吞噬、占领文学市场之势。大概还是黑格尔说得对——凡是现实的总是合理的。当人们从每日八小时机械般的劳作中脱身出来后，你有什么权力要求他们同你一起思索人类未来的命运和悲剧性的历史？当大腿、媚笑、比基尼以及水晶球般透亮的物化的世界激惹起人们无穷无尽的渴望并给予他们一刹那替代性的满足时，你有什么权力要求他们拖着笨重忧郁的思想在梦魇的重压下跳舞呢？

纯文学的衰微并不是我们这个时代的专利品。早在 1839 年，法国大批评家圣·佩甫在《工业文学》中便断言"纯文学"已寿终正寝，文学不仅成了职业，而且随着文学的商品化，真正的批评也消失了，变为一种广告。对纯文学的衰微和大众文学的勃兴空发一番感慨实在无多裨益。下文从分析当今中国社会大众的文学接受模式入手，剖析它与纯文学创作内在的冲突，指明它与纯文学衰微间的某些关联，以期对现今文学困境有更为深入透辟的理解开辟一条途径。

## 二、儿女情、英雄梦、明君贤相锄奸佞
### ——当代大众的文学接受模式管窥

所谓大众的文学接受模式，并不是某种单一的意向、嗜好，而是包容了诸多因素的复合体：一段时期内社会公众欣赏文学作品时的审美期待；评判作品优劣高下的价值尺度；皈依的价值体系和信奉的社会、人生理想；偏嗜的题材、形式体裁和美学风格等。要详细阐述大众的文学接受模式，无疑是一件难度颇大的工作。下面先简要勾勒大众喜好的几个题材部类作品的特性，以此或许能窥见这一接受模式的某些真实面貌。

1. 言情类作品

对从一个或几个相近模子脱胎而来的甜甜蜜蜜、卿卿我我、痴痴傻傻的言情作品感到腻烦的读者恐怕难以想象：这类堕入俗套的才子佳人故事在其发轫之初是多么富于生命力和艺术感染力的样板。在《西厢记》《牡丹亭》问世的年代，张生与崔莺莺、杜丽娘与柳梦梅曲折动人的爱情故事对封建时代居于统治地位的性爱婚姻模式不啻是叛逆气息十足的冲击。直到今天，相当多一部分读者在言情作品中寻觅期待的还是这么一个世界：仿佛是天造地设，那里麇集了众多的情痴情种。纵然有种种艰险障碍，有痛彻心肺的煎熬与期盼，他们中的幸运者仍皆大欢喜，终成眷属；不幸者以身殉情，捍卫了爱的纯洁和荣耀，经过高度纯化的两性间的情感成了主宰一切的上帝。

但这一故事框架毕竟太古老了，也太粗陋贫乏了。

2. 武侠类作品

与言情作品一唱三叹、低回婉转、极尽缠绵之能事恰成鲜明的对照，这里的世界充满了刀光剑影。尽管也有那几分挥之不去的柔情，但占据主导画面的却是英雄豪杰的刚毅、勇敢和智慧，是他们技艺的博弈、争斗。论拳术有少林拳、八卦拳、形意拳、太极拳、内家拳、五祖拳、五行连环拳，谈剑术有青萍剑、武当剑、三才剑、达摩剑、七星剑、奇门十三剑，说功法有拈花功、神行功、吸壁功、轻身功、石柱功、铁布衫功。这些以锄强扶弱、见义勇为、重诺轻生的英雄为中心内容的侠义作品完全属于一个逝去了的年代，完全是作者编织的空中楼阁。茅盾在《封建的小市民的文艺》中将武侠小说斥为"对于动摇中的小市民给的一碗迷魂汤"。这一说法固然痛快，但无助于理解这一奇特的文化现象。它们在今天广受欢迎的奥秘恐怕还在于它们表述的"复仇""报恩""路见不平、拔刀相助"的伦理准则，那弥漫、渗透在整部作品中玄虚空灵、无我无敌的武艺的至高境界，那顺应天道、人事与天道合一的哲学观念，与广大读者心中潜藏的传统文化因子两相契合。

3. 史传演义类作品

尽管兀立在这片黄土地上的文明并没有像爱琴海畔的伊奥尼亚人、恒河流域的雅利安人那样创造出恢宏壮美的史诗《伊利亚特》《奥德赛》和《罗摩衍那》，但它对历史记述的专注和热情一直盛而不衰。在中国，历史是一座巍峨崇峻的精神殿堂：人们在现实中遭遇的种种艰窘、烦扰、危机在先辈历历可数的兴败得失中得到佐证、参照，辨析出可加以仿效的楷模；同时前人光彩照人的伟绩又加固了他们对自身价值的信念。风云际会的历史生活场景，一直是中国通俗小说的一个主要题材。尽管这些作品撷取的史实各不相同，但其视角却惊人地一脉相承，那便是伦理道德化了的历史观。以实现清明政治理想为己任的明君贤相与只图一己私利的昏君、奸臣间的较量、角逐成了历史活动的主要内容。这一将世界描绘成黑白两色对立的思维模式使人们在阅读史传作品时总希望找到善与恶、忠义与奸佞的争斗场景，并为正义最终压倒邪恶获取了一丝精神上微妙的平衡。在单一、凝固的视点中，对历史、世界作其他解释的可能性被抽去，人们对人性的洞察永远滞留在善恶对峙的伦理化层面上。

上面概述了大众文学几个主要作品部类和读者接受的既成心理图式。它也就是德国美学家尧斯所说的"审美经验的期待视界"，它构成了今日市民大众文学接受模式的一个重要方面。细细辨察，这种接受模式从总体上看仍匍匐在传统文化庞大的阴影下，绝少受到马克思主义和近现代其他西方文化的渗透。最大范围内为它接受的依旧是"经夫妇、成孝敬、厚人伦、美教化、移风俗"（《毛诗·大序》）等封建文化气息甚浓的作品。大众文学接受模式的诸多因子经过千百年的沉淀、积累，已成为一种巨大的惰性力量，其保守性和封闭性自不待言。人们时常谈论的市民文艺欣赏的庸俗化倾向，大都渊源于此。一些接受美学研究者经常强调读者期待视界在独创性作品感染下的可变易性，尧斯曾说，"假如人们把既定期待视界与新作品出现之间的不一致描绘成审美距离，那么新作品的接受就可以通过对熟悉经验的否定或通过把新经验提高到意识层次，造成'视界的变化'"。（《接受美学与接受理论》）但这种"视界的变化"并不是那么轻而易举，尤其是在传统阅读心理定势十分强固的市民大众那儿。20 世纪第二个 10 年间勃兴的中国新文学，正是由于与传统的大众接受模式存在着巨大的沟堑，因而与后者长期处于公开或隐蔽的冲突中。到了 1980 年代，这种差异成了导致纯文学衰落的一个重要原因。

### 三、新生精灵儿的浪游

——新文学的理论、实践对大众文学接受模式的疏离与颠覆

1. 新文学对大众文学期待视界的疏离

要想在与传统的文学体系实行最大限度决裂的中国现代新文学（至少它的许多先驱者是这样认为的）和沉淀着大量传统文学遗传因子的大众文学的期待视界间找到大面积的吻合区，实在是一件困难而荒诞的举动。尽管陈独秀在《文学革命论》中阐述的文学革命的纲领性宣言（"曰推倒雕琢的阿谀的贵族文学，建设平易的抒情的国民文学；曰推倒陈腐的铺张的古典文学，建设新鲜的立诚的写实文学；曰推倒迂晦的艰涩的山林文学，建设明了的通俗的社会文学"）标的所指主要是业已僵死的文言文作品，但由于新文学的脱胎诞生采取了这样一种激烈的方式，从而使它在总体上与旧的文学母体（包括大众通俗文学）形成了一种紧张的疏离乃至对立的关系。这一特点不能不反映到它与社会大众文学阅读期待视界的关系上来。

就创作宗旨来说，与通俗作品大都为了满足普通读者阶层娱乐、消遣的需求相反，周作人、茅盾等人倡导的是"为人生的文学"，即"用人道主义为本，对于人生诸问题，加以记录研究的文学"，"以普通的文体，写普通的思想与事实。我们不必记英雄豪杰的事迹，才子佳人的幸福，只应记载世间普通男女的悲欢成败"（见周作人《人的文学》《平民的文学》）。这种文学观与市民大众的期待视界相距甚远。

茅盾在《自然主义与中国现代小说》中猛烈抨击迎合大众趣味的"鸳鸯蝴蝶派小说",认为它们"抛弃了真正的人生",技术上只是"记账式的叙述"。其他文学观念尽管与周作人、茅盾不一,但也无法找到它们与市民期待视界的契合点。郭沫若、成仿吾等创造社作家早期尊崇浪漫派的文学观,将"内心的要求作一切文学上创造的原动力"(成仿吾《新文学之使命》)。梁实秋、胡秋原、苏汶等自由主义作家一方面反对"将艺术堕落到一种政治的留声机"(胡秋原《阿狗文艺论》),认为"伟大的文学乃是基于固定的普遍的人性"(梁实秋《文学与革命》),另一方面也注重文艺与人生的关系,主张"文学里面是要有思想的骨干,然后才能有意义,要有道德性的描写,然后才有力量"(梁实秋《文学与科学》)。激进的无产阶级文学的倡导者更是将文学的功利主义观念推向极端,要文学作"阶级的武器","呈献给'胜利不然就死'的血腥的斗争"(见左联"理论纲领")。这与渴望在消闲逗趣的作品中找到心灵避风港的小市民更是格格不入。

创作上,与有着数千年文化积累的雍容华贵的旧文学相比,新文学在其匆匆走过的几十年中呈献的实绩显得稚嫩、粗糙,没有产生多少具有纪念碑意义的经典之作。它没有旧文学的那份典雅精致、圆熟清润,然而就在它混沌模糊残缺不全的躯壳中包孕了一个旧文学没有也不可能创造出来的世界。那里的人物形象、主观情感、思想观念和社会场景是局囿在旧文学体系中的人不能也不敢想象的。这里有在新时代的召唤下,勇敢投入现实政治运动的知识青年、革命者(丁玲《韦护》《田家冲》,叶紫《星》,胡也频《光明在我们的前面》,茅盾《虹》);有因政治风云变幻而遭受极大挫折,心理上陷入极度颓唐的迷惘者(茅盾《蚀》,丁玲《莎菲女士的日记》,蒋光慈《冲出云围的月亮》);有极力压抑自己个性,丧失反抗意志,对既定生活秩序无条件屈从的小人物(巴金《激流三部曲》《寒夜》)。弥漫在各类作品中的有洋溢着新生的热忱,摧毁一切桎梏束缚的浩浩荡荡的浪漫主义颂歌(郭沫若《女神》);有满怀生存的苦痛,在黑暗社会中挣扎踯躅的哀歌(鲁迅《孤独者》,郁达夫《沉沦》);有以冷峻的目光对黑暗王国群丑图尖辣的嘲讽和戏谑(钱钟书《围城》,师陀《结婚》,陈白尘《升官图》)。另外,由于新文学与中国现代政治、社会发展近乎孪生的同步性,各种政治思潮、思想观念多多少少、深浅不一地容纳在作品中:从个性主义、自由主义、科学主义、民主主义、无政府主义、马克思主义到法西斯主义——新文学成了现代思想史一份珍贵的记录。而对各种社会场景的描摹无论从深度还是从广度上说都超越了旧文学:从血流成河的战场到凡庸琐碎的日常生活,从上层社会的淫靡到下层社会的贫困艰窘,从都市的繁乱喧嚣到乡村田园的古朴祥和,从革命斗争的轰轰烈烈、如火如荼到古老生活方式的凝滞、僵化,一一摄入笔端。就表现对象的宏阔壮观、丰富生动而言,深为市民大众激赏的才子佳人、清官侠客、帝王将相、奸臣佞人,无不显示出苍白、单薄以至于虚假。同时这也加固了新文学与大众文学期待视界之间的鸿沟。市民大众在阅读文艺作品时孜孜以求的是那一方幻想的小巢。在虚幻的氤氲中,他们的神经被麻醉、催眠。也许是因为在生活的沉淖里陷得太深,他们不需要真实的人生画面来打扰他们。那浮雕式的人物群像,沸腾燃烧的想象,驳杂矛盾的思想观念,令人眼花缭乱的场景超出了他们的接受能力,对他们的心灵造成威压,他们从中找不到乐趣和慰藉。

很多纯文学作家迄今仍十分怀恋 1980 年前后那段文学的黄金时

代。那时新文学与大众接受模式间的差距似乎消泯了，他们的作品接连不断地激起广大读者的喝采和共鸣，但那毕竟只是短暂的一瞬，是特定历史境况下文学与接受者间的契合。对梦魇般政治灾难的控诉和反思，对遍布各个领域社会弊端的展示，既是那一时期作家创作的中心内容，也是社会大众关注的热点。另外，当时文学创作中风行的许多故事模式（男女主人公在动乱年代的悲欢离合，具有高度责任心的干部雷厉风行地推进改革、矫正社会弊端等）与才子佳人、清官侠士等传统文学模式有着某些原型上的暗合，因而特别容易为读者接受。一旦文学从大规模的社会性反思转向对人性、历史、文化的反思和开掘，转向对自然美的观照，转向对人内心深处精神世界的探寻，一旦文学摆脱纯粹功利性的社会教化作用，转向自身的审美潜力，转向对语言形式的试验探索和文体的更新，读者与纯文学间短暂的蜜月就结束了，它们的疏离更为尖锐。在纯文学与大众接受模式的种种冲突中，语言实验造成的震荡最为剧烈。当莫言、残雪、洪峰、孙甘露、余华、格非等人倾心于对语言自身艺术可能性的发掘和表达、对陌生化艺术效果的追求时，语言不再是普通的信息载体，它本身便成了艺术创造的对象。语言结构上的伸缩、词语组合的多序排列、语链的自由切分，使一般对语言缺乏敏锐感觉的读者如堕五里雾中。前面说过，大众接受模式具有极大的惰性，而语言方式的惰性恐怕又是各种惰性中最为根深蒂固的。语言方式构成了一个人日常的经验方式，与个体的生存休戚相关。与思想、价值观念相比，语言方式变动所遭遇的抗拒恐怕更为强大。

2. 新文学对大众接受模式潜在的颠覆效应

"疏离""对立"等词语恐怕并不能囊括新文学与大众文学接受模

式间关系的全部内容。处于不断流变中的新文学对传统意味甚浓的大众文学接受模式还具有冲击、震荡、解构等潜在的颠覆效应。新文学所颠覆的不仅仅是作为审美形态的大众接受模式，而且直指它背后隐含的文化价值体系和意识形态内容。

通俗文学之所以能在最广大范围内与大众的期待视界和谐共振，除了在艺术形式上为人喜闻乐见外，一个重要原因恐怕就在于它吻合了大众接受模式隐含的文化价值体系和意识形态内容。这样说并不意味着它与传统的伦理精神价值、准则不存在一丝一毫的勃谿、龃龉。相反从表层上看，这些作品在许多方面触犯了传统文化的清规戒律。谁能说《西厢记》《牡丹亭》中才子佳人缱绻缠绵、生死不渝的爱对神圣的两性婚姻制度和婚姻观念不是一种或多或少的亵渎和忤逆呢？这些作品中对青春、美、爱的渴求与在礼教枷锁下憋闷得近乎窒息的心灵息息相通，否则娄江女子俞二娘读《牡丹亭》后断肠而死、杭州女伶商小玲演《牡丹亭》时伤心而亡等轶闻便会成为荒诞不经的神话了。无论是施耐庵笔下水泊梁山的一百零八名英雄好汉，还是梁羽生、金庸、古龙笔下以高强不凡的武艺、救人于水火之中的豪气为人钦慕的侠客义士，对正统封建等级秩序来说都不能不是一种挑战和威胁，尽管他们可打着"替天行道，保境安民""路见不平，拔刀相助"等肯定性的伦理大纛，但这些裂缝、差异并不能使通俗文学变为消解、颠覆正统意识形态与文艺观念的利刃。关键的问题在于这些作品没有能提供一种足以瓦解原有文化价值体系的异质因素。它渴慕与企求的只是在原有价值体系框架内进行一番修葺改良，剔除危害整个文化伦理准则生存的毒素。因而梁山泊的英雄可以与官军一次次厮杀、搏斗，可以一次次扫荡洗劫豪强恶霸，但他们仍不能摆脱忠义节孝观念，他们的宗旨仍是"酷吏赃官都杀尽，忠心报答赵官家"。他们提不出颠覆封建政治秩序的有效替代物。同样在《三国演义》中，作者深恶痛绝的是曹操"宁教我负天下人，休教天下人负我"的冷酷无情的处世哲学和屠戮平民的暴行，但他借刘备、诸葛亮、关羽、张飞等人称颂的仍是亲亲仁仁的王朝正统秩序。轰动一时的室内剧《渴望》中，编导者着意谴责的仍是王子涛、王沪生等人的自私自利行径，但这种谴责并没构成对旧有伦理文化观念的否定。正是由于通俗文学的这种特性，导致了它最终以某种迂曲的方式复归旧有的价值本体——这也是这类作品的必然归宿。《西厢记》中张生与崔莺莺的相爱相恋无论有多么离经叛道，作品并不是要否定正统的婚姻关系，他所做的只不过使这种关系具有更大限度的适应性和灵活性，灌注进更多的人情味。张生中状元与崔莺莺有情人终成眷属的大团圆结局使他俩与封建婚姻关系的冲突消弥了，因而在深层次上这种婚姻价值观念和秩序得到了维护。再来看《渴望》，尽管集东方美德于一身的刘慧芳肌体瘫痪，个人陷入了悲剧的境地，但宗法的血亲关系为此免遭一场浩劫。以这种血亲关系为基础的伦理文化观念不仅没有因为它培育、催生的种种罪恶、痛苦而被摧毁，相反在凯旋式的皆大欢喜中得到了前所未有的强固。

与现代中国动荡不宁、变幻莫测的历史进程紧衔密联的新文学与此迥然有别。现代中国的历史，在某种意义上，便是一个以民主主义、马克思主义的价值体系和意识形态颠覆旧有的封建思想文化观念的过程。新文学从这一总体的时代潮流中汲取营养，在思想内容的表现上形成了其特有的超前性和先锋性——这赋予了它颠覆旧有文学接受模式的威力。郭沫若《女神》中凤凰"集香木自焚，复从死灰中更生"的涅槃故事，可作为新文学的一个生动写照。新文学不正是在埋葬传统文化价值体系的熊熊大火中引入了新的文化视角和价值准则，从而获得了新生吗？它已不屑于去撑持一个风雨飘摇的旧文化大厦，它要的是"待我们新造的太阳出来，要照彻天内的世界，天外的世界"（郭沫若《女神之再生》）。新文学这种摧毁、重估原有一切价值的特性在鲁迅的《狂人日记》中表现得尤为突出："我翻开历史一查，这历史没有年代，歪歪斜斜的每页上都写着'仁义道德'几个字。我横竖睡不着，仔细看了半夜，才从字缝里看出字来，满本都写着两个字是'吃人'。"古时的落魄文人在穷愁潦倒之际，会感喟"无才可去补苍天，枉入红尘若许年"。尽管满是愤懑、绝望，但在精神深处仍无力否定封建的伦理价值观念。到了鲁迅这儿，情形有了决定性的转折。在民主主义、人道主义价值观的烛照下，封建制度的全部罪恶与丑陋纤毫毕现，它不过是可怕的"人肉的筵席"。封建正统秩序的神圣性和历史合法性转瞬间烟消云散。由于引入了一整套新的价值观，渴慕幸福爱情的女子再也不用像杜丽娘那样在春日的庭院中长嘘短叹，顾影自怜，"良辰美景奈何天，赏心乐事谁家院""可怜你如花美眷，似水流年"。子君大胆率直的宣言"我是我自己的，他们谁也没有干涉我的权利"（鲁迅《伤逝》），喻示着她们在自主、热烈、尽情地作自己的追求了，尽管结局未必有传统婚姻模式下那种表面上的美满。闯荡江湖剪除社会弊害的侠客豪杰在新文学中几乎销声匿迹，取而代之的则是投身人民革命运动的叱咤风云的斗士，他们昂扬的激情，坚强的意志，饱满的乐观主义憧憬成了文学的一大主题："我们的意志如烟囱般高挺，／我们的团结如皮带般坚韧，／我们转动着地球，／我们抚育着人类的运命"（殷夫《我们》）；"我们曾经死了的大地，在明朗的天空中，已复活了"，"在它温热的胸膛里，重新漩流着的，将是战斗的血液"（艾青

《复活的土地》）。1976年后涌现的许多文学作品（《伤痕》《于无声处》《大墙下的红玉兰》《天云山传奇》《布礼》）以人性、人道主义、民主主义的价值观对"文革"前后盛行一时的漠视人性的极"左"的意识形态进行了全面的摧毁性的打击。从人物形象、主观情感、思想意识观念、社会场景到美学风格，新文学创造的是一个虽不成熟完满但又崭新的世界，引入了一整套隐含在形象、风格、结构背后的新的价值语汇。面对这一新奇而庞杂的存在，大众旧有的文学接受模式根本无法招架。如要应付这一新的文学潮流的挑战，它必须对原有的期待视界、价值准则、美学风范进行大规模调整，建立一整套新的接受模式。

但这种颠覆效应毕竟只是潜在的，只具备理论上的可能性。它能否现实化还依赖于一系列复杂的过程。大众文学接受模式的变革，往往以整个社会大文化背景、格局的变革为前提。没有社会文化心理结构的变动，希冀于几支贴着"先锋派"标签的文学轻骑兵去撼动大众文学接受模式的基石，只能是幻想。相反，由于具有先锋倾向的文学蕴含的颠覆力量太大，超出了大众的承受力，以致被目为异端怪物，弃之一边而不顾。"五四"以来的新文学数次扮演了这种悲剧性的角色，陷入衰微的厄运中。

## 四、结言：永恒的间离

历史的发展常常使好心人善良的意愿落空。多少人想弥合纯文学与大众通俗文学间的裂缝，想以"雅俗共赏"的美学风格来消解二者间的对立。但"雅俗共赏"只是极少一部分作品所能达到的境地，而从更广大的范围看，纯文学与大众文学的对立是一个毋庸置疑的存在。

它们似乎处于永恒的间离中，遥相对峙。这种距离无法以政治、经济或文化的手段予以消除。上面长篇大论地描述了纯文学对大众文学接受模式的颠覆效应（尽管只是潜在的），但具有讽刺意味的是，被阿多诺称为"文化工业"一部分的大众文艺正以前所未有的气势、力量泛滥开去，纯文学的生存和发展存在着被颠覆的现实危险——这与世界范围内大众文化同化、消蚀精英文化的总趋势相吻合。人们或许会悲哀地看到，文学由一个不合群、郁郁寡欢的逆子叛臣被改塑为满口甜言蜜语、精于谄媚奉承的宠臣。本来，相当一部分文学作品以对人生真谛的狂热探寻、对人生现实的超越与背离为己任：正由于这样，它才有可能为人们提供变革的精神力量和冲动。一旦纯文学为大众文学同化，它这种超越的灵光便会消失，文学也就不可能有真正意义上的发展，文化或许会进入一个新的停滞时期。也许不必这么悲观，也许二者间的共生共存是最好的局面，但这也将是一种脆弱和困难的平衡。商品化的浪潮在何处会为自己划定界线、裹足不前呢？纯文学又凭恃什么岿然屹立呢？

1991 年 4 月 1—18 日

# 比较文学的危机和价值

比较文学并不是近年来涌现的新兴人文学科。它的正式形成，如果从 1896 年法国学者戴克斯特在里昂大学开设比较文学讲座算起，迄今已有百余年。如果我们在时间的长河里再往前追溯，就会发现早在 19 世纪二三十年代，被尊称为法国"比较文学之父"的维尔曼和安倍，便讲授了带有比较文学性质的课程（维尔曼力图"通过一幅比较图表，说明法国从外国文学中所接受的东西，以及它所给予外国文学的东西"）。一个世纪以来，它由单一的影响研究发展到平行综合研究，由法国扩散、蔓延到欧、美、亚多国，一时蔚为大观。随着各民族文化交流的拓展，比较文学作为一门国际性的人文学科，愈益显示出它的重要性。

但几乎在它诞生的同时，各种疑惑、非议、责难也纷至沓来。人们怀疑比较文学作为独立的文学研究学科的价值和作用，尤其对它是否具有独特的方法论和别具慧眼的文学观提出质疑。意大利哲学家、美学家克罗齐便是其中的代表。他认为比较方法是普通简便的、文学研究不可或缺的一种工具，是"简单的考察性研究的方法"，所以不能成为一门独立学科的基石。再则，他认为比较文学引导人们注意的是"完成的作品之外在历史"，很少涉及文学作品的美学价值和内在结构。

比较文学虽并没因人们的异议而销声匿迹，但疑云却长久地在人们心头徘徊。美国普林斯敦大学比较文学教授厄尔·麦纳尔重新提出了这一问题，他不无感慨地说："在文学的比较研究领域至今尚未对方法论问题开展广泛的探讨。令人奇怪的是，我们中那些自封为比较文学学者的先生，却不去费神过问一下比较研究的法则问题——什么是可比的，什么是不可比的。"（《比较诗学：比较文学理论和方法论上的几个课题》）在美国的一些大学里，人们的这种疑惑与日俱增。奥尔德里奇教授的退休导致了伊利诺斯大学比较文学系的倒台，这一事实也表明了比较文学在一定程度上又遇到了一场危机，它的研究理论和方法论缺乏坚固的基石。人们对那些貌似新鲜、实则牵强附会的比较已感到厌烦，追问这类研究的意义和价值究竟何在。不少学者殚精竭虑，力图使比较文学的研究理论和方法论焕发出新的生机和活力，但往往仍是陷于进退维谷的窘境。

那么，比较文学研究的价值是什么？它到底有没有可能建立起一整套独特的文学理论观和方法论原则？如果不能，它又应该如何界定自身的存在和发展？

一

我认为，比较文学只是一种研究视角的扩大，正如美国杰出比较学者哈瑞·勒文指出的那样，比较文学"旨在荟集各种互相关联的文学的资源，打破使这些文学局限于民族历史范围之内的语言障碍，为寻求它们的共同特征及其背后的原动力提供一个领域"。从某种意义上说，它是一个独特的研究视角，一个框架，一个范围，一个思维场。因此，它没有也不可能有独具一格的文学理论观和方法论原则（其他文学研究也可大量、自觉地运用比较法，尽管它们处在比较文学领域之外）。这种特性肇始于19世纪法国比较文学研究的先驱者。多年来，不少人煞费苦心，企图为比较文学构建一个完整、独特的理论体系，但一切努力皆成泡影。人们不禁要问，为什么比较文学难以建立起独特的理论大厦呢？

理论体系的建立受着种种复杂因素的制约，需要很多条件，并不是人们在心血来潮之际随心所欲便能炮制而成的。其中一个重要的先决条件便是得有一个别具一格的"借喻基点"（allegory）。所谓"借喻基点"，即是理论体系赖以存在和发展的逻辑基点，它是理论的基本假设。"借喻基点"越是深刻、独特、新颖，涉及的问题越是重大、广阔，那个理论体系在人类思想史上占据的地位也越高，价值也越大。文学理论同样不例外。西方文学史上从古到今发生过重大影响的文学理论观无不具有自身别具风貌的"借喻基点"。同是摹仿说，柏拉图从文艺是对理念的影子——现实中的事物的摹仿这一"借喻基点"出发，认为文艺是摹仿的摹仿，"对于真理没有多大价值"，因而应将诗人逐出理想国。而亚里士多德则从文艺对事物的摹仿具有普遍性、富于哲学意味这一"借喻基点"出发，高度肯定了文艺的价值，并探讨了悲剧的净化作用。他还对文艺的体裁分类、悲剧的艺术特征等问题作了详尽的论述。法国古典主义文论将文艺置于理性的永恒光芒中，以文艺作品都要以理性为准绳、表现出对象的普遍性为"借喻基点"，在一整套有关合理、自然、真实、类型及规则的论说中，表现出对古典作品和古典文艺规范（尤其是戏剧中的"三一律"）的极度尊崇，而忽视艺术想象，鄙弃新奇事物。文艺的"借喻基点"到了某些浪漫主义者手中成了——诗是高傲不羁的天才创造力量的体现，于是奔腾不羁的想象、自我表现、个性自由、事物的永恒美成了他们理论的焦点。现实主义与浪漫主义相反，它的文艺观以文学是现实生活的真实再现和写照为其"借喻基点"，并由此引出典型人物、细节真实、环境真实、人民性原则、真实性原则等一系列理论课题。自然主义文学观是以文学是真实人生的纯粹事实的纪录，文学家应以自然科学的实证精神去观察、描写人为"借喻基点"的。由此，人物的生理、病理、遗传等特征以及变态心理、乖戾性格都获得了前所未有的重要性。

20世纪被称为批评的世纪，各种批评理论流派纷然杂呈。它们与传统文学理论批评的根本分野，在于批评理论的"借喻基点"有了根本性的转移。20世纪初在俄国兴盛一时的形式主义批评，反对19世纪风行于世的实证主义文学批评，认为文学的特性正被一些邻近学科淹没，成了哲学、历史、心理学、美学、人种学、社会学等的松散聚合体。因而他们将目光转向文学作品本身，建立了文学的本质在于它和其他事物的差异，在于使普通语言变形的陌生化效果，藉此艺术更新我们对生活和经验的感觉这一"借喻基点"，随之而来的便是形式、技巧、文学功能取得了空前的统治地位。结构主义文学批评具有强烈的反人文主义的倾向，它的理论出发点是——文学是语言某些性能的扩展和应用，是由不同成分组合而成的复杂的"语句"。批评的工作即是发现这些语句组合的"语法"或句法。语言形式问题成了批评的中心问题，文学作品的意义被弃之不顾，作品成了"无信息的编码"。而在英美新批评派那儿，作者的意图和读者的心理反应对批评来说都无足轻重，文学作品是独立自足的复杂统一的有机整体和意义结构这一命题成了它的"借喻基点"，批评的重心便转向对作品的细读，转向对文本特殊性的阐释。我们往下接着考察一下，比较文学是否具备某种理论上别具特色的"借喻基点"？藉此又能否建立一套完整的理论？

可以毫不夸张地说，在其萌生和发展的前期，比较文学是以实证主义的宠儿的身份出现在人文科学的舞台上的。19世纪实证主义思潮在哲学、科学界风靡一时，达到了它的鼎盛时期。实证主义关注的焦点是世界"是什么"，它成年累月地精心编织着包罗万象的实证知识的网络，寻找着事物现象间的外部联系。由于实证主义对一切致力于追寻现象世界背后的本源的学说深恶痛绝，一概斥之为虚妄的"形而上学"，因而它在相当大程度上和范围内排斥了理性思维。它满足于外部事实松散的堆积，不屑于运用理论模式、假说透视对象世界的本质，发现事物内在的、难以为经验察觉的内在联系和深层结构。它陶醉于对繁富多彩的事实材料作单线的因果阐释，无意于从中抽象出多层次的、缜密的概念网络，在思维领域内重新构造对象世界。实证主义的这一特性，使它不可能建立完整的、自成一体的理论。不能说实证主义对世界不持有任何理论化的观点，但这都是一些用于整理实证知识的简单的因果关系原则和框架，它们构不成一个脉络分明、层次井然有序的理论整体。如果说它也有理论上的"借喻基点"，那便是经验和现象范围内的实证知识及其联系是唯一的实在，是人们认识的唯一对象。这种"借喻基点"取消了建立任何庞大的理论体系的可能性。

实证主义在文艺研究和文艺批评领域也有着很大的影响。早在19世纪初叶，史达尔夫人便从宗教、风俗、法律、自然环境诸方面探讨它们对文学发展的影响，并进而阐明欧洲北方文学和南方文学各各不同的特征。圣·佩甫把作家生平传记、心理等"史实"，编成一部形形色色的文学"自然史"，"以间接的方式来揭示那隐藏着的诗或创造"（《各妇女评传》）。泰纳则认为"艺术的制作与欣赏也像风一样有许多确切的条件和固定的规律",但这种规律的探求应"从事实出发,不从主义出发;不是提出教训而是探求规律,证明规律",在这种意义上,"美学本身便是一种实用植物学"。(引文见《艺术哲学》)他将"种族""环境""时代"看作推动文艺发展的根本动力。以《19世纪文学主潮》闻名于世的勃兰兑斯,则将文学史归结为民族心理学,以为通过一国文学可看到某个时期该民族共有的思想感情和心理状态。他们以详尽的材料、深邃的历史发展的眼光、严谨的实证精神,对文学作品和其创作者、社会文化背景及其渊源间的种种关系作了有益的探讨。但由于他们信奉的是实证主义的文学观,因而他们常常不可避免地陷入"起因谬说"中(即单纯从作品产生的原因,如作者、社会背景,来评价和解释作品,以致把它完全归结于起因)。他们详尽地阐明了作家的生平、思想,作品产生的社会氛围和时代背景,民族的历史文化传统,随后便急不可耐地用简单明了的因果关系法则将它们和作品直接联系起来,以为这样一来,文学作品隐藏的秘密便迎刃而解了。他们如此专注于文学的种种外部关系,文学作品的内在特性不知不觉地被忽视了。毋庸置疑,文学作品确实与创作者、社会环境有着密不可分的关系,但作品一旦形成后,它便具有某种独立的生命和价值。它的内在结构方式、语言、读者的接收同样具有不可忽视的重要性。实证主义的文学批评没有涉及这方面的问题,因此也难以建立坚固的文学本体论,难以从理论上对文学创作、文本、接受作整体的把握。它徜徉在一大堆渊源背景材料和几条空泛的原则之中。如果说它有什么理论上的"借喻基点"的话,那就是泰纳的"时代""种族""环境"三要素和圣·佩甫的有关文学"自然史"的论说。

我们之所以把比较文学称作实证主义的宠儿,是由于它的理论基础、研究对象和课题、研究规范和方法渗透着强烈的实证主义精神，是实证主义文学研究的一个分支。法国比较文学研究的先驱者们正是站在实证主义的立场上，将研究对象限于各国文学的外在关系上。卡雷将比较文学的范围限定于"研究国际间的精神关系，研究拜伦与普希金、歌德与卡莱尔、司各特与维涅之间，以及各国文学的作品之间，灵感来源之间与作家生平之间的事实联系"（为基亚《比较文学》所作的序言），各民族文学在其历史发展中，其作家作品之间发生的千变万化的影响、假借、渗透，在他们的研究视野里成了一连串"事实联系"的组合，一系列纯粹现象的描述，一大堆实证知识的排列。他们中某些人将实证主义原则发展到极端，完全排斥文学批评的美学阐释。卡雷公开宣称"比较文学主要不考虑作品的独创价值，而特别关怀每个国家、每位作家对其所借取材料的演变……"（同上），基亚更是将研究重心转向一国作家或作品在另一国的接受和介绍情况。我们从《卢梭和文学的无国界论之源流》《海涅在法国》《歌德在法国》《法国作家与德国幻景》等这些研究论著的题目中对此也可略见一斑。他们在研究中奉单线的因果律为圭臬，即在比较研究中，通过实证事实可以确定一部作品的主题、人物、环境、情节、风格来源于他国文学中一部更早的作品。这可算作他们研究的"借喻基点"。但来源和影响最终无法阐明文学的真谛，按照韦勒克的说法，"艺术品绝不仅仅是来源和影响的总和：它们是一个个整体，从别处获得的原材料在整体中不再是外来的死东西，而已同化于一个新结构之中"（《比较文学的危机》）。在他们的研究论著中，文学在相当大程度上失落了自身，它消失在对来源、影响无穷无尽的追溯中。凭藉着因果律式的"借喻基点"，文学作品的内在结构、语言形式、价值、审美特征被弃之不顾，这样比较文学怎么可能贡献出自身独特的文学理论观呢？在实证主义的土壤里，它也难以孕育出独特的方法论原则。法国学派仅有的理论财富是分别从文学交流过程中放送者、传递者、接受者等角度出发建立起来的"誉舆学""渊源学"和"媒介学"。但这些理论不具备本体论和方法论的意义，它们仅是具体研究过程中的操作规范和程序，对整个文艺学研究来说，缺少普遍价值。

人们还要问，1950年代蜕变后冲破了实证主义樊笼、日益变得开放的比较文学研究是否已找到了独特的文学理论观和方法论原则呢？回答同样是否定的。实证主义的血统使比较文学在理论上先天不足，现在一旦嫁接到人文科学的广阔背景上，它一时手足无措，无法奠立它别具风采的"借喻基点"。在美国学派比较文学是"超越语言界限的文学研究"这一开放性定义的感召下，文学原有的时空界限被打破了，呈现出一片迷人的未开垦的处女地。但丁与屈原、陶渊明和华兹华斯、汤显祖与莎士比亚、杜甫与歌德、紫式部与曹雪芹手挽着手，亲密地对话，在沁人心脾的文学乐园中徜徉。尽管他们生前无缘相会，被分割在不同的时代、地域，然而他们的英灵得以在今日翱翔、相逢。研究者们广采博收，近乎贪婪地掘取宝藏，还将触角延伸到人类精神的其他创造领域——音乐、美术、历史、哲学。它们难道不能和文学作比较研究吗？比较文学非得把它们逐出自己的疆土吗？各民族、各文化体系文学的主题、文体、风格、结构、情调从不同的角度予以比较，美学阐释畅行无阻。浩瀚无垠的对象世界赋予了比较文学无与伦比的广阔视野，但它找不到坚实的根基。"比较"是它和其他学科最终也是最根本的分界线，是它赖以生存的唯一支柱。但对于什么是可比的，什么是不可比的，应该怎样比，迄今缺乏严密的研究规范。勃洛克教授认为，"比较文学研究只受到研究者本人的限制，而不受前一代或当代某几位比较文学家的理论或实践的束缚"（《比较文学的新趋向》），这种浮泛、迂阔的说法无助于问题的解决，反而使单个研究者在纷繁杂乱的对象面前陷入更深的窘境。作为人类认识活动的普遍工具的比较方法，在比较文学研究中尽管有着举足轻重的地位，但它无法成为理论的"借喻基点"，无法凭借它建立自成体系的文学创作、文本、接受的理论。主题学研究经过哈瑞·勒文及其后继者的努力，已形成了系统的理论，但它难以成为整个比较文学研究的理论基石。至于港台某些学者倡导的阐发研究（运用西方现代文艺理论重新评价中国文学）不但没有方法论上的建树，而且这类研究能否归入比较文学还是个问题。文学和人类其他精神领域的比较研究获得的成果更是寥寥。赫尔穆特·哈兹菲尔德的《从艺术看文学》将 17 世纪的法国艺术和文学作了尝试性的对比研究，取得了某些有益的成果，但在这一领域内要建立科学的研究规范似乎更加困难。

因而比较文学许多论著的研究格局显得大同小异，有人将它归纳为这样的三部曲：惊人的相似；深刻的差异；将异同归诸文化历史传统和时代背景的不同。因此，美国学派的平行研究同样招来人们的不满和疑惑。许多学者呕心沥血，试图在比较文学研究理论和方法论上有所突破。香港学者袁鹤翔提出中西文学应在"有限度的背景"上作"慎重的比较或讨论"，试图确立某种规范，用心可谓良苦，但终究回天乏术，未提出切实缜密的模式。李达三的"复合研究法"要我们以尽可能多的研究方法来把握对象。我担心照他的意见，比较文学研究会不会偏离文学这一中心领域，忽视对其美学特征的阐释，重蹈法国学派的覆辙，将文学研究变成思想史、公共舆论研究、心理学等。如果那样，比较文学将陷入更深的危机。

正因为比较文学没有理论上独特的"借喻基点"，没有完整的文学理论观或方法论原则，因而各种西方现代文学批评理论乘虚而入，蜂拥而来：形式主义、原型批评、新批评、精神分析、结构主义、解构主义、女权主义批评、西方马克思主义等以及现代美学和文艺心理学诸流派。比较文学不同类型、不同专题的研究论著或以它们为理论基础，或运用它们的方法论原则，或直接套用它们的研究规范，它们在比较文学各个领域里纵横驰骋，各显神通。比较文学也成了各种新思潮跃跃欲试的演兵场和试验场，成为各种思潮、方法的混合物。但比较文学的这种迅速的发展也是以丧失自己理论上的独特性为代价的。就神话研究而言，近年来就分化出神话比较研究、心理学神话比较研究、语言学神话比较研究、结构主义神话比较研究等分支。作为一种研究视角和框架，比较文学为运用多种学科理论综合研究各民族文学的多方面的异同提供了有益的尝试和可能。但也正由于这样，它被各学科和各种批评模式切割分占，失去了铸造自身特有的理论模式的可能。如果用法学术语来作个比喻，它是一种程序法，不是实体法。

## 二

上面我从"借喻基点"角度说明了比较文学难以建立独特的理论体系，下面再围绕比较学科群的兴衰和人文科学的发展方向对这个问题作进一步的探讨。

19 世纪，由于人们观察、认识世界的视野的扩大，原本单一、孤立、相互隔绝的事物被人们置于纵横交错的历史发展的长河和因果关系的链条上，历史意识和比较意识在科学界空前高涨，催生了"比较解剖学""比较语言学""比较立法学"等聚合而成的比较学科群，比较文学后来也成为其中的一员。以比较语言学为例，它冲破了传统语言学僵死陈腐的教条，超越了民族语言单一、狭隘的眼界，以历史发展的眼光和比较归纳的方法，搜集、整理世界各地的语言文献资料，将具有亲属关系的语言在历史发展中的基本词汇、语音形式、语法构造加以系统的对比研究，探索着语言演变的历史规律，对地球上众多的语言作了谱系分类和形态分类，并对各种语言的类型进行对比研究。与其他比较学科一样，比较语言学盛极一时，取得了丰硕的成果。

尽管以比较语言学为代表的比较学科群矗立了一座座辉煌灿烂的丰碑，但它们在科学上并不是不可逾越的顶峰。历史比较语言学在研究各亲属语言的外在关系和各民族语言的表层特征上取得了很大的成功，但这种"历时性"的研究忽视了对语言"共时性"即横断面的系统研究。比较学科群遵循的历史主义原则，对破除以往科学研究中盛行的形而上学的思维方式有着重大的积极意义，但它对理解分析事物内部的组织方式、结构则有着很大的局限性。以索绪尔为代表的"20世纪语言学革命"将语言学研究的重心转向语言的"共时性"方面，转向对语言内部结构、语言单位组合关系、语言符号的特性等领域，结构主义语言学的兴盛和发展，使它的原则和方法逐渐为许多其他学科接受，在整个人文科学领域形成了声势浩大的结构主义思潮，它在一定程度上标志着人文科学某种发展趋向。而带有浓厚实证主义倾向的比较学科群在与以语言学为前锋的结构主义学科群的抗衡中，逐渐衰落，不再占据人文科学的主导地位。语言学的理论原则和方法对西方现代文学理论的发展产生了决定性的影响，它常常超出了纯粹文学语言的领域，涉及整个文学以至整个社会文化的根本问题。在某些现代文学理论流派中，语言成了文学研究和批评的中心，它们感兴趣的不再是语言如何反映现实，而是语言如何形成人们对世界的认识。语言学的某些原则、模式被直接运用到文学研究中来。结构主义文学理论便是一个突出的例子。结构主义批评大师巴尔特说："语言是文学的生命，是文学生存的世界；文学的全部内容都包括在书写活动之中，再也不是什么'思考''描写''叙述''感觉'之类的活动之中了。"语言本身获得了至高无上的地位。结构主义者致力分析作品不同层次的结构，并由个别作品的结构深入到文学总体的结构。他们突出的成就是通过对叙事活动的分析，用语言学类推的方法建立了"叙述语法"。后结构主义之所以把作品本文看作是没有确定意义的破碎不堪的符号的集合体，是批评得以任意驰骋的自由空间，在于它对语言符号独特的反传统的看法：语言符号的能指与所指没有固定的区别，符号的意义忽隐忽现地分布在整条能指链上，形成一个不可穷尽的复杂串联。俄国形式主义专注于分析实用语言和文学语言的对立和差异，关心实用语言经过文学加工后呈现的"陌生化"的效果。这一派的代表人物雅各布森坚持认为，诗歌文本与非诗歌文本的区别可用纯粹的语言标准进行衡量，"诗性首先存在于某种具有自觉的内在关系的语言之内"。英美的新批评虽然没有直接套用语言学的理论和模式，但它也将语言作为关键因素来界定文学。作品本文是它的理论重心，它将本文视为一个"复杂的词语结构"，词语富于模仿性和"象形性"，而词语的象征性依他们的看法能创造比拟关系的复杂网络。精神分析批评与语言也有密切关系。精神分析原本是一种"讲述疗法"，整个疗程存在于病人和医生的对话中，用于诊断的材料在很大程度上是语言性的。一旦将它移用到文学研究领域，语言的重要性便不言而喻了。苏联具有马克思主义倾向的巴赫金学派，把文学视为现实生活中的一种语言实践。而语言在他们那儿又是对话和谈话，藉此他以"复调小说"来概括陀思妥耶夫斯基小说的艺术特征。

以上这些文艺理论批评流派，与19世纪以实证主义为基础的传记批评、社会学批评有着迥然不同的特色。它们大多把目光投注于文学作品的结构、艺术形式、功能，尤其是语言，在不同程度上流露出语言中心主义的倾向。不能说这些探索都是成功的，但与传统文论相比，它们毕竟取得了许多重大的进步，尤其在语言的研究上。将语言的作用绝对地夸大、神化，必将导致谬误，但语言实在并不是人们以前认为的仅仅是运载思维的工具。语言是人们与周围世界发生关系的一种方式，它在很大程度上参予了解释、观察世界的方式。呈现在我们面前的世界面目往往取决于人们的语言系统。以这样的观念重新审视文学，我们便可能形成某种新的文学理论观，对文学的内在结构和特性有更深一层的理解。

今天，要想贡献出别具风采的文学理论观，就不能不考察文学的内在结构，不能不考察文学的语言特征。而这一切都是比较文学难以胜任的。当今的比较文学从它的实证主义祖先那儿继承的理论遗产是非常可怜的，根本不足以使它对文学的内在特性作系统的考察。尽管在各种学科交叉融合日益发展的今天，它可以大量吸收现代文学理论的丰硕成果，进而探索文学本体的种种奥秘，但这毕竟是一种"大杂烩"式的拼凑。在比较学科群衰落和人文学科转向研讨语言符号的特征和事物内部复杂的结构的科学氛围里，仅仅依靠"比较"这一普遍运用的工具，不可能有效地对文学纷繁杂乱的内在结构、多彩多姿的语言特性等因素作出有价值的解答，建立一个系统化的文学理论观。

## 三

　　以上这些繁复的论证无意于否定比较文学研究的存在价值。比较文学这一学科在理论上有着很大的局限性,我们的分析力图使人们对此有清醒的认识,它并非那么无所不能,并非是高踞于文艺学殿堂宝座上的佼佼者,但它也具有特殊的优势。作为文艺学领域内的一门交叉学科和辅助学科（雷马克语）,它的实践意义和价值远远超出它在理论上的建树。在各民族文学交流日益频繁的今日,它为人们在超出语言和国界的更为广阔的背景上理解文学、考察文学发展的总体趋势,加深对各民族文学特性的认识,都不是可有可无的。

　　比较文学诞生以前,文学研究大都拘囿于民族文学的单元结构的格局中。尽管它也或多或少地涉及其他民族的作家、作品、文学潮流,但这只是零零碎碎、若隐若现、残缺不全的。文学研究被囚禁在各民族语言牢笼中,从而形成的文学观念也不可避免地带有极大的局限性和民族狭隘性。比较文学研究的崛起,正是为了打破各民族文学研究封闭、单一的状态,在更大的背景上将它们联结为一个整体。比较文学奠立了二元或多元结构的研究模式,外民族文学不再是依附于本民族文学这一研究主体的外来的异质,而是作为一个整体呈现在研究者的视野中。在这种二元结构里,两种或多种文学被置于对等的地位上（尽管在具体研究中,几国文学相互间的影响强度是不均等的）,占统治地位的单一的主体消失了。这样比较文学就为冲破语言的樊篱,在一个更广阔的背景上理解文学提供了可能。我们的视野一下扩大了好多倍,呈现在人们眼前的是多种文学语言系统形成的网络世界,它们处于不断的流动、变迁中。浪漫主义不是在英国、法国、德国、俄国互不相关地发展，它是全欧洲范围的文学运动。史雷格尔兄弟、诺瓦利斯、夏多布里昂、拜伦、雪莱、雨果、曼佐尼、普希金、莱蒙托夫互相汲取着灵感，启迪着灵智，焕发着激情，构成了一个浪漫主义多声部的大合唱。而中国"五四"以来的新文学巨匠鲁迅、郭沫若、茅盾、巴金、老舍、曹禺，他们并不只是中国本土传统文化的忠实继承者，他们的精神世界和异域的果戈理、契诃夫、歌德、惠特曼、托尔斯泰、左拉、卢梭、狄更斯、奥尼尔纵横交错地发生着感应和共振。他们因此被纳入近现代世界文学的总体框架之中。

对于各民族文学中大量在历史发展中没有产生实际联系的文学现象，比较文学中的平行研究也将它们纳入二元或多元比较结构。它是各种语言的文本在比较学者脑中建立起来的一种联系、一种对话、一种多重意义结构。比较学者不拘泥于文本产生的具体实在的历史条件，超越了文本的时空局限，将它们互相参照、阐发，实际上他创造了一个可能的文学世界。戴着形形色色神秘面具的各远古民族的创世神话、英雄传奇济济一堂，互叙款曲，而富有浓郁的东方古典情调的《诗经》、《楚辞》、李白、杜甫、李商隐、苏轼、曹雪芹与西方世界的《荷马史诗》、维吉尔、但丁、歌德、莎士比亚等开始了多层次的对话。它们各自的生命在延伸，意义在丰富。我们为各民族的文本找到了更为广阔的理解背景，通过对它们声音、意义、人物世界、形而上观点等各个层面的比较，揭示出共有的结构和功能，揭示出丰富多彩的文学世界中一种隐秘的联系，一种精神价值上的联系。随着各民族文学交流规模的不断扩大，理解、交融的不断加深，比较文学的研究对象将愈来愈广阔、丰富，这种前景是比较文学研究得以不断发展的现实源泉。它尽管无法提供精密独特的文学理论观和方法论原则，但其研究成果将对整个民族的文学观念产生有益的影响。它将使人们形成对文学新的理解和感受，克服原先文学观中的狭隘面，重新调整文学研究的格局，建立更为丰富、深刻的文学观。

由于比较文学是超越语言界限的文学研究，因此，一些人认为比较文学的宗旨便在于寻求人类文学发展的共同规律。问题首先在于，文学是否像自然界一样，有着某种不以人们意志为转移的客观规律？诚然我们可以试图打破现有的国别文学史的框架，编写一种新颖的、综合的、超越民族界限的全球文学史，探讨人类文学的整体发展历程。结果我们发现，欧洲、俄国、美国、南美的文学在历史发展中有一种十分密切的联系，可以说存在着某种共同"规律"。但许多东方国家的文学（包括中国）与众多的西方文学在历史的漫长岁月里几乎没有什么影响和交流，它们之间在价值观念、主题、风格、人物、情感意蕴、语言形式、结构、体裁等方面存在着一系列巨大的差异，实在难以找出什么共同的"规律"，如果硬要挖掘，得到的不过是最普泛的几条法则，对我们理解人类文学的奥秘未必有什么价值。而且文学并不是超越于人类精神活动的客观对象世界，而是人类情感智慧活动创造的结晶。它是一个与自然界迥然有别的人文世界，狄尔泰在《人文科学引论》中说："人文世界是一个自由和创造的世界。"它最根本的价值即在于它的独创性。各个民族文学、各个作家、各部作品在历史的长河中都闪烁着奇异的光彩。而文学最深沉的意蕴潜藏在语言形式构成的作品之中。几条空泛、无力的法则对我们并不会有多少帮助。文学的发展是多元的，有许多源头，积累了不同的文学传统，有着不同的审美方式与标准，在一定意义上，它们是不可通约的，无法找到一个中立的、居于各方之上的客观标准来判别孰优孰劣，它们会发生冲撞、交融，但仍顽强地保持着自己的特性和印记。在广阔的文学交流的天地中，经过相互比较、映衬，它们的独异性更其鲜明，这一切为我们从内部去理解它们开辟了途径。韦勒克的见解在这儿对我们不无教益："事实上，恰恰就是'文学的民族性'以及各个民族对这个总的文学进程所作出的独特贡献应当被理解为比较文学的核心问题。"（《文学理论》）

1987 年 7 月

时文别解

# 老树繁花"闪耀的韵致"和迷津

## ——《繁花》审视世界的方式及其他

## 一　《繁花》的风靡文坛与叙述形式上的特性

早在 2012 年，一部描绘上海市井生活画卷的长篇小说《繁花》悄然登场。它问世后不久，旋即出人意外地风靡文坛，赢得批评家和众多读者的广泛赞誉，不仅摘取了中国文学界的最高奖——第九届茅盾文学奖，而且洛阳纸贵，销量节节攀升，迄今已达百万册之余。2024 年初，由香港著名导演王家卫执导的电视剧《繁花》在全国热播，一时形成人人争看的盛况。尽管电视剧与金宇澄的小说原作存在鲜明差异，但它的传播也推动了小说原作的热销。

一部以上海市民在 20 世纪 60—70 年代以及 90 年代的日常生活为描写主体的小说，如何能在众多同类题材作品中脱颖而出，成为众人追捧的爆款？自 20 世纪 90 年代起，对上海这座城市及其历史、世俗风情的描写成为文坛的热点之一，王安忆的《长恨歌》堪称其中的佼佼者。应该看到，王安忆的大量作品都是以上海为背景，《长恨歌》仅仅是其中最引人瞩目的一部。其他作家聚焦上海市民生活的作品也为数不少，王小鹰的《长街行》便是其中影响较大的。而金宇澄的《繁花》之所以能先声夺人，与其小说叙述语言与形式的特性有着不解之缘。

《繁花》问世后一些批评家便察觉到了这一点。扑面而来的浓郁的世俗生活气息，历史变迁中普通人的悲欢喜乐，隐伏在上海这座城市各个角落飘移不定的欲望，以及文本中俯拾即是的沪语方言词汇——都构成了这部小说吸引读者眼球的因素，但仅止于此，这部小说还难以产生如此巨大的影响力。人们被它牢牢吸引，但似乎也说不清其中的缘由，有批评者曾生动地讲述这种令人亢奋而迷惑的阅读经验：他在阅读完《繁花》后会感到有某种程度的晕眩与不适，过后他会有种耳目一新之感，他会发现自己的视力和听力都增强了，对作品和作品外世界的认识无意中提升了一步。①

而金宇澄本人并无精深玄奥的理论前设，他在创作过程中依傍的更多是长年创作、编辑的经验与直觉的体悟。他在全书的"跋"中坦言："话本的样式，一条旧辙，今日之轮滑落进去，仍旧顺达，新异。"② 不难发现，他仿效的是肇始于宋代话本小说的传统笔法和风格，在百余年中外文学交流融合的情状下，这一本土古旧的传统依然葆有强健的活力，洋溢着"闪耀的韵致"③。

从《繁花》的外在形式上看，它并不是一部严格意义上由现代人写成的话本小说，至多可视为一部"仿话本"作品。口语体的话本小说由艺人的说书底本演变而来，其在明清时期蔚为大观，其有一套相

---

① 张定浩：《拥抱在用言语所能照明的世界：读金宇澄〈繁花〉》，《上海文化》2013 年第 1 期。

② 金宇澄《繁花·跋》（批注本），长江文艺出版社 2023 年版，673 页。

③ 同上。

对固定的体式规制：全书分成数十、上百甚至更多的章节，每个章节前有单句或双句对偶的标题，称为"回目"，用以概括这一章回的内容。反观《繁花》，它由"引子""尾声"再加 31 章组成。由于全书运用了双重叙述线索，分别将沪生、阿宝、小毛等人在 20 世纪六七十年代和 90 年代的生活娓娓道来，相互间形成紧密的呼应对照。为了便于阅读，作者在章节的标示上也作了区别：涉及六七十年代的用汉语大写数字"壹贰叁肆伍"依次标出，而描绘 90 年代故事的使用的则是小写体"一二三四五"。二者轮流交替出现，构成了犬牙交错、缠纠盘结的叙述结构。但这一将两个不同年代的情节交替推进的方式并没有贯穿始终，第 29、30 和 31 章讲述的全是 90 年代的故事。此外，与话本小说不同的是，作者并没有给每一章添加提示故事内容的回目；书页在机械的数字后则是纯然的空白。在这一点上，《繁花》继承的恰恰是"五四"新文学运动前后引入的西方小说的章节样貌。它不刻意给每一章节增加标题，如果有自然也无妨。

　　既然在叙述的外部体式并没有悉心模仿话本小说，那作者为何一再对它念兹在兹呢？细读《繁花》文本，便可探摸到其间的几分缘由。应该承认，金宇澄本人津津乐道的"闪耀的韵致"既源自充溢着浓烈烟火气的上海市民的日常生活，源自跃然纸上的众多鲜明的人物形象，源自他们脱口而出的表现力极强的上海方言语汇习语，又源自其在当代小说创作中罕见的叙述格调、情态与叙述方式。对于这种特性，作者曾作如此解释：《繁花》"有对话、有场景，却是整块互相连接的文字，如果是在一般的长篇小说里，会写五页到六页，我只有紧密的 1 200 字，所以有读者说，《繁花》是看不快的——它没有水分，挤在一起。我如果分行，按一般方式排列《繁花》内容，估计就有三到五大本了，传统叙事的每章就是一整块文字，有话则长，无话则短，把事交代了，主要的说了就完了，中国式的简洁"①。

正是以上这一仿造话本小说叙述的特性，造就了《繁花》特有的魅力。它放弃了"五四"以来逐渐形成的新文学小说创作的模式，不再倾注笔墨描绘人物活动的背景、人物性格的塑造，以及幽冥难辨的心理流变，而是专注于人物的对话，像话本作品那样，人物的对话成为作品文本的主要构成部件。而且作者不止于此，它不像当今许多小说惯常将人物间对话分行排列书写，而是将其压缩到一整段文字中，不仅仅在视觉效果上而且在情节内涵上大大增强了作品叙述肌理的浓密度——而这恰恰是中国话本小说的传统风貌。

单单依据这一点，并不足以解释小说《繁花》甫一问世何以产生如此广泛的影响。不少受中国古代小说技法熏染较深的作家采用了类似的写法，诸多人物间的对话和相应的行动被统合在一个绵长的自然段落中，形成密匝厚实不透风的效果。熟稔《红楼梦》《海上花列传》的张爱玲在许多作品中作了类似的处理，而以《长恨歌》等作品闻名的王安忆也是这样。

应该承认，《繁花》的魅力并不仅仅在于吸纳了传统小说的众多资源，更为重要的是，它生成了一种新的美学样态，就像作者自己模模糊糊意识到的那样——"我希望《繁花》带给读者的，是小说里的人生，也是语言的活力，虽然我借助了陈旧故事与语言本身，但它们是新的，与其他方式不同"②。这里需要追问的是，他所刻意描摹的那种生活情态和使用的语言的活力究竟向人们展示了何种新颖独特的品质，

---

① 金宇澄：《〈繁花〉创作谈》，《小说评论》2017 年第 3 期。
② 金宇澄：《繁花·跋》（批注本），长江文艺出版社 2023 年版，第 674 页。

以至于作者可自诩为酿造出了"闪耀的韵致"?

　　对此,批评家陈晓明先生作了独到新颖的剖析。在他看来,金宇澄在《繁花》中采用的是一种相当特殊的叙述策略,他并不追求全书在叙述风格、色调上的整一性,而是在对 20 世纪 60—70 年代和 90 年代不同方式的书写中对二者加以调和与微妙的整合,似是而非,至少在表层弥合了其间触目的裂缝,进而铸造出一种新型的美学风貌。《繁花》对 20 世纪 60—70 年代的描绘很大程度上从个人的记忆生发,而对 20 世纪 90 年代生活的展示则将当时风行的有关"老上海"的诸多想象融合了进去。作者让 90 年代的生活场景变得貌似老上海的岁月,藉此上海这座近代拔地而起的大都市的文化韵致流溢而出,就这样"上海想象"从 90 年代的经济繁荣盛景逆行到了有关老上海的种种记忆当中[①]。小说对沪生、阿宝、小毛等男性主角和蓓蒂、兰兰、大妹等女性人物在 20 世纪 60—70 年代的命运遭际的描述与 80 年代风行的"反思文学"有着异曲同工之妙,虽然从写作年代看它们之间相隔有数十年之久。《繁花》对这条情节线索的设置充溢着浓烈的历史感,虽然它最为吸人眼球之处在于对特定时期市井生活风貌和人们暗潮涌动的感性欲望的展示。用通俗的话来说,它是用古代话本的笔法写出了沪生、阿宝等人的青春成长故事。相比之下,20 世纪 90 年代的上海故事仿佛是对昔日老上海的回归,又是新世纪全球化时代璀璨靓丽的风景线。原先蛰伏潜行的欲望浮涌到光天化日之下,一个个欲望故事像是一长串肿胀的泡沫,弥漫在大街小巷,过后留下的则是一片浮华后的空茫与虚无。尽管沪生、阿宝、小毛仍穿梭

─────────────

　　① 陈晓明:《当代史的"不响"与转换——〈繁花〉里的两个时代及其美学》,《文艺争鸣》2018 年第 9 期。

往返于喧嚷的都市空间中，但他们已不再是历史舞台的主角，梅瑞、康总、徐总、汪小姐、李李、玲子等人长袖善舞，成了 90 年代无可争议的主人。如前所述，在全书的最后三章及尾声中，60 年代已在历史的暗处消隐不见，但整部作品的结局带着如《红楼梦》"白茫茫一片真干净"般的凄凉悲郁的情调——几经情场浮沉之后，李李看破红尘，削发为尼，小毛英年早逝，而沪生、阿宝人到中年，情无所系，栖栖遑遑，一曲悠扬的《新鸳鸯蝴蝶梦》将这一出新上海故事引向终点——"看似个鸳鸯蝴蝶/不应该的年代/可是谁又能摆脱人世间的悲哀/花花世界/鸳鸯蝴蝶/在人间已是癫/何苦要上青天/不如温柔同眠。"①

在这一时间倒置的叙述策略中，在《繁花》的叙述中占据半壁江山篇幅的 20 世纪 90 年代的生活场景被虚化了，从中抽去了具体的历史意蕴，被吸纳到老上海故事之类的文化符号当中加以呈现。在陈晓明先生看来，作者专注于探求昔日老上海的韵致，人物的音容笑貌虽然都安置于都市的浮华场中，韵味和价值也就点点滴滴地透示出来了。可以说，金宇澄所描画的不再是个人，而是上海人，他们从历史烟云中走出，历史的创伤没有沉甸甸地压在他们心头，有的是历经沧桑的沉着稳重。这样的情节构造由此出现了一种反向的历史感：虽然它与 20 世纪 60—70 年代相比显得表面和浮华，但从更为久远的现代之初的老上海却绵延而至，它以怀旧的文化韵致维系住了这些男男女女的卿卿我我，保住了 20 世纪 90 年代生活的文化韵致。本来无法整合的当代史，现在因为有了更老旧的历史底色，被隐藏在历史深处的"不

① 金宇澄：《繁花》（批注本），长江文艺出版社 2023 年版，第 669 页。

响"笼罩住了，在人们心中重新建构起了历史的某种连贯性。①

正是以这样一种迂曲幽秘的方式，《繁花》中渗入字里行间的"闪耀的韵致"烟花般腾空绽放。它将 20 世纪 60—70 年代特殊时期青年一代艰辛的成长历程和 90 年代熙来攘往、各色欲望恣肆无忌的上海当代都市生活悉数嵌套在话本小说古旧的外壳中，赋予上述已被多次书写开掘的材料以一种前所未有的新鲜色调，让读者沉浸在耳目一新的感受中。它仿佛是生长在已逝岁月累累叠积的废墟罅隙中的艳丽花朵，落日为它们镀上了一层金黄色的光焰，随风摇曳，恍然间光焰转为火焰，散溢出夺目的炫彩。走近了看，奔涌而过的生命之流早已消隐沉落，在辉煌的余烬中曾经狂野一时的血性凝结为温润绚丽的琥珀，激惹起人们对那段时光的无穷追忆与缅想。正是上述特性，形成了《繁花》在当代小说创作中别具一格的美学风貌。它既是对源远流长的中国古典白话小说传统的深情致敬，也是旧瓶装新酒式的推陈出新，是某种不乏创造性的变法。

## 二 《繁花》的双重文本层面

如上所述，《繁花》中交替推进、互相呼应的两条情节线索分别聚焦于 20 世纪 60—70 年代和 90 年代的上海城市生活。如果二者间仅仅是描写对象和年代的差异，那么整部作品从风格外貌上而言还是浑然一体的。但由于两条线索采用了不同的叙述方式，因此在《繁花》文本中形成了双重叙述层面：一个是极富历史情境感、近乎经典现实主

---

① 陈晓明：《当代史的"不响"与转换——〈繁花〉里的两个时代及其美学》，《文艺争鸣》2018 年第 9 期。

义的画面;另一个则是超越了时空限制、繁富细碎、枝蔓横生的对日常生活场景与氛围的描绘。展示宏大历史风云变幻的现实主义描写与对市井生活浮世绘式的呈现,二者在创作者的追求与具体写作技法间都存在不小的差异,而金宇澄则凭借对超越在历史风云变幻浪潮之上的日常生活画面的精心描绘,很大程度上弥合了文本内部的这一罅隙。

先来看一下《繁花》如何处理20世纪60—70年代那段特殊历史时期色彩斑斓、纷纭芜杂的生活情状。毋庸置疑,作者叙述的主镜头聚焦的是阿宝、小毛、沪生、姝华等人的青春岁月。阿宝由于祖父经商,生活一时间优渥有加。在时代的暴风骤雨中,他们全家人一夜间被扫地出门,蜗居在简陋的工人新村中。家道中落使阿宝尝尽人生悲酸,他和家人在陌生的环境中挣扎,一时间找不到出路。沪生的经历一定程度上是作者本人经历的浓重投影。[①] 他在动荡初起时是个逍遥派,后因父亲被隔离审查,从让人羡慕的部队子弟一下跌落到底层。在那个让人备感压抑的年代,他和姝华一同醉心于穆旦的诗歌,构建出一个专属于他们的私人小天地。但好景不长,沪生先是到街道小工厂、日后到各地做采购员为生;姝华怀着一腔激情和家庭决裂,毅然决然去东北插队,不久嫁为人妇,生养了三个孩子,陷入底层生活的泥淖而无法自拔,这一结局令人唏嘘不已。

从出身来看,小毛属于根正苗红的工人之家,但他的命运也是一波三折。他很早便进入工厂工作,目睹了人们潜藏的情欲如何在阴暗的角落漫流:在车间的冲床边上,一对中年男女奇异的偷情给他上了

① 程光炜:《为什么要写〈繁花〉:从金宇澄的两篇访谈和两本书说起》,《文艺研究》2017年第12期。

性启蒙的第一课。日后他与长年闲居在家的海员之妻银凤私通，母亲发现隐情后逼他和春香匆忙成婚。然而，天不假年，没多久春香在临产时意外死去。虽然出身阶层不同，小毛的生活并不比同年龄的伙伴沪生、阿宝更自在幸福。

应该承认，《繁花》中对 20 世纪 60—70 年代生活的展示充满了丰富的历史意蕴。阿宝、小毛、沪生、姝华等人的命运遭际充分体现了历史潮流的无情与凶险，它并不向人们允诺一个恒定美满的结局与前景，而是不停地将众人抛置于历史的惊涛骇浪之中，任其上下浮沉。从这个意义上说，金宇澄这部小说对那一特定历史时期的呈现符合经典现实主义的风范。

德国学者埃里希·奥尔巴赫在分析近代现实主义的奠基之作《红与黑》时认为：“这些出场人物的性格、行为举止以及彼此之间的关系都与当时的历史状况密不可分。时代历史政治与社会条件以从前任何一部小说，以至于任何一部文学作品——除了那些仅有政治性及讽刺性的作品以外——所没有过的详尽、真实的形式穿插于情节之中。”[①]与以往时代的写实作品不同，近代兴起的现实主义文学不仅仅要细腻地展示社会生活的真实外观，还要让活动于其间的人物的言行举止与生活的时代有一种水乳交融的紧密关联。在对巴尔扎克的《高老头》和福楼拜的《包法利夫人》中相关段落作了阐述之后，奥尔巴赫概括出了现实主义作品的基本特性：“严肃地处理日常现实，一方面使广大的社会底层民众上升为表现生存问题的对象，另一方面将任意的日常生活中的人和事置于时代历史进程这一运动着的历史背景之中，这就

---

① 埃里希·奥尔巴赫：《模仿论——西方文学中所描绘的现实》，吴麟绶等译，百花文艺出版社 2002 年版，第 508 页。

是当代现实主义的基础。"①

　　以西班牙作家塞万提斯的《堂吉诃德》为例，便可说明这一问题。《堂吉诃德》以主人公穷乡绅吉诃德几次假扮骑士出游的喜剧性经历，展现出 16 世纪后半叶到 17 世纪初期西班牙社会的广阔画面。据统计，约有各个阶层的 700 个人物出现在这部作品中。虽然堂吉诃德是世界文学长廊中一个著名的典型人物，但就这部小说本身而言，它还称不上奥尔巴赫眼中具有"近代现实主义"特性的作品。不是说《堂吉诃德》展示的生活场景不够鲜明生动，也不是其中的人物缺乏生气与活力，而是堂吉诃德及侍从桑丘的性格、命运与当时西班牙"黄金世纪"的具体历史情况间没有建立起一种有机的联系。堂吉诃德是一个耽于幻想、混淆了真实生活与梦想界线的奇人，但仿效中世纪骑士出游的壮举在时间轴上往前或往后推移数十年或百年，都不会对他的命运产生实质性的影响。在塞万提斯笔下，他置身其间的西班牙社会，缺乏 19 世纪作家司汤达、巴尔扎克、福楼拜等人作品中具备的那种精确的时代感，作品中的那些人物也不像后代的法国作家笔下那样与具体的历史情境一一对应。

　　相比之下，金宇澄的《繁花》对 20 世纪 60—70 年代上海城市生活的描摹充满了相当明晰的时代感，尤其是 60 年代后期和 70 年代前期社会生活的某些标志性的印记赫然在目。然而需要指出的是，一部写实小说富有浓郁的特定历史年代的气息，并不等同于作者本人的美学旨趣和追求。尽管《繁花》整部作品触及诸多无法回避的历史事变，

---

　　①　埃里希·奥尔巴赫：《模仿论——西方文学中所描绘的现实》，吴麟绶等译，百花文艺出版社 2002 年版，第 551 页。

书中的人物命运轨迹的走向与时代息息相关，但金宇澄并不像巴尔扎克那样立志要做时代忠实的书记员，他最大的兴趣投注在"小说里的人生""语言的活力"及那些超越具体历史情境制约的因素上。①

在《繁花》中，历史背景只是一种稍纵即逝、不断变迁的背景装饰。金宇澄并不像巴尔扎克等经典的现实主义作家，满怀雄心，要去解剖社会机制运作的奥秘，去探究那个特定时代人们精神与行动间的复杂纠葛，揭示伦理风尚兴衰流变的规律。他的兴奋点永远针对处于生活大舞台中心的活生生的个体，关注着他们带有浓重乡土气息的方言俚语，他们特有的言谈举止方式，他们对上海这座城市不无畸形的情感依恋，而宏大纷乱的历史背景常常下沉为次要因素。正如诗人、学者陈建华察觉的，在海量的以上海生活为对象的作品中，《繁花》可谓卓尔不群。它们大多没有像《繁花》那样描写 20 世纪六七十年代的上海生活，在密密匝匝的日常生活细节中写出了在地的质感、广角视域与历史气息。②

此外，金宇澄曾讲述过他本人的创作追求旨趣，即"《繁花》的主题和内容，可以用这句话做题记，'爱以闲谈而消永昼'，古代文人的标准，等于旧时代笔记体的样子，几个人闲聊，消磨时光"③。这是一种人生态度，一种洒脱的生活方式，一种审察人世的方式，一种疏淡的审美态度。正是这一典型的中国旧式文人趣味孵化出了《繁花》小说文本中另一个层面——世俗人生的画面，庸常的市民生活。它们被赋予某种超越特定年代的永恒元素，还原到人类生存的最基本的原初

---

①　金宇澄：《繁花·跋》（批注本），长江文艺出版社 2023 年版，第 674 页。

②　陈建华：《世俗的凯旋：读金宇澄〈繁花〉》，《上海文化》2013 年第 7 期。

③　金宇澄：《〈繁花〉创作谈》，《小说评论》2017 年第 3 期。

层面，即每个人不可或缺的日常起居，饮食男女以及生老病死等生存经验与框架。正是这种海水般涌动不息的日常生活，高高耸立在走马灯般变换的各种理念、社会变革的潮流之上，而上海市民的日常生活也依然体现出人类生活的永恒性，这也是上海这个独特的开放城市在中国式现代化道路上显露出的深邃面目。细读之下可以发现，《繁花》在对阿宝、小毛、沪生、姝华等人命运的展示中，并不刻意地去叩问他们与那个特定时代的联系，而是在日常生活的框架中，以鲜活、接地气、方言韵味浓厚的语言倾全力展示活色生香的人生况味与意趣，抒发作者深藏于心的感慨。

这一写作姿态在描绘 20 世纪 90 年代上海生活时有更充分的体现。将《繁花》中对这两个不同历史时期的描绘加以对比，不难发现，在对 20 世纪最后十年的描写中，小说情节推进的场景已悄然从先前的弄堂、阁楼、老洋房、工人新村、马路街头，转移到了茶肆、咖啡馆、餐厅、旅馆、夜总会、K 房等更为舒适也更为私密的都市空间之中，书中众多人物穿梭云集的"夜东京""至真园"便是其中的代表。人们此前一度潜藏于地表之下的欲望，在 90 年代宛如打开了的潘多拉魔盒，一无遮掩地喷薄而出，往昔葆有的理想与激情一夜间消耗殆尽，留下的只是及时行乐的狂欢过后焦黑的废墟与空茫的冻土。人们似乎丧失了对历史的记忆，他们活在当下，也只为当下而活着。

20 世纪 90 年代也仿佛是绯闻事件各种八卦泛滥成灾的年代，它们牢牢地占据了《繁花》文本的叙述高地。全书"引子"开篇出场的陶陶除了妻子芳妹外，还与潘静、小琴之间有着情感瓜葛。对于投怀送抱的潘静，他是下狠心斩断了情缘，但最终未能逃脱心计颇深的小琴布下的罗网。几经周折与芳妹离婚后,陶陶没来得上享上几天福,小琴便在阳台意外坠亡。如果仅止于此,他们俩人的恋情尚且能显现出一缕难得的浪漫诗意,但陶陶在小琴死后读到了她在记事本中袒露的真实心迹,一时间精神崩塌,陷于寻死觅活的绝境。这成了对为人津津乐道的男女爱情的绝妙嘲讽。

徐总与汪小姐的关系更为不堪,他们在外出旅行时有了一夜情。后来汪小姐发现自己怀孕,为了给未出生的婴孩找一个体面的父亲,便与小毛假结婚。阿宝与李李一时间倾心相好,但无意与之成婚;背负着情感的累累伤痛,李李最后看破红尘,削发为尼。厌倦了家庭生活的梅瑞钟情阿宝,阿宝却忙不迭地躲开;她再移情康总,康总也不想趟这波浑水;梅瑞最后不顾伦常,竟陷入与母亲的情人小开的畸恋中而不可自拔。在这众多人物当中,沪生在男女关系上显得相对超脱漠然。他与妻子白萍婚后不久,她便奔赴海外,两人的婚姻名存实亡。只有在对昔日恋人姝华的追忆中,沪生才能找到些许情感上的慰藉。

不言而喻,与 20 世纪 60—70 年代相比,哪怕是与 80 年代相比,90 年代生活中经济因素日趋占据主导地位,而回归日常性成了它的主调。因而从这个意义上说,《繁花》对 90 年代生活的展示与描写天然带有越超历史宏大叙事的日常性与庸常性的特征。尽管人物的命运一波三折,他们的欲念渴求屡屡受挫,但这一切毕竟都是在日常生活的平面上展开,不深度触及政治、精神理念和社会变革等宏大命题。一桌又一桌的酒席欢宴,道不完说不尽的家短里长,织就了一张上海市民世俗生活的繁密网罩。就在这世俗性的网罩中,作者不经意间将六七十年代不无异质意味的生活场景挪移过来,刻意凸显它们在表现日常生活场景上的一致性,藉此将其间的差异与罅隙抹平,让原先不无刺眼的双重文本层面隐没在齐整无缝的外观之下。

也正是采用了这一写作策略,《繁花》中呈现的上海都市生活是高度市民化的场景聚合,即使插入了大量 20 世纪 60—70 年代特殊的时代画面,但文本主要呈现的还是超越历史变迁的日常生活之流。也正因为如此,它将一些敏感的话题暂时悬置乃至彻底加以屏蔽,就此,作家在将诸多都市生活中原本历史背景鲜明的事件推向叙述的前台时,它们已被体现着人类基本生存经验的日常性淡化,乃至彻底虚化。早有批评家敏锐地察觉到在《繁花》文本中,许多与都市生活密切相关的话题根本没有被触及,甚至成为被遗忘的凝固话语,无法有效地参与到城市的文化想象中。① 而貌似生生不息的日常生活为都市叙述罩上了一副永恒的假面,恒久、坚实而又单调乏味。而这在某种程度上其实是《繁花》向传统话本小说、白话小说所作的一种当代传承与赓续。

## 三 《繁花》审视世界的方式

在文坛横空出世的《繁花》,在很大程度上是对中国传统话本小说及其衍生的白话小说的一次致敬。这一姿态不仅仅体现在形式体制上的借鉴,也体现在创作者主体审视世界的方式上。话本作品的作者大多承袭他们生活时代的主流思想观念,尽管笔下展示出来的人物场景纷繁多变,但在其文本中显露出来的省察、观照世界的方式则大同小异,体现出惊人的相似性。这一审视世界的方式浸润着浓郁的中国文化色彩。中国传统的宇宙观并不像诸多一神论那样假定宇宙间存在一个至高无上的创世者,而是赋予了人极大的能动性,人能"与天地

---

① 李音:《我们时代的冷记忆和神话——论〈繁花〉》,《新文学评论》2016 年第 3 期。

参"，即参与天地化育，在天地间的地位高于其他的事物和生物。同时，中国传统文化观念遵循孔子"未知生，焉知死"这一入世、不深究乃至漠视彼岸世界的态度，执着于现世，积极投入现世生活，"更倾向于积极的、社会性的、热忱而人道的价值取向"，尊敬长者，注重家族生活，培养在艰辛的生活中忍耐、谦恭与平和的德性。① 它倡导在行事和思想走中庸之道，摒弃任何极端过激的行为与观念。它体现的是一种极端务实的文化价值，现世便是人们生存的唯一家园，一切创造发明最终是为了人的现世幸福与和乐。

返观《繁花》，沪生、阿宝两个最为重要的角色到全书结尾时仍身无所羁，没有找到各自人生的归宿与依傍（无论是精神还是世俗生活的），但他们在思想情感与行为上并没有陷于绝望疯狂并进而做出极端非理性的行为。不难揣想，他们在上海这座烟火气浓郁的都市中将安然度过余生，尽管其间会历经诸多苦痛烦恼。作为典型的上海人，他们会坦然应对，大体上能保持身心的平衡。而小毛因病早逝、李李出家为尼不禁让人心生悲悯，其他人也像沪生、阿宝一样，磕磕绊绊地走着各自不同的人生道路。他们都不是大智大勇的奇人，也不是一无是处、心狠手辣的恶棍歹徒，只是在日常生活之流跋涉而过的常人。因此可以说，《繁花》审视世界的方式源自日常生活的基点，它沉迷于"逝者如斯夫"时光中的恒定性，在波澜起伏的浪涛中看到凌驾于这一切之上的永恒。作者本人的话也可佐证："有人说《繁花》的虚无结尾没有什么突破。李敬泽说，也许中国人就是这么想的，花无百日红，人生一辈子就是这样，中国人就这么感觉的，一生一世的观念，和西

———————————

① 陈来：《中华文明的核心价值：国学流变与传统价值观》，生活·读书·新知三联书店 2015 年版，第 26—27、38—39 页。

方不同。"①

中国古典白话小说经典《红楼梦》虽然写了宁、荣二府的衰颓，但整部小说大部分都是在一种日常性的书写中展开的。在现当代中国文学史上，承自《红楼梦》及至《繁花》中所表露的这一审视世界的方式其实一直延续了下来。张爱玲在《自己的文章》里说："强调人生飞扬的一面，多少有点超人的气质……而人生安稳的一面则有着永恒的意味……文学史上素朴地歌咏人生的安稳的作品很少，倒是强调人生的飞扬的作品多，但好的作品，还在于它是以人生的安稳做底子来描写人生的飞扬的。"②

正是出于对俗世安稳的恒定性的迷恋，让张爱玲在描绘众多人物时阖上了超验维度的大门，《倾城之恋》中的范柳原和白流苏是这样，《红玫瑰与白玫瑰》佟振保、王娇蕊和孟烟鹂也是这样，即"中国人集中注意力在他们眼面前热闹明白的，红灯照里的人生小小的一部。在这范围内，中国的宗教是有效的；在那之外，只有不确定的、无所不在的悲哀。什么都是空的，像阎惜姣所说：'洗手净指甲，做鞋泥里蹋'"③。

在当代文坛具有重要影响力的女作家王安忆，其作品《长恨歌》中对 20 世纪数十年间上海都市生活沧桑变迁的书写及其中体现出来的审视世界的方式与金宇澄、张爱玲在很多方面异曲同工。王安忆这部作品聚焦于旧时代上海小姐竞赛季军王琦瑶一生曲折的命运。在展示

---

① 金宇澄：《〈繁花〉创作谈》，《小说评论》2017 年第 3 期。

② 张爱玲：《自己的文章》，载《张爱玲文集》第 4 卷，安徽文艺山版社 1992 年版，第 172 页。

③ 张爱玲：《中国人的宗教》，载《张爱玲文集》第 4 卷，安徽文艺出版社 1992 年版，第 127 页。

20 世纪 50—70 年代的上海城市生活时，作者对风云激荡的时代巨变并没有进行直接描写，但文本中不乏历史潮流的鲜明印记，如钟爱王琦瑶的程先生在绝望中自杀，昔日同窗蒋丽莉一波三折的恋情，但文本大部分篇幅则以王琦瑶近乎幽闭的私人生活为中心。在王安忆的笔下，上海城市生活的精髓并不显现在波澜壮阔的戏剧化场景中，而在于从《红楼梦》那里延续而来的恒常的日常生活之流中，它在千千万万个王琦瑶置身其间的平安里中流淌，这构成了上海市民生活的"芯子"。尽管在历史上没有真正不受任何外部影响的日常生活，但日常生活作为人的尤其是上海人的基本生存样式，始终立于时光奔涌不息的潮水之上。凭借对弄堂人生中所潜藏的日常生活的刻画，20 世纪 50—70 年代末那段历史的变迁貌似没有直接描写，实际上是隐现在上海日常生活的叙述中了。

这种世界审视方式孵化出了中国人别具一格的感时伤怀的审美态度与情趣，其中含蓄蕴藉着许许多多源自几千年文化传统的积淀与旨趣。一个降生到这个世界上的人，在自然四季更替、人事沧桑与悲欢离合中滋生出众多的感慨。他的目光无法超越此世的地平线，全部的思绪游弋在周遭目光可及的范围内，在生老病死的基本生存体验框架中打转。在华裔学者陈世骧看来，源远流长的"诗言志"和"诗缘情"成为中国文学这一抒情传统中的核心要素，"我们现在应该藉着上文已说到的关于诗的起源的知识，把'兴'义还原到它原始的地位，重视它在'上举欢舞'中所发生的重要作用……如此，我们才能了解为什么'诗'是'歌咏言'……如此，以'兴'为基础的《诗经》作品无疑正是现代人之所谓'抒情诗'（the lyric）"①。张爱玲的《金锁记》

---

① 陈世骧：《原兴：兼论中国文学特质》，载张晖编《中国文学的抒情传统：陈世骧古典文学论集》，生活·读书·新知三联书店 2015 年版，第 133 页。

开篇："三十年前的上海,一个有月亮的晚上",而结尾则是"三十年前的月亮早已沉了下去,三十年前的人已死了……三十年前的故事还没完——完不了"。① 女主人公曹七巧的命运镶嵌在首尾三十年的时间框架内,形成了完整的闭环。人们凝视曹七巧和她儿女的命运,依照张爱玲本人对小说审美效果的分析,"这意外性加上真实感——也就是那铮然的'金石声'——造成一种复杂的况味,很难分析而容易辨认"②。而这"复杂的况味"正是这一感时伤怀审美态度在读者心中激发的效果。它将活生生的个体安置在时光流逝不已的自然天地中,面对世事变迁只能徒增感喟。他们虽不是顶天立地的英雄豪杰,只是平常人,但也给人一种沉郁之至的苍凉感。对此,张爱玲作过解释,"他们可是这时代的广大的负荷者""他们没有悲壮,只有苍凉。悲壮是一种完成,而苍凉则是一种启示"。③

王安忆《长恨歌》中王琦瑶浮沉的命运也给人一种苍凉感。书名"长恨歌"源自唐代诗人白居易的同名叙事长诗。它酣畅淋漓地叙写了唐玄宗与杨贵妃的生离死别,结尾两句"天长地久有时尽,此恨绵绵无绝期"将这一人生无常的苍凉感推向极致。王安忆笔下的王琦瑶只是一介平民,与包养过她的李主任阴阳两隔,决然没有白居易诗中唐玄宗在杨贵妃死后那种浓烈的悲戚之情。尽管如此,她最后死于非命还是能引起读者相当程度的悲悯与怜惜,让人体味到那种说不清道不明的"复杂的况味"。

---

① 张爱玲:《金锁记》,载《张爱玲文集》第2卷,安徽文艺出版社1992年版,第85、124页。

② 同上,第297页。

③ 张爱玲:《自己的文章》,载《张爱玲文集》第4卷,安徽文艺出版社1992年版,第173页。

综上所述，《繁花》的作者及其笔下的人物有意无意地采取了中国传统文化中代代相传的对周围世界的审视方式，并以细密关注上海人的日常生活的形式加以表达。王安忆等人在各自的作品中发扬光大了这一传统。接下去要追问的是，这一审视世界、省察人生的方式是否存在莫大的盲区？

正如金宇澄在《繁花》"跋"中说的那样，他沿袭话本的样式，"放弃'心理层面的幽冥'"，以人物间的对话为作品文本的主体部分，再配之以众多席间在场人物意味深长的"不响"，描画出繁杂的世俗众生相。为何要"放弃'心理层面的幽冥'"？原因难道仅仅是张爱玲曾谈到的描写内心生活的艰辛不易？"一连串半形成的思想是最飘忽的东西，跟不上，抓不住，要想模仿乔伊斯的神来之笔，往往套用些心理分析的皮毛。"① 展现内心世界在写作中会遭遇到诸多困难，但这并不能成为放弃退却的充足理由，它更多与作者审视世界的方式相关联。

细思之下不难发现，以对话为小说文本的主要部分不仅是一种写作技法，而且是创作者写作观的外化。并不是内心幽冥世界难以展现而使作家将笔墨专注于外部世界，而是他自觉或不自觉地认定内在的心理宇宙与外部世界相比并不具有同等的重要性，至多只是一己的胡思乱想而已。他关注的是周围人的世界，是人与人间相聚时的言语交流及隐藏其间的关系，连"不响"也成了一种不可或缺的交往方式。从某种意义上，作者觉得外部看得到、听得见、摸得着的世界是唯一真实的存在，汹涌滚动的内心世界成为若有若无的存在，它最多只能成为人们言语行动的点缀罢了。

---

① 张爱玲：《自己的文章》，载《张爱玲文集》第 4 卷，安徽文艺出版社 1992 年版，第 301 页。

这一对世界的审视方式面对的是外部的世界图景，在这幅图景框架中，内心宇宙消隐不现，只露出若干折射的影子。此外，这一审视方式不单单涉及文学创作与鉴赏，而且与创作者对人的理解密切相关。其实，人作为生命体，并不因为处于特定的历史情境而陷于固化状态，而是处于不停流变之中。生命持续不断的奔流不仅仅体现在外部的言语与行动上，而且也渗透在内在的心理精神活动中。而对于超越历史情境的日常生活的恒定性的过分倚重，及对内心精神活动的悬置，也导致对"人生飞扬的一面"、对时代历史当中的一些重要因素的关注度不高，造成《繁花》中的人生呈现出某种残缺褊狭的特性。

不是每个人都是循规蹈矩的市民，不是每个人都能沉醉于世俗的生活而获得人生价值的满足，不是每个人都没有飞扬的力量来追求善或恶的极致境界，不是每个人都蜗居弄堂而不为时代与革命的洪流所裹挟，不是每个人都只拥有因外部事件触发的条件反射式的心理活动。《繁花》对人性的省察在此陷入了盲区，它对于人物内心活动的复杂性及其所激发的非理性缺乏应有的体察和认知。

俄国作家陀思妥耶夫斯基以对人类心灵前所未有的大胆深入的开掘而著称于世界文坛。他在1860年代发表的中篇小说《地下室手记》中，在与当时风行的功利主义思想观进行辩论时，对人们津津乐道的"利益"中的非理性因素作了深入的解剖。

首先，在这几千年的全部历史中，究竟有哪个时候人单单是凭自己的切身利益行动的？数以百万计的事实表明，人们总是在明明知道、完全懂得自己的真正利益的情况下，把自己的利益撇在一旁，闯上另一条路，去冒险，去碰运气，没有任何人、也没有任何东西强迫他们这么去做，其原因似乎仅仅是他们不愿走给他们指明的康庄大道，而执拗地、任性地另辟蹊径，走上艰难的、荒谬的、几乎需要在黑暗中摸索的道路，对这些事实，你们怎么解释？看来，对这些人来说，执拗和任性确实比任何利益都更能带来愉快……

自身的、自由自在的、随心所欲的愿望，自身的、即便是最最乖僻的任性，自己的、有时甚至被撩拨到疯狂程度的幻想——这一切便是那种被遗漏掉的、最最有利的利益，对它来说，任何分类方法都不适用，由于它的缘故，一切体系和理论终将化为泡影。①

在陀思妥耶夫斯基看来，人喜欢的不仅仅是安乐，或许他也同样喜欢苦难。苦难和安乐或许在同样的程度上对他有利。人有时异常喜欢苦难，喜欢到狂热的程度。在人性深处，毁灭欲一直潜藏在深处。它会给人带来异样的快感。因而他借主人公之口说，对于真正的苦难，即破坏和混乱，人是永远也不会拒绝的。②

在此，一个深邃、原始森林般繁茂广阔、不乏神秘意味的内心世界缓缓展开。正是因为具备了自由意志，人才不仅仅是被各种冠冕堂皇的"利益"所挟持的木偶，他能根据自己喜好做出选择，尽管这种选择并不符合大多数人对"利益""幸福"的期待。这是远离了市民日常生活的另一个世界、另一个宇宙，人们的动机与标准不能说与光天化日之下的世俗社会全然相异，但它有别样的价值评判尺度，它导向

---

① 陀思妥耶夫斯基：《地下室手记》，收入陀思妥耶夫斯基作品集之一《赌徒》，上海译文出版社 1988 年版，第 153—154、158 页。

② 同上，第 166 页。

的不是世俗生活的舒适与满足，而是迈向内在生命的完成与体认。从这一点上说，《繁花》体现的对世界的审视方式与之全然隔膜。

## 四 《繁花》成功背后隐藏的迷津

毋庸讳言，《繁花》这部 30 余万字的长篇小说是一部形式奇特、富有强大吸引力的作品，它大规模地调用古代话本/白话小说的资源，化用了众多鲜活的上海方言语汇，对 20 世纪 60—70 和 90 年代的上海城市生活作了详尽精细而富有活力的描摹。作者引以为豪的弥漫在文本字里行间的"闪耀的韵致"复现了消逝的古典时代的辉煌，让众多读者惊艳不已，沉醉其中，乐而忘返。

然而，从语言运用与艺术风格着眼，《繁花》是一部精巧之至的仿制品。虽然金宇澄自信满满地说借助了旧式的故事与语言，给人一种新的感觉，但掩卷沉思，那种浓郁饱满的古味扑面而来——其他当代作品罕有产生相似的效果。[①] 人们可以为它加上种种美誉，推陈出新也好，旧瓶装新酒也好，但终究无法抹去旧时的印记。全书中占据相当篇幅的对话，貌似作者信笔写来，其实都经过精心设计斟酌，以期达到最好的仿真效果。

通过更深层次的考察可以看出，作者在《繁花》里精心酿造出来的这种感觉很大程度上借助了与"五四"新文学运动以来现代汉语发展潮流逆行的方式来实现。对于方言词汇的吸纳，本是现代汉语发展中的应有之义。《繁花》对上海方言的运用与 19 世纪末的《海上花列传》有着很大的不同，后者在叙述段落中运用的是国语，而对话则用

---

① 金宇澄：《繁花·跋》（批注本），长江文艺出版社 2023 年版，第 674 页。

吴语方言写成。到了《繁花》这里，尽管对话中掺杂了众多上海方言词汇，但整个句子占主导地位的则是国语，形成方言词与国语并置而立、互相包容的格局。正因为这样，其他方言区的读者没有理解上的巨大障碍，他们稍稍思忖之下仍可大体明白文意——这也成了《繁花》最惹人注目的特性。颇为吊诡的是，它对方言俗语的成功运用，并没能阻止它在作品整体语言风貌上滑入某种迷津。①

作为由语音、词汇与语法组成的复杂系统，语言在历史长河中不断演变发展。近世以来人们所说的古文，通常是指以先秦时期的口语为基础提炼而成的书面语。随着时代的推移，语音系统渐渐发生变化，尤其是诸多游牧民族入主中原，他们的语言与汉语互渗融合。到了宋代，书面的文言文与人们使用的日常口语之间已经形成巨大的沟壑，当时兴起的俗语文学（戏曲与话本小说）已开始大量采用日常口语，最大限度地再现具体的生活场景，在此典雅的文言文则是左支右绌。到了明清时期，这一书面语与口语间的距离更有加大的趋势。值得注意的是，尽管俗文学大量采用了日常口语中的词汇习语，但正统的诗文仍旧用沿袭千年的文言写成。更为重要的是，官方文件和学术教育界通用的依旧是日趋古板僵化的文言，它对人们表达新思想、新内容造成了不小的障碍。尽管先是有黄遵宪这样的有识之士倡导"我手写吾口"，力图拓展旧体诗歌的表现范围，孵化出新型的诗歌，后又有梁启超等人发起"诗界革命"，但文言的霸主地位在彼时仍未被撼动。②

---

① 有关这一问题，可参看论文：陈建华：《世俗的凯旋：读金宇澄〈繁花〉》，《上海文化》2013 年第 7 期；石琳：《方言生态危机下的地域小说创作——以沪语小说〈繁花〉为例》，《当代文坛》2016 年第 2 期。

② 章培恒、骆玉明主编《中国文学史新著》（增订本）第二版下卷，复旦大学出版社 2011 年版，第 521—532 页。

这种局面一直到"五四"新文学运动后才有改观,白话文才在各个领域渐渐取代文言文的地位。

有学者认为,经过 20 余年的实践,到了 20 世纪 40 年代,在许多青年作家的文本中,朱光潜先生期盼的白话文的新境界已雏形初现,它的主要特点表现为中庸、柔和、丰富、畅美。① 现代汉语的这一新面貌并不是轻易达成的,它是诸多作家长年不懈尝试与探索的成果。胡适早年对白话文作过一番摹写,又在旧体诗词的创作中操练了文言词语,同时在翻译实践中汲取了许多新的语汇与句式,最后臻于在白话文体中自由地表达思想情感。鲁迅早年则尝试用准白话和文言文译述外国作品,在辑录校勘古籍的实践中深化了对汉语的认识,试验了汉字的硬度与韧性,这一切为他日后在文坛一鸣惊人的《狂人日记》作了语言资源上的充分准备。②

正是由于这些先贤的努力,现代汉语历经百年历程,成为词汇丰富、句法灵活多变并与现代复杂多变的社会生活相适应的语言。它已汲取并正在而且将来还将汲取大量古语词汇,并从各种方言中吸纳众多表现力的习语。欧化也是现代汉语发展中影响甚大、时常被人诟病的现象。其实汉语的欧化现象早在汉代翻译梵语佛经中显现,印欧语中众多的修饰语、复合句式在早期佛经翻译文本中已经出现,而近代汉语的欧化现象则表现得更为深入,范围更为广大,它渗透到了社会生活的方方面面,政治、经济、文化、科技、教育、文学艺术等一一

---

① 参看郜元宝:《汉语别史:中国新文学的语言问题》(增订本),复旦大学出版社 2018 年版,第 221 页。

② 参看文贵良:《文学汉语实践与中国现代文学的发生》,北京大学出版社 2022 版,第 368—511 页。

波及，无一能免，而现代的白话文体并不是明清以降白话文的简单继承，除容纳了当下时新的语汇和外语词外，它还大规模地移植了印欧语的结构、构词方式、句法章法以及修辞手段，融合成了全新的汉语。

反观《繁花》中除去方言之外的语言样貌，不难发现，由于刻意仿效话本作品的风格，金宇澄仿佛变身成了古时的说书人，用他们的语气、词汇、姿态与表情讲述着 20 世纪历经风云变幻的大都市上海的故事。他笔下的语汇、段落、章节与修辞也沾染上了旧时的印痕。虽然他并没有严格仿照章回体小说回目的体式，但由于人物间的对话成了全书的重头戏，因而在语言上也呈现出以短句为主的特点，尤其是无人称句的大量运用更是凸显了话本小说语言的风貌。

应该看到，"五四"新文学运动推动的白话文运动不仅仅是文学语言的变革，而且是中国社会各个领域书面语的鼎新。它不仅使数百年以来已在俗文学中占据主导的白话语体成为文学创作各种体裁样式的正宗，而且使它成为定于一尊的官方语言。自此之后，文言文丧失了它原有的尊贵地位，成为承载传统文化的媒介，而不再是人们日常生活中须臾不可缺少的工具。伴随着白话语体至上地位的确立，各种现代的新思想、新理念借助新的语汇与新的表达方式得到了更广泛、更迅捷的传播。

应该指出，"五四"后新文学的勃兴并不意味着传统文学体裁创作的退场。最明显的例子莫过于旧体诗词的创作，百余年来代代相传，写作者络绎不绝，遍及社会各阶层。在新型小说产生的同时，沿袭旧小说体式的作品依旧红火，张恨水的《金粉世家》《啼笑因缘》、秦瘦鸥的《秋海棠》等便是其中的佼佼者。1949 年之后港台地区此类作品依旧大量产出，金庸等人的武侠小说甚至成为风行一时的文化现象。

《繁花》作品里小阿姨自曝曾看过三遍的《亭子间嫂嫂》（周天籁）也可归到旧小说的范畴中。就其对上海市民生活的精细描摹、对上海方言的广泛运用与对话本小说体式的沿袭，周天籁的这部小说直接影响了《繁花》的创作。从这个意义上来看，《繁花》的出现并不是从天而降的异象，而是接续了现代小说创作中的一条支脉。

《繁花》在文学上的成功在于它精巧地以旧时的语体样貌呈现了现代上海的生活。但这背后隐藏着的是一处迷津，它会有意无意地诱使后来的作者以及读者相信，它成功地将旧时的小说传统激活，赋予了它新的活力。但它在令人惊叹地仿制旧有的语言风貌的同时，形成了一个话语系统的闭环，似乎时光倒流，人们又退回到了数百年前的时代。不可否认，《繁花》中借助方言习语和对日常生活的描摹赢得了无数掌声，但从文学语言上不能不说它是一次逆行，即它将百余年来由于外来文化的冲击而形成的开放、海纳百川的文学语言格局相貌重新引回到了明清话本小说的窄路上。读者可以在《繁花》中目睹都市的众生相，听到他们滔滔不绝谈论家长里短的八卦式话语，以及他们躲藏在"不响"后面隐而不发的情思。正如上文分析指出的，由于作者着意将历史背景虚化，聚焦生活中超越时代变迁的市民性，而人们对于思想、理念的谈论分量显得格外稀疏，而且许多时髦的话语与词汇、新颖的表达方式由于作者恪守旧时话本的样式而无法容纳进来。这一语言策略为了维护心仪的古典小说境界，而将大量富有现代生活气息的场景剪除了。

此外，与众多当代小说文本相比，《繁花》语言风貌的欧化色彩极为淡薄，几近于无。读者几乎难以找到冗长的欧化句式，从海外传入的时髦词语也经过了消化改造，以期不与弥漫在各个角落的市民气息相抵牾。这一语言风格与作品中的人物设置也有莫大关系。阿宝、沪生、大毛、徐总、汪小姐、梅瑞等都是市民气质极重的角色，除了插队前的姝华身上洋溢着文艺青年的精气神，其他人物没有一个是善于思考、葆有丰富精神生活的知识者。不是说他们没有内在的心理活动与精神生活，而是他们不是善于自省、思考的人，只是在时代大潮中随波逐流、无论东西。正是在这点上，《繁花》的语言特色与其所表现的人物达成了高度的契合。因此，像路翎《财主底儿女们》中大段对人物心理及其灵魂所作的直接而粗暴的展示，绝无可能在《繁花》中出现。路翎对蒋纯祖、蒋少祖等人内心秘密的强行开掘，在很大程度上借助了生硬的欧化语汇与句式来达成。在某些学者看来，这一欧化表现方式是路翎表达自身经历和所思考的世界的一种"必需的凭借"①。设想一下作者如果在《繁花》中安置了路翎式的人物，一旦放弃密集使用欧化句式与语汇，便难以真实地展现他们的全貌，但这样一来，《繁花》因沿袭传统话本风格而产生的"闪耀的韵致"便会烟消云散，那种形成闭环的仿话本体风格也会趋于解体。

至于作者明确摒弃的"心理层面的幽冥"，它对应的是人丰富复杂的精神生活。如果说在前现代时期逼仄的生活环境，原始的生产技术方式及相伴而生的素朴简单的生活方式，加之普遍为人接受的宗教伦理戒律，使人们的精神心理世界处于一个相对平和稳定的境地中，那么到了现代社会，封建时代的诸多戒律都被打破了，生活方式的巨大变迁引起人们精神世界的巨大震撼，它们在跌宕起伏的波涛中颠簸游弋，呈现出前所未有的复杂混沌。在域外文学的影响下，20世纪的中

---

① 郜元宝：《汉语别史：中国新文学的语言问题》（增订本），复旦大学出版社2018年版，第223—225页。

国文学对人物心理世界的描绘就其深度与广度而言超过了以往任何一个时期。在这些作品中，无论其艺术成就高低，读者看到了比古典作品中丰富得多的人物精神心理活动，而这一切恰恰是以人物对白为主体的话本小说所缺乏的。在话本作品中，人物的心理活动大多是用间接方式表现出来，不是流露在话语或行动中，便是散布在简短的内心独白与提示语中。

如果说产生、繁荣于前现代的话本小说对于人物心理精神生活浮光掠影、近乎图式化的展示还有其存在的合理性，到了当代社会，依旧执迷于"心理层面的幽冥"不能不说是文学创作的一大盲区。由于无从展现人物内在精神生活的真实面目，文学的灵性就折损了大半，只是被林林总总喧闹的浮世绘图景所填塞。鲁迅当年之所以弃医从文，一个重要的缘由便是他觉得人的内在的心灵改造比身体更为重要，即"盖人文之留遗后世者，最有力莫如心声"①。从这个意义上来说，"心"的遗落是古代话本作品的一大弱点，而《繁花》在继承发扬话本体式小说的长处与特性的同时，也遗落了对人内在精神心灵的探究，遗落了对众多时代性因素的关切与关注。这不能不说是文学创作因逆行而导致的迷津，但同时也提示着当代小说创作在接续文学传统时仍有尚需克服的写作难题。

---

① 鲁迅：《摩罗诗力说》，载《鲁迅全集》第一卷，人民文学出版社 2005 年版，第65 页。有关鲁迅相关思想，参看郜元宝：《鲁迅六讲》（增订本），北京大学出版社 2007 年版，第 1—28 页。

# 中国传统审美资源的回归、化用与价值

## ——从格非近作看其新古典主义风格

### 一、空明流光中的"曼珠沙华"：《月落荒寺》呈现的新古典主义风貌

格非 2019 年发表的长篇小说新作《月落荒寺》篇幅虽只有 13 万余字，却有着鲜明醒目的艺术风貌。与 2016 年推出的以南方乡村生活为对象的《望春风》相比，格非又一次折返到对都市、知识文化圈的书写上来。2011 年完成的"江南三部曲"的终卷《春尽江南》聚焦谭端午等文化人在社会急剧变迁历程中的日常生活与精神苦闷，但因其背景安置在南方小城中，气象有时不免显得局促狭隘。这次在《月落荒寺》中，格非将小说的背景挪移到首都北京，尽管他无意展示当代北京都市生活的全景图，人物只是大学教师林宜生、同居伴侣楚云及周边的朋友圈，但整部小说的视野开阔恢宏了不少，描摹的笔触也更为精巧雅致。

细心的读者不难发现，《月落荒寺》在叙述上有个异常奇特的布局：开篇第一、二节的场景在全书过半的第三十五、三十六节再次出现，即整部作品情节推展的关节点，林宜生和楚云从家中前往邻近的

"曼珠沙华"茶室，路上碰见一起交通事故；两人到茶室小坐一会，楚云接到电话，她刻意回避林宜生，随后便神秘地人间蒸发。从第三节起，作者回溯了林宜生先前的生活，他与妻子白薇突如其来的婚变，以及与身世神秘的女子楚云相识同居。到了全书过半的第三十五节，开卷那幕熟悉的场景再次出现，林宜生、楚云俩人结伴去茶室。好似奏鸣曲中初次呈现后的主题经反复、扩充、强化、倒转后又一次再现，这一关键性的场景在复现时增添了不少细节，如林宜生与赵蓉蓉发短信打电话，楚云因遇上一个缠着她算命的道士而心烦意乱。如果说全书开头的描绘由于读者完全不知内情而酿造出些许悬念，叙述推进过半时的复现书写不但强化了茶室内静谧幽远的氛围，而且使楚云这一人物形象的轮廓更明晰，强化了全书的主基调。

现在要追问的是，《月落荒寺》整部作品的主基调究竟是什么呢？

先来看男女主人公现身的那家茶室的名称——曼珠沙华。这一极富异国情调的词语源自梵语，它是佛教神界中天花的一种，又称彼岸花。格非在书中还借丁老板之口，联想到日本导演小津安二郎的同名电影，它激发出"纯洁而忧伤的回忆"。① 而这无疑成了整部作品的主基调：红艳艳的曼珠沙华既喻示着绚烂华丽的生命，又展示了它的凋落、衰败，以及在人们心头激起的不绝如缕的伤感回忆。像奏鸣曲式中的主题，它成了全书的文眼，奠定了其哀婉伤感的基调：那是对生命无常的深切感喟，对纯真的感情深挚的唱咏，以及对超越滚滚红尘、臻于高远不动心的自由境界的向往，而林宜生与楚云的聚散离合恰好成了这一主基调的绝佳体现。他们两情相悦，无奈难结连理，楚云被

---

① 格非：《月落荒寺》，人民文学出版社 2019 年版，第 2 页。

毁容后隐姓埋名，留给林宜生的只是一句颇富禅机的话，"就当是做了一场梦"，"每个人都有自己不可更改的行程和死亡。就是这样"。① 为此林宜生满腹酸楚，七年后与楚云邂逅，早已物是人非，两人百感交集，竟无言相对。

此外，林宜生之子伯远与同学蓝婉希的恋情可视为父辈情感经历的一曲变奏，与前者呼应，相映成趣。他俩情窦初开，从北京到北美，甜蜜与烦恼如影随形，未来充满各种变数，但从书中相关描写推断，伯远在男女之情上大概会重蹈其父的覆辙。

值得注意的是，和 2012 年发表的中篇小说《隐身衣》一样，《月落荒寺》也是一部充溢着众多音乐元素的作品。不仅林宜生和诸多朋友在艺术策展人周德绅家中赏听乐曲、正觉寺中秋音乐会等外部事件成为全书情节进展不可或缺的部分，而且音乐的氛围渗透在文本的字里行间，成为其有机的组成部分。小说的标题"月落荒寺"便源自法国作曲家德彪西《意象集 2》中那首展示月光的曲子。批评家王鸿生曾这样揭示格非这部作品中的音乐性："有时，读《月落荒寺》的感觉，的确很像听一首乐曲，好比用简洁的音符直接构成句子，格非以文字给情绪编码时，删除了任何冗赘，使各章节接口行云流水；他不追求情节丰饶，也不让叙述者与故事靠得太近或离得太远，更不对杂多人事、对话作什么评价或引申；只是让联想迅疾穿过人物境遇，让变幻逻辑显示模糊轮廓，让命运的叩击声在静寂中顿然响起"，② 借此营造出一种特有的意象、意境和氛围。

① 格非：《月落荒寺》，人民文学出版社 2019 年版，第 202 页。
② 王鸿生：《格非进行时：让小说成为一种例外——从〈隐身衣〉到〈月落荒寺〉》，《文学报》2020 年 1 月 23 日第 20 版。

　　的确，《月落荒寺》全篇渗透了音乐的旋律、节奏，相形之下，情节的敷衍铺叙、人物的塑造在文本中显得疏淡，仿佛蒙罩了一层拂之不去的雾气。和法国作家罗曼·罗兰《约翰·克利斯朵夫》、德国作家托马斯·曼《浮士德博士》相比，格非的这部新作并不是以音乐家的人生成长经历为对象，它只是在文本的构造和行文的推进中安置了众多抒情意味十足的意象，让它们悬浮在有关现实生活的叙事层面之上，让人产生了类似聆听音乐的感受——这在全篇临近结尾处中秋节的音乐会上达到了高潮。

　　　　圆月高挂于正觉寺的山门之上，照亮了绮春园蓊蓊郁郁的废殿。空明流光，树影在地。微寒的秋风掠过湖心，细碎的波光，从残荷败叶中层层叠叠地漫过来，无声地荡拂着岸边的沙地。①

　　在上面这段文字中，外部的景物描绘与叙述者内心情感的波澜交相融合，熨帖无比，恍如玲珑的水晶体，将空中回荡盘桓的德彪西乐曲的神韵烘染而出。众所周知，德彪西的音乐创作有着浓重的印象主义色彩，染有鲜明的先锋前卫特性，但其总体的创作风格（也体现在"月落荒寺"这首曲子中）呈现出一种古典式的均衡，像音乐史学家保罗·亨利·朗指出的那样，"德彪西是一个具有贵族式的拘谨的抒情诗人，但在他文质彬彬的举止的掩盖下，却蕴藏着紧张、温暖、敏感而含蓄的音乐气质，这就是他做到了当时作曲家很少人能做到的——感情与理智的协调"②。上述对德彪西音乐风格的描述可移用到格非的文学创作上来。

---

　　① 格非：《月落荒寺》，人民文学出版社 2019 年版，第 204 页。
　　② 保罗·亨利·朗：《西方文明中的音乐》，杨燕迪等译，贵州人民出版社 2001 年版，第 633 页。

乍看之下，《月落荒寺》描绘的是纷乱不宁的当代都市生活。林宜生经历了婚变、楚云的莫名失踪和母亲歇斯底里的骚扰，他周边朋友的生活也充斥着各种波折，但作者并没有沉溺于狂乱激越的情感的漩流中，相反他从容淡定，超拔于林林总总的扰攘之上，用精美蕴藉的文字将这一切展现出来。这使得作品的内容与表现方式之间呈现出巨大的反差。读者接触的文本经过了作者内心的筛滤，行文酣畅典雅，情感丰沛而富于节制，从整体上体现出一种古典式淡泊与宁静的风貌，与德彪西的音乐一脉相承。

这一古典风貌不仅仅体现在《月落荒寺》的文字风格上，而且深植在其认同的价值观念中。再来看书中的另一段描绘。

> 这一刻，时间像是停顿了下来，仿佛世界上所有的对立和障碍都消失了。唯有音乐在继续。许多人的眼中都噙着泪水。宜生想起了歌德曾经说过的一句话：存在是我们的职责，哪怕只是短短的一瞬。在他看来，这个被音乐提纯的瞬间，所呈现的正是存在的奥秘：一种无差别的自由、安宁和欢愉。眼前这些素不相识的人，眉宇之间俨然透着寂然忘世的专注与恬静，且充满善意，带给林宜生一种从未有过的亲近之感。[1]

不难发现，这是主人公内心臻于顿悟的那一刻。虽然和前一段引文相比，它专注于展示人物内心的思绪，缺乏与之水乳交融、无隔无碍的外部世界图景，但它昭示出整部作品（也是主人公林宜生）秉持的价值姿态：力图超越纷扰的尘世，追求无动于心的宁静与自由。它不仅是德彪西乐曲的回响，而且也是中国传统文化价值的彰显。自先

---

[1]　格非：《月落荒寺》，人民文学出版社 2019 年版，第 200 页。

秦以来，中国文化中一直有两种互相对立又依存的人生价值观，在有着强烈家国情怀的入世的儒家之外，远离俗世、隐逸山林的道家人生观一直对人们散发着强大的吸引力。它历经魏晋时期玄学的发扬光大，又与传入中土的佛教合流，融会成堪与儒家入世学说分庭抗礼的主流价值取向之一。它不寻求与主流价值正面对抗，而是新辟一片私人生活的园地，让心灵得以憩息，获得难得的静谧。在学者刘小枫看来，"它构成的总体意向性乃是与宇宙生机浑然同体，主体心智在赏心悦目中乍然忘我，物我不分，生命意向在尽情的自我表达中乐然自得，恣意摇情；既无待于外，又不拘于己，既丧失外部世界的束缚，又丧失内在自我的拘限。从而，生命感既自足又自予，既自失又自得，主体心态在陶然生意和盎然情趣中悠闲自适，乐而忘忧；个体生命深契大化生命，在有'大美而不言'的自足自逸的快乐境界中悠然独化"①。显而易见，它赢得的自由只是在内心世界中，不涉及羁绊重重的外部世界。在"五四"新文学运动及其后引入的诸多西方思潮的冲击下，它在思想文化舞台上不再占据显赫的位置。近年来，随着传统文化的复兴，它又重新显现出其威力。

综上所述，《月落荒寺》在内在价值取向与外部风貌上都呈现出强烈的中国传统文化的色调，在当今时代散溢出浓郁的古典韵味，无怪乎有评论家认为，"中年格非的写作已出现某种伦理转向和新古典主义的征兆"②。所谓"新古典主义"，其实是一个相当宽泛的概念，它在

---

① 刘小枫：《拯救与逍遥——中西方诗人对世界的不同态度》，上海人民出版社1988年版，第178页。

② 王鸿生：《格非进行时：让小说成为一种例外——从〈隐身衣〉到〈月落荒寺〉》，《文学报》2020年1月23日第20版。

不同的时代有着不尽相同的内涵。通常它指的是某个时期的文学艺术作品，在风格、主题等方面以昔日某个黄金时期的作品为效仿对象，在新时代中复活、赓续心仪的传统的精神风采。而格非的这部作品正是与传统文化间存在的某种亲和性，使其具备了新古典主义的特性。

## 二、从先锋写作到回归传统审美资源

平心而论，《月落荒寺》作品文本呈现的新古典主义风貌并不是格非一时间心血来潮的产物。这种渗透于文字肌理深处的特质，与可以轻易仿效的情节套路不同，根本不可能一蹴而就，它需要长时间的积累历练才能达成。现在我们需要考察一下他早期的创作，探究一下是否在那些先锋前卫意味十足的文本中已经潜藏了古典风格的某些种芽。

和 20 世纪 80 年代中后期登上文坛的诸多年轻作家一样，格非那个时期引人瞩目的作品为中国叙事文学开拓出一番久违的新气象。它们突破了当时占据主流地位的写实模式对作品中人物塑造、情节推衍、环境展示等诸方面的严苛要求，放弃了对现实生活进行精细摹写的企图，在现实生活另一侧构筑起一个平行世界：在这个世界中，真实生活中的时空关系消隐无形，人物、事件间原本貌似紧密衔接勾连的因果链条被打得粉碎，原本井然有序的生活形态碎裂成了一大堆互不相关的碎片，眼前熟悉的世界相对确定的真相难以寻觅，人们常常无奈地在诡异奇谲的迷宫中徜徉。

格非在 1988 年初发表的中篇小说《褐色鸟群》可视为这类先锋实验写作的典范。这部作品之所以在许多读者眼里显得那么玄奥晦涩，并不是出于其文字风格上的重重障碍。这部两万余字的中篇小说是用纯正精致的现代汉语写成的，就其词汇、句式和修辞层面而言，作者没有设置任何阅读陷阱。它的不可捉摸、令人困惑之处在于其叙事框架以及衍生的小说情节的内核。乍看之下，全篇的叙述框架由叙述者"我"和不知来历的女子"棋"之间的交往、对话构筑而成，而"我"对"棋"讲述的故事中包含了另一个故事，那是多年前"我"在一家饭店邂逅一个美丽女子后的遭遇。综观文学史，这种故事中套故事的叙述方式并不算新奇，但在《褐色鸟群》中作者设置了诸多谜团，一是"我"骑着自行车尾随那女人到了郊外，走过了一座小木桥，但突然出现一个老头，说这座桥20年前就被洪水冲垮了，而且根本没有女人从桥上经过。到此，作者将读者拖入了一个虚幻不实的场景之中。

但这仅仅是开始。随后作者又将读者带入了未来的虚构时间中，"我"与那美丽女子再次相遇，但她矢口否认当年曾去过城里，更遑论那家饭店了。过后那女人的丈夫死了，"我"前往她家，不经意间发现躺在棺材中的尸体抬手解开上衣扣子。到此，叙述变得愈加扑朔迷离：那女子的丈夫到底死了没有？他是不是被谋害的？这一切的真相究竟是什么？作者是有心在要弄读者吗？临近结尾，小说最外层的叙述框架也变得摇摇欲坠，当"我"与"棋"再次相遇时，她竟然否认其身份，声称只是一个路过的陌生人。在文本编织的时空迷宫中，作者又浓墨重彩地添加了异常醒目的一笔。①

与之相类似的作品还有《青黄》。它以叙述者探寻数十年前飘泊的名为"九姓渔户"的妓女船队的真相为线索，从对"青黄"的词源学考据到对"九姓渔户"生活逸史的追索，将读者引入一座遍布歧路的

---

① 有关这部作品的分析，参见陈晓明在《众妙之门：重建文本细读的批评方法》（北京大学出版社2015年版，第46—75页）中的详尽分析。

迷宫，直到全篇收尾真相依旧晦暗不明，高高悬置在半空。《迷舟》的写法则略有变化，它将情节发生的背景安置在 20 世纪 20 年代北伐战争时期。萧旅长七天的经历，显现出命运的神秘诡谲与阴森，而结尾则让人瞠目，他被自己的警卫员依照上级的秘密指令杀死。全篇充满了战争的血腥残酷、情欲的泛滥、人心的险恶，与作家苏童同时期发表的《一九三四年的逃亡》《罂粟之家》等作品有着异曲同工之妙。在此，格非的特色依旧体现在对真相的追索中。尽管《迷舟》的故事轮廓相对清晰，但其中依然隐埋了不少疑点。在战火纷飞的前线，萧旅长迷失在对表妹杏的恋情中，最后被认定与敌方私通而丧命。命运在此形成了一个密匝的硬环，主人公沉陷其中，无法脱身。而萧旅长去榆关是向敌方递送情报还是仅仅与表妹杏相会，真相依旧沉落在诸多谜团之中，无法厘清。

　　在格非上述几篇被贴上先锋写作标签的作品中，人们不难发现它们所表现的意蕴内涵与采用的语言风格之间存在着强烈的反差。和苏童、余华、马原等人一样，格非这些作品颠覆了人们对真实世界的庸常认知，展现出一幅幅充满裂隙、空白、阴影、倒转、时空扭曲的图景，持久不懈地叩问命运的奥秘，一切貌似坚不可摧的确定性都受到无情的质疑。然而，格非的语言风格本身并不是那么激进前卫，相反他经常采用古典味十足的抒情风格，"优美明净的描写和浓郁的感伤情调"给人留下了鲜明的印象。[①] 而且作品文本中体现出的神秘莫测的命运、占卦等元素也包含着中国古典文化的元素，只不过这一切与显性的先锋色彩相比，处于隐性状态。不难看出，格非在其创作的早期，

① 陈晓明：《中国当代文学主潮》，北京大学出版社 2013 年版，第 352—353 页。

在受到域外文学强烈影响的同时,在文字风格的营造和文化资源的汲取、化用上已蕴含了不少与古典传统资源息息相通的元素和特质,这成为他日后回归传统审美资源的潜在优势。

在 20 世纪 90 年代前期问世的《敌人》《边缘》两部长篇小说中,格非与中国传统审美资源的这一亲缘性得到了进一步展现。《敌人》聚焦的是乡绅赵少忠一家几代人的命运,他们的生活长久以来便笼罩在数十年前那场神秘大火的阴影下,他的妻子、两个儿子、两个女儿和孙子都先后死于非命。惊悚恐惧成了全书的主基调,而赵少忠为了对抗命运,最后亲手杀死长子赵龙更是将全书的戏剧性推向了高潮。显而易见,这部作品没有点明清晰的时代背景,从书中的场景大致可推断情节发生在晚清、民国时期。传统家族的没落,赤裸裸的暴力,蝇营狗苟的情欲,因恐惧引发的癫狂,构成了全书的基本内涵。然而,它并不是一部写实的作品。全书从整体来看,蕴含着高度的寓言性,赵家几代人的悲惨命运喻示着命运的不可捉摸,展现着人内心深处隐伏的恐惧感的巨大作用。从某种意义上说,它营造的是剔除了具体情状的人类生存的寓言。

尽管采纳了寓言的叙述构架和诸多意象,《敌人》在叙述进程中并不单纯依赖抒情意味十足的意象,它同时配置了众多翔实可感的细节,给人以栩栩如生的真切感。而《边缘》则是大大淡化了寓言的意味,现实感更为清晰。它通过一位垂暮老人回忆的视角,以 42 个片段展现他一生作为"边缘人"的命运遭际,折射出 20 世纪中国社会的巨大变迁。外部世界的战乱、革命和个体身世的荣辱沉浮、家庭情感纠葛在书中融合混杂,在主人公回忆的世界中奏响一曲悲欢离合的咏叹调。虽然它在叙述方式上汲取了先锋小说的诸多技法,但也蕴含着不少写实元素。

20 世纪 90 年代后期，格非的创作进入了一个低谷期。他尽力寻求新的突破口，此刻中国传统叙事文学更多地进入了他的视野，向他昭示出当代汉语叙事进一步拓展的可能性。他在这一时期完成的博士学位论文《废名的意义》便蕴含着对这一问题的深入思考。这部博士论文不是纯粹意义上的学术论著，它与格非本人的文学创作密切相关，构成了一种互文对照的呼应。他对废名作品的解读体现出他对中国传统审美资源极富个性的理解，而这一切在他 21 世纪以"江南三部曲"为代表的作品中有极为充分的体现。

废名在 20 世纪中国文学史上虽称不上大家，但其创作风格别具一格，在一些学者眼里，"他的作品是一种非写实、非浪漫，似写实、似浪漫的田园诗，是淡薄的现实主义和素雅的浪漫主义的交融"①，为中国现代抒情小说的发展树立了标杆。或许是内在情性的契合，格非在论述中聚焦废名如何将诗歌的表现方式引入本以叙事见长的小说，展示其在文体和叙事方式上的抒情化尝试。在他眼中，"废名小说的抒情性则往往由古典诗词的意境、生活中的玄想、形而上的悟道以及禅意所引起，对于现实生活抱有悲观、超脱和规避的态度"，但这一态度有着"哀而不伤"的特点，"在废名的美学辞典中并无'绝望'这个概念，有的只是哀愁与悲悯，而这种哀愁有时与乡村幽美的风景，虔诚、朴实的人性美联系在一起，'哀愁'本身亦如冰块见到阳光一样，立刻化迹于无形"。②

---

① 杨义：《中国现代小说史》第 1 卷，人民文学出版社 1998 年版，第 450 页。

② 格非：《废名的意义》，《塞壬的歌声》，上海文艺出版社 2001 年版，第 258、333 页。

此外，格非对中国古典世情小说《金瓶梅》悉心研读，颇有心得，并写了专著《雪隐鹭鸶——〈金瓶梅〉的声色与虚无》，对晚明时期的经济、法律、思想道德状况和文本细节一一作了解读。在有的批评家看来，格非眼里的《金瓶梅》展示的是众多芜杂琐碎的市井日常生活图景，但作者也力图透过生活表象一现拯救众生于水火之中的"佛心"，蕴含着某种"内在超越"的元素。① 可以说，《金瓶梅》的思想观念与写作技法渗透到了他的血肉之中。凡此种种，都可视为格非对中国传统美学资源的深度回归，为其日后创作上新的突破作了坚实的铺垫。

### 三、传统资源的激活与中国式诗意的酿造

在步入 21 世纪的 2003—2011 年间，格非完成了受到广泛赞誉的"江南三部曲"（《人面桃花》《山河入梦》《春尽江南》）。在诸多批评家和读者眼里，它汲取了大量古代传统文化元素，通体洋溢着古典的神韵气象。这一崭新的面貌昭示当代书写与传统资源间对话的可能性。

卷帙浩繁的"江南三部曲"以这样貌似平常的句子开场："父亲从楼上下来了。"它简单、朴实，不带花里胡哨的装饰，但却一锤定音，开启了陆家绵延百年之久的四代人的传奇故事。因疯癫出走的陆侃，晚清至民国初年卷入革命漩涡的陆秀米，20 世纪 50—60 年代命运多蹇、终陷牢狱之灾的谭功达，世纪之交落魄颓唐的谭端午。虽然他们都称不上一呼百应、叱咤风云的伟士，但作者对他们个体生命境遇和精神困境的关注，间接形成了百年中国精神嬗变的剪影。

① 郭冰茹：《回归古典与先锋派的转向——论格非回归古典的理论建构与文本实践》，《文艺争鸣》2016 年第 2 期。

作品文本肌理中渗漫着众多古典的意蕴、情韵和格调（这在《人面桃花》中尤为醒目）。标题"人面桃花""春尽江南"直接从唐人诗句脱胎点化而出，而《春尽江南》中的奇女子绿珠，与晋代石崇宠爱无比的美女同名，她一出场，作者便赋予了她一种"令人伤心的抑郁，也有一种让中年男人立刻意识到自己年华虚度的美"——与1700多年前坠楼而死的同名人相比，格非笔下的绿珠结局算不上悲惨，但在作者精心营造的氛围中，谭端午的这个红颜知己印染上了浓酽的古典风韵，而对众多植物（荷花、桑树、紫云英、油菜花、金银花等）的精细描述大大强化了这一效果。

此外，在不少章节中，格非仿效明清白话小说的叙述风格，以白描为主干，夹杂进诸多人物对话，少有对人物心理的冗长描摹、剖析，而对风土人情、自然景观也不热衷于孤立的铺陈渲染，而是在情节的推进中层层次递展开。

显而易见，格非的"江南三部曲"展示的古典风情与意蕴已不单纯体现在文本的外观层面上，并不是词语、句法、结构层面上的机械挪用、摹写，而是汲取了古典（不局限在小说领域，而是整个传统文化）的资源，孵化、孕育出一种新的情韵、意境，一种融合了现代观念的"中国式诗意"。对此，评论家张清华曾有一番透彻全面的阐述："很显然，格非的小说出现了在当代小说中罕见的'诗意'——不只是从形式上，从悲剧性的历史主题中'被解释出来'的，同时也是从小说的内部，从神韵上自行散发出来的。这种诗意不是一般的修辞学和风格学意义上的，而是在结构、文体、哲学和精神信仰意义上的诗意，是在中国传统小说中，特别是《红楼梦》中无处不在的那种诗意。格非为我们标立了一种隽永的、发散着典雅的中国神韵与传统魅力的长篇文体——说得直接点，它是从骨子里和血脉里都流淌着东方诗意的小说。这种小说在新文学诞生以来，确乎已经久违了。"而它对中国当代小说发展的价值正是集中体现在对这种"中国式诗意"的创造，"这当然不是一个简单的模拟的归附，而是一种融合了现代的一切信息与物质属性的归附，是一种新的创造"。①

这种新的创造采用的是"六经注我"的写作策略，从传统小说及其他各种类型文本中汲取繁多不一的元素，用现代的观念与技法加以重新整合，霎时间古老的精灵复活过来，焕发出新的生机，流溢出既似曾相识又面貌一新的"中国式诗意"，用张清华的话来说，它在诸多方面"无不回到了中国固有的传统，实现了对中国故事的一种精心的修复，以及在现代性思考基础上的复活"②。

不难看到，这一"中国式诗意"不仅仅体现在形式技巧层面，它渗透到了作品的精神意蕴层面。在"江南三部曲"中，在叙事框架中贯穿首尾的乌托邦理念鲜明地体现了这一特性。乌托邦已不仅仅是一个抽象、枯涩的概念，而是提升到文本的中心位置，融化到了人物的血肉中，成为推动叙事发展最隐秘、最强大的驱动力。三部曲的叙事时间跨度长达百年，尽管有着史诗般的体量，但并不着力于对标志性重大事件的直接书写，而是聚焦在陆秀米、谭功达、谭端午三代人传奇性的命运上。它折射出中国百余年间的风云激荡，但这一折射是通过陆家三代人个体化的叙事完成的。正是在这一点上，"江南三部曲"

---

①　张清华：《春梦，革命，以及永恒的失败与虚无——从精神分析的方向论格非》，《当代作家评论》2012 年第 2 期。

②　张清华：《知识，稀有知识，知识分子与中国故事——如何看格非》，《当代作家评论》2014 年第 4 期。

与明清小说群体化生活的展现模式拉开了距离。尽管陆秀米、谭功达、谭端午并不是生活在真空的个人，他们周围的三教九流构成了各自独特的生存环境，但他们作为个人，在小说叙事网络中无疑占据着主导地位，其重要性远超身边的其他人，明清小说中由众多对话构筑而成的众声喧哗的群体世界已悄然解体。在"江南三部曲"中，乌托邦的理念并不纯然是西方的概念，准确地说，它成为中西合璧的结合体。天下大同的理想世界在中国文明的远古时代便已产生，陶渊明笔下的桃花源则为国人提供了一个具体而微的样本，千余年来一直在人们心中激起回响。"江南三部曲"中的几代主人公，乌托邦世界一直对他们起着非同寻常的感召作用。在《人面桃花》中，早年相遇的革命者张季元在陆秀米的心中留下了无法抹去的烙印。他惨死后遗留下的日记让她动容，除了其间表露的对她的情感外，他致力于创立大同世界的梦想也深深感染了她。她的后半生不自觉地沿着张季元的轨迹前行。在《山河入梦》里，身为一县之长的谭功达沉溺于构筑"桃花源"的幻想中，一心扑在修造水库上，但在官场上屡屡应对失措，最后"丢了乌纱帽"。他因与不堪其辱、杀死省委秘书长的姚佩佩书信往来而身陷囹圄，临死前还念念不忘理想的天国是否降临人间。而《春尽江南》中的谭端午是个落魄的诗人，他已不像父亲和外祖母那般执着于桃源梦，在资本横扫一切的商业化大潮中勉力洁身自好，埋首研读古籍，经历了命运的拨弄后，他又一次产生了写作的冲动，希冀在文字中复现一个乌托邦世界。

在此，乌托邦构成了"江南三部曲"文本的枢轴，它不仅是人物命运的主导性力量，也成了传统资源与现代观念碰撞的接合点，成为创造中国式诗意的命门。它已不仅仅是一个幽灵般的意念，而是化身为"花家舍"这一有形的实体。在《人面桃花》中,"花家舍"是寄寓传统士大夫和绿林盗匪忠义理想的人间仙境;到了《山河入梦》中,它被改造成未来大同社会的蓝本;在《春尽江南》中又沦为资本恣意狂欢、人欲横流的舞台。正是通过它,陆秀米、谭功达、谭端午三代人个体的命运烙上了独特的色彩,他们的生命追求不仅被抬升到文本的核心地位,而且与整个国族以及传统文化的革新变迁构成了深层的呼应;也正是通过它,久已式微的传统文化的诸多成分仿佛被施了魔法般换上了新的衣装,在新时代孵演出一幕幕悲欢离合的人间活剧。

综上所述,格非的"江南三部曲"为这一传统抒情资源的转化提供了成功的范例,呈现出一派新古典主义的风貌。除了明清世情小说的语言、结构及叙述风格,中国古典诗文中众多的意蕴、情韵、气象扑面而来,传统文化其他门类中的元素,从桃源梦到花草虫鱼、天文历史、地理园林,它们原本散落各处,互不相关,此刻被化合成新的整体,被赋予了新的生命。贯穿全书肌理、脉络的则是作者的抒情意绪,在抒写百年沧桑时流露出的强烈感慨、伤感、迷惘。它们既蕴含着传统文人的个体感悟,对历史的想象,对现实世界的认识,又融会进从现代视角引发的文化反思,对内心世界复杂而深入的探究,哲理的冥思遐想。不可否认,格非的写作技法多处得益于近现代西方小说,但它们一旦与上述传统元素相遇,就隐去了鲜明的异域色彩,凸显出文本内蕴的中国式诗意。在"观古今于须臾,抚四海于一瞬"这一精微之至的创造过程中,中国传统抒情主体的声音清晰可辨。

## 四、中国式诗意的潜能与迷津

在其最新问世的小说《月落荒寺》中,格非在上述"江南三部曲"

中酿造的以"中国式诗意"为其特征的新古典主义风格得到了更为精妙的体现。在这部篇幅短小、笔触轻盈的新作中，格非放弃了"江南三部曲"中以谭家三代人的命运折射中国百年发展历程的史诗式雄心，转而截取当代都市生活的横剖面，展示林宜生作为知识分子的精神困扰。人们可以将他视为《春尽江南》中谭端午的孪生兄弟，只不过他身居京城，面对的困境稍有差异，而且他遇见的奇女子楚云和辉哥都罩着一层神秘色彩，让人联想起民间故事中的传奇性人物——这赋予了作品在写实层面之外另一个超现实的维度。和"江南三部曲"一样，格非将中国文学传统中的抒情性元素注入叙事的发展进程中，酿造出极富东方魅力的"中国式诗意"。值得注意的是，他将法国作曲家德彪西的音乐及其他音乐曲目引入文本，更在传统资源中融入了异域的色调，使"中国式诗意"的内涵更趋丰富。从这个意义上说，《月落荒寺》全书呈现的新古典主义风貌达到了一个更为完美的境地。

应该承认，格非作品因其回归传统文学资源而获得的成功，主要体现在风格、修辞层面上，一旦透过"中国式诗意"的表层，探究其蕴含的价值取向，人们或许会产生某种疑惑。正如前文所述，《月落荒寺》的高潮发生在临近全篇结尾处在正觉寺举办的中秋音乐会，林宜生在如水般柔静的月光下的所思所感体现了作者寄寓的价值：那种超越滚滚红尘、寻觅自由洒脱的精神是老庄道家思想与从印度传入中土的佛教思想的某种混合与融合。庄子在《庄子·逍遥游》篇中描述了臻于至乐的神奇境界："若夫乘天地之正，而御六气之辩，以游无穷者，彼且恶乎待哉！故曰，至人无己，神人无功，圣人无名。"① 而这

---

① 陈鼓应：《庄子今注今译》，商务印书馆 2016 年版，第 20 页。

一至乐境界与佛教中的"涅槃"有相通之处。冯友兰曾对此作过阐释："人从生死轮回中解脱出来的唯一办法便是'觉悟'（梵文作 bodhi）。佛教各派的种种教义和修行都是为启发人对世界和自己的'觉悟'。人觉悟之后，经过多次再世，所积的'业'，不再是贪恋世界、执迷不悟，而是无贪欲、无执着。这样，人便能从生死轮回之苦中解脱出来，这个解脱便称为'涅槃'（梵文作 Nirvana）。"① 而林宜生在聆听德彪西乐曲时物我两忘的感悟鲜明形象地体现了道家与佛家超越俗世、无所动心的价值追求。

对于传统中国士人而言，老庄哲学与佛教并不是新鲜的思想资源，而是他们文化教养和人生价值观的有机组成部分。在百余年前的"五四"新文学运动引领的反传统潮流冲击下，它不再在知识人精神世界中占据主导地位，但其潜在的影响仍时隐时现。在近期中国传统文化复兴的氛围中，它们重新激起人们的浓厚兴趣，成为在烦乱的生活中修身养性的重要精神依托。在这个意义上，《月落荒寺》在价值层面上体现出的这一倾向并不令人惊诧，它是当今社会思潮与潜流的映射。但问题是，深藏着这一传统价值观、散发着"中国式诗意"的作品走向世界时，能否为世界文学提供有巨大精神力量的文本？

近两百年前，德国诗人歌德提出了超越民族文学界限的"世界文学"构想。有关它的具体内涵，众多学者聚讼纷纭。当代美国比较文学学者丹穆若什不是将世界文学视为一组固定、具有极高价值的经典作品，而是从世界、文本和读者出发提供了有关世界文学的三重定义："1. 世界文学是民族文学间的椭圆形折射。2. 世界文学是从翻译中获

---

① 冯友兰:《中国哲学简史》，赵复三译，外语教学与研究出版社 2015 年版，第447—449 页。

益的文学。3. 世界文学不是指一套经典文本，而是指一种阅读模式——一种以超然的态度进入与我们自身时空不同的世界的形式。"①不难发现，丹穆若什力图摆脱文学研究中"西方中心主义"的成见，悬置了价值评判，以开放、平等的姿态最大限度将各民族的文学包容到世界文学框架内。但其实这一貌似平等的世界文学空间还是存在着隐性的权力关系，欧美文学无疑占据着高位，而一个多世纪以来深受西方文学影响的中国文学在其间占据着并不醒目的位置。格非以上述闪烁着"中国式诗意"的作品进入当今世界文学场域，无疑会让国外读者感受到某种新鲜的气息，从中触摸到中国传统文学的魅力，但这一"中国式诗意"能否改变中国当代文学在世界文学格局的位置，还属未知之数。

要提升中国文学在世界文学场域中的地位，除了国力的增强、文化交流的深入等外部因素外，作品文本本身除了美学风格外，能否为人们提供一种新的精神力量，也是一个不容忽视的因素。格非的新古典主义风格的作品固然能给域外读者带来阅读上的某种新鲜感，但这些因素中国古典诗文大都已经提供了，而格非的作品还没有提供有震撼力量的新时代的中国审美经验——而这正是提升中国文学地位的关键之所在。在此，我们看到了"中国式诗意"蕴含的潜能，以及它可能陷入的迷津。

---

① 大卫·丹穆若什：《什么是世界文学?》，查明建等译，北京大学出版社 2015 年版，第 309 页。

# 通向"文城"的漫长旅程

——从余华新作《文城》看其创作的演变

## 一、迷雾中的"文城": 毁誉参半的反响

对于余华这样高居文学峰巅的作家,一部新作的问世成了一种对以往声誉的验证,一次不无风险的增持。新作既可以为既有的成就锦上添花,也可能能沦为写作生涯径直下坠的滑铁卢。十多年来余华已不止一次尝过苦涩的滋味,2005、2006 年《兄弟》出版后泾渭分明的两极化评价令他大失所望,而 2013 年推出的《第七天》也没有能为他20 世纪 90 年代凭借《活着》《许三观卖血记》赢得的巨大声望大幅加分。时隔八年,他的最新作品《文城》甫一问世,便在文学界引起热议。一些铁杆拥趸亢奋之余惊呼,"那个让我们激动的余华又回来了";在他们眼里,"《文城》的故事、人物和行动构成了一个圆融的有机体,这一有机体折射出丰富多元的主题"①。资深学者、批评家丁帆先生对《文城》也是不吝赞美之词,称它是"如诗如歌、如泣如诉的浪漫史诗",作品文本在传奇性、浪漫叙事风格、史诗气派和悲剧性诸方面与

---

① 杨庆祥:《〈文城〉的文化想象和历史曲线》,《文学报·新批评》2021 年 3 月18 日。

余华先前作品相比，都有所突破和开拓。①

与此同时，也有一些批评家敏锐地察觉到了余华这部新作的软肋。李壮认为，《文城》"是个好故事，不是个好小说"，它"近乎某种'纯文学爽文'"，还有"甜宠文"的影子。② 有的批评家则以委婉的语气表达了心中涌动的遗憾，"《文城》中余华努力让自己的小说复杂和丰富起来……可是从文本的整体效果上看，余华可能真有些心有余而力不足"③。

众说纷纭之下，人们不禁要问：经过多年的沉潜，余华新近出手的《文城》究竟向人们讲述了什么？

乍看之下，这是一个染着凄美色调的传奇故事：富家子弟林祥福早年丧父，后邂逅一对来自南方的神秘男女阿强和小美，他们俩自称是兄妹，留宿在他家。不料小美因病卧床不起，阿强只得先行一步北上，之后林祥福和小美有了肌肤之亲。但让林祥福始料未及的是，不久小美神秘失踪，并顺手卷走了诸多金条。心灰意懒之下，林祥福开始精研木工技艺。故事到此又有一翻转，怀有身孕的小美竟折返林家，并生下了女儿林百家。但不多时小美再次失踪，痴情的林祥福便踏上了漫长的寻觅之旅，千里迢迢从北方来到风土迥异的南方，一路探问小美的故乡文城，但"文城"这个随口杜撰而出的乌有之乡沉没在南方水乡阴湿的雾霭之中。无奈之下，林祥福带着幼女在溪镇定居下来。

---

① 丁帆：《如诗如歌、如泣如诉的浪漫史诗——余华长篇小说〈文城〉读札》，《小说评论》2021 年第 2 期。

② 李壮：《余华时隔八年写出的〈文城〉，是"纯文学爽文"吗?》，《凤凰网读书·澎湃在线》2021 年 3 月 10 日，www. thepaper. cn/newDetail_forward_11641288。

③ 金赫楠：《睽违八年，期待是否落空?》，《文学报·新批评》2021 年 3 月 18 日。

小说叙述至此，作者笔调一转，画风大变，转向铺叙林祥福在溪镇的生活。他与陈永良合开木工作坊，渐渐积攒了大量钱财，并购置千余亩田产。他还惦念着小美，但这已不再是全书正篇叙述的重心。

随着小说叙述的推进，民国时期兵荒马乱的时局对人物命运的支配愈加显著——林祥福宁静的生活划上了休止符，全书的叙述节奏变得紧张起来，充满刀光剑影。先是女儿林百家被土匪绑架，陈永良之子陈耀武挺身而出，自愿顶替林百家。随后林祥福为营救商会首领顾益民，只身深入匪巢送赎金，反被匪首张一斧杀害。最后陈永良率民团杀死了恶贯满盈的匪徒，为林祥福报了仇。全书正篇以林祥福灵柩在老家佃农田氏兄弟护送下归葬故里结尾，开篇中谜团重重的小美的身世则在殿后的补篇中得以显露，她和林祥福在后者初到溪镇时本有机会相见，但她在城隍阁禳灾祭拜时不幸冻死，与林祥福从此阴阳两隔。

不难发现，在余华的这部新作中，林祥福与小美间一波三折的情爱纠葛，林祥福与陈永良、顾益民等人基于传统信义的款款情谊，以及溪镇民团与土匪激烈交战的民间传奇错落密匝地交织在一起，构成了一长幅栩栩如生的南方水乡生活浮世绘。正是从这个意义上，"那个让我们激动的余华又回来了"的赞叹触及了这部小说文本的某些特质：余华早期作品中（尤其在他第一部长篇《在细雨中呼喊》）时时浮现的水汽氤氲的南方小镇，突如其来、神秘莫测的暴力的阴影，弥漫在自然风土描绘中的凄美格调与情韵，在字里行间一一闪现。给人留下难以磨灭印象的莫过于那些高度诗意化、近乎唯美的细节，这在全书补篇展示小美之死的段落里臻于完美的极致。

　　她的脸垂落下来，几乎碰到厚厚积起的冰雪，热水浇过的残留之水已在她脸上结成薄冰，薄冰上有道道水流痕迹，于是小美的脸透明而破碎了，她垂落的头发像是屋檐悬下的冰柱，抬过去时在凹凸的冰雪上划出一道时断时续的裂痕，轻微响起的冰柱断裂声也是时断时续。小美透明而破碎的清秀容颜离去时，仿佛是在冰雪上漂浮过去。①

这一段以银白为底色的描绘，不禁让人联想起余华早年异常迷恋的日本作家川端康成，与他在《雪国》中对女主人公驹子的描绘异曲同工。它仿佛是电影的一个特写镜头，小美的面容几乎占据了整个画面，融化的冰雪，悄然消逝的美，吟唱着一曲无尽的悲歌。

然而，细究整部作品不难发现，尽管情节构架吸人眼球，但《文城》的人物描述和事件并不是基于现实生活的深层逻辑，而是基于作者的美好意愿，矗立在如梦似幻的童话思维的框架上。

首先来看全书情节设置的具体背景。男主人公林祥福在晚清和民国时期度过了短暂的一生，但细究之下可以看到，这一背景其实并不具备历史与时代的精准性，作者并没有悉心描摹诸多政治集团间的博弈争斗所触发的社会变迁，它更多是一种呈现在人们意识中的对于传统中国社会生活的概括性想象。尽管民国时期匪患在多地频现，但它与其他历史时期的同类现象并无鲜明的区别。在某种意义上说，它们只是作者叙述时随手借用的道具，就如有批评家指出的那样，"余华采纳了高度寓言化的'现实主义'写法，他有意抽象故事发生的确切时代和背景，无意将其与近代中国（清末民初）的'社会史'相对应……《文城》也非历史小说，而是借面目模糊的'历史'容器来盛放

---

① 余华：《文城》，北京十月文艺出版社 2021 年版，第 342 页。

故事的小说"。[①]

　　其次是对人物性格与命运的展示。不难发现，林祥福、陈永良、顾益民等主要人物从一登场起便是固定的，他们在情节推进和命运的大起大落中几乎没有引人瞩目的发展与转折，只是作为抽象的信义仁善的符号浮现在文本的字里行间。林祥福在遭小美背叛后，时隔不久轻易地重新接纳了她，在她两度出走后还一往情深，携带幼女，背井离乡，千里迢迢至南方寻觅小美，其情至圣至洁，富有惊天地泣鬼神之力。然而，这样的人物缺乏现实生活的坚实逻辑，只是童话乐园中的人物。陈永良与林祥福虽有兄弟之情义，但当林百家被绑架时，其妻李美莲毅然让大儿子陈耀武顶替，在情理上存在着难以掩盖的漏洞。小美这个人物给人的印象更显模糊、蹊跷。她作为童养媳进入沈家，成婚后与丈夫阿强情深意浓。由于得罪了婆婆，她与阿强私自离乡出走，情急之下暂时寄寓在林祥福家中。但在阿强离去的半年内，她自愿与林祥福肌肤相亲，后又怀上了他的孩子，尽管她心中还时刻牵记着阿强。余华没有似乎也不屑向读者展示她深层的心理动机，她的自愿献身是出于对林祥福的爱慕、好奇，还是纯粹的孤独难挨？在裹卷了金条离开后，她又能心安理得地回到林家，料定林祥福看在腹中胎儿的份上必定会善待她。而她丈夫阿强在得知阿美怀孕后漠然置之，似乎视为理所当然之事。在余华的笔下，这些人物成了他随心所欲操弄的玩偶，似乎无须顾及合理性，更遑论开掘人性深处的秘密了，正如青年作家、批评家林培源所言，"但《文城》似乎无意书写人性的幽

---

　　① 林培源：《大家熟悉的那个余华回归了，但好故事等于好小说吗?》，《北京青年报》2021 年 3 月 12 日。

暗之地，天灾人祸在占据故事背景的同时也构不成人性的试炼场。我们在其中难以看到现代意义上的具有'深度内在'的人，小说的诸多人物从一出场，其性格、功能便固定了下来"；也正是在这个意义上，他认为"在当代中国文学中，《文城》是一部叙事一流的小说，但它和真正'伟大的小说'尚有距离"①。

需要进一步探询的是，余华在《文城》中表现出的上述特性是一时的心血来潮，还是植根于他的情性之中？下面将通过回顾其创作历程，聚焦其创作特质，对此加以解答。

## 二、先锋写作：非写实的寓意化叙事

余华在 20 世纪 80 年代初便发表了《第一宿舍》《星星》等短篇小说，但并未在文坛引起广泛关注。② 1987 年，他在《北京文学》第 1 期上推出的短篇小说《十八岁出门远行》，以独特的风格在众多作品中脱颖而出，他也因此成为一颗耀眼的新星。余华就此进入了第一个创作喷发期，从 1987 年起短短的三四年间，完成了一大批极富先锋意味的中短篇作品，牢固地确立了其文学地位。

《十八岁出门远行》篇幅仅五千来字，它以十八岁的主人公"我"出门远行的经历，着意展现外部陌生世界幽深莫测的凶险、悖谬丛生的图景以及男孩"我"内在精神的发育成长。"我"并不是大无畏的冒险者，出行缘于父亲的推动，父亲觉得"我"已经成年了，应该独自

①　林培源：《大家熟悉的那个余华回归了，但好故事等于好小说吗?》，《北京青年报》2021 年 3 月 12 日。

②　有关余华早期作品，参看王侃、刘琳：《"温暖和百感交集的旅程"——余华的"线索"》，《文艺争鸣》2015 年第 3 期。

去见识一下外部的世界。起初，"我"虽然找不到旅店，但一切还算顺当。搭车途中运载的水果被毫无顾忌地哄抢，戳破了"我"原有的思维定势，将"我"从童话乐园一下拽到冰冷的现实中。最匪夷所思的是，司机不但不向"我"伸出援手，反而与盗抢者沆瀣一气，还抢走了男孩的背包。这一荒诞意味十足的事件对于男孩既是心灵上的创伤，又是经受磨砺、走向成熟的重大契机。[①]

在《十八岁出门远行》中，余华早期创作风貌已雏形初具。从文本表层来看，这篇作品似乎平实地记述了一个男孩的旅行经历，没有超现实的元素介入。然而，在写实的外表下，一股股难以预测的力量暗潮汹涌：司机为什么不帮男孩一把，为什么要抢夺他的背包，他和盗抢水果的那伙人有着怎样的合谋？这一切作者都没有给出清晰的答案。与日后问世的《难逃劫数》《世事如烟》相比，它还没有容纳那么多黑暗、诡异、险恶的阴影，但它断然不是标准的写实作品，叙述的推展并没有受现实生活逻辑的严格制约。

同在1987年问世的中篇小说《四月三日事件》在某种意义上可视为《十八岁出门远行》的续篇。它的叙述以第三人称展开，主人公也是一个即将迈过成年门槛的少年。与《十八岁出门远行》迥然不同的是，《四月三日事件》聚焦男主人公细密奇诡的内心生活。在人生揭开新一页的前夕，他浮想联翩，在头脑中孵化出一长串骇人的场景：他和父母、爱慕的少女白雪以及朋友张亮等人原有的关系一下被原地拔起，顿时化为乌有，他们在他眼里变成了面目狰狞可怕的对手，怀惴着不可告人的恶意监视着他，而他也变得小心翼翼，与他们打交道时

---

① 参看金理：《"自我"诞生的寓言——重读〈十八岁出门远行〉》，《文艺争鸣》2013年第9期。

如履薄冰，甚至想持刀杀死白雪。幸好这一切都是浮现在他脑海中的臆想。最后，怀着对 18 岁生日的恐惧，他偷偷在暗夜中爬上运煤货车，离开了家乡，也逃脱了潜在的种种凶险灾祸。

这一惶惶不安的少年让人想起《狂人日记》中畏惧家人邻里、意欲吃人的狂人，但他沉溺于感性的直觉中，并没有多少理性的思考，更没有狂人对中国古代历史宏观性的评判。作品中浮现的人物与场景，尽管大多源自现实生活，但被他近乎病态的想象扭曲，丧失了现实生活的根基，呈现出梦幻般的特色。然而，全篇的叙述框架还保留着现实的印迹与轮廓。可以说，在这部作品中，余华一只脚踏入了怪诞虚幻的世界，而另一只脚还滞留在大地上。

时隔一年发表的《现实一种》标志着余华的先锋探索进一步深入，凸现出更为浓烈的暴力血腥色调。这是一则典型的兄弟阋于墙的悲剧：山岗、山峰两兄弟携妻儿与老母同处一个屋檐下，山岗的儿子失手摔死了襁褓中的堂弟，后被山峰杀死——这开启了互相残杀的潘多拉魔盒，最后两兄弟皆命归黄泉。这不是人们在不少文学作品中常见的由财产、情欲触发的命案，它源自人性深处莫名的黑暗孵化而出的敌意。在逼仄、望不到头的生活中寻觅不到幸福，他们不自觉地将恶意泼向亲人，在毁灭性的行为中获得快意与满足，最终将自己也带向了毁灭。这部作品给人最深的印象在于家人间无端的暴力，全篇结尾对于解剖山岗尸体的详尽描写也让读者不寒而栗。

同年余华发表的两部中篇小说——《世事如烟》和《难逃劫数》，将他的先锋实验写作推向了极致。此时的余华，在理论上也有了相当的自觉，想突破写实小说模式的束缚，铸造一种新的小说样式。"当我发现以往那种就事论事的写作态度只能导致表面的真实以后，我就必须去寻找新的表达方式。寻找的结果使我不再忠诚所描绘事物的形态，我开始使用一种虚伪的形式。这种形式背离了现状世界提供给我的秩序和逻辑，然而却使我自由地接近了真实。"① 他孜孜以求的"虚伪的形式"便是他业已开始尝试的写作方式，它在现实世界之外构建一个主观化的虚拟世界。与《四月三日事件》《现实一种》的单线叙述相比，《世事如烟》采用了复线并行推进的手法，除了算命先生和他的五个子女、灰衣女人、司机、盲人、接生婆外，其他人物以阿拉伯数字2、3、4、6、7来命名。他们的命运在同一时空下勾连相伴，构成了博尔赫斯式的交叉小径花园的网络。在阴霾沉沉、湿漉漉的南方小镇，接二连三莫名的死亡，从天而降的暴力，弥漫着一股挥之不去的血腥气味，连算命先生也操控不了的神秘莫测的天意播弄着芸芸众生，将他们一个个送进地狱。

稍后问世的《难逃劫数》进一步深化拓展了余华这一冷酷的风格：照样是一长串的死亡，但已不是冥冥之中命运恶意的捉弄，而是蛰伏在人心中黑暗的一次史无前例的喷发，夫妻、朋友之间概莫能免。作品中最骇人听闻的情节莫过于东山、露珠夫妇间的自相残杀。老中医将一小瓶硝酸作为嫁妆送给了女儿，露珠在新婚之夜将硝酸喷射在东山脸上，过后不久她被丈夫用烟缸砸死。这一切都在老中医的预料之中，他亲手开启了这幕悲剧，似乎成了凶险的命运在尘世间的操盘手。在此，人们的残杀没有明确的理由，也不需要理由，仇恨与敌意渗透在每个人的毛孔中，弥漫在空气中，一有风吹草动便恣肆横行。尽管读者从人物、背景中还依稀辨认得出现实生活的影子与气息，但支撑

① 余华：《虚伪的作品》，《上海文论》1989 年第 5 期。

其运行的逻辑与法则则与之有着天壤之别。有一些批评家将余华作品中这种阴惨可怖的氛围与基调归之于奥地利犹太裔作家卡夫卡的影响。① 对比这两位作家的文本，余华从卡夫卡那儿汲取了诸多灵感、意象以及构造作品的方法，他的《往事与刑罚》中对于刑罚的细致描摹明显烙有卡夫卡《在流放地》的印迹。然而，余华尽管受卡夫卡的影响，但在某些方面青出于蓝而胜于蓝，他在上述两部作品中刻意呈现的死亡与暴力的力度在卡夫卡同类作品中无法寻觅到对应的文本。

综上所述，余华 20 世纪 80 年代中后期以先锋著称的作品在叙事方式上带有诸多鲜明的特性。它们在总体上是非写实的寓意化文本，不是以忠实反映现实生活及其内在历史发展趋势为宗旨，在情节设置上缺乏现实生活的运行逻辑与法则的支撑，人物也不具备血肉丰满的世俗特性，大多是一个个符号化的存在。背景尽管大多取材于余华"生于斯，长于斯"的南方小城，但它并不具有其他作家笔下沸腾的烟火气，大多只是作为虚幻的装饰而出现。因而，余华的这类作品尽管包含情节、人物等小说惯有的部件，但缺乏深度叙事推进的动力，小说的文本成了众多寓意化的符号驰骋的空间，寓意化的人物与事件常常不自觉地消解了小说的叙事，使之呈现出非叙事乃至反叙事的特征。这一艺术特征在 20 世纪 80 年代中期小说革新浪潮中异军突起，但由于它缺乏现实生活元素的支撑，也使余华在日后的创作中屡屡陷入始料不及的困境。

---

① 参看赵山奎：《"文学之外"的拯救：余华与卡夫卡的文学缘》，《文艺争鸣》2010年第 12 期。

### 三、面向写实的艰难转型及其瓶颈

批评家大多认为余华 1991 年年末发表的《在细雨中呼喊》（在《收获》杂志首发时标题为《细雨与呼喊》）是其创作转型的标志，正是从那时起，他不再沉溺于先锋性的实验写作，开始面向现实生活，将鲜活的现实气息纳入其文本中。追溯余华的写作轨迹，这一转型在写作时间略早于《在细雨中呼喊》的中篇小说《夏季台风》中已初露端倪。和上述《世事如烟》《难逃劫数》等作品一样，这部中篇的背景依旧是南方小城，但已不再充斥着神秘的暴力、血腥与死亡，余华更多地聚焦台风来临前后人们惶恐不安的心绪，以及由其引发的种种不无怪诞色彩的事件。它延续了余华先前作品的一贯风格，缺乏连贯的情节线索，数个人物交替出场，读者阅读时时常会陷入困惑不解，但全篇毕竟显露出诸多烟火气息。

《在细雨中呼喊》以孙家二儿子孙光林的视角展开叙述，展示了他的童年与少年时期的生活，他与父亲孙广才、哥哥孙光平、养父王立强、养母李秀英以及同学苏宇的关系成为全书聚集的中心。全书的叙述并没有按时间的自然顺序推进，而是从孙光林的内心世界出发，呈圆环型层层展开，四个部分既相对独立，又相互勾连衔接。青春的觉醒与成长，父辈与子辈的矛盾冲突，对男女情欲的懵懂认知与隐秘的骚动，在这部作品中已不再悬置在模糊抽象的空间中，而是落脚在 20 世纪 70 年代的历史背景中。人物不再是抽象、寓意化的符码，而被赋予了相对丰满的肉身躯壳。但余华对现实生活的描绘并不是直截了当地介入，而是通过记忆，将它作为通向现实的通道。在批评家洪治纲看来，"记忆的独特之处，在于它本质上仍然是一种主观化的内心真实，因为每个个体的激活方式的不同，记忆随时会发生扭曲、变形或重组"①。而《在细雨中呼喊》的叙述方式无比清晰地印证了这点，在孙光林的回忆中羼杂了诸多现实场景的展示。

应该指出的是，余华在这部作品中采取的新的叙事策略虽然标志着其创作的转型，但并不意味着他先前文本中高密度呈现的非写实因素全然消隐，这一点国外的批评家都看得很清楚。"这一转变并没有使作者步入新现实主义行列：这样认为的人是因为他们忽略了余华在行文中所表现出来的对完全反现实主义特征的坚持。他们尤其忽略的一点在于余华在其作品末尾所要描写的对象不是人类在社会或历史中的地位，甚至也不是他们的心理状态，而是那些通过孤独与命运的坎坷所体现出来的一个人的真实的存在。"② 而从普遍抽象的层面上对死亡、暴力等人类黑色生存状况的呈现恰好是非写实的寓意化写作最为鲜明的特征，它散布在《在细雨中呼喊》文本的褶皱肌理之中。正是在这一意义上，人们可以说，余华写作历程中的所谓转型从一开始就是不彻底、不纯粹的。

1992 年问世的《活着》不仅仅是余华影响最大、读者最多的小说，也堪称当代中国文学中最富有持久影响力的作品之一。这部 12 万字的小长篇情节并不复杂，描述了福贵数十年间坎坷崎岖、令人唏嘘的命运遭际，他的个人生活轨迹在某种程度上成为 20 世纪中国宏大历史变迁的投影。余华随后在 1995 年推出的《许三观卖血记》篇幅稍长，记述了底层社会小人物许三观为家人生计辗转多地卖血的传奇经

---

① 洪治纲：《余华论》，《中国现代文学研究丛刊》2017 年第 2 期。

② 法国《文学杂志》2004 年 3 月，参看余华：《在细雨中呼喊·外文版评论摘要》，作家出版社 2008 年版，第 281 页。

历。和《在细雨中呼喊》相比，在这两部小说中，现实生活已不再是叙述中的陪衬和模糊的背景，不再是叙述人通过记忆呈现的主观化影像，它直接走向前台，强力介入、操控起人们的命运。尤其在《活着》里，福贵命运的一波三折与社会历史变迁有着直接的关联。

接下去要追问的是，在这两部小说中，余华是否真的成功地完成了由一个先锋作家向写实作家的转型？

乍看之下，这似乎已没有多大的疑问。然而，细察之下还留存着些许疑团。从写作宗旨看，作者在上述作品中并没有展示一个时代繁富多样历史面貌的雄心，并没有刻意将身处其中的人物的命运与历史宏大叙事紧密勾连成一个整体图景，他更多地想借笔下的人物表达一种超越生活表象的普遍化理念。在谈到《活着》时，余华曾如此夫子自道："'活着'在我们中国的语言里充满了力量，它的力量不是来自于喊叫，也不是来自于进攻，而是忍受，去忍受生命赋予我们的责任，去忍受现实给予我们的幸福和苦难、无聊和平庸。"[1] 不难发现，作者通过福贵悲惨的命运，力图展示一种蕴藏在中国文化深处的生存哲学，它体现的是人对现世的执着与坚忍不拔的生存意志。这种对世界的观照与生存方式同样体现在《许三观卖血记》中，尽管具体的背景与事件各不相同。许三观可谓福贵的一个变体，他不像福贵那样出身于富贵之家，因而也没有陷入因嫖赌而散尽家财的绝境，家人也没有接二连三地逢灾遭难。他最终苦尽甘来，与妻儿一起畅快地吃了一顿。他虽然没有受过多少教育，但内心深处秉承的也是那种坚韧的生存哲学，坚守对家人的伦理责任，以一己的鲜血换得他们的平安与幸福。在许

---

① 余华：《活着·韩文版自序》，南海出版公司 2003 年版。

三观这一形象中，福贵身上那种超出常人的忍耐力与生生不息的活力同样得到了淋漓尽致的体现。

从文学史上追根溯源可以发现，近代欧洲勃兴的现实主义文学有着诸多鲜明的艺术特征，并不是作品只要纳入现实生活的因素就可以理所当然地获得进入现实主义殿堂的许可证。德国著名学者埃里希·奥尔巴赫在分析司汤达的《红与黑》时曾这样阐述19世纪新兴的现实主义文学的基本特性：那部作品中"人物的性格、态度和相互间的关系与同时代的历史状况密不可分地联系在一起；当时代的政治与社会情形以一种比以往任何小说（事实上是除了直截了当的政治讽刺文本之外先前的所有文学作品）更为具体、更为真实的方式编织到情节的进程中"，由此人物的命运与具体明晰的历史状况水乳交融，难分彼此。①

从这一角度考察，余华的上述两部作品并不是标准意义上的现实主义作品。应该承认，《活着》中的主人公福贵的命运与同时代中国社会的变革息息相关。尤其是土改时期，由于他的土地为还赌债而转给了龙二，不料因祸得福，龙二因此被划为地主而遭镇压，而福贵逃过一劫。但书中其他人物的命运与历史现实的关系并不全然是这样：他儿子为救县长夫人抽血过多而死，这一事件包含着较多的特定社会历史的印记；他的妻子家珍、女儿凤霞和女婿二喜以及外孙苦根之死在任何历史时期都可能发生。尽管从总体上看，《活着》中福贵一家的命运与历史大背景息息相关，但细究之下，各人情形多有不同，呈现出与社会历史状况若即若离的形态，并没有全然紧密地联系在一起。作

---

① 埃里希·奥尔巴赫：《摹仿论：西方文学中所描绘的现实》，Willard R. Trask 英译，上海外语教育出版社 2009 年版，第 457—458 页。

品文本的表层是写实的，但人物大体上并非血肉丰满，常常只是一个单薄的剪影，只呈现出粗略的轮廓线，作者的用力之处则在抒写福贵等人命运的寓言，借此阐发国人的生存哲学。

《许三观卖血记》在写实层面上也体现出同样的特性。在陈思和先生看来，"许三观一生多次卖血，有几次与重大的历史事件有关，如三年自然灾难和上山下乡运动，但更多的原因是围绕了民间生计的'艰难'主题生发开来，结婚、养子、治病……一次次卖血，节奏愈来愈快，旋律也愈来愈激越，写到许三观为儿子治病一路卖血，让人想到民间流传的'孟姜女哭长城'的歌谣，包含了民间世界永恒的辛酸"①。而在余华的笔下，正是许三观身上凸现的"民间世界永恒的辛酸"模糊了人物命运与同时代历史状况的联系，二者间的关系变得松散，进而整部作品变成了底层人命运的寓言。由此可以看出，即便在上述两部被读者、批评家公认为富于现实性的作品里，余华早期创作中的寓言化手法依然潜藏在文本深处，制约着他书写现实的方式。

谈到余华的创作转型，最引人瞩目的莫过于他于2005、2006年推出的长达50万字的小说《兄弟》（上下册）。自完成《许三观卖血记》后，余华的小说创作停歇了十年之久，《兄弟》堪称余华对与之保持紧张关系的现实的一次正面强攻。他起先曾计划写一部规模宏大的史诗作品，"五年前我开始写作一部望不到尽头的小说，那是一个世纪的叙述"，但随后他的构思发生了变化，以李光头、宋钢这对异姓兄弟数十年间的命运为主轴，力图展现两个大相径庭的时代，"一个精神狂热、本能压抑和命运惨烈的时代"与"一个伦理颠覆、浮躁纵欲和众生万

---

① 陈思和：《碎片中的世界和碎片中的历史——1995年小说创作一瞥》，载《中国当代文学关键词十讲》，复旦大学出版社2002年版，第223页。

象的时代"。① 人们要担心的是，余华的创作禀赋能否顺利驾驭这一宏大的史诗性框架？程光炜先生在分析余华 20 世纪 90 年代创作的三部长篇小说时，敏锐地察觉到余华的创作特质：过分敏感的个性气质使他在写实能力上出现短板，他没有耐心去处理一些关键性细节，"都用戏剧化的语言和场景把它们打发掉了"②。要追问的是，这一创作特质在《兄弟》中又以何种形态呈现呢？

在《兄弟》中，余华得心应手地采用了民间故事的结构框架，以李光头厕所偷窥这一不无粗鄙的喜剧性场景开启了全书的序幕，其后他和宋钢两人在动乱年代相依为命，但日后为了争夺林红这个女人而分道扬镳。两个人的命运也形成了鲜明的对照：李光头从商后一跃成为刘镇的首富，宋钢则穷愁潦倒，最后连林红也背叛了他，投向先前她鄙视的李光头的怀抱。宋钢在绝望中卧轨自杀，李光头受此刺激也变得心灰意懒，沉迷于对日后太空旅行的想象中。③

单凭情节梗概无法判断一部作品价值的优劣高下，细读全书，不难发现余华在写实上的短板在这部直面现实生活的作品中不但没有消隐，反而被放大。这不仅仅体现在对诸多细节的处理上，还体现在作家对于现实的总体观照上。李敬泽先生在《兄弟》上部问世后便尖锐地指出了这一问题。在他看来，余华才情的根本特性在于简单，他在作品中"能够拎出简明、抽象、富于洞见的模式，告诉我们，此即人生"，但在《兄弟》中，余华"发展到蔑视人的可能性和人的选择，他

---

① 余华：《兄弟·后记》，上海文艺出版社 2006 年版。

② 程光炜：《论余华的三部曲——〈在细雨中呼喊〉〈活着〉〈许三观卖血记〉》，《中国现代文学研究丛刊》2018 年第 7 期。

③ 参看王宏图：《〈兄弟〉的里里外外》，《扬子江评论》2006 年创刊号。

把标签贴在人的身上，就像刻上'红字'，然后让人像数学符号一样推演他的方程式"①。余华在早期先锋创作中体现出的寓意化写作方式在他头脑中是如此根深蒂固，这阻碍了他在面向现实写作时细心捕捉大量细节，以致对人们在具体生活情状中以及命运转折时复杂的心理流变视而不见。如果说《兄弟》的上部是一部廉价赚取读者眼泪的伤感剧，到了下部，作者则是一路狂奔，将李光头、宋钢两兄弟数十年间的命运化成一长串动漫式的图像，充斥着无厘头的闹剧，人物内在的灵魂荡然无存。书中的人物像余华手中的牵线木偶，只是抽象的符码，他们的性格从一出场便已定型，没有发展，没有实质的蜕变，也无从抽绎出复杂的历史情状下人物独特命运的意味。

可以说，余华面向现实的创作转型在《兄弟》中遭遇了一次惨败。这不是说《兄弟》中没有容纳生气勃勃的现实元素（相反，全书下部中这类元素如潮水般涌来），而是作者没有全方位操控直面现实写作的能力。不可否认，余华是当代中国最富才情的作家之一，但他的才华禀性体现在寓意化写作中，体现在《现实一种》《世事如烟》《难逃劫数》等作品中对神秘、暴力、血腥非同寻常的渲染与展示，体现在对褪去了现实具体规定性的生存状况的揭示。一旦他转向直面现实的写作，写实文本的诸多规范、要求与他内在的性情特质发生了尖锐的冲突，使他常常捉襟见肘，难以顺畅地发扬其优势，不时陷入创作的瓶颈中。即便是《活着》《许三观卖血记》这样贴近现实社会生活的作品，在艺术上也只取得了部分的成功。

---

① 李敬泽：《被宽阔的大门所迷惑——我读〈兄弟〉》，《文汇报》2005 年 8 月 20 日。

## 四、抵达《文城》：大杂烩式的分裂文本

在最终抵达"文城"前，人们无法绕过《第七天》这座鬼屋。

《兄弟》问世后，评论界和读者颇富争议的反响使一度信心满满的余华充满受挫感。时隔七年之后，他才推出了另一部新作《第七天》。它虽然没有得到当年《活着》《许三观卖血记》的热捧，但总体口碑远在《兄弟》之上。有批评家这样表露读了《第七天》后的感受："我感觉余华的小说创作不仅有所变化，更重要的是有所提升，既与过去的小说创作一脉相承，同时又有所延伸和创新。从《第七天》中我们能够看到他早期中短篇小说的痕迹，能够看到《活着》和《许三观卖血记》的痕迹，也能够看到《兄弟》的痕迹，但同时我们也能够看到他对过去小说的突破，感觉《第七天》似乎是一个余华自我妥协的结果。"①

显而易见，在《第七天》中，余华放弃了对现实生活正面强攻的写作策略，采用间接迂回的方式加以触及。它以主人公杨飞死后亡灵的讲述为叙述框架，展现了七天里他在阴间世界的所见所闻。这个阴间世界并不是鬼魅横行的黑暗世界，在很多方面它是阳界的投射，而且所有昔日的恩恩怨怨一笔勾销，还比阳界有着更多的温情。即便在找不到入葬之地的亡魂安息的"死无葬身之地"也呈现一派近乎天堂的景象："那里树叶会向你招手，石头会向你微笑，河水会向你问候。那里没有贫贱也没有富贵，没有悲伤也没有疼痛，没有仇也没有恨……那里人人死而平等。"②

---

① 高玉：《〈第七天〉的续接与延伸》，《小说评论》2013 年第 5 期。

② 余华：《第七天》，新星出版社 2013 年版，第 225 页。

对于受 20 世纪 60—70 年代风行于世的拉美魔幻现实主义滋养的余华这一辈作家而言，从亡灵的视角来讲述故事是一种很有借鉴价值的艺术手法。墨西哥作家胡安·鲁尔福的《佩德罗·帕拉莫》提供了一个成功的范本，它以亡灵的目光将一个家庭、一个村庄曲折起伏的命运娓娓道来。《第七天》中的杨飞也是这样，他游走在阴阳两界，他的前妻李青、养父杨金诚、乳母李月珍一一浮现。除此之外，余华采撷了那些年诸多社会热点新闻，将它们移植到小说的文本中，让它们在杨飞的私人生活之外构筑起一个更为广阔的世界图景。杨飞自己便是一家小餐馆煤气罐爆炸的牺牲品，而商场火灾、因厌世而跳楼自杀、车祸、因强拆导致的命案、仇杀等事件将一个社会变迁时期的真实图景和心理情态渲染得异常鲜明醒目。

不难发现，在《第七天》中，余华创作中原有的优势又有了用武之地。尽管与现实之间有着千丝万缕的联系，但由于叙事整体框架上的非现实性，为他在寓意化表达与写实之间寻求某种平衡提供了契机。他既可以尽兴地穿行于成群的鬼魂当中，又能随时折返到阳世间，像在《活着》《许三观卖血记》中那样深情款款地描摹展示底层民众生存的艰难、坚韧的意志和相濡以沫的情义，偶尔还可以像在《兄弟》中那样将当下极富刺激性的新闻铺陈在读者眼前。也正是因为在《第七天》中，余华先前作品中的诸多元素纷纷呈现，交缠纠结，并达成某种妥协性的平衡，所以，虽然它在读者和批评家中的接受度比《兄弟》来得高，但也无法再创一个奇迹，无法在他原有的文学成就上增添多少光彩。

2021 年新年伊始问世的《文城》则是余华在小说创作上的最新尝试。作为一个有抱负的作家，余华多年来一直力图超越自身，攀上新的文学高峰。近年来，随着年龄的增长，逝者如斯的急迫感时常盘绕在他心头。他每出一部新作，就像甩出一枚骰子，它的命运仿佛能左右其日后写作的成败。《文城》便是他最新投出的骰子。"让读者激动不已的余华又回来了"之类的反响其实并非余华所愿，他暗藏的理想是人们惊呼"一个全新的余华从天而降"。

打开《文城》，人们果真看到了"一个全新的余华"吗？

的确，打开书页，读者会嗅到几分新鲜的气息。单从篇幅而论，这部20余万字的长篇规模适中，虽不像《兄弟》那般繁杂冗长，但比《活着》《许三观卖血记》厚实丰满。此外，整部作品又分为正篇和占全书30%的补篇，两部分在人物、情节线索上相互呼应、映照、陪衬，形成一种有别于余华先前作品的文本内部结构。此外，林祥福携女千里迢迢南下寻找小美，溪镇民团与土匪惊心动魄的对峙，都是余华先前作品中没有的崭新内容。细察之下人们不难发现，作者仿佛为了实现其在创作上的宏大夙愿，采取了毕其功于一役的策略，即在《文城》内部安置了多种类型的文本，浪漫传奇、民间传说、先锋书写等杂然纷呈，它们相互间既在某些层面融合交汇，又导致诸多难以消解的冲突，使人物、情节在不少地方扞格不入，因而最终成为一个大杂烩式的文本。

毋庸讳言，林祥福与小美间的情爱纠葛是全书的一条主线，余华没有将他们的关系置于具体可信的现实环境中加以描绘，在很大程度上凌空蹈虚，抒写了一曲凄婉的浪漫之歌。在命运的捉弄下，他们阴差阳错，尽管林祥福到了溪镇后他俩有机会相逢，但因小美冻死而永远错失。在田家兄弟将他的灵柩运回家乡恰巧路过小美的坟墓时，他俩的亡魂才有机会短暂一聚。正因为它以浪漫故事的形式呈现在读者眼前，而浪漫没有理由也不需要理由，所以，即便没有补篇，作者留下的诸多空白和谜团也足以让易感的读者回味再三。

然而，有了补篇，《文城》正篇中的浪漫故事在很大程度上被颠覆了。余华在补篇中好似又回复到意气风发的先锋写作的年代，以他最为擅长的笔触摹写上述浪漫传奇的前世今生：凋敝破落的乡村，小美寄人篱下的童养媳岁月，旧式家庭的清规戒律与青春的悄然萌动，与丈夫的出走——凡此总总，织缀成了一幅历史颓败年代家族破败的寓言化故事。尽管有着相对具体的生活场景，但这类书写不是陈忠实《白鹿原》式的现实主义摹写，而是特定语境中"历史的残余物"、罪孽和死亡构成的这类家族破败叙事的必然逻辑。[①] 这一主题在苏童的《罂粟之家》《1934 年的逃亡》《妻妾成群》、格非的《敌人》等作品中有鲜明的体现。而余华早期被冠以"先锋"的作品，更着意展现人们非理性的生存境遇、荒诞感以及莫名的暴力与死亡，对上述"历史的残余物"着墨不多。这回他调整了聚焦点，将晚清民国那一急剧变革的年代设置为情节的背景。依照这条思路写下去，他在补篇中完全能将小美、阿强与林祥福的三角戏写成苏童式散发着伤感、颓败气息的文本——这也是当初先锋派写作对于中国当代文学的一大贡献。

在余华早期的作品中，由于摒弃了现实与历史的逻辑法则，因而在情节推进和人物刻画中出现了大片空白与缺口。如果《文城》最后的定本中仅有正篇，那它与其早期寓意化写作风格还算一脉相承，小美这一人物的种种神秘莫测之处可为读者提供广阔的想象空间。然而，补篇的出现改变了这一切：原先引人瞩目的空白裂缝被一一填上，故

---

① 参看陈晓明：《无边的挑战》，时代文艺出版社 1993 年版，第 264—272 页。

事的叙述到最后被作者赋予了先前缺少的完整性。读者恍然大悟之后，不禁滋生出些许失落。在完整的情节框架通过补篇搭建而成后，文本原先具有的先锋写作的特性也消减了大半，沦为一个平庸滥俗的恋情故事。更为致命的是，全书补篇在消解文本的先锋意味的同时，也使正篇营造出的浪漫故事的氛围霎时间消散。

现在要追问的是，《文城》究竟给人们留下了什么？

人们看到是浪漫传奇与先锋实验的双重废墟。不可否认，其间混杂着一些精彩的片段（最典型的要数上文所引描写小美冻死后的情景描绘），而在全书占据相当篇幅的林祥福与陈永良、顾益民等人间的生死情义以及民团与盗匪刀光剑影的冲突，读来异常畅快，作为文本类型，其实是民间传说故事的变体，朋友间的情谊信义、正义与邪恶间的对抗恰好是这类故事津津乐道的主题。正是以这种方式，人们看到的《文城》呈露为这样一个分裂状态的文本——互相抵牾的浪漫传奇与先锋寓意化文体交相缠绕，错综叠合，又被诸多读者喜闻乐见的民间传奇故事围裹。从某种意义上看，它成了余华自己，也是自 20 世纪 80 年代以来诸多文学潮流微弱的回响。它可以视为余华在创作上的一次突围表演：他飘升到了半空，力图摆脱原有的时空格局，但冲力还不够强大，还不足以支撑起一个新天地，以致最后黯淡坠落，滞留在一个岐路丛生、裂缝频现的大杂烩文本中。

# 知性写作的美学与小说疆界拓展的限度

## ——从《应物兄》说起

### 一、杂语体叙述的困惑

李洱在沉潜十余年之后，于 2018 年年底推出的长篇小说《应物兄》在文坛引起了强烈反响。这不单是由于其 80 余万字的超长体量，更重要的是作者苦心孤诣酿造的卓尔不群的艺术风貌，在展示不同凡响的魅力的同时，也激起了诸多困惑与疑问。

综观《应物兄》全书，从情节线索来看，它可谓一部校园小说：它以地处中原的济州大学引进享誉海外的儒学大师程济世筹建儒学研究院为主轴，以胸揣尚未泯灭的人文情怀、不无迂腐气的教师应物兄为串线人物，将林林总总的人物（校长葛道宏，副省长栾庭玉，老一辈学人乔木教授、何为教授和双林院士，美国 GC 集团老总黄兴，中生代学人芸娘、文德斯、郏象愚、费鸣等）以及其他圈内外数十个人物组缀成一个庞大的网络，以浮世绘的笔法精细地展示出当今大学校园内外奇诡复杂的众生相。

设想一下，如果《应物兄》仅仅是一部以幽默讽刺笔法展示校园黑幕的小说，它也就不会引起那么广泛热烈的关注与争议了。在此类

"新儒林外史"作品中，阎真的《活着之上》可谓佼佼者。它栩栩如生地展现了青年教师聂致远与蒙天舒不同的生活经历和冲突，严肃地探讨了当代知识分子如何在俗世中保持其精神情怀与人格操守这一重大伦理问题。它采用的是传统现实主义手法，人物鲜明生动，情节设置一环紧扣一环，高潮迭起，聂致远的挣扎与奋斗紧紧抓住了读者的心。

李洱的《应物兄》同样以不少笔墨触及当代大学校园的阴暗面：筹建儒学研究院本是弘扬振兴传统文化的善举，但一旦落实到现实操作层面上，与之相关的方方面面都渗入了或多或少的一己算计，就连这出轰轰烈烈文化大戏的主角程济世也并非圣徒，抛开其难以启齿的私生活不说，他游走四方，长袖善舞，借传播中国古代文化的旗号名利双收。然则，综观《应物兄》全书，对熙来攘往的学术名利场的描绘只是作品叙述演进的框架，一个触发话题的引信。作者的真正兴趣并不是像《活着之上》那样细腻地展示人物间的矛盾冲突，表露对社会恶浊风气横行的愤慨与忧思，而是采用中国古典园林惯用的造景方式，移步换景，随物赋形，即在情节缓慢推进的主线上不厌其烦地插入了芜杂繁多的知识展示、思想剖析和学理探讨的篇章，这些次生的段落看似让情节陷于停顿，而且常常喧宾夺主，占据了文本的中心位置。有批评家将它命名为"杂语小说"，它"自觉或不自觉地混杂了各种文体，而且旁征博引、旁逸斜出、旁见侧出、旁指曲谕，知识点多而杂，机锋与趣味并存"。① 它涉及面如此之广，因而具有百科全书式的视野。它细致描绘、提及了数十种植物、近百种动物，还有众多器物和玩具，酒席上林林总总的食物；谈及引用的古今中外文学、历史、

---

① 谢有顺：《思想与生活的离合——读〈应物兄〉所想到的》，《当代文坛》2019 年第 4 期。

哲学、宗教典籍有数百种之多，此外展示、引用、杜撰、调侃的诗、词、曲、对联、书法、篆刻、绘画、音乐、戏剧、小说、影视、民谣、段子也是让人目不暇接。①

《应物兄》这样一种知识、思想高度密集的知性写作无疑会让不少读者遭遇到难以逾越的阅读障碍，他们原本的期待无一得以兑现。这已不单是一个阅读接受的问题，还涉及更为深层的问题：小说能不能这样写？这样的作品能算是小说吗？有些批评家站出来为李洱这样的写法辩护，意大利小说家卡尔维诺的立场为他们提供了强有力的佐证："我希望传给 21 世纪的标准中最重要的是这条标准：文学不仅要表现出对思维的范畴与精确性的爱好，而且要在理解诗的同时理解科学与哲学。"② 而同为意大利作家的艾柯进一步阐述了这一百科式知识罗列的意义，"仔细看看乔伊斯或博尔赫斯笔下的清单，我们可以清楚看出，他们所以开清单，并不是因为他们计穷，不晓得要如何说出他们想说的事情。他们以开清单的方式来说他们要说的话，是出于他们对过度的喜爱，是出于骄傲，以及对文字的贪婪，还有，对多元、无限知识——快乐的知识——的贪求。清单成为将世界重新洗牌的一种方式……亦即累积属性，以便引出彼此遥不相及的事物之间的新关系，而且对一般人的常识所接受的关系加以质疑"③。而在一些人眼里，这种万花筒般的知识清单在李洱笔下的应物兄们手中，既为纷乱的万事

---

① 参见王鸿生：《〈应物兄〉：临界叙述及风及门及物事心事之关系》，《收获·长篇专号》2018 年冬卷。

② 卡尔维诺：《美国讲稿》，吕同六、张洁主编《卡尔维诺文集：寒冬夜行人等》，萧天佑译，译林出版社 2001 年版，第 413 页。

③ 翁贝托·艾柯编著《无限的清单》，彭淮栋译，中央编译出版社 2013 年版，第 327 页。

万物赋予了秩序，又成了对他们挫败的巨大反讽。①

综观文学史，《应物兄》这种百科知识集锦的写法并不是没有先例。以现实主义的细腻描写著称于世的法国作家福楼拜在其晚年未完成的小说《布瓦尔和佩库歇》中以不无幽默的笔法叙述了两个退休的誊写员研究各类学问的喜剧性经历，他们先后钻研了数十门学科，结果发现每门学科内部都有着难以克服的矛盾，一旦将它们运用到实践中不是行不通，便是产生让人啼笑皆非的反效果。它可谓一部观念小说，突破了写实小说的框架，各门类的知识术语比比皆是，形成了一种百科全书式的清单。② 但仅止于此，还不能有效地消除人们的疑虑。因此，有必要对这一知性写作的美学特征作进一步的探究。

## 二、知性写作的美学风貌

如上所述，像《应物兄》采用的知性写作方式使普通读者的阅读期待落空，它不再将重心放在人物、情节、环境的刻画展示上，而是力图在文本各处播撒众多的知识与思想的元素，构筑起一种百科全书式的宏阔视野。而这一切并不是为了炫耀学识的广博，而是有着其特定的创作追求。李洱力图超越繁复炫目的生活表象，以林林总总貌似零散的知识元素的累积、交错、叠合、滤筛与对峙，探询一种形而上的精神意义的可能性，它能抵御腐蚀性极强的虚无主义，赋予小说中人物（同时为世人）的生命以坚实的意义。这鲜明地体现出文德斯英

---

① 马兵：《"在纵欲与虚无之上"——〈应物兄〉论札》，《南方文坛》2019 年第3 期。

② 参见艾珉：《〈福楼拜小说全集〉总序》，载福楼拜《福楼拜小说全集》，李健吾等译，人民文学出版社 2002 年版。

年早逝的哥哥文德能临终前创造的一个复合型新词"第三自我"。

> 那是文德能生造的一个单词：文德能将"第三"（Third）和
> "自我"（self）两个词组合了起来，形成一个新的单词：Thirdself，
> 第三自我。①

这绝不是单纯的文字游戏，其间有着深层的含义："第三自我"企图超越自我与外部世界间旧有的二元对立，构造出一种新的自我，这一自我摆脱了原有的自我狭隘性与片面性，能与他人产生强大的共情能力；在此基础上孵化而出的"第三自我"是一种崭新的自我，它能构建与他人的新型建设性关系。② 这成了潜藏在《应物兄》叙事文本底层的潜文本，支撑起整部作品庞大的叙事框架。

毋庸讳言，李洱的知性写作受到了域外作家的启示与影响。20 世纪最重要的德语小说家之一罗伯特·穆齐尔的代表作《没有个性的人》便是一部知性意味十足的巨著。这部近百万字的作品并不缺乏情节线索，它以一战前奥匈帝国首都维也纳为背景，叙述了为纪念奥皇登基70 周年而开展的所谓"平行行动"，主人公乌尔利希作为一个串线人，接触了政界、商界、文化界诸多人物，藉此折射出当年奥匈帝国的社会和精神面貌。但穆齐尔写的并不是一部人们习见的写实性作品，也不是巴尔扎克式的风俗编年史，他曾自言：

> 如果我可以声明某种保留的话，那么：我写的不是一部历史
> 小说。对于对真实事件的真实解释，我没有兴趣。我的记性很差。

---

① 李洱：《应物兄》，人民文学出版社 2018 年版，第 687 页。
② 参见黄平：《"自我"的多重辩证：思想史视野中的〈应物兄〉》，《文学评论》2020 年第 2 期。

而且真实事件总是可以置换的。我感兴趣的是精神上典型的东西，我想直截了当地说：是事件的幽灵。①

穆齐尔悉心捕捉的幽灵，是隐匿在世界深处的内在图式和抽象意念。在有的研究者看来，"他的根本目的以及兴趣所在，不是刻画和描摹变动不居的，因而是'可以置换'的事件和现象，而是去把握事件和现象背后的不可置换的抽象精神。正如他在另一则笔记中明确写到的：'基础性的东西，是时代的精神构造'"②。而制作这样一幅时代精神全景图，穆齐尔依仗的不是传统的人物性格、心理和场景栩栩如生的展示与描绘，而是夹叙夹议的论说性文字。稍加涉猎便不难发现，《没有个性的人》中充斥着众多离题式的论说章节，它与情节主线间并无紧密的关联甚至毫无关联，同时高密度出现的论说性文字不仅会冲淡小说情节的浓度，而且使小说在整体上呈现出一部巨型论说文的特征。③

作为知性写作的集大成者，《没有个性的人》藉此呈现出与传统小说迥然不同的艺术风貌。在穆齐尔的笔下，人物、情节并没有全然隐身，但它们在文本中的功能大为减弱，似乎沦为若有若无的点缀，而由它们激发、牵引而出的思考与议论成了整部小说的重心，思想与知识的阐发、交织、辩驳以及碰撞出的火花成为最引人注目的景象。至此读者不禁要问：这还能算是小说吗？

这涉及小说究竟是什么这一根本性问题的理解：它仅仅是讲述故

---

① 穆齐尔著，张荣昌编选：《穆齐尔散文》，徐畅、吴晓樵译，人民文学出版社 2008 年版，第 101 页。

② 徐畅：《现代性视域中的"没有个性的人"——以反讽为线索》，中国社会科学出版社 2014 年版，第 3 页。

③ 参见谷裕：《德语修养小说研究》，北京大学出版社 2013 年版，第 277 页。

事、刻画人物和身处其中的环境，还是蕴含着其他各种可能性？法籍捷克裔作家米兰·昆德拉结合自身的创作实践，梳理近代欧洲小说发展的脉络，对 20 世纪奥地利作家穆齐尔和布洛赫的创作作了极富洞见的阐发，"穆齐尔和布洛赫在小说的舞台上引入了一种高妙的、灿烂的智慧。这并不是要将小说转化为哲学，而是要在叙述故事的基础上，运用所有手段，不管是理性的还是非理性的，叙述性的还是思考性的，只要它能够照亮人的存在，只要它能够使小说成为一种最高的智慧综合"①。这一智慧并不浮泛无边，而是为小说所独有，在昆德拉眼里，"小说有一种非凡的融合能力：诗歌与哲学都无法融合小说，小说则既能融合诗歌，又能融合哲学，而且毫不丧失它特有的本性"，从终极目标上看，它能够"运用所有智力手段和所有诗性形式去照亮'惟有小说才能发现的东西'：人的存在"。②

依据这种思考方式，小说的定义也悄然发生了变化，它的重心不再是情节、人物，而是渗透着各种思想内涵的主题，昆德拉在与美国作家菲利普·罗斯的一次谈话中作了这样的阐述："一部小说就是以带有虚构人物的游戏为基础的长篇综合性散文。这些是小说唯一的限制。……讽刺论文、小说叙述、自传片断、历史事实、翱翔的幻想，小说的综合力就是有能力把这一切结合为一个统一的整体，就像复调音乐的声音一样。一部作品的统一性不一定要从情节中产生，也可能由主题提供这种统一性。"③ 这为以知性方式写作的小说提供了一种相

---

① 米兰·昆德拉：《小说的艺术》，董强译，上海译文出版社 2011 年版，第 21 页。
② 同上，第 82—83 页。
③ 艾晓明编译：《小说的智慧——认识米兰·昆德拉》，时代文艺出版社 1992 年版，第 142 页。

对完整、周全的阐述。

从这一视角考察，李洱的《应物兄》的艺术特征变得清晰可辨。和传统小说一样，它塑造了应物兄及与其相关联的校内外一大群虚构人物，建立儒学研究院、引进儒学大师程济世这一情节线索成为作者驰骋其想象力的框架。可以这样设想，李洱的写作其实是一场游戏，他将林林总总的人物安置在济大校园中，让他们相遇相知，让他们在会场、办公室或私下里高谈阔论、宴席间觥筹交错。情节和人物本身在李洱滔滔不绝蔓生延展的文本中并没有什么难以捉摸的悬念，人们可以一眼望到它的结局，但当他将这些虚构人物像棋子般东挪西移之际，一长串有关物事、思想的段落蜂拥而至，它们披裹上了不同的文体的外衣，众声喧哗，絮叨不休，诱使读者进入一场漫长的知性的盛宴。在某种意义上，它忠实而完美地体现了昆德拉心目中"以带有虚构人物的游戏为基础的长篇综合性散文"的小说理想，人们不熟悉、怀有疑虑乃至抵触的百科全书式的知识与思想的展示成为它最为鲜明的艺术风貌。

应该指出的是，知性写作的这一艺术风貌并不纯然是穆齐尔、昆德拉等人的独创，它有着悠久的文学史渊源。欧洲以散文体写成的长篇小说肇始于古希腊时期，就这一体裁内部构成而言，它一开始便呈现出文体杂交的特性：除了引人入胜的惊险故事，它还容纳了叙事诗、戏剧、纪事书、民族志学和讽刺摹仿作品，而且可以随意插入与主要情节无关的短篇故事，这在古罗马作家佩特罗尼乌斯的《萨蒂利孔》和阿普列尤斯的《变形记》中有鲜明的体现。[①] 不难发现，小说在其

---

① 参见江澜：《古罗马散文史》，华东师范大学出版社 2019 年版，第 596—598 页。

初始阶段并不是一个情节、人物和场景设置严丝合缝的体裁，它有极大的包容性，可将其他体裁收纳其中。而16世纪法国作家拉伯雷的《巨人传》可谓近代小说的先驱，它以狂放无忌、雄浑恣肆、丰赡繁复的风格讲述了两代巨人的传奇性故事，其中后半部借探讨狡黠的巴汝奇是否应该成婚，诸多人物踏上了一场漫长的旅程，藉此全书的视野变得更为宏阔，各种奇事异闻纷至沓来。拉伯雷在绘声绘色地展现林林总总的场景、人物的同时，还直接跳到前台，眉飞色舞地与读者交流，臧否身边这些人物，严肃地探讨政治、社会、哲理、宗教、伦理等各类话题，一旦对此厌倦了也不妨来点插科打诨，嬉笑怒骂皆成文章，可谓百无禁忌。昆德拉说，"一切全都在此：真实性与非真实性、寓意、讽刺、巨人与常人、趣闻、沉思、真实的与异想天开的游历、博学的哲理论争、纯粹词语技巧的离题话"[1]。

再回过头来看《应物兄》作品本身。既然采用的是知性写作的风格，读者除了接触到缓慢推进的情节和面目模糊的人偶般的角色，满目皆是机智幽默的段子、对脍炙人口的众多经典文本的戏仿、古今中外各种思想资源的铺陈展示——这一百科全书的叙述方式自然排除了丰沛饱满的情感表达。这并不意味着作者在全书中一味沉溺于知性的探询与炫示，细读文本便可发现，很多段落流露出一种挥之不去的淡淡的忧郁与怅惘，最明显的莫过于下面这个事例：作品临近结尾时写到芸娘病情加重，应物兄从她口中得知昔日狂热追求她的海陆已在海外撒手人寰，对此芸娘淡然发出了一句感慨："一代人正在撤离现场。"[2] 这貌似平淡的话语里充溢着对时光流逝的感慨，对故人的追

---

[1] 米兰·昆德拉：《被背叛的遗嘱》，余中先译，上海译文出版社2011年版，第3页。
[2] 李洱：《应物兄》，人民文学出版社2018年版，第907页。

念，对自己以及同辈人永逝的青春年华的悲悼。这一场景不禁让人想起杜甫"正是江南好风景，落花时节又逢君"的诗句，平易的诗句下涌动着诗人抚今追昔、感时伤怀的强烈感情。

但对于患有情感饥渴症的读者来说，这种沉郁含蓄的情感表露实在是太不过瘾了，他们更多期盼的是酣畅淋漓的情感宣泄，而《应物兄》全书的出彩之处并不在此。应该强调的是，人们不能因为作者情感表达的节制内敛而认定其文气枯涩，恰恰相反，知性色彩浓烈的杂语体叙述赋予了《应物兄》在浪漫式的情感抒发外的另一种风貌。单就这部作品的体量在当今的长篇小说中堪称巨大（作者曾自述一度曾写到 200 多万字），而对各式物件、文本、动植物、思想命题的展示可谓滔滔不绝，从头至尾构成一幅浩瀚壮观的奇景。在某种意义上，这林林总总的百科全书的铺陈酿造出了话语狂欢的奇观，它成为《应物兄》美学风貌的最显著特征。

细究之下可以看到，李洱在《应物兄》中吸纳的琳琅满目的知性元素，并不是以被学界认可、戴着严肃性的面目出现的。它们源自不同的领域，被作者依照其创作构思、近乎私密的语法加以编排串合，尽管其内容覆盖了社会和文化生活的方方面面，但都带有一种醒目的特征，那便是一种诙谐幽默乃至戏谑的方式，一种将神圣不可侵犯的经典和权威拉下神坛的相对化的意识，一种在原有的近乎僵化的文本物象内里寻找裂口缝隙加以翻转颠覆的意识。这一众声喧哗的杂语体知性叙述方式与俄罗斯文艺理论家巴赫金的狂欢化理念不谋而合。巴赫金在研究拉伯雷的《巨人传》时发现，中世纪的狂欢节文化构成了拉伯雷作品的底色。在他看来，"与官方节日相对立，狂欢节仿佛是庆祝暂时摆脱占统治地位的真理和现有的制度，庆祝暂时取消一切等级关系、特权、规范和禁令","狂欢节语言的一切形式和象征都充溢着更替和更新的激情,充溢着对占统治地位的真理和权力的可笑相对性的意识。这种语言所遵循和使用的是独特的'逆向''反向'和'颠倒'的逻辑,是上下不断换位如('车轮')、面部和屁股不断换位的逻辑,是各种形式的戏仿和滑稽改编、戏弄、贬低、亵渎、打诨式的加冕和废黜"。①

散布在《应物兄》全书字里行间的这一百科全书式、杂语体的话语狂欢并不仅仅是一些插科打诨、无伤大雅、令人捧腹的笑料(这类事例俯拾即是,诸如全书开篇应物兄在宠物医院的奇遇,大学者李泽厚来济大讲学时郏象愚不慎摔伤,GC 公司老总黄兴异想天开地运送一匹白马到济州,挪用孔老夫子言辞的安全套品牌名称,为博程济世欢心、生物学家华学明悉心培育已经灭绝的蝈蝈济哥等),细细品味之下,不难发现它们对于弥漫于社会各个角落的追名逐利,精巧矫情的伪善、贪婪等乱象是一种夸张乃至不无怪诞的展示。隐藏在笑料百出的狂欢化话语背后的是对道貌岸然的价值观念的嘲讽与针砭,对官学商一体的诸多阴暗面的揭露,对"儒学"能否复兴中华文化的质疑。这些点点滴滴貌似不起眼的元素,一旦聚合在一起,便积蓄起骇人的能量,轰然释放,如在夜空中绽放的绚丽烟花。全书中最具反讽意味的事件莫过于口口声声以复兴儒学为己任的程济世竟有一个私生子程刚笃,而儿子由于吸食毒品生下了畸形的胎儿。在这样一个令人发噱的情节设计中,儒家原有的神圣光环黯然褪色,刹那间沦为笑柄,它的权威和价值意蕴无形间被戏弄、揶揄,乃至消解。

---

① 巴赫金:《弗朗索瓦·拉伯雷的创作与中世纪和文艺复兴时代的民间文化》,载《巴赫金文论选》,佟景韩译,中国社会科学出版社 1996 年版,第 105—106 页。

和拉伯雷《巨人传》泥沙俱下、狂放恣肆、雄奇瑰丽的风格相比，《应物兄》尽管羼杂进了众多调侃、嘲讽的段落，但狂欢化的杂语体叙述并没有趋于极端，它的总体美学风貌显得温婉平正。结尾应物兄遭遇车祸生死不明，思想敏锐、勇于探索的芸娘英年早逝，这些颇富悲凉气息的情节设置给全篇披上了一层淡淡的伤感悲郁的色彩，在一定程度上中和了弥漫在全书各处的嘲讽戏谑。那众多不无喜剧色彩的人物，他们犯下的过错、遭遇的困境给人一种陷于尴尬人难免尴尬事的印象，时常让读者莞尔一笑，激发出诸多联想与思考。

### 三、知性写作的限度

现在，我们再回到昆德拉对于小说的定义上来。在他眼里，"一部小说就是以带有虚构人物的游戏为基础的长篇综合性散文"①。这一定义与读者对小说作品的惯常期待相违拗，突破了小说作为叙事文学局限于展示描绘人物、事件与背景的藩篱，为小说这一文体增添了知性思考与探询的维度，让它得以深入、别具一格地探索人的存在状况。乍看之下，这的确是小说观念上的一次革命，它将小说从为民众喜闻乐见的通俗文体抬升到文化之王的宝座上，它不仅能融合诗和哲学的元素，而且超越于二者之上，成为最自由灵活、不拘一格的艺术形式。

从小说发展历程来看，昆德拉极力推崇的知性意味鲜明的小说超越了叙述体文学讲述故事的原初属性，在人物、情节之上添加进众多知识、哲学的元素，它们并不安于附属或边缘的位置，常常喧宾夺主，力图成为文本的中心。在这类文本中，作者的自我意识可谓得到了前

---

① 艾晓明编译：《小说的智慧——认识米兰·昆德拉》，时代文艺出版社 1992 年版，第 142 页。

所未有的张扬，他的身影不仅在清晰或模糊的情节与人物间穿梭往返，而且常常跳到前台，对人物与事件指点江山，叩问其意义与价值。和先前知性色彩稀薄的作品相比，作者通过各种修辞手段，将林林总总的各类副文本精心编排在故事骨干周围，营造出一种写实小说所不具备的特有的话语狂欢的效果。

不难发现，昆德拉营造的这一小说境界不啻是一种文学的乌托邦。追溯欧洲文学史上这一小说叙事文体的起源，它一开始就是感性、经验的，最早的古希腊叙事作品写的大多是历险传奇和爱情故事。中国的情况也不例外，风行于唐代的话本、传奇、变文、讲经文也属于这一类文字。到了19世纪初浪漫主义文学兴盛之际，弗里德里希·施勒格尔将小说视为能够全面反映世界和人生万象的无所不包的文体，是实现他心目中"渐进的总汇诗"最理想的途径。[①] 然而，小说的创作实践使这一宏阔的理想难以完美地兑现。同时代德国诗人诺瓦利斯的《海因里希·冯·奥夫特丁根》便是这样一部力图实现浪漫派小说理想的作品，但知性的理念与小说叙事之间却存在着难以克服的张力。在某些研究者眼里，"一方面诺瓦利斯试图在梦境和童话中建构'诗'的理念、神性和诗意化，另一方面小说叙事又对诗的绝对理念和神性加以消解"，"这样他的小说与其说是叙事，不如说是一场思想上的'狂欢'"。[②]

昆德拉的小说观念在很大程度上继承了德国浪漫美学的主张，但他自身的小说创作（像《不能承受的生命之轻》等）也面临着诺瓦利

---

① 谷裕：《现代市民史诗——十九世纪德语小说研究》，上海书店出版社2007年版，第47页。

② 同上，第151、181页。

斯当年面临的困境，即如何将知性的观念与小说叙述相协调。不是说小说只能局囿于感性与经验世界，而对知性与思想关闭上大门。但后者如果在叙述文本中堆叠得过多，便会导致原有的小说叙事结构的解体。如何保持二者的平衡，不让知性元素恶性膨胀，成为这类小说创作的限度之所在。

平心而论，李洱写作《应物兄》也面临这一无法逃避的困境。毋庸讳言，《应物兄》是中国当代文学创作中一部特立独行的作品，它以其别具一格的知性写作拓展了小说写作的疆域，给原有局囿于写实描述的知识分子书写提供了另一种样本，树立了别样的标杆。但它和上述诺瓦利斯的作品一样，有陷于过度的知性元素的铺陈展示而导致小说叙述解体的风险。应该承认，它在很大程度上较好地达到了知性写作与小说叙述间的平衡，他通过应物兄这一串场式人物，将古今中外众多典籍、幽默段子、哲理冥想、物事铺陈、论题讨论缀合成风格不一的亚文本，它们在文本内部层层叠叠，交叉纠结，以细密的暗示、反讽与叙述主体交相呼应，形成众声喧哗的交响乐。在局部篇章上效果未如人意，有时显得离题太远，冗长累赘，但这些瑕疵无法抹杀整部作品的成就。《应物兄》的价值与意义有待人们日后进一步探索，但其文本表露的问题也值得人们深思。

# 家国叙事与个体精神叙事的叠合与断裂

## ——从《财主底儿女们》为出发点看中国小说的叙述特质

在 20 世纪中国文学史上，早熟的天才作家路翎创作于 40 年代中后叶的代表作《财主底儿女们》，在文坛一直处于不容忽视但又不无尴尬的境地：洋洋洒洒 80 万字的巨型体量，雄伟壮阔的史诗性画面，是对一代知识人内心酣畅淋漓、虽不无夸张失度但又诚挚深切的展示——都使之成为批评家们难以绕过的里程碑式的作品。胡风在其呱呱坠地之际曾预言，它的出版"是中国新文学史上一个重大的事件"，其主要价值在于它"是一首青春底诗，在这首诗里面，激荡着时代底欢乐和痛苦，人民底潜力和追求，青年作家自己的痛哭和高歌！"① 与此同时，自《财主底儿女们》出版后，对它的批评、质疑之声便不绝于耳。它对"五四"以降现实主义创作模式的明显偏离，对人物精神世界及其内在激烈冲突的鲜明展示，与中国传统审美心理的隔膜……都使它成为不少批评者理想的靶子。直至 20 世纪 80 年代后中叶，还有研究者在论及路翎与外国文学关系时这样认为："他试图探入古旧中国社会历史的深层，发现能使整个民族振起的伟力，在进入具体描写

① 　胡风：《财主底儿女们·序》，载路翎《财主底儿女们》，人民文学出版社 1985 年版，第 1、7 页。

时，却往往表现为夸大的倾向，似乎在不无生硬地把人物生活的具体方面，归结到某种重大、然而抽象空洞的命题上去。对中国人的普遍人性、人物个性气质的中国特征的忽视，也透露出路翎的精神追求本身在一定程度上脱离实际的空想性质，思想恰恰没有抓牢生活……使画面抽象，使思想朦胧，使意念闪烁不定。"①

除了思想内涵，这部小说在叙述结构模态上也受到不少批评。纵观《财主底儿女们》全书，不难发现，它呈现的是一种丁字形的结构。在第一部中，路翎以横剖面的方式展示了苏州巨富蒋捷三家族内部你死我活的激烈内讧争斗直至最后的分崩离析，而到了第二部中，虽然蒋氏家庭诸多成员依旧出入字里行间，但其重心则转向蒋家三子蒋纯祖在"七七事变"后从上海辗转南京、武汉九死一生的逃难经历，以及在重庆附近乡村从事教育工作的历程。由于叙述聚焦点的变化，第二部从先前的横向展示变为对蒋纯祖外部冒险和内心旅程的纵向表现。② 显而易见，《财主底儿女们》的这一结构方式是不同寻常的，有人甚至觉得作者是将几种不同题材类型的文本（"家族小说""成长小说"和"抗日战争"）拼合在一起，多种类型的杂然并存使整部作品失去了内在的有机性，从而凸现出潜伏在文本肌理深处的"分裂"与"含混"。③

的确，即便不作细密的文本解析，单就阅读感受而言，便可体悟到《财主底儿女们》全书蕴含的巨大不平衡性，它是从一个激情澎湃

---

① 赵园：《路翎：未完成的探索》，载曾小逸主编《走向世界文学：中国现代作家与外国文学》，湖南人民出版社 1985 年版，第 311 页。

② 杨义：《中国现代小说史》第 3 卷，人民文学出版社 1998 年版，第 176 页。

③ 陈彦：《现代世界的"晚生子"与"碎裂时代"的写作——再论路翎与〈财主底儿女们〉》，《文学评论》2016 年第 4 期。

的作者心中汩汩流泻而出的雄浑悲怆的乐章，缺乏古典的均衡完美与悠远宁静的气韵。它本身便是冲突频生的现代社会的产物，而上述叙述结构上的所谓"分裂"与"含混"在很大程度上缘于两种不甚相容的模式，即家国叙事与个体精神叙事间的冲突。下文将对此及衍生而出的相关问题作一番辨析。

## 家国叙事传统的阴影

纵观文学史，中国现代小说中的家国叙事模式源远流长，可追溯到明朝白话小说中的"世情书"，依照鲁迅的看法，它"大率为离合悲欢及发迹变态之事，间杂因果报应，而不甚言灵怪，又缘描摹世态，见其炎凉"。[①]《金瓶梅》及其后面世的《红楼梦》便是这一类型作品的典范，它常以一个或数个家族的兴衰荣枯命运为叙述主线，对世俗生活进行细腻传神的描绘。到了 20 世纪，在域外文学思潮与样式的冲击下，这一模式与 19 世纪盛行于欧洲的现实主义文学相结合，将家族和个体的命运置于国家风云变幻的历史进程的宏大框架内，形成了家国一体化的叙述，并进而成为现实主义写作的强势话语体系的一部分。

乍看之下，《财主底儿女们》在外部形态上遵循沿袭了家国叙事这一模式。全书伊始，它便标明了故事的起始年月——1932 年初的"一·二八事变"，收尾于 1941 年 6 月苏德战争爆发之际，历时近九年半。蒋家几代人的命运也正在这风雨飘摇的年月中发生了前所未有的巨变，老一代人如蒋捷三等相继凋零，新一代成长起来，又快速衰老乃至毁灭：这在蒋家二公子蒋少祖、三公子蒋纯祖身上得到了鲜明的

---

① 　鲁迅：《中国小说史略》，载《鲁迅全集》第 9 卷，人民文学出版社 2005 年版，第 186 页。

体现。但与第一部的家庭叙事相比，小说第二部的重头戏落在了蒋纯祖个人的成长历程上，而他在第一部中还是个不起眼的小角色，由此小说两大板块在叙述模态上形成了难以逾越的沟堑，这使整部作品在外部形态上的统一性趋于瓦解。

不难发现，蒋纯祖的个人冒险生涯，尤其是从南京出逃后血雨腥风的旷野经验，与兵荒马乱的抗战情景密不可分。实在难以想象，在和平生活的年代，他会有机会亲眼目睹那么多梦魇般的死亡。然而，正如有研究者敏锐察觉到的那样，蒋纯祖的命运遭际与抗战的历史背景有相当程度的游离，并没有严丝合缝地结合在一起。构成他行动的内驱力很多时候并不是外在环境的刺激，而是他强烈的爱欲冲动。①依照德国学者艾里希·奥尔巴赫在《摹仿论》中对法国作家司汤达《红与黑》的阐释，近代现实主义文学的一个重要特征在于，作品文本中虚构人物的性格、生活态度和他们间的关系与人物所处的历史情境紧密结合，政治和社会状况以一种前所未有的详尽真切的方式编织到情节的发展进程中。② 从这一角度审察，《财主底儿女们》（尤其是第二部）在一定程度上偏离了这一轨道，其背景与人物间的关系并不是那么严丝合缝，甚至可以稍加置换而不改变人物性格和命运的基本面貌。

接下去要追问的是，《财主底儿女们》第一部向读者展示了怎样的世界图景？

① 陈彦：《现代世界的"晚生子"与"碎裂时代"的写作——再论路翎与〈财主底儿女们〉》，《文学评论》2016 年第 4 期。

② Erich Auerbach，*Mimesis: The Representation of Reality in Western Literature*，English translation by Willard R. Trask，上海外语教育出版社 2009 年版，第 457—458 页。

　　虽然蒋家二公子蒋少祖在上海文化界的发迹及其与新潮女性王桂英短暂的情史颇引人注目，但第一部的情节主线无疑是父辈的蒋捷三与大儿媳金素痕间围绕发疯的儿子蒋蔚祖和家产展开的惊心动魄的恶斗。蒋捷三在苏州富甲一方，性格强悍，无奈长子蒋蔚祖性格懦弱，在心理上极度依赖美貌的妻子，形成了难解难分的虐恋关系。因无法接受金素痕有外遇的残酷事实，他的精神趋于崩溃，最后变得疯癫。而金素痕的性情冷酷又贪婪，邪恶而旺盛的生命力赋予了她非凡的勇气，使她置传统的家庭礼仪于不顾，公然将公公的房契文书抢夺到手，借此侵吞蒋家大量财产，又将发疯的丈夫软禁起来。她的所作所为让人联想起明清之交的白话小说《醒世姻缘传》中的薛素姐，她前世是一头修炼千年的狐狸精，被纨绔子弟晁源射杀。多年后狐狸精转世托生为薛素姐，而所嫁的丈夫恰好是他的冤家对头晁源托生的狄希陈。真可谓"仇人相见，分外眼红"。自新婚伊始，集泼、悍、妒、恶于一身的薛素姐不仅忤逆公婆，而且不时打骂虐待丈夫，无所不用其极。剔除其因果报应的情节链条，薛素姐这一变态人格在金素痕身上找到了现代的肉身躯壳，但她的肆意妄为并没有给她带来美满的新生活。第一部临近结尾时，蒋家亲戚沈丽英逃离南京之时，在码头遇上了金素痕，昔日的骄狂凶悍已荡然无存，逃难的凄苦，加上儿子阿顺的夭折，使她沉浸在淡淡的忧郁之中。可惜有关金素痕的叙述到此戛然为止，她在第二部中再也没有露面。

　　蒋捷三如果生活在一个海清河晏的太平盛世，那么完全有可能含饴弄孙、安享天年。但时代的急剧变化使得这一古老的家族摇摇欲坠，金素痕的胡作非为固然与她强悍的个性和讼师的家庭背景密切相关，但传统伦理秩序的松弛为她一逞私欲提供了前所未有的契机。蒋捷三当年在事业的巅峰之际可谓说一不二，但当他年老力衰之际，竟然无法从儿媳手中要回被囚禁的大儿子，只能在寒意森森的除夕夜走街串巷，徒然地找寻着蒋蔚祖——这一悲怆意味十足的场景成了第一部中最为动人的篇章。而二儿子蒋少祖也违拗他的意志，早早离家去日本求学，后留在上海就职，连尚未成年的三儿子蒋纯祖也显露出了叛逆的倔强劲头。而蒋捷三生命的最后岁月也是中国民族危机日趋严峻的时刻，日军步步进逼，吞食大片国土。他去世后没多久，全面抗战便爆发了，上海、南京相继沦陷，原本已四分五裂的蒋氏家族四散逃难，在这一时间节点上，家庭与国家的命运紧紧地铆合成一体。

《财主底儿女们》第一部叙述的时间框架设置在 1932 年 1 月至 1937 年 12 月间，在近六年的时间内时局尽管发生了天翻地覆的变化，但在小说文本的内部还保持着相对的恒定性，人物的命运虽然受外部环境的影响，但还是大体上沿着原有的轨道前行。可以设想，如果《财主底儿女们》只完成了第一部，或者第二部延续了第一部横剖面的叙述手法，它便不会激起如此大的争议，自然也不会引起人们如此强烈的关注。由于有着深厚的文学史渊源，作家在遵循家国叙事模式进行创作时，落笔之际往往驾轻就熟，人们熟悉的巴金的《激流三部曲》、老舍的《四世同堂》、李劼人的《大波》便是其中的佼佼者。

从叙述模态看，巴金的《家》与《财主底儿女们》第一部颇多相似之处。虽然《家》情节发生的地点在西南古城成都，时间也前移到"五四"运动前后，但其聚焦点也是旧式大家庭的衰朽。老一代的颟顸、衰朽、堕落，年轻一代的苦闷与抗争，构成了它的主要内容。家庭中几代人的命运与外部社会大环境的变迁有着或明或暗的勾连，而觉慧的出走与觉民的抗婚鲜明地传达出当时社会变革的气息。和路翎笔下的人物相比，巴金塑造的人物没有那种令人心悸的神经质，性格也没有像蒋家人那样趋于极端，其命运轨迹也是严格限定在家族叙述的框架内进行的。

不难发现，巴金、老舍、李劼人等人的作品既继承了古典世情小说对家族命运栩栩如生的展现，又融入了近代欧洲现实主义将个人家庭命运与具体而微的时代背景结合的观念与技法，呈现出一个历史的宏大框架，个人或平淡或传奇化的遭际只是、也终究只能是这巨型画面中的一小部分，他内在的精神世界难以无节制地膨胀，挤破原有的叙事外壳，成为独立的描写对象。

更深一层思考，这一现象已不仅仅是小说叙事方式上的偏好，而是有着深厚的文化渊源，很大程度上受中国传统文化的制约。在儒家话语中，君臣父子间的关系构成了伦理的核心，而家与国呈现出同构的关系，人们津津乐道的修身齐家治国平天下的个人修炼途径也标示了这一点。这一价值趋向的目标是凌驾于个人之上的"家—国"，国是由千千万万家集合而成，虽然二者在规模上相差悬殊，但结构功能上国是家的扩大版。效忠"家—国"成为世世代代中国人孜孜以求的最高价值，也是最高的道德律令，它包蕴着最高的善行。正如查尔斯·泰勒所说的那样，"它意味着这种超越其他的一切的善提供着他们判定自己的生活方向的路标"，"正是朝向最高的善最接近于对我的身份的规定，因而我向着这种善的努力，对我来说，是惟一重要的"。① 个体独立的精神世界在此无疑被屏蔽、悬置了。这一集体至上的文化价值取向折射到文学创作上，使得小说中的家国叙事模式长时间内处于难

---

① 查尔斯·泰勒：《自我的根源：现代认同的形成》，韩震等译，译林出版社 2001 年版，第 94 页。

以撼动的强势地位。

## 个体的精神叙事

虽然《财主底儿女们》有着史诗般的宏阔画面和场景，但正如胡风在评价时所强调的，"路翎所要的并不是历史事变底纪录，而是历史事变下面的精神世界底汹涌的波澜和它们底来根去向，是那些火辣辣的心灵在历史运命这个无情的审判者前面搏斗的经验"①。这一特性集中体现在对蒋少祖、蒋纯祖兄弟俩精神世界的展示之中。

蒋少祖是"五四"新文学运动的弄潮儿，随着年龄的增长和社会地位的提升，当年激进的热情开始退潮，迷恋起中国古老文化悠远静穆的神韵和气象。战时他避居在重庆乡下，听人谈说昔日的恋人王桂英，一时间思绪万千。

> 现在，发现了人生底道德和家庭生活的尊严，他对他底过去有悔恨。中国底智识阶级是特别地善于悔恨：精神上的年青时代过去之后，他们便向自己说，假如他们有悔恨的话，那便是他们曾经在年青的岁月顺从了某几种诱惑，或者是，卷入了政治的漩涡。他们心中是有了甜蜜的矜籍，他们开始彻悟人生——他们觉得是如此——标记出天道、人欲、直觉、无为、诗歌、中年和老年来；他们告诉他们的后代说，要注重修养，要抵抗诱惑……他们有悲伤，使他能够理直气壮地鼓吹起那种叫做民族的灿烂文化和民族底自尊心的东西来。②

---

① 胡风：《财主底儿女们·序》，载路翎《财主底儿女们》，人民文学出版社 1985 年版，第 1 页。

② 路翎：《财主底儿女们》（下），人民文学出版社 1985 年版，第 1016—1017 页。

　　显而易见，在上面这段颇具分析性的描述中，叙述者的口吻略带调侃、嘲讽和鄙夷，它活脱脱地展现了以蒋少祖为代表的相当部分知识人的精神蜕变。对这一转变如何估价属于 20 世纪中国思想史上的一个重大论题，此处暂且不论。从叙事角度看，蒋少祖在全书中的精神、心理的变化有迹可寻，而且表达得明晰清楚，并没有留下激发多种读解的空间。他的精神世界中虽然也是波澜丛生，但并没有出现惊心动魄的奇景，而且与他在外部世界中的活动紧密相关，完全可以被前面论及的家国叙事模式吸纳。

　　如果单有对蒋少祖这一人物精神世界的展现，《财主底儿女们》这部作品在现代中国文学史上便会显得平淡无奇，根本不会引起读者和批评家诸多的困惑和争议。仅就篇幅上看，蒋纯祖是《财主底儿女们》第二部中举足轻重的主人公，他逃离漂泊、加入演剧队和在偏远的石桥场镇从教办学的曲折经历成了主要的情节线索，而第一部中频繁出场的蒋家其他人物（包括蒋少祖）则成了游走于叙述支线上的配角。更令人瞩目的是，路翎对蒋纯祖内在精神世界酣畅淋漓的展示很多时候都逸出了情节导引的区域，如滔滔不绝的洪水冲垮了叙述框架的堤坝，一泻千里，不知其所终，并不时激起惊涛骇浪。这些在很多阅读者眼里显得冗长、累赘、不胜其烦的段落恰好构成了第二部最鲜明的特色：蒋纯祖个体的精神活动已不仅仅是情节事件的衍生物，不仅仅是他艰难的成长历程的附属品，它在文本中肆意膨胀、扩展，构成了一个相对独立的世界。这一个体的精神叙事不仅与第一部中的家国叙事平起平坐，而且有超越后者之势，成为叙述推进的主要驱动力量。

　　蒋纯祖是《财主底儿女们》全书中面目最复杂的人物。乍看之下，人们会觉得他是一个不合时宜的多余人，是 19 世纪俄罗斯文学肇始于奥涅金的那一人物系列的异国后代、郁达夫笔下零余者的同胞兄弟。
他的内心世界波涛汹涌，湍流不断，构成一幅泥沙俱下、混沌繁杂的
画面，难以用清晰的断语加以概括。细细辨析后不难发现，全书第二
部中围绕着蒋纯祖的个体叙事还可分解为多个层面：一是描述蒋纯祖
个人冒险探索历程的"成长过程"，虽然有论者认为它是一部展现知识
者个人奋斗夭折失败、新型主体性无法确立的"反成长小说"；①　二是
对于蒋纯祖内心幽秘的精神搏斗、冲突的全方面细致描述，它构成了
他完整的心灵史；三则是作者力图达到的抒情诗式的美学效果，他曾
夫子自道，"我所追求的，是光明、斗争的交响和青春的世界底强烈的
欢乐"②。

　　淞沪抗战后，蒋纯祖的经历不可谓不惊险，从日军围攻下的南京
逃离，沿长江一路漂流到武汉，那种罕有的惊险，由所有文明外衣被
剥去后的残忍对抗与搏杀铸就的不乏启示意味的旷野体验，从武汉辗
转至石桥场期间与傅钟芬、黄杏清、高韵、万同华等女性令人心乱神
迷的爱欲体验，演剧队中颇为不适的集体生活体验——这繁复多样的
生活经历构成了他纷乱激越的内在精神生活的基础。令人印象深刻的
莫过于蒋纯祖永远处于心灵的躁动不安中，永远无法寻觅到精神世界
的宁静与平衡。他与周围生活环境（家、演剧队、学校与乡镇）的对
峙时不时激发着他反抗的热情，而受挫的经历使他常常陷入难以自拔
的沮丧与绝望之中。他的自我精神处于严重的分裂状态，他高远的理
想追求与粗粝严酷的现实处境，走向民众的善良意愿与实际接触后的

---

①　王晓平：《"主体性"问题与"未完成"的成长小说——路翎〈财主的儿女们〉
再解读》，《中国现代文学研究丛刊》2018 年第 5 期。
②　路翎：《财主底儿女们》，人民文学出版社 1985 年版，"题记部分"第 1—2 页。

格格不入，精神与肉体、自尊与自卑、自我价值实现与虚无主义之间不间断地发生着冲突与厮杀，直至弥留之际，他短暂地寻找到了宁静与幸福。

> "我底克力啊，我们底冒险得到报偿了！假如我还有痛苦——我确实痛苦呢——那便是在以前我浪费了那么多的时间，没有能够整个地奉献给我们底理想，克力啊，我们很知道感恩呢！是的，前进！"他在心里轻轻地说。他幸福地笑着。①

可以说，路翎通过对蒋纯祖内心繁杂的情态意绪的细腻描绘，展示给读者的并不是一幅静态的心理写生画，而是令人眼花缭乱的精神世界的动态图式。对于蒋纯祖悲剧人生的根源，研究者从不同角度做出了多种解释。有论者从"七月派"的理论主张、1940 年代文坛对于"个人主义"和"个性解放"讨论的背景出发，认为《财主底儿女们》真实地展现了以蒋纯祖为代表的青年知识者在"个人主义"（它对真正的"个性解放"形成了压抑）和"个性解放"间的艰难挣扎，但蒋纯祖身上的"个人主义"不但没有得到克服，反而使"个性解放"的张扬趋于失控，最后走向毁灭。② 这一论断放在中国文化与文学的具体语境中具有相当的可信度，但要深入理解蒋纯祖的悲剧，还嫌浮于表面。审视路翎创作《财主底儿女们》时所接受的域外精神资源的特性，则可为深入阐释蒋纯祖的个体精神提供一个新的维度。

杨义在分析路翎作品时曾指出，《财主底儿女们》"力求把托尔斯

---

① 路翎：《财主底儿女们》（下），人民文学出版社 1985 年版，第 1312 页。

② 李超宇：《从"个性解放"到"个人主义"——试论〈财主底儿女们〉与"七月派"的理论走向》，《现代中文学刊》2020 年第 2 期。

泰《战争与和平》的史诗笔触，和罗曼·罗兰《约翰·克利斯朵夫》的心灵搏斗的描写艺术融为一炉，形成一种政论、哲理和抒情诸多艺术要素相交织的浓重的艺术风格"。① 《财主底儿女们》对抗战前后上海、南京、苏州、武汉、重庆、石桥场等多地各阶层人物生活场景的展示让人联想到《战争与和平》的宏大气魄与格局，但从精神内涵的层面考察，它则更多受到了《约翰·克利斯朵夫》的启迪。法国作家罗曼·罗兰这部卷帙浩繁的巨著以音乐家克利斯朵夫为对象，展现了一个艺术家崎岖坎坷的一生，而其主旨则是在 19、20 世纪之交欧洲日趋颓靡鄙俗的文化氛围中，弘扬一种新型的英雄主义，这在《贝多芬传》的序言中有概括性的表述："在这些神圣的心灵中，有一股清明的力和强烈的慈爱，像激流一般飞涌出来。甚至毋须探询他们的作品或倾听他们的声音，就在他们的眼里，他们的行述里，即可看到生命从没像处于患难时那么伟大，那么丰满，那么幸福。"②

不难发现，罗曼·罗兰塑造的约翰·克利斯朵夫这一形象的核心在于人道主义和个人英雄主义。欧洲人文主义的传统，托尔斯泰博爱思想与尼采的超人哲学、柏格森的生命哲学等多种思想资源交相融合，铸就了这一独特的精神气质——战斗的人道主义。③ 路翎笔下的蒋纯祖在很多方面与克利斯朵夫可谓一脉相承。他出身于一个衰败中的旧式大家庭，父亲与嫂嫂争抢家产的恶性争斗、大哥蒋蔚祖的发疯以及父亲的遽然去世，对少年的他心灵造成了极大的刺激。在"五四"新

---

① 杨义：《中国现代小说史》第 3 卷，人民文学出版社 1998 年版，第 175 页。

② 罗曼·罗兰：《贝多芬传·序言》，傅雷译（个别词句有改动），载傅雷《傅译传记五种》，生活·读书·新知三联书店 1983 年版，第 123 页。

③ 罗大冈：《〈约翰·克利斯朵夫〉译本序》（第 1 册），人民文学出版社 1980 年版，第 9 页。

文学倡导的个性解放思潮的熏染下，他决意离开旧家族，勇敢地开拓自己的生活之路。他先是因触犯校规而被开除，后又不顾家人劝阻，执意前往战火纷飞的上海。旷野中的逃难经历使原本书生气十足的蒋纯祖受了一次洗礼，顿时变得成熟、坚强起来，这在他日后在演剧队和石桥场的遭际中得到了充分的体现。和约翰·克利斯朵夫一样，他通过一连串的淬炼，开拓着自己的生活境界，一步步走向阔大、宏伟。在武汉滞留期间，他一度陷入对黄杏清的单相思而不可自拔，但很快摆脱了出来，在他心目中，那是极富包孕性的时刻，"现在是，贝多芬底交响乐，喷泻出辉煌的声音来，蒋纯祖向前走去，追求青春的，光明的生活，追求自身底辉煌的成功"①。在他身上人们依稀看到了奋斗不息的约翰·克利斯朵夫的身影。

毋庸置疑，青春的热情与对未来理想世界的追求是蒋纯祖精神世界的主旋律，"他底目的是为那个总的目的而尽可能的工作，并且工作得好；是消灭一切丑恶和黑暗，为这个世界争取爱情、自由、光明"，在历经磨难、病魔缠身之际，他仍不改初心，"我相信我是为最善的目的而献身，虽然虚荣和傲慢损坏了我！我从不灰心！我爱人类底青春，我爱人群、华美、欢乐"！②

当然，细细辨析之下可以看到，蒋纯祖和约翰·克利斯朵夫这两个形象之间还是存在着不小的差异。约翰·克利斯朵夫一生也历经磨难，两次因失手杀人而逃难，但他晚年在音乐创作上功成名就，淡泊避世，冷眼旁观人世的纷扰，进入了宁静致远的境界。他的一生犹如一首交响乐，分成序曲、呈示部、发展部、再现部和尾声，气势浩荡，

① 路翎：《财主底儿女们》（下），人民文学出版社1985年版，第862页。
② 同上，第1064、1238页。

浑厚幽远。① 相比之下，蒋纯祖身上缺乏的正是前者身上那种古典式的均衡与完满，而笼罩着几许难以抹去的阴影。这倒并不全是他悲剧性结局所致，而是他的经历与思绪中掺杂了诸多恶魔性因素，就像他自己对朋友孙松鹤坦言："在你底身上，是意志的力量，在我底的身上，是上帝和魔鬼，我是遭到了人和神的愤怒！"②

这番话虽然简短，却活生生地勾勒出了他骚动不安的内心的真实情状。借用基督教的话语，蒋纯祖的内心成了善与恶争逐角斗的战场。如果说他对爱情、自由、光明的热切渴求体现出善的特性，那难以摆脱的虚荣和傲慢则戴上了恶的面目，二者冲突不休，一步步将他推向毁灭。直到他弥留之际，还无法摆脱恶的纠缠："这个时代有更多、更多的生命！更大的热情，更深的仇恨，更深、更大的肯定！可是我却忘记了，我是罪恶的，我要罪恶地死去吗？"③ 约翰·克利斯朵夫离别人世之际心境平和、坦然，从容地归于尘土，与宇宙万物融为一体。相比之下，蒋纯祖则是凤愿未酬，心头盘绕着出师未捷身先死的深重遗憾，他短暂的一生犹如一组丧失了传统的主音与和弦结构、旋律杂乱的无调性音乐。

离开演剧队、来到邻近重庆的小镇石桥场，是蒋纯祖人生历程中的一大转折。乍看之下，他不再凌空蹈虚，而是找到了坚实的土壤——但也正是从这一刻起，他的生命开始踏上了下坡的不归之路。他担任小学校长时与周围乡民间的种种龃龉、他的种种努力和厌倦可以视为 1920 年代叶圣陶笔下倪焕之受挫经历的重演，而与万同华的恋情则成了他自我毁灭的催化剂。如果说他先前在演剧队期间与轻浮的

---

① 　郑克鲁：《现代法国小说史》，上海外语教育出版社 1998 年版，第 147 页。
② 　路翎：《财主底儿女们》（下），人民文学出版社 1985 年版，第 1210 页。
③ 　同上，第 1314 页。

高韵的恋情只有肉体的欢愉而缺乏灵魂的共鸣，那与严肃、朴素而又不乏世故的万同华的关系则使蒋纯祖既没有得到感官的享受，也没有达成思想上的交流。这只是一种百无聊赖中近乎无奈的选择，一种两性关系上的权宜之计，他只是将她当作救命稻草，使自己从颓靡沮丧的心境中振作起来，同时满足自己的肉体需求，尽管他在内心认定自己不可能结婚，不能在现实中真正爱任何人。两个人在心灵上距离实在太过遥远，他的诸多高远的宏论对她而言简直就是对牛弹琴。只是到了病情危重之际，他才决然返回石桥场，去见万同华最后一面，对他精心编织的幻梦作最后的致敬。

　　蒋纯祖的自戕与"五四"以来新文学运动大力倡导的"个性解放"思潮有着密不可分的联系，是"个性解放"使其身上蛰伏的个人主义发展到极端失控所致，朱自清先生在1940年代初曾痛切反思它的流弊。

> 　　"五四"运动以来，攻击礼教成为一般的努力，儒家也被波及。礼教果然渐渐失势，个人主义抬头。但是这种个人主义和西方资本主义的社会的个人主义似乎不大相同。结果只发展了任性和玩世两种情形，而缺少严肃的态度。这显然是不健全的。近些年抗战的力量虽然压倒了个人主义，但是现在式的中年人和青年人间，任性和玩世两种影响还多少潜伏着。时代和国家所需要的严肃，这些影响非根绝不可。还有，这二十年来，行为的标准很纷歧，取巧的人或用新标准，或用旧标准，但实际的标准只是"自私"一个。自私也是与时代和国家有害的。①

①　朱自清：《生活方法论——评冯友兰〈新世训〉》，载《朱自清全集》第3卷，江苏教育出版社1996年版，第44—45页。有关"五四"时期个人主义观念的研究，参见许纪霖：《个人主义的起源——"五四"时期的自我观研究》，《天津社会科学》2008年第6期。

从思想史的渊源考察，可以看到"五四"后风行本土的个人主义与西方的个人主义有着紧密的亲缘关系。在西方，文艺复兴后渐渐兴盛的个人主义在 18 世纪末兴起的浪漫主义思潮后蔚为大观，冲击着森严的传统社会结构和文化秩序，人们渴望打破旧有的秩序，在闪现于内心的有关世界、宇宙的绝对真理的灵知的指引下，拯救被玷污、堕落了的人性。20 世纪颇具影响力的思想家埃里克·沃格林将这一认知倾向视为源远流长的"灵知主义"的一种表现形式："在这种恣意思辨所想象的图景中，实在的过程变成一部可理解的心理剧，它开始于灵性神性的堕落，延续于灵性实体的一些部分被囚禁于由邪恶的造物主所创造的一个宇宙中，终结于被囚禁的实体通过回归灵性神性而获得解放的过程。关于这一心理剧的知识，亦即灵知，是将位于人身上的灵从其宇宙监狱中成功解放出来的前提。这种想象中的解放游戏，其推动力来自得到强烈体验的异化和对异化的反抗。"①

现代个人主义的一大特征便是对压迫人的异化状态的反抗。对于不公和恶行的反抗，是人类精神的一大主题，到了现代，这种反抗显得愈加强烈。但万事皆有度，原本禀有充足理由的反抗一旦超越了必要的限度，就会走向反面、畸变，结出恶果。法国作家加缪在政论随笔《反抗者》中对此有颇为精到的分析，"对死亡与非正义的憎恨因而导致对恶与杀人的颂扬"，"反抗者认为自己是无辜的，所以在与恶的斗争时拒绝善，而且重又产生了恶"。② 这一由反抗导致的作恶成了现代个人主义内最引人注目的内在悖论，一旦失控便会难以收拾。

---

① 埃里克·沃格林：《天下时代》，叶颖译，译林出版社 2018 年版，第 69 页。

② 加缪：《反抗者》，吕永真译，载《加缪全集》第 3 卷，河北教育出版社 2002 年版，第 181 页。

　　更令人忧惧的是，这一切都是在崇高的名义下进行的。在加拿大哲学家查尔斯·泰勒看来，"仁慈的要求可能需要自爱和自我实现的代价，这种代价最终要以自我毁灭甚或以暴力来支付"，因此"最高的精神理想和渴望也有给人类加上最沉重负担的危险"。[①] 俄罗斯作家陀思妥耶夫斯基《群魔》对此为人们提供了一个鲜明的例证。出身名门的斯塔夫罗金精神中占主导地位的是睥睨一切的虚无主义，鄙弃一切伦理准则，以冷酷的理性蔑视人类，独尊一己的意志："我依然像素来那样：可以希望做好事，并由此感到高兴；与此同时，我也可以希望做坏事，也照样感到高兴。但是这两种感情像过去一样浅薄得很，从来不十分强烈。我的愿望太不足道了，它不足以支配我的行动"，"可是从我心中流出的只有否定，谈不到任何舍己为人，也谈不到任何力量。甚至连否定也流不出来。一切永远是浅薄和萎靡不振"。[②] 在外部世界找不到目标时，这一为虚无主义主宰的冷酷无情的意志便朝内转，攻击自身，踏入虚无的深渊，斯塔夫罗金最后悬梁自尽也是这种个人主义恶性膨胀的必然结果。

　　反观《财主底儿女们》中蒋纯祖这一人物，他虽然没有发展到斯塔夫罗金那样极端的虚无主义境地，但在精神气质上与之还是有着某种亲缘关系。尽管出身富裕，蒋纯祖也是一个激烈的反抗者——反抗旧式的家庭和社会制度，在追求高远理想的旗帜下，反抗弥漫在世间的不正义和罪恶，但他的内在精神一直难以在外在混杂的现实土壤中

---

　　① 查尔斯·泰勒：《自我的根源：现代认同的形成》，韩震译，译林出版社 2001 年版，第 814—815 页。

　　② 陀思妥耶夫斯基：《群魔》，臧仲伦译，译林出版社 2002 年版，第 829—830、831 页。

找到适合生长的氛围，落拓不羁，处处碰壁，因而时常陷入绝望之中，对周围世界充满怨恨。在深重的迷惘中，他感慨万端："在以前，人家都相信人类是伟大的，人底名称，是光荣的，我也相信……但现在我觉得人类不会有第二个样子，是的，人类只能是这样，所以无所谓伟大，也无所谓渺小，我们都相信将来，但我们谁也不会活一万年的，我们需要现在……我在原则上相信将来，但我怀疑在将来人类是否能不愚昧和自私：多少人信仰过了，已经几百年了，它底名称很多！信仰变成了盲从，人类中底大多数仍然愚笨、无知、可怜，我也是。"[1]理想璀璨靓丽的光晕破灭了，蒋纯祖面对沉默、愚昧的民众，深陷在绝望中而不可自拔。罗曼·罗兰倡导的人道主义和个人英雄主义此刻悄然蜕变成了虚无主义，但它还没有发展到恣意作恶的境地。它随即转向内心，吞噬着他的青春活力，将他拖上自我毁灭之路。正是在此处，人们分明听见了鲁迅《孤独者》中魏连殳的回声：他在万念俱灰之际，投靠到军阀门下做了幕僚，"我已经躬行我先前所憎恶、所反对的一切，拒斥我先前所崇仰、所主张的一切了。我已真的失败，——然而我胜利了"[2]。在这个意义上，蒋纯祖这一形象展现了一整代青年知识者激荡多变的心灵演化历程。相比之下，蒋纯祖的哥哥蒋少祖放弃了激进的立场，在古老的中国文化中寻觅到心灵的宁静，虽然不值得称颂，但毕竟没有滑向虚无主义的自戕之途。

综上所述，《财主底儿女们》中对于蒋纯祖这一人物个体精神的展示在中国现代文学史上具有里程碑式的意义。与路翎心仪的《约翰·

---

① 路翎：《财主底儿女们》（下），人民文学出版社 1985 年版，第 1170—1171 页。

② 鲁迅：《孤独者》，载《鲁迅全集》第 2 卷，人民文学出版社 2005 年版，第 103 页。

克利斯朵夫》不同，《财主底儿女们》（包括第二部）有着一个相对完整、由家国叙事主导的外部事件的框架，对于蒋纯祖个体精神的叙述大体还是黏附在清晰可见的叙述骨架之上。然而，它不仅仅是外部情节线的附属品和直接衍生物，它已获得了相对独立的位置。对比其他同类型的具有史诗视野的作品，很难找到对个体的精神世界有如此丰富、完整、庞杂多变的展示。

可以说，《财主底儿女们》文本中包含着双重叙述层面。一是显形的外部层面。就蒋纯祖而言，人们看到他在旧家庭中萌生的青春的苦闷，他的桀骜不驯，他热血沸腾地奔赴抗战前线，他噩梦般的逃难旅程，他在演剧队中短暂的恋情，与他人的格格不入，以及在石桥场挫折连连的从教历程……这构成了他外部生活的轮廓线。如果按照通行的写法，作者也会披露蒋纯祖内心世界的情状，但它还会与人物的外部事件密不可分，或成为外在叙述的直接延伸。人们之所以会觉得《财主底儿女们》（尤其是第二部）不少篇章冗长、累赘，难以卒读，一大缘由便在于对蒋纯祖个体精神的描绘远远地越出了外部叙述框架，自成一体，呈示出其精神世界斑斓驳杂的繁富图景：青春的热情，对旧世界激昂的反抗，肉体的苦闷和迷醉，精神求索的亢奋与绝望，沉沦的沮丧与痛楚……这众多内心意绪的元素如交响曲中的主题，交相叠合，推引拉伸，形成一组组旋律的洪流，熔铸成壮美磅礴的境界。这构成了《财主底儿女们》另一叙述层面，即内在精神的叙述。

## 两种叙事方式间的冲突与断裂

如上所述，有研究者在论及《财主底儿女们》叙述方式时，认为路翎力图把托尔斯泰《战争与和平》的史诗笔法和罗曼·罗兰《约翰·克利斯朵夫》对人物汹涌激荡的内心生活的展示描写熔为一炉。然而，如果对《战争与和平》整体作一番细察，可以发现它的叙述方式并不像人们通常所想象的那么简单。

综观欧洲小说的发展历史，不难发现，到了 19 世纪，情节小说和心理小说两大支脉开始融合，形成了一种构思宏伟的综合形式，即复杂紧凑的情节系统，细微深刻的心理分析以及把世界作为一个整体来考察的那种广阔视野。而托尔斯泰的长篇小说则将现实生活雄伟的史诗因素和个人思想探索的心理深度的结合推向了新的高度。① 这一特性在他以 1812 年俄法战争为背景的《战争与和平》中体现得最为鲜明。但《战争与和平》并不是一部中规中矩的史诗体叙述作品，用托尔斯泰本人的话来说："它不是传奇，更不是长诗，尤其不是历史纪事。《战争与和平》是作者想借以表述和能够在其中表达他所要表达的内容的那种形式。"② 这句话很古怪拗口，不难猜出托尔斯泰有意突破欧洲长篇小说的固有模式，但他还没找到合适的术语加以命名。

与《战争与和平》上半部分细腻逼真、场景众多的叙述不同，到了下半部分，读者会慢慢感到几分异样，原先躲藏在繁富生动的生活表象背后的叙述者开始频频走到前台发声，而且言语快速繁殖，有时到了滔滔不绝的境地。他不仅对所描写的事件、人物发议论，而且还剖析 1812 年前后整个欧洲的政治局势，并进而探索隐藏在宏大历史事件表象背后深层的原因，诸如像拿破仑、俄国沙皇亚历山大一世等历

---

① 夏仲翼：《托尔斯泰和长篇艺术的发展》，载《托尔斯泰研究论文集》，上海译文出版社 1983 年版，第 179、182 页。

② 托尔斯泰：《战争与和平》（下卷），草婴译，上海译文出版社 1995 年版，第 1599 页。

史人物的作用，普通民众所显现的巨大力量，历史发展的真正动力究竟源于何处等。到了尾声部分，托尔斯泰更是余兴未尽，洋洋洒洒写了数万字，不依不饶地阐述其对不无神秘的历史动力的思考。依照英国思想家以赛亚·伯林的分析，在托尔斯泰心目中，"历史，只有历史，只有时间与空间里的具体事件的总和——由实际芸芸众生的彼此关系，以及他们和一个实际、三度空间、亲身体验的具体环境的关系加起来的实际经验总和——才是真理所以在，才是可能构成真正答案的材料"①。显而易见，他的这些思考性文字已越出了长篇小说通常的叙述框架，因而受到不少批评家的诟病。

不难看出，在《战争与和平》中，两个主要人物安德烈和彼埃尔热衷于探究人生意义，在叙述推展过程中，托尔斯泰详尽地展示了他们的内心世界。但这些心理描绘还是能被小说的叙述框架所包容，并没有形成脱离叙述主线的独立领域。而恰恰是上述的那些叙述者直接发声的思考性段落和章节虽然与叙述的进展也有瓜葛，但却偏离了叙述的轨道，从技术性角度看已沦为累赘的衍生物。读者略过这些章节对理解人物和情节无大妨碍，但若要理解《战争与和平》全书的意旨和作者的创作意图，一旦跳过这些貌似枯燥的议论，便会发生差错。它们虽然与作品叙述的主体格格不入，但却是托尔斯泰展示一个整体性世界时必不可少的元素。它没有借作品中人物道出（如果那样做的话，至少在形式上会显得不那么刺目、不那么不和谐），但它构成了一个相对独立的世界，展露了作者驳杂的精神世界，是对史诗叙述模式的一次尝试性的突破。

---

① 以赛亚·伯林：《刺猬与狐狸》，载《俄国思想家》，彭淮栋译，译林出版社 2001年版，第 35 页。

不可否认，在对中国 20 世纪新文学创作产生过重大影响的欧洲现实主义小说的经典模式中，对于人物（尤其是主要人物）精神世界的描绘、展示本是题中应有之义。然而，对精神领域的这种展现、探索是作家通过叙述而呈现的整体世界图景的一部分，它时常由众多的外部事件触发，并反馈于后者，形成社会关系繁杂的网络。个体的精神世界尽管得以在弹性十足的叙述框架内大显身手，但它并不是独立自主的，或多或少要受到叙述框架的约束。上面所说的托尔斯泰在《战争与和平》中对历史奥秘的诸多思索，实在难以纳入具体的叙事图景，没法酣畅淋漓地在书中特定人物的头脑中展示铺陈。正是由于这一以写实见长的经典叙述模式的局限，19 世纪晚期便有不少先锋派另辟蹊径，即便是大体上恪守写实主义模式的作家，也作了不少探索，使原有的叙述框架更富于包容性，《约翰·克利斯朵夫》便是一个颇具代表性的事例。

《约翰·克利斯朵夫》叙述的主线围绕克利斯朵夫作为音乐家的成长历程而展开，他从童年到老年各个阶段的生活情状被一一放置在具体细微的环境中描摹，尤其是他在德国的故乡小城和在巴黎的生活。但罗曼·罗兰的主要兴奋点并不在展现他的拼搏、奋斗与周围生活环境间千丝万缕的联系，而在于勾画他作为音乐家丰富斑斓的内心生活。因此，这部一百余万字的超级长篇将相当大的篇幅放在刻画克利斯朵夫内心生活上，除了他个人的喜怒哀乐，还有就是他的音乐创作。不言而喻，作曲家作品一旦完成，在音乐厅向观众演奏，这只是一桩发生在外部世界的事件。和其他类型的艺术创作一样，音乐创造的奥秘在于乐思如何在作曲家心中萌生、发芽、丰满，最后化为饱满连续的音符。创作者这一内在的精神孵化过程实在难以在通常的叙述框架中加以体现，因而《约翰·克利斯朵夫》中不少聚焦主人公内心天地和创造过程的篇章在很大程度上逸出了原有的叙述框架，成为相对独立的领地。

此外，和其他类型的艺术相比，音乐最富于抽象性，最不依赖于外部世界的具体物象，用德国哲学家叔本华的话来说，"因为音乐决不是表现着现象，而只是表现一切现象的内在本质，一切现象的自在本身，只是表现着意志本身。因此音乐不是表示这个或那个个别的、一定的快乐，这个或那个抑郁、痛苦、惊怖、快乐、高兴，或心神的宁静，而是表示欢愉、抑郁、痛苦、惊怖、快乐、高兴、心神宁静等自身"，"意志一切可能的奋起、激动和表现，人的内心中所有那些过程，被理性一概置之于'感触'这一广泛而消极的概念之下（的这些东西）都要由无穷多的、可能的曲调来表现，但总是只在形式的普遍性中表现出来，没有内容；总是只按自在（的本体）而不按现象来表现，好比是现象的最内在的灵魂而不具肉体"，"音乐不是现象的，或正确一些说，不是意志恰如其分的客体性的写照，而直接是意志自身的写照"。① 可以设想，罗曼·罗兰如果不是以音乐家而是以其他类型的艺术家为主角来展现他们的成长轨迹，整部作品对于主人公精神主体的展示或许不会像在克利斯朵夫身上那么纯粹、那么丰富、那么富于精神性。对这一和宇宙内在图式同构的精神世界的描摹展现，与写实为主导的叙述模式形成了对立，并不时发生冲突。那些与现实世界没有直接联系的众多精神性因素破坏了叙述框架原有的统一性和其呈现的世界图景，以一种主观的否定性形式出现在作品文本中，成为与整体

---

① 叔本华：《作为意志和表象的世界》，石冲白译，商务印书馆 1982 年版，第361—364 页。

不甚调和的部分。

路翎在创作上以罗曼·罗兰《约翰·克利斯朵夫》为楷模，这在很大程度上强化了他在《财主底儿女们》（尤其是第二部）中对人物精神主体浓墨重彩式的描绘，而胡风"主观战斗精神"的学说则为他提供了理论上的支撑。在胡风心目中，现实主义并不是对人物和世界纯客观的冷静描摹，而是渗透了作家浓烈的主观战斗精神："从这里看，对于对象的体现过程或克服过程，在作为主体的作家这一面，同时也就是不断的自我扩张过程，不断的自我斗争过程。在体现过程或克服过程里面，对象底生命被作家底精神世界所拥入，使作家扩张了自己，但在这'拥入'的当中，作家底主观一定要主动地表现出或迎合或选择或抵抗的作用，而对象也要主动地用它底真实性来促成、修改，甚至推翻作家底或迎合或选择或抵抗的作用，这就引起了深刻的自我斗争。经过了这样的自我斗争，作家才能够在历史要求底真实性上得到自我扩张——这艺术创造底源泉。"①

胡风这一对现实主义偏重于主观性维度的阐释将作家主体在创作过程中深度介入视为创作成败的关键，他在为路翎《财主底儿女们》所作的序言中进一步阐述了这一观点："然而，如果没有对于生活的感受力和热情，这些固然无法产生，但如果对于生活的感受力和热情不是被一种深邃的思想力量或坚强的思想要求所武装，作者又怎样能够把这些创造完成？又怎样能够在创造过程中间承受得起？正是和这种被思想力量或思想要求所武装的对于生活的感受力和热情一同存在的，被对于生活的感受力和热情所拥抱所培养的思想力量或思想要求，使

---

① 胡风：《置身在为民主的斗争里面》，载张新编著《中国文论选》现代卷（下），江苏文艺出版社 1996 年版，第 438—439 页。

作者从生活实际里面引出了人生底悲、喜、追求、搏斗和梦想，引出了而且创造了人生底诗。"① 而路翎的这部作品（尤其是第二部）在某种意义上也是对胡风这一文学理想的实践。读完《财主底儿女们》全书，读者脑海中或许会对衰败中的蒋家老宅、抗战爆发前后紧张的社会氛围、南京陷落后噩梦般的逃难经历、内地小镇闭塞的氛围有些许记忆，但主人公蒋纯祖波澜起伏的内心生活：青春的觉醒与苦闷，战乱的创伤记忆，男女情爱的甜美与空虚，与环境的格格不入而引发的抑郁与绝望，理想破灭后的漠然与探索……这一切在个人成长历程中具有普遍性意义的元素如交响乐中的诸多主题，交织成雄浑激越、跌宕起伏的旋律，一步步迈向精神的峰巅。虽然最终蒋纯祖未达到歌德《浮士德》结尾展示的"永恒的女性，引领我们飞升"的和谐境界，其精神探索的强度已着实让人动容。到合上书页，它们还在脑海中萦回不散。路翎对蒋纯祖内心生活的展示并不黏滞于其外部的环境和行动，那只是叔本华眼中的"表象"，而是着意抒写出精神生活的图式，其中鲜明体现出胡风所说的"人生底诗"，它超越了叙述的表层，如音乐一般直抵宇宙最内在的节律，那便是叔本华所说的"一切现象的内在本质，一切现象的自在本身"。个体的精神叙事最终将叙事的表象扬弃了，换来的是音乐般的对于精神世界的直接呈现，对于人生诗意和高远境界的终极揭示。

不难发现，当这一精神性叙事渐渐壮大、膨胀，并自成天地后，与专注于世俗世界的叙事模式不可避免地发生冲突。原有的以家国命运盛衰荣枯为主轴的叙述框架已无法容纳如此丰富繁杂的主观内容，

① 胡风：《财主底儿女们·序》，载路翎《财主底儿女们》，人民文学出版社1985年版，第4页。

原先貌似整全统一的叙述结构产生了断裂，而《财主底儿女们》全书显现的第一部与第二部间的丁字形结构正是这一冲突外显的症候。

## 断裂的根源

细察之下不难发现，这两种叙述方式间的断裂，不仅仅是外在叙述形式上的歧异所致，更是不同的文化选择和精神价值取向间的摩擦。前文在论及家国叙事传统时曾触及此论题，下文将作进一步的阐发。

一个绵长而悠久的文明群体生息繁衍了数千年，散布在广袤大地上的分散农耕经济，一代代传承而下、披裹着父慈子孝温情脉脉的宗法长氅的家国组织，经世致用、不崇尚怪力乱神的思维导向，不仅将众多个体的生活轨迹牢牢地锚定在一眼望到头的人生路径上，而且使他们的内心世界除了简单的情绪反应和对俗事的牵挂外，没有留下好奇、对未知世界和自我进行深入探寻的空间。因此，除了娱乐性十足的神魔志怪小说和具有知古鉴今功用的历史演义小说外，对世情风俗进行精细的描摹成了中国小说的主流。作为古典白话小说中最富盛名的《红楼梦》，其主人公贾宝玉这一人物就其来源而言具有神话的意味，它是女娲补天之际遗落的一块奇石，后堕入尘世，生在锦衣玉食的贾府。他行为乖张，不肯走科举的正途，偏爱在女孩堆中厮混。这样一个有着离经叛道情性的男子，其丰富的内心世界，尤其与林黛玉的爱情，成了全书中最吸引读者目光的亮点。但《红楼梦》对贾宝玉内心世界的书写，并没有脱离整体的家族命运叙事的框架，并没有构成一个独立的个体精神叙事的领地，而是交织在他与其他人的关系中。深得中国文化三昧的张爱玲曾说："百廿回《红楼梦》对小说的影响大到无法估计。等到十九世纪末《海上花》出版的时候，阅读的趣味早已形成了，唯一的标准是传奇化的情节，写实的细节。"① 《财主底儿女们》围绕蒋纯祖展开的个体精神叙事越出了叙事主线，缺乏众多传奇化的情节和写实细节的支撑，自然与以《红楼梦》为代表的家族、群体核心叙事模式扞格不入。

综观中国 20 世纪文学史，这一古老的叙事模式以顽强的生命力延续着。如果说在和平的时代，它聚焦的是世俗社会中一个个家庭在自然时间序列中生老病死的生活情态，那么在社会急剧变革、战乱频仍的年代，这一叙述模式得以使家族与国家民族的命运更紧密地黏合在一起，呈现出更为戏剧化的场景。20 世纪 90 年代面世的两部作品——《白鹿原》和《丰乳肥臀》，可谓鲜明地体现出这一古老叙述模式的特性。

陈忠实于 1993 年推出的长篇小说《白鹿原》多达 50 余万字，它以陕西关中地区白鹿原上白鹿村的白家、鹿家几代人的命运遭际为叙事内容，展现了晚清到 1949 年新中国成立长达近半个世纪的世事沧桑。作者开卷以法国作家巴尔扎克的一句话——"小说被认为是一个民族的秘史"为全书的题词。这再清楚不过地显露了作者在这部作品中描摹乡村社会变迁的史诗性画面的雄心。

全书伊始，作者便先声夺人，以"白嘉轩后来引以为豪的是一生里娶过七个女人"② 这句开场白牢牢吸引住了读者的眼球。这是一种典型的民间故事传奇笔法，白嘉轩前六个女人的暴死既惹人好奇，又令人惊惧。直到他与鹿子霖交换土地，将那块蕴藏着白鹿精灵的风水

---

① 张爱玲：《国语本〈海上花〉译后记》，载《张爱玲文集》第 4 卷，安徽文艺出版社 1996 年版，第 356 页。

② 陈忠实：《白鹿原》，人民文学出版社 2016 年版，第 3 页。

宝地收入囊中，才一扫先前的晦气，时来运转，人丁开始兴旺。随后他翻修祠堂，兴办学堂，使白家成为村里名副其实的首户。然而，在《白鹿原》全书中，白嘉轩这一形象并不丰满。他充其量只是一个符号化的人物，在他身上集中体现了中国传统文化中仁义礼智等元素，深藏在那副厚实的礼义面具背后的真实情感，人们实在不容易窥见。对长子白孝文的当众责罚和对入室抢劫的黑娃的宽恕充分体现了他非同一般的胸怀和自制力。相比之下，因与田小娥通奸而一度声名狼藉、被父亲抛弃的白孝文，豪放不羁、闯荡江湖、性情真挚的黑娃，本性善良、被肉体欲望主宰的田小娥等人，就其形象所蕴含的生命活力和人性的复杂度而言，远远超过了白嘉轩。在小说依照自然时间顺序展开的叙述框架内，白嘉轩可谓历尽沧桑。撇去瘟疫、饥荒不说，从终结帝制的辛亥革命，中经1920年代的国民革命、国共合作与对抗的风风雨雨，日本的入侵，直到抗战后国共内战，他和鹿家几代人的命运浮沉与一系列激烈的社会事变息息相关。它展示的不仅仅是白鹿原一地人们的恩怨情仇，也是整个国家命运的史诗性写照。

在这一宏大强势的家国叙事模式中，白嘉轩等人物的内心世界都有所触及，但并不详尽细致，更无从构成相对独立的个体精神叙事。在全书的后半部分，作者偶尔披露一下白嘉轩的内心世界。

> 白嘉轩在思索人生奥秘的时候，总是想起自古流传着的一句咒语：白鹿村的人口总是冒不过一千，啥时候冒过了肯定就要发生灾难，人口一下子又得缩回到千人以下。他在自己的有生之年里，第一次经历了这个人口大回缩的过程而得以验证那句咒语，便从怀疑到认定：白鹿村上空的冥冥苍穹之中，有一双监

视着的眼睛，掌握着白鹿村乃至整个白鹿原上各个村庄人口的繁衍与稀稠……①

不难发现，上述段落并没有完整地展现白嘉轩的内心，表达的只是他在灾难之后的感慨，根本谈不上是对内心世界的完整呈现。

与《白鹿原》相比，莫言的《丰乳肥臀》同样具有史诗性的宏大视野，它以上官一家的命运为主轴，展示了 20 世纪 30—90 年代中国社会斑斓的历史画卷。它的情节设计相当奇特，母亲上官鲁氏生养了九个孩子，但因丈夫性无能，都是与外人所生。母亲和九个孩子的传奇化经历折射出战争、贫困、革命的巨大投影，荒淫、爱欲、生死、愚昧、贪婪、温暖、博爱是其关键词。历史的残酷、生活的艰难以带有魔幻色彩的笔法描绘而出，具有极强的感染力，诸多场景洋溢着民间故事的浓烈气息。全书的主旨则在颂扬以母亲为代表的顽强的生命力，生生不息，磅礴于天地之间。在此，家庭与国家命运同构，实现了无缝衔接。

贯穿全书的人物是作为叙述者的"我"——母亲上官鲁氏唯一的儿子。和德国作家君特·格拉斯《铁皮鼓》中的叙述者、永远长不大的侏儒奥斯卡一样，他是个生理、人格上发展畸形的人物。奥斯卡是拒绝长大，最后为了避世故意被警察逮捕，送入疯人院；而莫言笔下的"我"则患有病态的恋乳症，成年后都无法离开母亲的乳房。他曾因"奸尸罪"坐牢，出狱后被人坑骗，最终穷愁潦倒。这个人物在《丰乳肥臀》全书中占据很大的比重，但作者是将他作为一个符号化人物来处理的，通过这样一个低能的人物的眼睛，探视到数十年间的风

---

① 陈忠实：《白鹿原》，人民文学出版社 2016 年版，第 489 页。

云变幻。对"我"的内心世界在叙述的推进中有所触及，但根本构不成自成一体的精神性叙述。至于上官家里的其他人物，读者也是目睹了种种外在的活动轨迹，对其内心的隐秘几乎是一无所知，只能作些常识性的推测。而母亲在全书中也是一个富于象征意味的人物，她不仅仅是九个孩子的母亲，在作者诗情盎然的笔下，更葆有大自然那般繁盛的生命力，成了全中国的母亲，甚至全世界的母亲的代表。

对比之下，可以更清晰地发现路翎创作于 20 世纪 40 年代的《财主底儿女们》的奇特之处：它禀有承续了中国传统小说家国叙述模式的特点，这在第一部中表现得尤为鲜明，但更重要的是，它展示出新的格局与视野，即对于个体精神世界相对完整的展示。也正由于这一丁字形的叙述方式，使得《财主底儿女们》中的个体叙事与既有的家国叙事叠合，又产生了难以弥补的分裂。遗憾的是，路翎的这一尝试在日后几乎成为绝唱，直到 20 世纪 80 年代，才有不少带有先锋色彩的新潮小说全盘抛弃了写实的叙述模式，呈现出对个人精神的强烈关注。但这只是昙花一现，不久之后，现实主义传统强势回归，从而使当代中国小说的叙述样貌退回到了家国一体的旧有模式之中。

要厘清个体精神叙事长期在现当代中国小说叙述中处于边缘弱势的缘由，人们需要从更为广阔的背景上加以考察。前些年陈晓明先生对此问题作了颇有启发意义的论述，在相当程度上阐明了深层的根源。

陈晓明先生将近代西方小说与现当代中国小说在叙事模式上的歧异放在浪漫主义的文化背景上加以考察。他依照以赛亚·柏林的观点，将浪漫主义定义为 18 世纪以来西方思想文化运动的主潮，而今天中国读者熟悉的近现代西方小说"扎根于浪漫主义文化传统中，这就是它的观念性，以自我为中心，表现情感特别是病态的情感，表现人的精神困境，表现人的内心世界的复杂性和独特性，以至于是病态的和绝望的。其冲突方式是内行的，无止境地向人的内心推进，直到产生一种力道，由此处于绝境"，"我们当然不是说西方现代小说的经验与历史无关，而是说内在的人物之间或人物与自我的'亲和力'，构成了推动小说叙事的根本机制。从浪漫主义的自我文化中抽绎出那种从内在自我迸发出来的经验，再由这种经验投射到历史中去"。① 此外，他还敏锐地察觉到，"中国现代性的展开也一直涌动着浪漫主义文化，但是，因为个体生命价值未能最终占据主导地位，而家族/家国的意识更为强大，所以浪漫主义文化就被现实主义所替换，而且被驱逐和贬抑……西方现代文学发展出内行/自我的经验；而中国的现代以来的文学则发展出向外行/现实的经验"②。

在此人们可以窥见文化和文学传统的巨大影响力。尽管从晚清以来，西方众多的文化、文学思潮涌入中土，但传统的诸多元素依旧坚如磐石，难以撼动。毫无疑问，路翎的《财主底儿女们》是在西方浪漫主义文化传统影响下产生的，它对蒋纯祖个体内心世界的丰富展示和细致描摹，是中国传统文化难以哺育孵化的。两种叙述模式的分裂在路翎的这部作品中也体现在集体性的民族主体与个人生命主体间的那种紧张感，是将个体的生命体验置于宏大的集体叙述框架中，还是将它单独列出、赋予它自足的地位并将其所思所感投射到历史的画布上，这成了这两种叙述间冲突的根源。

从更深层面考察，这不仅仅是文学叙述模式间的冲突，更是不同

① 陈晓明：《无法终结的现代性：中国文学当代境遇》，北京大学出版社 2018 年版，第 82、86 页。

② 同上，第 91 页。

的文化传统、价值与意义间的冲突。由于中国和西方在数千年中有着迥然不同的历史境遇，形成了相距甚远的精神传统，而且在相当长的时段中它们之间缺少正面、大规模和全方位的交流，只是到了近代，这种激烈的文化冲撞才得以发生，随后在中国社会内部衍生出一系列激烈的回响，而且成为一百多年来文化发展历程中的一个重大问题。是在中国文化传统价值的基础上汲取西方的某些元素，还是全盘西化、移植异国的价值体系，这成为关系未来中国文化走向不容回避的重大问题。从上文的分析可见，个体精神叙述的存在与否，其实是中国传统的集体至上的价值与西方传入的个体主义价值间的冲突。

英国犹太裔思想家以赛亚·伯林在分析马基雅维利的思想中，曾经敏锐地察觉到，"有可能存在着不止一种价值体系，这些体系没有可以使人们从中做出合理选择的共同标准"，在此基础上他进一步"揭示了一处无法解决的困境，他在后来者的道路上竖起了一块永恒的问题之碑。这来自他实事求是地认识到，各种目标同样终极，同样神圣，它们相互之间可能发生冲突，整个价值体系可能相忤，且没有合理仲裁的可能，不但在非常情况下……如此，而且（这也可算是新的见识）是人类正常环境的一部分"。① 这是颇具震撼力的论断：无论在西方还是在中国，多少世代以来，不少人总抱着或强或弱的希望，觉得对于人生活的意义和价值最后总能找到唯一真实、普遍而客观的答案，伯林犀利的剖析使这一梦想化为泡影。

应该承认，中国和西方在文化价值观念有诸多不可化约的因素，它也延展到文学创作上。个体精神叙事寄寓的个体主义观念诚然有其

---

① 以赛亚·伯林：《马基雅维利的原创性》，载刘东主编、彭刚副主编《反潮流：观念史论文集》，冯克利译，译林出版社 2002 年版，第 87、91 页。

难以否认的优势，但它无法否定中国原有家国观念在价值上的某种正当性，而路翎在《财主底儿女们》中尝试的个体精神叙事所导致的其与传统家国叙事的断裂，便是这一难以化解的文化价值观念冲突鲜明的例证。或许未来还会有作家做类似的尝试，而类似的冲突也将延续下去，难以出现二者化约为一的圆满结局。

# 痛，且飘浪在风中

——张怡微的青春书写

## 谁的青春不迷茫

　　青春，这个在报章媒体、日常生活中频频亮相，经高强度使用而日渐磨损、散溢出陈腐气息的语汇，在不经意间也会惊爆出意想不到的活力，为人们苍白的心灵注入一脉奇谲的灵感，催生出甜蜜苦涩兼备的回忆。谁的青春不迷茫，这句坊间新近的流行语精准地道出了人们的心声。青春是热情之花，是至圣至洁的理想的肉身，是骚动不安的精灵，是对难以企及的彼岸的憧憬。它是生命力的苏醒与自觉，是力量、智慧完美地集聚于一体。青春是懵懂，是少年不知愁滋味强说愁的预演，是赌徒般的孤注一掷、圣徒式的义无反顾，是生命力的贲张高涨，它是鲁莽、褊狭，是狂喜、幸福，是与众人圆融无碍地合为一体，同时它又是忧郁、感伤，孤独一人长吁短叹。它是自我生命的萌蘖、生长、赋形、认同，瓜熟蒂落，又蓄积了众多的仇恨与绝望，催生出血腥的争斗乃至残杀。可以说，它成了人类生生不息的生命力的绝佳标本。

　　如果将青春单单视为一种自然和生理现象，那就会对其丰富的文化意味视而不见。而在现代社会的框架里，青春被赋予了一种超越其生理性和自然性的符号象征意义，并藉此衍化出一种新型的文化想象：在传统社会秩序与社群分崩解体的背景中，青年不再仅仅充当社会驯化的对象，不再是一系列已有既定规范、程式的体现，不再是恪守祖宗成法的孝子贤孙，他们突破了传统人生轨迹的拘囿，不断探寻、不断开拓新的未知领地。这种浮士德式的内在精神的不满足，持续不断的求新求变，与传统观念的断裂，与现代性变动不居的特点恰好不谋而合。① 而正是在这个意义上，青春成了现代性最典型的体现，而青春书写也成了当今人类对自身生存意义追寻、价值确证的重要途径。

20 世纪 90 年代后期，刚刚崛起的 70 后作家便开始将个体一己独特的生存体验（尤其是青春成长的经验）作为最重要的写作资源，而在前几代作家笔下占据显赫位置的历史、社会、家国伦理，以及个体与历史社会的紧密粘连等主题黯然退居幕后；到了新世纪初崭露头角的 80 后作家那儿，这一倾向不断强化，并蔚为大观。虽然它招惹了不少正统批评家的非议贬斥，但新生代作家却也借此确立了他们富有叛逆性的写作姿态，"青春书写"也成了他们共享的文化符码之一，一种未能免俗但却颇为有效的自我标记。作为 80 后作家中的佼佼者，张怡微同样专注于从不无伤痛的个体经验中汲取素材，以真诚的姿态，祛除层层伪饰，勇敢无畏地袒露内心深处的沟沟坎坎，勾画出一代人曲折多舛的成长历程。梦想、迷惘、挣扎与哀痛弥散于其文本的字里行间，构缀成一曲曲明艳阴暗交织的旋律，让人们真切地感触到扑面而来的丰沛活力与激情。

---

① 参看宋明炜在《现代中国的青春想象》中的相关论述，收入其论文集《批评与想象》（复旦大学出版社 2013 年版，第 9—11 页）。

## 我真的不想来：伤痛之源

所有的一切都在某个旧历新年前后爆发出来。

父母十年前的仳离，开启了潘多拉之盒，一连串事变由此揭开序幕。年方八岁的女孩罗清清跟随母亲过上了单亲家庭的生活。十年时光一晃而过，罗清清高中临近毕业，被保送上了外语学院。这构成了张怡微的中篇小说《我真的不想来》的前史，这部小说使她在文坛崭露头角，而它对罗清清在过年期间遭遇的诸多糟心事以及跌宕起伏的心绪的精细描绘，使其成为她日后许多主题相关的作品的原型文本。[①]

旧历新年在国人生活中扮演着异常重要的作用，它是整合民族认同、强化家庭凝聚力的盛大典礼，而亲情是其头号主题词，在节日期间它不无夸饰的表演炫耀给家家户户镀上了一层温情脉脉的粉彩。然而，在亲情的面具背后，隐藏着多少不为人知的罪恶与黑暗。与其他在正常家庭氛围中生长起来的孩子相比，近十年的单亲生活给罗清清的心灵蒙上了一层难以祛除的阴影，这在小说的开端便强烈地展示出来。新年临近，她照例又要去外婆家祭拜先人。当她看到簸箕中的黑色尘屑，一阵恶心便涌上心头："压根没有什么蠕动的尘屑。令她恶心的是这屋子本身，是那种亲密痴缠她的力量，多年来令她无法挣脱，无法遁逃。"[②] 它构成了整篇文本的主基调。

"痴缠"这个词语精准地勾画出了亲情内在的隐秘特性。由男女两

①　《我真的不想来》初刊于《上海文学》2007 年第 12 期，收入文汇出版社 2013 年问世的中短篇小说集《旧时迷宫》；它先前还被收入上海文艺出版社 2011 年出版的中短篇小说集《时光，请等一等》，但标题为《岁除》。

②　张怡微：《旧时迷宫》，文汇出版社 2013 年版，第 102 页。

性婚配、繁衍哺育后代滋生而出的血缘关系网络，构成了人类生活的基本组织。它是自然生理性与社会性的叠加与混合，为后代提供了相对稳定的生长空间，也将沾亲带故的人群置于一个安全网罩之下。在面对诸多外部风险和威胁时，亲情能给人以难以替代的温暖与勇气。然而，众多的家庭成员并不全是知书达礼的正人君子，他们时时刻刻为各自的利益展开或明或暗的争斗、厮杀。亲情一旦破裂，对人们（尤其是未成年的孩童）心灵造成的伤害，远较陌生人为重。在那致命的瞬间，重重温情的帷幕被撕扯得七零八落，先前允诺的安宁烟消云散，取而代之的则是丛林世界弱肉强食的生存法则，而群体至上的传统礼仪规范也阻碍着年轻一代人身心的自由发展。在那一刻，家庭不再是温情的巢穴，而是不折不扣的囚笼。

对于罗清清而言，长久以来，"痴缠"是令她惊惧但又无法摆脱的生存环境。亲情的利爪年复一年地将她牢牢攫住：作为外孙女，她不得不在年前陪着软弱忠厚的母亲来到外婆家向逝去多年的外公膜拜行礼，不得不亲眼目睹外婆偏心地袒护小姨一家而让母亲利益受损，不得不装作一团和气与小姨及表弟相聚，尽管后者的"荣辱、贫富、欢喜与苍凉都激不起她一丝一毫热情"[1]。受够了浇薄亲情的折磨，她还得去找父亲，索讨拖欠的抚养费。她从父亲那儿也没得到丝毫的温情，同样的虚伪，同样的冷漠。新年期间她就这样在亲情的网络中周游徜徉，寻觅不到自己的位置。在迎财神的声声爆竹中，罗清清顿时间体悟到先前只是模糊感触到但又不忍正视的现实：亲人们痴缠成一团，"都曾相互渴望，又相互失望。谁都不宠爱谁，存在即是尴尬，是无

---

[1]　张怡微：《旧时迷宫》，文汇出版社 2013 年版，第 130 页。

奈，是折磨"①。

那确实是一次不无震惊意味的体验。除旧迎新之际，罗清清才真正跳出了童年时代，用觉醒的目光重新打量周遭熟悉的世界，原先披罩其上的那层玫瑰色的外衣在她犀利的目光刺戳下碎裂崩解，世界的真实面相刹那间豁露在眼前。也正是在那一刻，她才真正长大成人，开始走上独立掌控自己命运的道路。这一震惊在莎士比亚笔下的哈姆雷特和李尔王那儿有过淋漓尽致的展现。出身于锦衣玉食的王室，年轻的丹麦王子无忧无虑地在德国求学，让他魂牵梦萦的恐怕只有心爱的恋人奥菲利娅，但突如其来的变故使他陷于难以自拔的忧郁之中：父亲暴亡，叔父先他一步继承了王位，母亲匆忙改嫁。原先前程似锦的人生蒙上了层层阴暗的云翳，于是深重的感喟在他心头萦回不去："啊，但愿这一个太坚实的肉体会融解、消散，化成一堆露水！或者那永生的真神未曾制定禁止自杀的律法！上帝啊！上帝啊！人世间的一切在我看来是那么可厌、陈腐、乏味而无聊！哼！哼！那是一个荒芜不治的花园，长满了恶毒的莠草。"② 尽管那时他父亲的冤魂还没有露面道出真情，但哈姆雷特已隐约直觉到了这一切变故背后潜藏着的不同寻常的真相。而骄横自得的李尔王，在将国土分给两个善于献媚逢迎的女儿后不久，便遭遇其始料未及的凌辱，这对他不啻是致命的一击。女儿的背叛映射出了令人心寒的世态炎凉，他目睹了世界真实而冷酷的面目，这一切他执掌王权时却是视而不见。在令人惊怖的暴风雨之夜，他流落到荒原上，呼天抢地，抒发内心滚滚不绝的愤懑："吹吧，风

---

① 张怡微：《旧时迷宫》，文汇出版社 2013 年版，第 143 页。

② 莎士比亚：《莎士比亚全集》第三卷，朱生豪译，人民文学出版社 2010 年版，第 95—96 页。

啊！胀破了你的脸颊，猛烈地吹吧！你，瀑布一样的倾盆大雨，尽管倒泻下来，浸没了我们的尖塔，淹没了屋顶上的风标吧！你，思想一样迅速的硫磺的电火，劈碎橡树的巨雷的先驱，烧焦了我的白发的头颅吧！你，震撼一切的霹雳啊，把这生殖繁密的、饱满的地球击平了吧！打碎造物的模型，不要让一颗忘恩负义的人类的种子遗留在世上！"①

再转回到女主人公罗清清身上。她百感交集间，不想再像母亲那样逆来顺受、忍气吞声，她要行动，要反抗，要向这世界发出自己清晰有力的声音。于是，精明势利的小姨成了她发泄的对象。她出于面子的考虑，几次三番邀罗清清去她家做客，罗清清打电话过去，对着小姨歇斯底里地吼叫着："我不想来！／我真的不想来！／我一点也不想来！"这可谓振聋发聩的宣言。罗清清以这种乖戾的方式完成了她的成年礼。然而，未来的道路在她心目中依旧是一片迷茫："人说爆竹声中一岁除，可除岁间苍老了谁、迷途了谁、屈就了谁，又成长了谁？"②

《我真的不想来》全篇就此煞尾。人们看到罗清清泪流满面，孤零零一人站在青春的岔路口，将要四下里寻觅自己爱的归宿，不无艰难地建构、规划自己的生活。但最终她将走向何方，作者没有给出一丝一毫的暗示。或许，无法脱卸的亲情十字架将会沉甸甸地与她相伴一生。

## 你所不知道的夜晚：无疾而终的爱

在欲望化写作大行其道的今天，这几乎成了司空见惯的俗套：一

---

① 莎士比亚：《莎士比亚全集》第三卷，朱生豪译，人民文学出版社 2010 年版，第275 页。

② 张怡微：《旧时迷宫》，文汇出版社 2013 年版，第 144 页。

对少男少女，趁家长外出之际，溜到家中。两人独处一室，传统伦理的禁忌线飞快被跨越。在张怡微的短篇小说《爱》中，开首的三分之一篇幅描绘的即是同样的场景，郑小洁将男同学艾达带回了家，母亲正好外出。然而，令人不无诧异的是，人们期待中的那一幕并没有发生：欲望在其臻于高潮之前便已夭折。

这并不意味着郑小洁与艾达之间没有发生任何事件。他们间有过身体的触摸，相互袒露身体，让对方细察各自皮肤上烙上的奇特斑纹。他们在一根令人眩晕的钢丝上行进，左右摇摆，稍有不慎便会翻落而下。当郑小洁将手探入艾达大腿上方、去触摸疤痕的高低起伏之际，当艾达进行自慰时，他们无疑在做着危险的游戏；但直到郑小洁母亲携男伴归来，他们之间并没有多少实质性的肢体接触。一触即发之际，俩人又悄然退回到安全地带。之所以出现上述令人啼笑皆非的结局，并不是因为他俩道德高尚、守身如玉，也不是他俩欲望寡淡以至于波澜不惊，而是俩人之间微妙的性情错位，使这场性爱冒险无疾而终。

虽然郑小洁事后明确意识到艾达从来就不是她的男友，但当时她也并不清白无辜。她有意无意地挑逗对方，甚至还亲吻了对方隐秘的私处，但让这场游戏戛然而止的并不是她母亲的归来，而是郑小洁内心深处的纠结："我缩在床脚，突然感到很伤感。其实这种伤感在我的生命中并不常见，因为我是个挺傻乐的人。而我突然不想再多欢喜他一点，是因为我觉得首先他不会是我的，我们顶多能成为比好朋友更好一点的朋友；其次他永远都不会是我的，因为他太乖太好了，我们是两个世界的人。"[1]

---

[1] 张怡微：《旧时迷宫》，文汇出版社 2013 年版，第 66—67 页。

显而易见，正是郑小洁内心的荒凉使她爱的激情趋于枯竭。她原本可以忘情地投入这场性爱的冒险，可以让自己酣畅无忌地在欲望的峰尖上徜徉。然而，她没有，她放弃了这一切。因为她意识到对方与自己分属两个纯然不同的世界，艾达日后将移民澳洲，而她自己则将继续待在上海，待在家庭的阴影中，与离了婚的母亲和继父相伴。这一前景便令她沮丧不已，并彻底掐灭了心中爱的火苗。

我们可以把郑小洁视为罗清清的一个变体。她们都在单亲家庭中长大，早年父母的离异在她们心里引发了难以愈合的伤痛。可以推想，如果罗清清置身于相似的情景中，她也会做出相近的选择。而在与艾达同室相处的短暂时刻中，郑小洁还向他透露了一个秘密：父亲当年曾私下里央求母亲不要离婚，尽管他们性生活不和谐。郑小洁心中涌动着对父亲的强烈哀怜，而让她自己内疚不已的是她当时也和母亲一样，对父亲报以冷眼。至此，《爱》的文本出现了奇诡的转折，郑小洁的倾诉并没有在艾达那边激起共鸣，相反激惹起了他怪异的念头，他觉得没有女人，男人靠自慰也能挺下去，并当着郑小洁的面做了示范表演。

在某种意义上说，上一辈人失败的婚姻会使儿辈丧失与异性建立持久关系的信心和能力。在英国当代社会学家安东尼·吉登斯看来，在传统社会里，经济上的考量对于男女两性的婚姻的缔结影响极大，但到了现代，浪漫之爱已成为婚姻关系的主要动机，它的缔结与维系完全建立在当事人从双方关系中获得的感情满足的基础上，其他诸如生儿育女等因素则成了当事人日后分手的习惯性羁绊，而不再能有效地支撑婚姻关系的存续。因此，婚姻趋向于成为一种男女间的纯粹关系，其中扮演关键角色的是当事人的承诺，当代意义上的爱可视为承诺的一种具体形式。承诺意味着一个人愿意与另一个人尝试建立某种建设性的关系，尽管其间有着种种风险和不测。① 然而，对于有着难言伤痛经验的人而言，与他人通过承诺建立相对稳定的关系却是困难重重。往昔的痛感延伸着，以往的经验在无意识中告诉他/她，那种稳固的关系可望而不可即，他们的父母便给出了最强有力的明证。任何承诺在他们眼里都会呈现出扭曲、脆弱的面相，做出承诺意味着投入了不无轻率的冒险，自卑、猜疑、吹毛求疵最终使他们重蹈前辈的覆辙，重新遭受亲密关系破碎的深重打击。

郑小洁的命运就是这样。自此之后，她与艾达的生活再也没有了交集，他携女友移居澳洲，她也如愿考上了大学，并有了男友。但与男友的关系并不和谐，他们的关系维持了不长时间即告中止。具体的分手原因作者没有点明，《爱》的结尾将镜头聚焦到两人最后一次做爱的场景，在那一刻，郑小洁的心思竟然又飘移到了艾达身上，追忆着两人放学同车回家的经历，他的形象"立在我青春期的末端，扮演一个装腔作势的排场。细想起来，还真叫人难忘"；更为重要的是，这一记忆随着时间的消逝，变得愈加珍贵，同时她感到了深深的遗憾，暗暗揣测着对方隐微的心思，"那年是他第一次随我一起穿越黑暗，也不知道是不是看到过光明"②。相形之下，她与男友间的隔膜与距离不言而喻。

既然与他人建立亲密关系困难重重，那就索性缩回到一己的躯壳中，孤身一从在世间飘荡，领受人情冷暖，体悟世态炎凉，尽管没有明晰的目的地，仍踽踽前行，挥洒青春与生命。这将是郑小洁和作者笔下其他类型相似的主人公的共同归宿。

---

① 有关安东尼·吉尼斯相关思想，参看王宏图：《吉登斯现代性思想研究》，载包亚明主编《都市与文化》（第2辑），上海教育出版社2003年版，第336—337页。

② 张怡微：《旧时迷宫》，文汇出版社2013年版，第58、75页。

即便从小并没有遭受父母离异的打击，但家庭成员间年深日久的龃龉、敌意也足以耗尽一个人爱的能量，瓦解他建立持久亲密关系的决心。张怡微 2012 年出版的长篇小说《你所不知道的夜晚》中的女主人公茉莉便印证了这一点。乍看之下，这是一部描摹上海市区西南角田林地区工人新村的风俗史，它以茉莉一家为中心，勾连起诸多邻里，栩栩如生地展现了 20 世纪 60—80 年代市郊结合部的生活场景：少男少女的友情，街坊邻里间的家短里长，无一不活色生香，跃然纸上。透过这风俗画的外表，细细探索，不难发现这部小说的核心围绕茉莉个人成长而展开。由于童年时被母亲送到常州寄养四年，她与父母间产生了难言的隔阂，而与妹妹玫瑰的关系更是暗潮涌动，敌意频生，"她一点都不喜欢玫瑰，这种不喜欢似要深入骨髓了。可玫瑰就如同一个阴影一般纠缠着她的生活，破坏着她的人生"①。父母的偏心更是令她心寒不已，在家里她似乎成了多余的局外人。"文革"期间，茉莉孤身一人到郊县乡村插队，文艺小分队长陈志民向她求爱被拒。这倒也情有可原，接受陈志民，意味着茉莉将从此一辈子扎根农村，而她则日夜期盼着能早日返回上海市区。而对怀有款款情意的何宝荣，她又怎么也喜欢不起来。最后妹妹玫瑰为情所困而坠楼，何宝荣支撑起这个破碎的家庭。最后她无奈中与何宝荣成婚，离开了自小生活的 65 弄。她对何宝荣怀着极度矛盾的感情，首次见面便不甚喜欢他，他"是多么不惹人喜爱，却又禁不住要依赖"②。

结婚成家，搬离旧居，对茉莉来说意味着生活的重大转折，心灰意懒的她选择了重新开始。但她的心灵并没有感受到幸福与安宁，相

---

① 张怡微：《你所不知道的夜晚》，上海文艺出版社 2012 年版，第 35 页。
② 同上，第 181 页。

反，笼罩着她的是深重的失意感，"这样的感觉竟然一点欣喜都没有，是那么沉痛，哀伤，第一次，也是唯一一次"①。尽管她结了婚，但并没有真正找到归宿，和郑小洁她们一样，茉莉依旧在都市的大街小巷来回飘浪。郑小洁比她来得幸运，至少和艾达那段懵懂、无疾而终的情事日后还成为滋养心灵的记忆，而茉莉在感情上则是一无所有，从来没有一个人在她心里曾激起澎湃的热浪，没有一个人给她留下刻骨铭心的回忆，她的心灵变成了一片寸草不生的荒野。

## 无从跨越的阴影线：潮腻腻的长吁短叹

除了众多的小说，张怡微还写了数量不菲的非虚构性散文作品。尽管她本人并不太看重这些作品，但无心插柳柳成荫，它们同样禀有不俗的品位（荣膺台湾中国时报文学奖的《大自鸣钟之味》便是典型的一例），而其中涉及台湾的部分（大都收录在《都是遗风在醉人》一书中）写得尤为出色，相当典型地展现了她独特的美学风貌，与她的小说相比，有着异曲同工之妙。

张怡微与宝岛台湾之间似乎有着天然的缘分。从 2010 年起，她长年游学于彼，全身心地浸润于海岛特有的气息、色彩、节奏之中，对其风土历史、市井风情、艺术美食，都有超出寻常观光客的深切体悟。她笔端摹写出的台湾风情，在某种意义上，与其深幽、不无哀婉悲凉、孤绝的内心世界形成了罕有的对应与契合："铁路、煤矿，朴质的车站、茶馆，热带的蝉声、水汽，海岛的风雨更迭，甚至人的隐忍与含蓄，都成为一处静景，随自然嬗变着生之欢喜与苍凉，如此宁静、单

---

① 　张怡微：《你所不知道的夜晚》，上海文艺出版社 2012 年版，第 186 页。

调的画面，构成了 20 世纪八九十年代的台湾文艺意象——沉闷的童年
与漫长的青春期。"① 在此，侯孝贤与吴念真的电影镜头奠定了她台湾
视角的底色，而她先前苍凉、哀戚的生活体悟则渗透在这个亚热带岛
屿的山山水水之中，伴随着她的足迹萦回游荡在郁热、生机盎然的大
街小巷之间，织缀成了一幅幅色彩鲜明、质地绵密的风情画。在林林
总总的画面深处，时不时隐伏着一道阴影线，不经意间，浓浓的沧桑
感便流溢而出，扑面而来，激发起无尽的惆怅与悲郁。

　　这一悲情美学相当典型地体现在其中篇近作《试验》当中。乍看
之下，它剥去了青春书写的所有亮色，专注于发掘人生苍凉的一面，
颇有张爱玲小说的遗风。与《我真的不想来》《爱》《你所不知道的夜
晚》相比，《试验》中的主要人物都已是风烛残年的老年人，虽然也有
年轻人的身影穿梭其间，但只能算是微弱苍白的陪衬。小说全篇以嗣
森、心萍和嗣聪、贞依兄弟两家春节聚会为枢轴，将他们两代人数十
年间的恩怨情仇娓娓道来，将人生最无奈、最残酷的一面展示无遗。
他们壮年时充满了各种希冀，彼此猜疑，心存芥蒂，但当步入老境之
际，他们惊异地发现，当年热衷争抢的东西早已黯然失色，失去了价
值。现在他们最大的需要，无过于亲人的陪伴、呵护。在这复杂纠结、
温情脉脉的人伦亲情的面纱背后，他们的生命其实已丧失了其他的价
值，余下的只是动物性的本能需求。再者，他们原本都不是在性情、
气质上卓尔不群之流，除了目力所及的世俗生活之外，没有任何超越
性的精神追求。笼罩全篇的色调灰暗、凝滞，令人倍感压抑，这儿没
有青春热情的迸发与抗争，没有幻想的激越飞扬，有的只是沉重无比

---

　　① 　张怡微：《行走本身就是一种诠释》，载《都是遗风在醉人》（序言），山东画报
出版社 2013 年版，第 2—3 页。

的日常生活，无法摆脱，也无从逃避，而日趋衰败的生命的尽头则是死亡。小说结尾作者特意添加了一脉暖意，嗣森、心萍的独子循齐年届五十，还是孑然一人，但此时他对即将去台湾就学的女孩星星产生了兴趣。虽然作者并没有明确点明他们间关系的未来走向，但它毕竟是一脉希望之光，给四位老人心头以一丝微弱的安慰。

读完这篇小说，我不禁想起张爱玲的《留情》。虽然背景、人物各个不同，但在揭示人生无奈的底色方面却是款曲相通。敦凤嫁给了比自己年长二十三岁的米晶尧，但由于从名分上说是只是个姨太太，位于正妻之下，因而满腔幽怨。她当初嫁给米晶尧纯然出于生计考虑，并没有多少情感的因素掺杂其间。几番周折之后，他们俩还是相依为命，在全篇的结尾张爱玲如此概括他们间微妙的关系，"生在这世上，没有一样感情不是千疮百孔的，然而敦凤与米先生在回家的路上还是相爱着"[1]。这一"千疮百孔"也正是《试验》中嗣森、嗣聪兄弟关系的精准写照。

20世纪40年代，傅雷在评论张爱玲小说时便敏锐地指出了这一特性，"恶梦中老是霪雨连绵的秋天，潮腻腻，灰暗，肮脏，窒息的腐烂的气味，像是病人临终的房间。烦恼，焦急，挣扎，全无结果，恶梦没有边际，也就无从逃避。零星的磨折，生死的苦难，在此只是无名的浪费。青春，热情，幻想，希望，都没有存身的地方"[2]。人们惊异地发现，将这段话移用到张怡微的作品上，竟然也大体适合。在她

---

[1]　张爱玲：《留情》，载《张爱玲文集》第一卷，安徽文艺出版社1992年版，第212页。

[2]　迅雨（傅雷）：《论张爱玲的小说》，载张新编著《中国文论选》现代卷（下册），江苏文艺出版社1996年版，第391页。

构筑的散布着阴影线的世界里，父母的不和离异使下一代过早地领略了心灵的创伤，人情的冷暖和剪不断理还乱的纠葛。破碎的家庭让童年的安全感猝然崩裂，他们从此挣扎在漫长的阴影线上，企图重新找回失去的乐园。然而事与愿违，心灵的创伤使他们在情感上过度敏感，过度警惕，难以与他人建立有效的沟通，无数青春的梦想与热情就此虚掷、耗费。时隔多年，他们似乎还伫立在原地，顾影自怜，长吁短叹，心灵陷入深重的荒芜之中。他们步入暮年后的情状，就像《试验》中那样，可以很轻易地推想出来。

至此，张怡微的写作在淋漓尽致地演示了核心主题后，达到了极限。她和其他许多同年龄的 80 后作家都遇到了相似的瓶颈。生存环境的严酷与逼仄使他们的想象力难以在沉重的大地上空自由地飞翔。然而，在这道边界线之外，或许存在着另一种类型的小说：在那儿，主人公个人的青春的梦想、热情、幻想都有宽裕的存身之地，尽管遭遇了种种挫败，但他们浑身奔溢的难以操控与驯服的活力会更多地转化为创造的力量，转化为塑造一己独特人生的驱动力，转化为对周围世界进行反抗的巨大能量。它不再是单纯的哀叹，而是充满了犀利的动感，像"一只俯冲下来的猛禽的嘶叫""一只抓向人的咽喉的利爪"。[1] 人们期望，张怡微日后的写作在多日的飘浪之后将更多给人自由飞翔的惊喜。

---

[1] 托马斯·曼：《多难而伟大的十九世纪》，朱雁冰译，浙江大学出版社 2013 年版，第 353 页。

# 超越于真实幻觉之外

## ——兼论《纪实和虚构》《务虚笔记》

### 小说究竟是什么？

对于许多人来说，这几乎是一个不言自明的问题。他们会不约而同地赞成美国小说家亨利·詹姆斯的说法："小说按最广义的界说而言，是个人的、直接的生活印象，首先是这种生活印象构成小说的价值，而小说价值的大小，就看生活印象的强烈性如何而定。"① 作为一种以想象和虚构为内核的文学类型，对真实的生活幻觉的营造似乎成了小说存在的基本方式，也是小说家在创作过程中必须关注的中心问题之一。美国女诗人 M. 穆尔曾用这样的话描述文学的世界：它里面有"许多想象的花园，园中却有真实的癞蛤蟆，以供人观赏"②。在这个意义上，从整体而言小说是寓于纸面文字中的一种虚拟化的存在，

---

① 亨利·詹姆斯：《小说艺术》，载卢伯克、福斯特、缪尔《小说美学经典三种》，方士人、罗婉华译，上海文艺出版社 1990 年版，序言第 3 页。

② 转引自雷·韦勒克、奥·沃伦：《文学理论》，刘象愚、刑培明、陈圣生、李哲明译，生活·读书·新知三联书店 1984 年版，第 237 页。

但构筑成这个虚拟世界的部件乍看上去与真实生活毫无二致，人们在某些时刻会有意无意将它当作一个真实存在的世界。

自 19 世纪初叶现实主义文学潮流兴起之后，后又经自然主义推波助澜，在欧美小说作品中对生活幻觉的刻意营造也随之达到了一个前所未有的精确程度。人物、情节和背景方面细部的逼真成了小说写作中的基本要求，作家只有藉此才能创造出给人以强烈真实感的生活，而真实感在很大程度上又依赖于幻觉的酿造。这仿佛已经成为小说艺术中不容置疑的金科玉律。即便在对西方传统小说造成巨大震撼的意识流小说那儿，这一情形也没有发生多么巨大的变化。乔伊斯的《尤利西斯》、弗吉尼亚·伍尔夫的《达罗卫夫人》等作品与传统现实主义、自然主义小说的差异主要在于叙述角度的变化，即由对外部世界的精雕细刻转向对人纷乱芜杂的内心世界的展现，但在追求幻觉的逼真性这一点上，它们之间并无太大歧异。的确，意识流小说不再企图对外部的客体世界作详尽无遗的描摹，但其对内心生活的展示无疑同样想塑造出心理上的逼真效果。它实际上以对心理感受上逼真的追求替代了传统写实主义作品中对视觉上逼真的追求，二者共守着同一幻觉的美学原则。而在接受了西方文学诸多影响的 20 世纪中国小说（不论其意识形态倾向如何）中，有相当大一部分也严格遵循着这一法则，以在作品中制造一系列逼真的生活场景为己任。

到了 20 世纪 80 年代中叶，这一情形有了不小的变化。在那一场全方位刷新中国文学版图的变革中，以幻觉美学为基轴的小说艺术受到了前所未有的冲击。一批富于新锐探索精神的先锋作家以多种新颖独特的方式，颠覆着小说世界中被镀上的神圣光彩的逼真幻觉，冲击着读者惯常的心理定势。这一倾向在马原、孙甘露等人的作品中得到了充分的体现。在《冈底斯的诱惑》等作品中，马原使用了"元叙事"的手法，由叙述者在叙述进行过程中不断站出来揭示小说的虚构特性，以这一鲜明的间离效果不断瓦解着阅读者的幻觉期待。① 而孙甘露的小说除了一个极其模糊朦胧的情节框架外，其文本的主体则是大段超现实主义风格的抒情、冥想与沉思。② 在这一文学新变潮流的冲击之下，原先拘囿于单一的真实幻觉模式的人们开始醒悟到，其实小说可以有丰富多样的写法，逼真地仿制现实的幻觉模式只是其中的一种，它根本无权独霸天下，排斥摒弃其他的写作方式。

然而，应该看到的是，小说艺术的这一变革主要发生在中短篇领域，长篇小说在文体等形式方面产生的变化则要缓慢得多。由于长篇小说的创作周期和中短篇相比，要漫长得多，对作家投注精力的要求也远比中短篇为大，因而作家在长篇小说的创作中进行文学实验相对来说要谨慎得多。此外，就历史渊源而言，现代意义上的长篇小说由史诗和戏剧衍化发展而来，而后面两种文学体裁程度不同地以摹仿的手法致力于营造酷似生活的逼真场景。③ 随着时间的推移，20世纪90年代的作家们已渐渐不满足于旧有的、以制造真实幻觉为中心的小说模式，试图开拓寻求长篇小说新的艺术领地。下文所要论及的王安忆的《纪实和虚构》、史铁生的《务虚笔记》便以不同的方式作了尝试。细细究察，这些变革并不是单个作家的异想天开，它与小说中另一种几乎被遗忘了的传统有着密切的联系。

---

① 参看陈思和主编《中国当代文学史教程》，复旦大学出版社1999年版，第295—297页。

② 同上，第297—301页。

③ 雷·韦勒克、奥·沃伦：《文学理论》，刘象愚、刑培明、陈圣生、李哲明译，生活·读书·新知三联书店1984年版，第236页。

## 另类的美学传统

　　稍稍耐心地回顾一下历史，人们就可以发现，马原、孙甘露等人的先锋实验并不是空前的创举。早在 18 世纪中叶的英国，就出现了一部《特里斯特拉姆·香迪》（又名《香迪传》）的奇书。在劳伦斯·斯特恩创作的这部小说中，马原等人惯用的"元叙事"的技法已发展得相当成熟，叙述者在叙述进程中不时中断情节的发展，直接站出来与读者进行交流；同时，他头脑中涌动的自由联想将大量互相没有因果联系的趣闻轶事缀合在一起，这使得作品文本中的各种议论俯拾即是，它们成了在情节主轴线四周蔓生出来的貌似累赘的装饰物。[①] 在这种情形下，作品根本不可能在读者的心里酿造出酷似生活原生态的幻觉。

　　此时，我们逐渐接触到问题的关键：斯特恩在《香迪传》中关注的焦点与其说是通过叙述构造一个完整连贯的情节和一系列性格鲜明的人物，不如说在进行着一场游戏：借助特里斯特拉姆·香迪这一虚构出来的人物，他一会儿随心所欲地讲述着怪诞离奇的故事，一会儿陷入无休无止的东拉西扯之中，一会儿又挑逗起读者强烈的好奇心，同时一个话头刚刚提起即刻又转入另一个话题，使读者如坠五里雾中。在这种肆无忌惮的形式游戏背后潜藏着与追求幻觉真实的小说迥然不同的另一种美学传统。这一传统自巴尔扎克式的小说模式占据主导地位后，长久地遭到冷遇，很多人甚至遗忘了它的存在，而将营造真实幻觉的小说模式视为唯一可行的方式。

　　以《生命中不能承受之轻》《玩笑》等作品著称于世的捷克小说家

---

　　① 参看 W. C. 布斯：《小说修辞学》，华明、胡苏晓、周宪译，北京大学出版社 1987 年版，第 247—267 页。

米兰·昆德拉对欧洲文学中这一被漠视了的小说传统作了较为详尽的阐发。在他看来，小说是一种"伟大的散文形式，在其中作家通过各种实验性的自我（人物）彻底地探讨一些重大的存在的课题"；"一部小说就是以带有虚构人物的游戏为基础的长篇综合性散文。这些是小说惟一的限制……讽刺论文、小说叙述、自传片断、历史事实、翱翔的幻想，小说的综合力就是有能力把这一切结合成为一个统一的整体，就像复调音乐的声音一样。一部作品的统一性不一定要从情节中产生，也可能由主题提供这种统一性"。①

在昆德拉对小说艺术的论述中，以追求真实幻觉为圭臬的小说艺术模式遭到了深刻的质疑。这里，小说已不再像亨利·詹姆斯所理解的由"生活印象的强烈性"所衍生出来的以视觉为中心的艺术，它的天地要广阔得多。从文体上看，小说不是也根本不必单单由描写叙述性的文体构成，其他种类、性质的文本也可以在其中占有一席之地。尤其值得注意的是，先前长期遭到鄙视的议论性文字也得到了应有的评价。在福楼拜、亨利·詹姆斯等作家那儿，为了最大限度地达到客观逼真的效果，创作者不应在文本中说三道四，直接站出来向读者解释人物和事件，评价它们的意义，兜售某种伦理教义，如托尔斯泰在《战争与和平》中所做的那样；这样无疑会大大破坏作品的仿真效果。因而他们主张，作者应该退出作品，一切主观介入的痕迹都应被无情地剔除，只有这样，才能在读者的心目中长时间维系真实幻觉的效果。② 而昆德拉不

---

① 艾晓明编译：《小说的智慧——认识米兰·昆德拉》，时代文艺出版社 1992 年版，第 110、142 页。

② 参看 W. C. 布斯：《小说修辞学》，华明、胡苏晓、周宪译，北京大学出版社 1987 年版，第 77—98 页。

仅不排斥议论，而且还大大提升了它的功能，将它视为小说艺术的有机构成部分。事实上，如果不是为了刻意去追求那种所谓的幻觉效果，那作者直接站出来发议论一点不会对作品造成任何损害，相反，它在某种程度上强化了作者与读者间的双向交流与沟通。[①]

与许多作家、批评家将小说视为形象的描绘与郁积的情感的喷发不同，昆德拉将它视为"对被遗忘了的存在的探询"[②]，因而他将理性认知/智慧的作用在小说艺术构成中的比重提高到一个前所未有的水平。他以为，"一部不去发现迄今为止尚未为人所知的存在的构成的小说是不道德的，认识是小说惟一的道德"[③]。正是基于对小说艺术的这一判断，昆德拉在谈论奥地利作家赫尔曼·布罗赫时认为，传统的写实模式限制了小说潜能的发挥，"小说有着非同寻常的整合的力量，诗和哲学都不能整合小说，而小说却能够把诗和哲学整合为一体而不失去它自身的任何特性"[④]。昆德拉心目中理想的小说形态是"一种小说对位的新艺术（它能把哲学、小说叙事和梦融为一支乐曲）"，是"一种特殊的小说论文的新艺术（它并不自称提供了一种无可置疑的启示，而是停留于假设、游戏，或者是讽刺）"。[⑤]

奥地利小说家罗伯特·穆齐尔的《没有个性的人》可谓是昆德拉心目中理想小说的一个范本。这部小说的基本线索围绕主人公乌尔里

---

① 参看 W. C. 布斯：《小说修辞学》，华明、胡苏晓、周宪译，北京大学出版社1987年版，第189—235页。

② 艾晓明编译：《小说的智慧——认识米兰·昆德拉》，时代文艺出版社1992年版，第12页。

③ 同上，第13页。

④ 同上，第56页。

⑤ 同上，第57页。

希于 1913—1914 年间在奥地利首都维也纳参与筹备庆祝奥皇登基 70
周年的前后经过而展开。但这只是作品的表层，从深处而言，《没有个
性的人》是一部"精神长篇小说"，描述的是乌尔里希的心灵和奥地利
社会的精神状态，表现的是乌尔里希的精神探索过程，用穆齐尔自己
的话来说是"精神上的典型特征"①。置身于一个高度技术化的年代，
乌尔里希无法在周围的世界中找到"整体的秩序"，他便试图弄清现实
的"秘密运行体制"。在这一精神求索的过程中，乌尔里希遭遇到了一
系列文化、社会的矛盾和冲突。在这个意义上，他成了反映那一时代
的精神状态的哲学气息极为浓厚的思辨性人物。德语文学史上这类人
物不乏先例，从 19 世纪初歌德的《威廉·迈斯特》、凯勒的《绿衣亨
利》和黑塞的《荒原狼》等作品都塑造了这类思辨色彩极强的人物
形象。

此外，这部作品在文体上的探索更为鲜明，将叙述描绘、议论和
抒情等各种文体熔为一炉，用昆德拉的话来说，它"围绕着故事调动
所有的手段——理性的和非理性的、叙述的和深思的，这些手段能够
阐明人的存在，能够使小说成为绝妙的理性的综合"②。作为一种"理
性的综合"，《没有个性的人》根本无意在文本中像福楼拜、亨利·詹
姆斯那样酿造一个酷似现实的幻觉世界，而是致力于利用各种文体手
段，将整部小说变成对存在进行理解和探询的方式。在这儿，理性、
智慧、思索远远高踞在感性、情感、视觉幻象之上。它们继承了欧洲

① 　罗伯特·穆齐尔：《没有个性的人·译者前言》，张荣昌译，作家出版社 2000 年
版，第 5 页。

② 　艾晓明编译：《小说的智慧——认识米兰·昆德拉》，时代文艺出版社 1992 年版，
第 21 页。

哲理小说的传统，充分地开掘了它的潜力，同时又将它提升到了一个新的水平，向沉溺于真实幻觉中的人们展示了小说的另一种风景、另一种可能。

下面论述的王安忆的《纪实和虚构》、史铁生的《务虚笔记》就体现出某种程度的"理性的综合"，因而在 20 世纪 90 年代的长篇创作中显得不同凡响。

## 《纪实和虚构》：理解世界的独特尝试

进入 20 世纪 90 年代后，王安忆开始有意识地改变小说的惯常写法，进行了许多新的探索。不少评论者对《叔叔的故事》《乌托邦诗篇》《歌星日本来》中运用的后设小说、元叙事等艺术手法津津乐道，而《纪实和虚构》可视为她 90 年代前期创作的一个总结。这部小说用作者自己的话来说，由纵、横两个维度组成。在纵向的空间中，王安忆以"抽象性的分析和议论"的方法[①]，描述了想象中的她母亲家庭的传奇历史——它肇始于南北朝时期漠北的柔然部族，中间横跨千余年，连接到成吉思汗征战大漠内外，随后又在元代南迁浙江。在横向的空间里，那是人们在王安忆先前许多作品中（《69 届初中生》《流水三十章》等）常见的自传性很强的都市生活描述，它聚焦于叙述者从 20 世纪 60—80 年代的个人生活，中间牵涉"文革"风暴、上山下乡、返城工作、家庭生活等。

这部小说的奇崛之处正在于上述纵横两个空间的并置。可以试想，如果单是横向空间自传性的叙述，这部作品最多是王安忆以前同类作

---

① 陈思和等著：《理解九十年代》，人民文学出版社 1996 年版，第 50 页。

品的一个不无新意的延续而已，断然不会引起批评界那么多的关注和争议。从作者本人的话来看，她是有意识地进行着新的探索，它已不仅仅是具体的艺术手法的更新，而是将小说作为一种理解世界的方式。她承认，"在《纪实和虚构》中基本上实践着一种虚构性的或者叫作抽象性的写作"，"我竭力追求某种形式的东西，类的东西，超出经验的东西，直接地说，就是虚构和抽象的东西"①。正是基于这一倾向，王安忆对长篇小说的特性也有了新的认识："我敢肯定，一部长篇必须是一部哲学。长篇从总体上讲应该是理性的，不能靠感性去完成一部长篇小说"，"我还是觉得长篇是一种完整的思想的表达，没有思想就没有长篇"。②

叙述者母系家庭的历史传奇无疑是整部小说中写得最引人入胜的篇章。在这儿，作者的想象力在浩如烟海的历史典籍中作着一场令人心醉的虚拟游戏。凭藉着片言只语，作者以狂放不羁的笔调构拟推衍着她想象中的家族史。自然，这儿的一切都有着具体可观的外表，但它并无意于像许多历史题材作品那样来酿造逼真的幻觉。文本中不时冒出来的"我想""我总是想"等词句再鲜明不过地标示了它人工虚拟的特性。从其内涵而言，它是一次想象中的寻根历险，越过漫长的时光隧道，作者重新展现了想象中祖先们狂野的原始冲动和丰沛的生命力。但这又不仅仅是她祖先们的专利。它是类的标志，是处于游牧历史时期众多群落共有的特性，可以进行抽象化的处理。通过将历史与现实两个维度的空间并置对比，王安忆完成了一次对生活和世界的理性的探索。同时，它又是叙述的游戏，作者的家族传奇谱系尽管充满

---

① 陈思和等著：《理解九十年代》，人民文学出版社 1996 年版，第 60—61 页。
② 同上。

血腥与暴力气息，但它纯然出自作者的虚构，读来不时感受到戏谑诙谐与轻松——而这正是游戏具有的特性，它们与逼真的幻觉无缘。

此外，对于写作与现实之间关系的探询也是《纪实和虚构》这部小说的一个重要主题，这在全书第九章中表现得最为集中。虽然许多批评家对此不表赞许，但王安忆觉得它很重要，"因为写作呈现出来的某种虚拟的人类关系本身就十分重要而又经常被人忽视"[①]。在我看来，它还有一层意义，它使这部小说要想在读者心目中酿造任何逼真幻觉的企图成为不可能。通过对写作与人类社会间错综复杂关系的思索，王安忆在写作这部小说的同时将自己创造纸页上的虚构世界的方法也公之于众，创作者的写作最后成了作品内容的一部分。读者们到了结尾时，他们的视线从叙述者的所谓家族传奇和个人生活经历中抽出，最后凝聚在作者本人身上。这仿佛电影导演在影片的最后一刻走上了银屏，直接与观众见面，向他们详尽展示他的摄影机、灯光道具以及剪辑制作过程。在这一瞬间，本来已很稀薄的一丁点幻觉烟消云散。

## 《务虚笔记》：抽象化角色的舞蹈

和《命若琴弦》《一个谜语的几种简单猜法》《我与地坛》等作品一样，史铁生在其唯一的长篇小说《务虚笔记》中对生命、命运、爱、幸福、死亡、神性这样一些大写的字眼和它们背后所蕴含的终极性价值进行着不懈的探索。构成这部作品的主要情节线索是残疾人 C、女教师 O、诗人 L、医生 F、女导演 N 等人自 20 世纪 50 年代以来坎坷多

---

① 陈思和等著：《理解九十年代》，人民文学出版社 1996 年版，第 59 页。

难的生活经历。许多作家利用这样的题材，很有可能写出一部细节饱满、场景逼真、煽情味十足的小说。然而，作者根本无意将它们处理为一部写实风格的作品，更无意制作一长串具有逼真幻觉的画面。相反，在这部作品中，史铁生充分发挥了小说内蕴的游戏特性，以此探索上述那些极富形而上意味的主题。①。

本文的分析从这部小说的标题入手。"务虚"这两个字具有多层次的含义。一方面，它仿佛提示读者全书主题所具有的形而上的超验特性，尽管它利用的是尘世生活提供的素材，但它的意旨却远远超越了当下的生存境遇，并触及人类数千年来关心的一些根本问题；另一方面似乎也是对其自身艺术手法的袒露，即作品中的一切（从人物、场景到事件）并不具有坚固的现实性的外壳，它们只是一些出没在作者意识领域之内的若隐若现的幽灵，他们只是在特定的时刻（即叙述者的"写作之夜"）被召唤而来——粉墨登场，跳起柔美、伤感的舞步。作者在全书开篇结尾处的这句话表明了这一点："我是我的印象的一部分/而我的全部印象才是我。"②

细心的读者会发现，这部小说中的人名一律以拉丁字母标示。乍看之下，这似乎只是作者一种不经意的习惯或癖好。然而，缺乏现实的名姓这一情状将人物的虚拟性毫无遮掩地展示在人们的面前。其实，任何小说中的人物都具有虚拟的特性，只不过巴尔扎克式的作家对它们作了精心的加工打造，为他们披上了酷似真实的外装，使他们具有

---

① 有关史铁生作品的主题，参看张新颖：《平常心与非常心》，载《栖居与游牧之地》，学林出版社 1994 年版；赵毅衡《神性的证明：面对史铁生》，《花城》2001 年第 1 期。

② 史铁生：《务虚笔记》，上海文艺出版社 1996 年版，第 10 页。

现实人的名姓，有时他们能给人这样一种假象：仿佛他们是我们一样有血有肉的存在，混杂在我们之中。而史铁生则无意给他们披上幻象的外衣，他用一串非人格化的抽象字母来命名他们，将他们的虚构特性和盘托出。

通过这一非现实化的人物命名方式，昆德拉所一再强调的小说作为一种以虚构人物为基础而展开的游戏的特性在《务虚笔记》里得到了充分的展示。C、F、O、Z、N、WR、T 等人物由于不具有逼真的现实幻象，它们只是作者手下可随意调遣挪移的棋子，因而那些人物之间的关系也不像写实风格的作品中那样具有单一的确定性，而呈现出不确定、具有多重组合可能的面貌。

这样的事例可举出好多，如初读此书你会以为 C 就是叙述者的直接投影和化身，但从"在我纷纭的印象里最先走来的就是他"等语句中人们可得出这样的结论，C 只是叙述者创造出来的一个角色，和其他人物一样，也是他意识的分泌物。[①] 在整部作品中，人物的虚拟化游戏特性表现得最明显之处莫过于某些人物可加以互换、替代。少年 WR 和 Z、少女 N、O、T 之间都有很大程度的重叠，在许多场景中可互换而丝毫不影响作者阐发主题。他们的不同性情、气质，对环境的不同反应，为作者探索生存的奥秘提供了多样化的材料。人物的不确定性还可以找到许多，"因此就我的印象而言，葵花林中的那个男人，也可以是 Z 的叔叔，也可以不是 Z 的叔叔"[②]。在这种情形下，人物仿真的幻觉被彻底打破，取而代之的则是一个将众多人物当道具随意挥洒牵引的游戏大师。

---

① 史铁生：《务虚笔记》，上海文艺出版社 1996 年版，第 11 页。
② 同上，第 303 页。

叙述者在书中直接表白了这种小说美学："真的，我不认为我可以塑造任何完整或丰满的人物，我不认为作家可以做成这样的事，甚至我不认为，任何文学作品中存在着除作者自己之外的丰满的人物，或真确的心魂。我放弃塑造……因为，我，不可能知道任何完整或丰满的他人，不可能追随任何他人自始至终。我经过他们而已。我在我的生命旅程中经过他们，从一个角度张望他们，在一个片刻与他们交谈，在某个地点与他们接近，然后与他们长久地分离，或者忘记他们或者对他们留有印象。但，印象里的并不是真确的他们，而是真确的我的种种心绪。"① 这些人物孕育于作者的脑海深处，汲取着作者的精神养分，生长，壮大，直至有一天他们好似有了自己独立的生命。然而，正如史铁生所认识到的那样，他们说到底是作者自己"心魂"的衍生物，是作者赋予了他们生命与活力。作者凭藉着这林林总总的人物，将纷乱的思绪涂抹在上面，展开了一次探索生命与存在意义的游戏。这些人物并不拥有独立的生命，只是在作者操纵的那场精神游戏的进程之中，他们的舞步才显得婀娜多姿，引人入胜。

## 游戏/理性/智慧 VS. 幻觉/感性/情感

上文所论及的以游戏与理性为基础和以真实幻觉为主轴这两类小说间的对峙与差异从更大范围来看，它与人类精神生活中理性/智慧和感性/情感间的对峙有着深刻的联系。

昆德拉曾经谈过，在 1968 年苏联军队占领捷克之后，一位导演曾建议他将俄国作家陀思妥耶夫斯基的长篇小说《白痴》改编成戏剧，

---

① 史铁生：《务虚笔记》，上海文艺出版社 1996 年版，第 347 页。

但昆德拉拒绝了。这并不是出于民族感情，而是美学趣味上难以跨越的悬殊。昆德拉坦率地说："关于陀思妥耶夫斯基，使我恼火的是他的小说中的那种'气氛'：一个一切都变成了感觉的世界。换句话说，在这儿情感被抬到了价值和真理的地位。"① 然而，人们要问的是，昆德拉为何要对在文学创作中占据极为重要位置的情感和感性大动肝火呢？

昆德拉自有他的理由："人不能没有感情，但是，一旦它们本身就是被尊重的价值观念、真理标准以及各种行为的正当理由时，它们就得令人恐惧了。最高尚的民族情感随时可以为最丑恶可怕的东西辩护，而心中充满了抒情激情的人则以爱的神圣名义犯下种种暴行。"② 昆德拉尊崇理性、怀疑和游戏的精神，以此与感性和情感的世界抗衡。然而，明眼人可以发现，昆德拉的立场有着极大的偏颇：如果说情感/感觉的世界可能导致意想不到的灾难，那理性/游戏的精神也有着其内在的缺陷。在文学创作中，一旦它的分量与比重占着绝对优势，一旦感性与情感被大规模地放逐，那整部作品便不可避免地陷入干瘪、荒芜，犹如寸草不生的野地。此外，排斥情感的作品由于无法满足相当部分读者情感上与书中人物产生共鸣的需求，遭到他们的冷遇也是情理之中的事。

昆德拉对陀思妥耶夫斯基的态度让人想到古希腊哲学家柏拉图，他对情感与感觉的指责与柏拉图在《理想国》中对诗人的攻击如出一辙。在柏拉图看来，诗人"逢迎人性中卑劣的部分"，"逢迎人心的无理性的部分"，"摧毁理性"，使它失去对情感的控制力量，因而诗人应

---

① 艾晓明编译：《小说的智慧——认识米兰·昆德拉》，时代文艺出版社1992年版，第150页。

② 同上，第151页。

被放逐出理想的国度。① 而亚里士多德在为诗人辩护时，指出悲剧具有"借怜悯与恐惧来使这种情感得到陶冶（即净化——笔者注）"的功能。② 这同样可用来回答昆德拉对情感/感觉的指责。

应该说，人类精神生活中理性/智慧和感性/情感是相互依存、相互补充的因素。因而，在欧洲小说发展的历程中，从史诗的混合式叙述模式中发展出两种方法：一是所谓的"浪漫的嘲讽式"，它"破坏任何可能有的认为故事是'生活'而不是'艺术'的幻觉，并以这种破坏为乐，它强调书中的人物只是写出来的文学上的人物"；另一种则是刻意制造真实幻觉的"客观的""戏剧的"方法。③ 这两种方式互相消长，在一个时期一种方式占优势，但不可能将另一种方式完全剔除、制服。在某种意义上，人们可以说这两种模式的小说是人类精神两极化的体现。而人们之所以觉得《纪实和虚构》《务虚笔记》等作品开拓了小说创作中的新路，在很大程度上是对长期占据统治地位的追求真实幻觉的小说模式的反拨。

---

① 柏拉图：《文艺对话集》，朱光潜译，人民文学出版社 1983 年版，第 66—89 页。
② 亚理斯多德：《诗学》，罗念生译，人民文学出版社 1982 年版，第 19 页。
③ 雷·韦勒克、奥·沃伦：《文学理论》，刘象愚、刑培明、陈圣生、李哲明译，生活·读书·新知三联书店 1984 年版，第 251—52 页。

# 私人经验与公共话语：陈染、林白小说论略

## 一、缘起：紧张的对垒

从某种意义上说，我们生活的世界是一个被语言包裹的世界：我们的所作所为都要通过语言的命名、折射、过滤来构建一种稳定的意义。在众多的言语样式中，居于主流地位的无疑是那宏大喧闹的公共话语，它密密实实地覆盖着我们的生存空间，各个角落都传出它深远的回声。芸芸众生纷纷听从它的权威，陶醉于它的节奏旋律，自觉不自觉地充当着它的代言人。

然而，在一些阴僻的缝隙、裂口，流逸出一连串鬼魅似的、个体化的声音，承载着这些个体独有的色彩、音质和气味。本文所要论述的陈染、林白的作品便是其间引人注目的个案事例。她们的代表作品《私人生活》《一个人的战争》从标题上便昭示了这种个人化的特性。

一开始，这种从个体的私人经验深处流溢出来的声音就与铺天盖地、居于权威地位的公共话语处于一种紧张的对垒中。在这一点上，这些私人经验的守护者们有着极为强烈的自我意识：陈染将自己的创作道路比作一条绳索，"应该说，我不算是一个更多地为时代的场景的变更所纷扰、所浸噬的作家类型。我努力使自己沉静，保持着内省的

姿势，思悟作为一个个人自身的价值，寻索着人类精神的家园"（《我的道路是一条绳索》）；林白则表示，"我希望将某种我自己感觉到的气味，某一点滴落在我手背的水滴，某一片刺痛我眼睛的亮光从集体的眼光中分离出来，回到我个人的生活之中"（《记忆与个人化写作》）。这种高度个性化的声音，无法被吸纳到主流声部中去，因而在边缘地带时时刻刻感受着主流话语的压抑。本文试图探讨在陈染、林白写下的充溢着大量私人经验的文本中，蕴含着一种什么样的力量，又是如何撞击着文明的禁忌，从而展现出生存的诸多可能性？

## 二、非伦理化、非神圣化的私人经验

毋庸置疑，每个社会的主流公共话语都酿造、复制、衍生着有关历史、未来发展和价值目标的神话。现代化、发展、进步，正是我们这个工业和后工业时代君临一切、被罩上了神圣光环的主题字眼。这一公共话语在阐释历史进程的意义、设定终极价值目标的同时，框定了个体生存的意义和理想发展模式。个体作为生命体存在的独特光泽、癖性被弃之一旁，剩下的只是这一宏伟的话语图式为人们勾勒出的所谓人间正道，个体只有在这条熠熠闪光但又失之单调的正道上，才能实现他们可能有的所谓价值，找到个人生存意义的支撑点。自然，对那些走在正道上的人而言，私人经验与公共话语的对垒、冲突并不存在，即使有那么一点龃龉的涟漪，也断然不会聚合成富于震撼力的文本。然而，也正是在这一关节点上，陈染、林白个人化写作的不同寻常的意义显露了出来。

在林白的心目中，这种个人化的写作，"将包括被集体叙事视为禁忌的个人性经历从受到压抑的记忆中释放出来，我看到它们来回飞翔，它们的身影在民族、国家、政治的集体话语中显得边缘而陌生,正是这种陌生确立了它的独特性"(《记忆与个人化写作》)。从某种意义上说,她的全部写作围绕着女性种种隐秘、被公共话语压抑的私人经验(性经验占了很大的比重)而展开。以《致命的飞翔》为例,它在"繁复而浓烈的气氛"中描述了北诺与李芮两个女人的性体验。北诺在欲望的海洋中挣扎浮沉,最后杀死了拿她作性工具/性玩偶的秃头男人。如果依照成为主流公共话语一部分的通俗小说的模式来叙述这个故事,北诺无疑是个十恶不赦的坏女人/恶女人。然而,在林白的笔下,整个事件和人物呈现出另一种色调:为了赢得她自身卑微的地位无法获取的一切,北诺与有权有势有钱的男人进行了一系列性交易;在公共话语的命名谱系中,她理所当然地成了一个堕落的女人。血腥的谋杀无疑是一次恶的大爆发,但也恰恰在这一"充满力度和美"的抗争中,北诺的生命得到了一次升华,进行了一次飞翔。通过《随风闪烁》《同心爱者不能分手》《飘散》等作品中女性的形象系列,我们能找见相似的痕迹。这类文本揭示出往日被单向度的公共话语屏蔽着的幽秘的新大陆。在追溯、复原这些私人经验的同时,她的生活被赋予了别具一格的外壳。对个体经验的这种执着与迷恋使林白的作品名副其实地成了一次超伦理、非神圣化的写作。

如果说《致命的飞翔》把镜头聚焦在短时段内一组高度欲望化的场景上,那么《一个人的战争》则在一个较长的时段内,多侧面、多方位地展现了一个女人在其漫长的成长历程中繁复多彩的经验世界。和那些以伦理教化为宗旨,对个体的经验进行精心剪裁、编排、文饰的教科书式的文本迥异其趣,《一个人的战争》以其随意洒脱、自然流畅的叙述风格,以女性的身体经验为核心点,糅进了强奸、诱奸、痛不欲生的失恋，因抄袭诗稿而身败名裂等怪异、隐秘的经历……而这些正是那些教科书式的文本竭力要规避的。耐人寻味的是，在"诱奸"这一事件中，传统叙事模式中施暴者与受害者、引诱者与被引诱者之间的二元对立变得暧昧不明：主人公多米孤身外出旅行时，明明白白地意识到所面临的危险，但她还是自觉自愿地走入了花花公子矢村布下的圈套。盘踞在她心中的"渴望冒险的个人英雄主义"驱使着她冲向未知的世界。与其说她是"诱奸"事件中的受害者，还不如说是心照不宣的同谋者。这一奇特的经验实在是拘囿于善恶两极对立的主流公共话语所无法参透和把握的。

相比之下，陈染笔下的私人经验世界浸润着更为浓厚的阴郁色调，它仿佛是掠过黑色苍穹的闪电，让人联想起艾米丽·勃朗特阴惨、暴戾的《呼啸山庄》；而弥漫萦回在她一连串作品中的迷狂与绝望，在一定程度上颇得陀思妥耶夫斯基的神韵。尽管陈染在谈到个体与群体关系时依照丹麦哲学家克尔凯郭尔的观点，将每一个个体视为全人类的代表，即个体是独特的、唯一的，但同时他又是人类全部特征的代表；在此似乎她并没有刻意强调个体与群体的差异与对峙，但在我看来这只是她文本写作中的一个策略，以此来拆解道德化/神圣化的公共话语，为处于边缘地带的私人经验突入中心地域赢得更多的地盘。事实上，陈染对群体及其公共话语的恐惧比林白要大得多。她好似极度敏感的弱小生物，不时地在环境中嗅出危险的信号。对她而言，稠密的人群不啻是软性的杀手。

可以说，陈染的长篇小说《私人生活》囊括了她全部写作的基本主题：恋父/弑父情结，恋母/仇母意绪，同性之爱以及深沉的孤独之痛。按照弗洛伊德精神分析学的阐释模式，这些主题与潜意识深处桀骛不驯的本我有着直接的联系；而本我的欲求与意愿正是以伦理化、神圣化为己任的主流公共话语所要屏蔽与抑制的。这就进一步解释了上述深层心理经验在公共话语中难逃道德化叱责的缘由。

这完全是另一个世界的景观：父女、母女间的血缘联系褪去了伦理化、神圣化的伪饰，呈现出赤裸的人性原色。在《私人生活》《与往事干杯》《巫女与她的梦中之门》等作品中，父母离异成了女主人公最具创伤性的事件：它导致父爱的匮乏和真正的父爱永久的缺席；它左右了女儿的心理成长轨迹。① 无论是由对父亲的渴望、依恋蜕变而来的弑父情结，还是在其他年长的男性身上寻找替代性父亲形象的畸恋，这一缺席的父亲成为一种永恒的召唤。与恋父/弑父情结相对应，恋母/仇母意绪在陈染作品中也占据了一个相当重要的位置。在《无处告别》《另一只耳朵的敲击声》等有关黛二的系列作品中，母女之间的这种爱恨交织的复杂关系得到了淋漓尽致的展现。正是由于父亲的不在场，母女之间才逐渐衍化出依恋/折磨、关怀/窥视的畸形关系。窥视与反窥视、控制与反控制成了母女间的日常风景线，尽管她们之间不乏温情、幽默、相濡以沫的怜爱。显而易见，在这一错综迷离的父女、母女关系面前，任何单一的伦理化解释都将陷入捉襟见肘的窘境。

陈染、林白以她们对主流公共话语的逃避与拒绝，以她们对个体繁富多采的内在经验的细密观照、省察与再现，在这个世界的边缘地带建造起了一座自成一统的艺术堡垒。在法兰克福批判学派的思想家马尔库塞看来，"'逃回到内在性'和执着于个体领域，就会成为人们

---

① 有关这一问题的阐述，参看戴锦华：《陈染：个人和女性的书写》，载陈染《禁忌的归途》，光明日报出版社1996年版，第394—396页。

借以反抗控制所有人类生存维度的社会的堡垒"①。无疑，这正是艺术作品超越性力量之所在，它能"导致社会禁忌的解体，导致对爱欲和死欲的社会控制失去效力。男人和女人不再在日常生活的重压下谨小慎微地谈话和行动，他们在他们的爱慕和憎恨中感到更加大方（但也更加尴尬），他们更忠实于他们的激情，即使这些激情会毁灭他们；不过，他们同时也更富理智、更具反抗精神、更加可爱、更具轻蔑精神，他们世界中的对象也会更加透明、更加独立、更加强劲"②。尽管这种对生存的另一种可能性的允诺相当模糊，并且带有很浓的乌托邦色彩，但它毕竟开启了一扇通向新的感知领域的门扉。

### 三、非中产阶级化的私人经验

从某种意义上说，我们时代的主流公共话语正愈来愈中产阶级化。令人肃然起敬的职业领域中的实绩，脚踏实地、兢兢业业的劳作，以及相伴而来的体面、舒适的生活，这一切构成了中产阶级中庸、平和、缺乏诗意的散文化生存状态的主要内涵。③ 一旦这种"中产阶级气质"侵入到文化领域，文化创造中须臾不可或缺的诗意的幻想、精神的超越、激情的澎湃，就会有意无意地遭到放逐，剩下的只是精巧地点缀着中产阶级天堂的克莱德曼改编曲式的庸品。被"中产阶级气质"浸染的文化源源不断地提供着有关成功、幸福等允诺，并竭尽所能将物

---

① 　赫伯特·马尔库塞：《审美之维：马尔库塞美学论著集》，李小兵译，生活·读书·新知三联书店 1992 年版，第 233 页。

② 　同上，第 237 页。

③ 　有关"中产阶级气质"，王彬彬在《"中产阶级气质"批判》一文中对此作了较为详尽的阐述，载王彬彬《在功利与唯美之间》，学林出版社 1996 年版，第 20—30 页。

质的丰裕抬升到至高无上的地位。在它所刻意营造的温馨的乐园中，人完全丧失了原先禀有的丰沛的生命力，变得干瘪萎弱、单调划一。它的泛滥与盛行恰好喻示着文化原创力量的匮乏与不在场。

　　由于中产阶级化的主流公共话语界定了人生的价值和意义，它大大缩小甚至取消了个体选择、探索的自由度。此外，它还对种种离经叛道的言行充满警惕和戒备。于是，一种严峻、令人生畏的清教徒式的文化氛围被酿造出来——它优雅、正派、平实，但容不得一丁点蛮野狂放。英国的维多利亚时代典型地体现了这种清教徒式的文化精神。托马斯·哈代的《德伯家的苔丝》和《无名的裘德》由于揭示了被绅士外衣密密实实遮盖着的真实生活场景，激怒了为中产阶级优雅趣味所把持的读书界，绅士、淑女对他群起围攻。

　　天性敏感腼腆、惯于离群索居的陈染，从内心深处鄙视唯利是图、中产阶级化了的芸芸众生。她在自己用字词编织起来的"思想银行"中从容地徜徉，"这件在日常的人们看来微不足道、不值一提的小事，对于我却有着永久的魅力，比装满一个无边的钱袋更让我乐此不疲"（《断片残简》）。陈染自得其乐地耽于非商业化写作这一事件可视为她整个别具一格、非中产阶级化生存状态的一枚徽记、一种表征。

　　非中产阶级化的私人经验在《私人生活》中的主人公倪拗拗身上得到了集中展现。作为陈染笔下的创造物，倪拗拗在很大程度上是创造者本人的投影。以中产阶级的价值尺度来衡量，她是一个完完全全的失败者，她将自己谑称为"一个残缺的时代里的残缺的人"。她的名字清晰地喻示了她的个性与命运。在现代汉语中，拗意为不顺、违抗，可引申为固执。倪拗拗就是这样一个拗戾乖张的人。她不仅没有任何可资夸耀的成功、实绩，而且没有任何敬业精神，懒散、无所事事是她的基本生存状态；她自己说，"只要能维持起码的衣食温饱，我就不想出去挣钱"。……在中产阶级眼里这无疑是最大的罪恶。她对自己的父亲缺乏伦理所要求的起码尊敬，相反在对他的敌意中感受到了"危险的快乐"。她对人群、对喧嚣的公共生活怀着难以消解的憎恶，她整日沉溺在内心生活中，有关死亡和彼岸世界玄妙的遐想在她的头脑中占据着显要的位置。她的性体验也是充满了病态的疯狂和骚动，她的处女之身成了教师 T 沸腾的欲望牺牲品。最后，在情人离去、母亲病逝等一连串风波的打击下，倪拗拗自我人格解体，被送入了精神病院。

倪拗拗的疯狂与其说是病理学意义上的癫狂，不如说是她乖戾的天性无法适应平庸无奇的日常生活的征候。法国当代思想家福柯在《疯癫与非理性》一书中考察癫狂在欧洲各个历史时期的命运时发现，直到 18 世纪末，人们才开始把癫狂视为一种精神疾病。这种认知上的变化在年代上与中产阶级社会在欧洲的崛起正相吻合。① 这一吻合不是偶然的，它标示了中产阶级的理性和为它所宰治的公共话语对非中产阶级的异己现象与经验的极度拒斥。在倪拗拗的幽闭症及其他癫狂行径中蕴含了大量作为主流话语的中产阶级思维方式所无法接近、参悟的私人经验，它们之间无法进行任何有效的沟通。

《另一只耳朵的敲击声》中的年轻寡妇黛二与倪拗拗有着极为相似的个性。她成天将自己囚闭在寓所，过着一种她戏称为"精神贵族"的生活：沉溺于一项奇特、非功利性的嗜好……记录行为怪异者与精神错乱者的言行。此外，她还喜欢冥想，喜爱禁忌的事物，毫无顾忌地与邻里一个单身男子幽会，追求感官上的满足。母亲"帝王般森严

---

① 莫伟民：《主体的命运：福柯哲学思想研究》，上海三联书店 1996 年版，第 48—60 页。

的爱"与窥视的目光时刻困扰着她、压抑着她，企图将她引回到被中产阶级价值观念所认可的循规蹈矩的生活道路上来……那是黛二无法接受的。在高度中产阶级化了的氛氲中，黛二身上飘逸出来的那股子颓败、空虚的"精神贵族"气息，禀有了一种非中产阶级化的颠覆意味。

和陈染相比，尽管林白笔下的人物没有黛二身上那股子贵族气，也没有倪拗拗那么强烈的叛逆心理，他们大都来自生活的底层，和平常人一样忍受着生活的艰辛和重压，但他们的经验与遭际远远超出了中产阶级狭窄的樊笼。林白《一个人的战争》在问世之后之所以遭到那么大的訾议，在很大程度上在于它以一种惊世骇俗的方式展示了私人化的内心生活，在许多方面有悖于中产阶级的美德。在某种意义上，它确确实实是一部"私小说"，是多米在生活中的挣扎与探索，是她内心的启悟和飞升。

林白那篇不太为评论界注意的《飘散》也是一个有关人生探寻的文本。邸红是一个文学爱好者，她为追寻心中的偶像、青年作家李马，抛弃了原有的生活方式，从 N 城到了海口。在海口这个人欲横流的城市，李马早已沦为这场欲望游戏中的奴仆，而邸红也渐渐地迷失了自我，一度成了某个富商包租的情妇。在一次突发事件后，她顿时领悟到她全部生活的虚幻，回到了 N 城。但那儿再也没有她的位置，她只得再一次外出远行。这个文本似乎给了人们这样的暗示：生活的意义从来不是既定的，它是在漫长的追寻过程中呈现出来的。在这个意义上，冒险、探寻等偏离常规的行为就获得了合法的意义，并天然地对中产阶级化的公共话语构成了挑战。

这一挑战也体现在林白对语言近乎唯美主义的陶醉上。林白在谈到《致命的飞翔》时曾说："在事实中真正的性的接触并不能使我兴奋和燃烧，但我对关于它的描写有一种奇怪的热情。我一直想让性拥有一种语言上的优雅，它经由真实到达我的笔端，变得美丽动人，生出繁花与枝条，这也许与它的本来面目相去甚远，但却使我在创作中产生一种诗性的快感。"（《选择的过程与追忆》）下面这段有关性的描写让人联想到以《查特莱夫人的情人》闻名于世的 D. H. 劳伦斯。

> ……舌头像春天一样柔软娇嫩，气喘嘘嘘地掠过我们的身体，那是一种致命的接触，湿漉漉的温热，像闪电一样把我们的欲望驱赶到边缘，我们的身体如同花瓣，在这热烈的风中颤抖，我们必须控制住。我们的面前是春天的野兽，它通过太阳把一个器官插进我们的身体，它刚刚抵达又返回，在往返之中唱着一支蜜蜂的歌，这歌声使我们最深处最粉红的东西无尽地绽开。

这里，性行为的迷醉与写作的迷醉混为一体，难以分辨。在这种由文字的跌宕起伏、繁富多彩所衍生的美感里，中产阶级化的公共话语所设定的界限、禁忌早已消失得无影无踪，取而代之的是一种从个体生存最隐秘的深处流淌出来的狂喜和酣然沉醉，用林白自己的话说"是一种飞翔"。

## 四、同性之爱与公共话语

现在我一步步地走近在陈染、林白作品中扮演重要角色的同性之爱（用委婉的言词说就是同性之情谊），由此我一步步逼近文明最为根深蒂固的禁忌。如果说两性关系的禁忌在整个世界范围内正在被一步步地打破，同性爱/同性恋的禁忌虽然受到冲击但仍巍然屹立。在各个不同的社会、文化和宗教中，它与罪孽、堕落、性倒错结下了不解之缘。同性爱由于和人类生殖繁衍的目标完全脱钩，构成了对人类种姓尊严和文化规范最为深远的背离。它远离着公众的话语场，散落到幽秘的角落，在纯粹私人的天地中盘桓踯躅。

应该承认，陈染在表现同性之爱时有一个从隐晦到显豁、从羞怯到无畏的发展过程。《空心人诞生》在接触到这个敏感棘手的主题时，作者还持着"犹抱琵琶半遮面"的暧昧态度，半是掩饰半是坦露。命运的不幸和对男人的敌视将黑衣女人和紫衣女人紧紧地捆绑在一起。但她们保持着同性朋友间应有的距离，没有跨越那条防线。最终，在这一心心相印、刻骨铭心的爱的波涛中，"理智崩溃了，尊严崩溃了，一切都崩溃了"。随后她们为巨大的负疚感和罪恶感所控制，不得不黯然分手。到了《破开》，上述浓重的罪恶感退居到了幕后。主人公对人类社会占绝对优势的异性爱进行了反思，为同性之爱作了声辩："如果繁衍不是人类结合的唯一目的，亚当也许会觉得和他的兄弟们在一起更容易沟通和默契，夏娃也许会觉得与她的姐妹们在一起更能相互体贴理解。人类的第一个早晨倘若是这种排除功利目的的开端，那么沿袭到今天的世界将是另外一番样子。"

《破开》中的女主人公要与挚友殒楠一同回家，营造同性之爱的家园，"我要你同我一起回家！我需要家乡的感觉，需要有人与我一起面对世界"。不管这种家园染有多少乌托邦的色彩，对那些同性爱者来说，它似乎是一个人生的憩息地和避难所。《私人经验》中的倪拗拗从小与邻里靓丽娴雅的禾寡妇发展起一种不同寻常的友谊。当教师 T 领着她跨过了青春的门槛，使她感受到性爱的震撼力量之后，她的心还是向着禾寡妇。T 留给她的只是欲望的废墟，只有在禾寡妇身上她才能找到真正属于她自己的东西。过后一场突如其来的火灾吞噬了禾寡妇的生命——它成了倪拗拗人生道路上致命的灾祸。我们可以把这一悲剧性事件视为作者的一种策略。作者陈染（或是作品的主人公倪拗拗）在面对世俗的公共话语时，清醒地意识到自己属于一个边缘人团体，在公共话语中她们是畸形、倒错、变态的代名词。但她们的生理和心理倾向又不容许她们迁就主流社会。这种内心的紧张与焦灼导致了上述的文本处理：通过一个偶然性事件将这一刻骨铭心的爱埋葬，通过埋葬来遗忘它，使自己从困境中解脱出来。但纵观整部作品，这一策略并不成功。禾寡妇之死在倪拗拗的心上烙上了无法治愈的伤痛，她最后的发疯与这一事变有着密切的联系。

　　尽管没有像陈染那样发表过赤裸裸的同性之爱的宣言，林白的自传体长篇《一个人的战争》中的主人公多米（她与创作者在生活遭际、情感心理倾向上大面积地重叠）对女性的身体抱有一种狂热的迷恋，从中可嗅出同性之爱的浓重意味："女人的美丽就像天上的气流，高高飘荡，又像寂静的雪野上开放的玫瑰，洁净、高级、无可挽回……在我看来，男人浑身上下没有一个地方是美的，我从来就不理解肌肉发达的审美观，肌肉发达的男士能比得上嘉宝吗？肌肉永远只是肌肉。"这实际上是一段绝妙的自白书，多米的同性之爱倾向被坦露得淋漓尽致，这一点在她幼年时对女演员姚琼的身体不可遏止的窥探欲中得到了映证。

　　和陈染相比较，林白在表现同性之爱时一直处于无法摆脱的矛盾冲突中：既对同性的身体充满憧憬和渴望，又不遗余力地压制这种难以启齿、不为世人所容的欲望。她遮遮掩掩，含含糊糊，费力地玩弄着文字游戏，"在与女性的关系中，我全部的感觉只是欣赏她们的美，肉体的欲望几乎等于零，也许偶然有，也许被我的羞耻之心挡住了，使我看不到它。我希望得出这样的结论：在一个同性恋者与一个女性崇拜者之间，我是后者而不是前者"。但问题在于，剔除了肉体欲望、六根清净纯洁的"女性崇拜者"并不存在。多米似乎也清楚地意识到了这一点，她害怕蛰伏在潜意识深处的欲望会奔涌而出，摧毁世俗的禁忌，为此她不得不一次次逃跑，从她钟爱之至的姚琼身边跑开，从对她紧追不舍的南丹身边跑开。正如南丹敏锐察觉到的那样，多米是害怕她自己，害怕成为欲望的俘虏。而她焚烧南丹的信件可视为一种祛魔的仪式：她要祛除盘踞在自己心中的恶魔。

陈染在《破开》中向往的女性同性之爱者的家园对于林白来说是不可想象的，她没有那么大的力量来承受公共话语的叱责，没有那么大的勇气来支撑那样一个乌托邦的天国。相反，林白似乎是有意抹去一些棱角，作着一些妥协，在钢丝绳上保持着脆弱的平衡。她在《瓶中之水》中精心编织了一个令人丧气的结局：二帕和意萍本是一对情投意合的朋友，她们在天性上厌恶着男人，从男人身上她们没有感受到多少快乐。意萍还相信"女人之间一定能有一种非常好的友谊，像爱情一样"。但正是这个希冀"一种比友谊更深刻的东西"的意萍在一次口角中伤害了二帕，两人的关系就此中断。这一处理既是一种妥协的策略，同时又暴露了林白对同性之爱的犹疑、恐惧和缺乏信心。这一非法的爱极度脆弱，在现实生活中顷刻间便会烟消云散，沉没在异性爱的汪洋大海之中。

林白曾写下过一段意味深长的话："一个人的战争意味着一个巴掌自己拍自己，一面墙自己挡住自己，一朵花自己毁灭自己。"——它可视为多米、意萍、二帕等人的真实写照。多米等人自虐式的搏斗、挣扎并不能换来社会的同情和谅解，并不能减轻她们的罪责。

## 余论："无名"状态下的写作

陈思和先生在分析 20 世纪中国知识分子与时代主题之间的关系时，提出了"共名"与"无名"的阐释模式。在他看来，"当时代含有重大而统一的主题时，知识分子思考问题和探索问题的材料都来自时代的主题，个人的独立性被掩盖在时代主题之下"，这便是"共名"的状态；而"无名"状态则产生于多元化的时代，"那种重大而统一的时代主题往往拢不住民族的精神走向……文化工作和文学创造都反映了时代的一部分主题，却不能达到一种共名状态……'无名'不是没有主题，而是有多种主题并存"。① 确实，从 1990 年代起，我们进入了一个"无名"状态，多种声部的音响此起彼伏，这成了陈染、林白私人化写作得以产生并能在特定区域内枝繁叶茂的现实土壤，但我们不能将这类私人化写作的影响估计得太高。主流公共话语仍占据着时代的中心位置，但她们的写作敞开了生存的多种可能性，在单向度的公共话语场中标示着另一维度的人生态度。

1996 年 12 月

---

① 陈思和：《共名和无名》，载《写在子夜》，上海人民出版社 1996 年版，第 11—29 页。

# 在都市狂欢打击乐的背后：
# 读邱华栋《城市战车》

当我们的生活日益为滚滚而来的都市化浪潮所包围时，一度在中国文学中处于边缘位置的有关都市的叙述也霎时间红火了起来。在林林总总的都市文本的制作者中间，邱华栋无疑是引人注目的一位。读过邱华栋在文坛崭露头角的《环境戏剧人》《手上的星光》等作品的人一定会对城市在他一系列作品中所占有的举足轻重的位置留下深刻的印象。在某种程度上我们甚至可以说都市是他作品中真正的主人公，而那些游走流浪于其间的男男女女只不过是这个巨型主人公的附属部件和衍生物。都市孕育了他们，为他们展开了施展身手的舞台，但同时都市也毁灭了他们，常常是毫不留情地将他们推向无法自拔的漩涡。邱华栋新近推出的集中了他大部分创作激情和美学追求的长篇《城市战车》则提供了一个更为宏阔、也更为骚动不宁的都市生活场景，用作者自己的话说，他是用一种"焦虑语言的信息狂欢打击乐的节奏"写成这本书的。

这部用近乎谵妄的语句写成的都市狂欢打击乐围绕一个极为特殊的群体——云集在京城的一群流浪艺术家而展开。在局外人的眼里，艺术家的桂冠总是散溢着某种超凡脱俗的浪漫气息，沾染着种种不可思议的怪癖，但艺术家毕竟不是不食人间烟火的天使，与被他们鄙视的凡夫俗子一样，他们也深陷各种欲望的漩涡中。无论是沉醉在"现代汉诗的当代复活"这一乌托邦梦想中的诗人周瑟瑟、四处碰壁终至发疯的行为艺术家钟星，还是让人们的灵魂和裤裆都发颤的"天蓝色神经末梢"乐队的主唱歌手盖迪，他们都不由自主地卷入了这场无休止的欲望游戏。在他们那儿，艺术创作与谋取名利似乎达成了一种奇特的共谋关系：追求艺术的辉煌，追求自我的实现和发展，也就是在权力、金钱和性等领域追求欲望的满足。在几乎一切都被商品化也即成为欲望猎取的目标的今天，这似乎已成了艺术难以逃脱的命运。整部作品仿佛是一幅巨大的杂乱无章的后现代的镶拼画，人的创造力在得到空前解放的同时，内在的污秽与肮脏也一齐大剂量地释放出来。全书临近结尾处在比萨饼店举行的各门类艺术大联展可视为一场名符其实的欲望的狂欢：那儿，"与骡子成亲"的行为艺术，与金斯堡式的诗歌表演，与玫瑰花插在牛粪堆上的装置艺术，与乐队粗野狂暴的"我要！我要！"的嘶叫，与引起了一场不大不小骚动的大闸蟹叫卖的观念艺术，与文坛骗子旨在问鼎诺贝尔文学奖的"杰作"的亮相，构成了一组怪诞迷离、杂声四起的音响大杂烩。面对这一不可阻遏的欲望的潮汐，传统的审美标准在这儿失去了它的权威与效力。

　　书中众多零散的片断由主人公朱温在北京这座巨型都市中流浪冒险的经历串联而成。朱温并不是天真纯洁的旁观者，相反他是一连串欲望化场景的直接参与者，人们从字里行间感觉得到他心灵的颤动和肢体的扭动：他乘盖迪酩酊大醉之际，占有了他的非洲女朋友本·莫莉，仿佛是出于上天的报应，事后他竟染上了淋病；他体验过吸毒的那美妙而堕落的瞬间；他成了富家太太喻红的情人，这是她日后被其丈夫杀死的一个直接原因。在经历了巨大的精神震动之后，他似乎对生活有了前所未有的领悟："我明白了生活与生命就是流动的，就是生生死死，就是活力与精子本身。"他站立在高架桥上，俯瞰着他心爱的城市，找到了精神上某种平衡的支点。他暂时战胜了自己的欲望，决定随着他已怀孕的女朋友离开北京，去过他所认为的一种平凡而又幸福的生活。在都市狂欢的打击乐所带来的喧嚣与骚动之后，作品呈现的似乎是一种难得的心灵的宁静与和谐。然而，人们不禁要追问：难道朱温真的战胜了他的欲望？细察之下，不难发现，他获得的只是一种极为脆弱的平衡。朱温既没有在这一连串的事变中洞察生存的本相，获得佛陀般的智慧，也没有勇敢地舍弃自身的欲望，像基督那样担负起苦难的十字架，以满怀爱意的目光打量着人间的一切。在他身上发生的只是一种欲望的暂时性的悬置与消解。可以想见，不多时他的欲火便会死而复燃，再一次投入一场场令他亢奋不已的追逐。朱温是这样，它的创造者邱华栋又何尝不是这样呢？

（邱华栋：《城市战车》，作家出版社 1997 年 1 月版）

1997 年 5 月

西土屐痕

# 文学与瘟疫的不解之缘

## 一、文学中瘟疫的魅影

在数千年的文明史历程中，与战争、饥馑一样，瘟疫如影随形，如一把达摩克利斯剑不时悬垂在艰难求生的芸芸众生之上。当它突如其来地从天而降，在绝望的人们眼里，它是罕见的黑天鹅事件，但在历史的长河中，则是潜伏在人们身边的灰犀牛事件，每过一段时间便会大概率地发生，屠戮无数生灵。在医疗技术欠发达的前现代时期，瘟疫一旦光顾，常常是哀鸿遍野，十室九空，在人们心灵烙下难以磨灭的创伤记忆。作为人类情感心理储藏库的文学，自古以来，便与瘟疫有着不解之缘。近日在全球范围内蔓延的新冠疫情，又一次激活了人们古老的记忆，他们争相从众多的文学作品中寻觅情感的慰藉，安顿惊惶不宁的心灵。

瘟疫于普通大众而言无疑是从天而降的灾祸，但有时也鬼使神差地成为文学作品的孵化器。1830 年秋，俄国诗人普希金到波尔金诺的家庭庄园料理家事，不料霍乱肆虐，一时间人人自危，各地交通被阻断，他被迫滞留在这个小村庄，一呆就是三个多月。在最初的惊惶过后，他才情勃发，全力以赴投入创作，完成了诸多诗歌、戏剧、小说作品，其中最为人称道的便是《别尔金小说集》、诗体小说《叶甫盖尼·奥涅金》中的部分章节，他的这一特殊创作时期被后世称为"波尔金诺之秋"，至今为人津津乐道。

回溯到欧洲文艺复兴初期的 14 世纪，随着东西方交通日趋便利，商贸交流也日益频繁，由鼠疫杆菌引发的黑死病不期而至，短时间席卷整个欧洲，夺去了当时三分之一居民的生命。哺育了众多杰出艺术家的佛罗伦萨也无法幸免，四个月之中十多万人丧命，其惨状令人不寒而栗。然而，也正是这个灾难的年代，催生了意大利文学史上的杰作——薄伽丘的《十日谈》。它是一部由 100 个故事组缀而成的短篇小说集，其中大多采自轶闻趣事、东方民间传说、历史事件、街谈巷议，几乎难以找到直接与瘟疫相关的篇章，但作者的故事框架设置则与当年那场大瘟疫息息相关。在黑死病暴发的高峰期，佛罗伦萨城里的七名年轻女子和三名年轻男子相约避居到城外的乡村别墅，他们苦中作乐，以讲故事为消遣，熬过那段至暗时光，而书中相当多的篇章就是薄伽丘在瘟疫横行之际写就的。

文学作品中涉及瘟疫的事例可谓纷繁众多，不胜枚举。俄罗斯作家屠格涅夫的代表作《父与子》中的主人公巴扎洛夫是个出身平民家庭的医科大学生，他秉持否定一切的怀疑主义态度，想在旧世界的废墟上建设一个新社会，但命运却和他开了一个残酷的玩笑。他在解剖伤寒症患者的尸体时不慎感染，当年尚无治疗伤寒杆菌的有效药物，年轻的巴扎洛夫不久病逝，抱恨终天。在这部作品中，传染性极强的伤寒病虽然没有成为情节发展的主导因素，但却导致了主人公的夭折，体现出命运的无常和人在面对疾病时的孱弱无力。

## 二、瘟疫的全景图

在近代欧洲文学中，较为全面展示瘟疫的惨状和疫情时期的众生相的，当推英国作家丹尼尔·笛福的《鲁滨孙飘流记》。他晚年创作的《瘟疫年纪事》对 1665 年疫情围城中的伦敦作了详尽的描述。疫情暴发之际，笛福尚处幼年，对当时的场景不太可能有清晰的记忆，后世学者认为他写这本书在很大程度上依据他叔叔亨利·笛福日记中的记录。尽管采用了虚构小说的形式，但书中对当年的实景悉心作了还复，甚至哪个街区、哪几所房屋发生瘟疫都有明确的指认，因而还被后人当作真实的文献来引用。

在涉及瘟疫的作品中，法国作家阿尔贝·加缪的《鼠疫》是一个绕不过去的存在。这部以 20 世纪 40 年代初阿尔及利亚阿赫兰城暴发的鼠疫为背景的小说，对当时的疫情作了近乎全景式的扫描，被人视为同类作品中的扛鼎之作，甚至成了文学史中难以逾越的典范。《鼠疫》在 1947 年问世后两年内销量便达到 20 万册，跻身畅销书的行列，到 20 世纪末各个语种版本的销量逼近 500 万册。新冠疫情席卷欧洲之际，它在法国本土的销量又一次猛增，再一次显示出它强劲的生命力。

乍看之下，《鼠疫》这样一部近 20 万字的长篇小说，既没有一波三折、惊心动魄的故事情节，也没有浪漫激越、凄婉动人的男女之情，更缺乏华美修辞的作料。它通过里厄医生的视角，以编年史的笔法，将那场侵袭阿赫兰的鼠疫的全过程栩栩如生地展现了出来：从 4 月 16 日里厄在诊所附近发现死老鼠，中经"封城"、疫情全面肆虐，历经大半年磨难到次年 2 月疫情平复。里厄医生无疑是全书的主角，但细察之下，这一形象其实并不丰满感人，甚至有些干瘪枯涩。显而易见，加缪将里厄医生作为反抗哲理的形象载体。他不信上帝，但心中对人充满爱意；他虽深知医学力量有限，但在咄咄逼人的瘟疫面前忠于职守，不辞劳苦、不惧危险，为救治病人四处奔波。从精神气质上看，里厄与加缪的哲理随笔《西西弗神话》中遭受神谴的西西弗一脉相承。西西弗日复一日、年复一年地将巨石推上山顶，但石块一次又一次滚下山坡，他并没有在这一荒诞、无意义的劳作中绝望沉沦，而是以罕有的英难气概，一次次地将石块推上山顶，藉此反抗荒诞的世界。的确，在小说的叙述中，人们看到的里厄医生是一个近乎神灵的完美人物，在疫情臻于高潮之际，他虽显现出疲惫，但在精神、心理上仍是金刚不败之身，焦虑、困惑、绝望等负面情绪在他心灵上找不到憩息之地。试想一下，在这一非常时期，他对自己的情感控制得如此之完美，远远超越凡夫俗子。

如果粗读全书，你也许会觉得里厄医生是个单身汉，在整个疫情期间陪伴他的并不是妻子，而是他的老母亲。从加缪全部创作来看，描绘男女之情从来不是他的长项。因而，在《鼠疫》全书开场不久，作者便将里厄的妻子推向幕后，成为一个隐形者。她到全书结尾前再也没有机会露脸，在全城解封前便因病与世长辞。而在大半年时间里，里厄医生很少惦念她，更不用提热烈地期盼与她重逢。

纵观加缪的创作历程，里厄医生这一形象与其成名作《局外人》中的默尔索有着紧密的亲缘关系。在《局外人》里，背景同样设置在毗邻地中海的阿尔及利亚，小职员默尔索因一起偶然命案陷入世俗观念、意识形态与司法的罗网之中。他尽管位卑言轻，但以一种傲然的姿态超然于世俗世界之上，以一己之力对抗围裹着他的荒诞世界，他不愿屈服，为此献出了生命。到了《鼠疫》中，里厄医生要面对的已不是无处不在、带有抽象意味的荒诞，而是具体可见的瘟疫。他像默尔索一样，在疫情中奋起抗争，但已不是孤身作战，而是从个人的反抗走向了集体的反抗，在鼠疫这一共同的敌人面前，人们应携手团结，才能有效地遏止其蔓延的势头。在里厄医生这一形象中，加缪寄寓了对人类集体反抗荒谬世界的期盼。

相形之下，聚拢在里厄这一圣徒般的主角周围的人物身上大都有着各式各样的缺陷，在很大程度上也是理念的化身：因憎恶死刑愤而离开家庭、四处漂泊游荡的塔鲁，滞留在围城内的记者朗贝尔，在布道时宣称瘟疫是上帝正义惩罚的帕纳鲁神父，兢兢业业、私下醉心于写作的小公务员格朗等，而全书中塑造得最有声有色的莫过于柯塔尔。疫情之初，他因犯过罪，曾上吊自寻绝路，被人救下后又值疫情一浪高似一浪，正常的生活秩序变得支离破碎，但柯塔尔在这至暗时刻反倒如鱼得水，干起了走私的营生。而当疫情减退之际，他变得惶惶不可终日，最终发了疯。这一形象极有立体感，触及人性深处的黑暗，展示出人性深处潜藏的恶在灾难年代会畸变到何种程度。而从文学史谱系看，它让人联想起俄国作家陀思妥耶夫斯基的《卡拉马卓夫兄弟》中杀死父亲老卡拉马卓夫的斯梅尔佳科夫，在父亲与长子德米特里为女人争风吃醋大打出手之际，作为私生子的他潜伏在暗处，偷偷杀死了父亲，并栽赃于哥哥。

正是通过柯塔尔这一形象，加缪对鼠疫的审视和反思达到了一个新的高度：它不仅仅是外在的物理与生理意义上的灾变，而且能渗入人的心灵深处，蜕化为精神病菌，在柯塔尔这样原本具有反社会人格与行为的人身上引发精神上的瘟疫——柯塔尔在惶恐中最终发疯，躲在楼里对着外界疯狂开枪扫射，这一结局可谓精神瘟疫的一个醒目例证。加缪借塔鲁的话直截了当地表明了这一点："人人身上都潜伏着鼠疫，因为，没有人，是的，世界上没有任何人能免受其害。"① 联系到加缪创作这部作品的年代，它也是对当时横行全球的"法西斯瘟疫"的一个隐喻。而里厄医生悉心守护的便是一种闪烁着地中海阳光的人道主义情怀："而他们的真正故乡全都在被封锁的疫城城墙之外，在芬芳的荆棘丛中，在山岗上，在大海岸边，在自由的国度里，在有分量的温柔之乡。他们想去的地方正是他们的故乡，正是他们幸福之所在，而对其余的一切，他们都嗤之以鼻。"②

《鼠疫》尽管有着强烈鲜明的哲理意蕴，但依旧保留了写实小说的外观，作品中的人物、场景均经得起现实生活的检验推敲。或许是意犹未尽，在《鼠疫》问世后一年，加缪完成了三幕剧《戒严》。虽然这次他采用的体裁是戏剧，但主题依旧是瘟疫及疫情中人的生存状况，因而可以视为《鼠疫》的姐妹篇。从某种意义上说，《戒严》的文学性远在《鼠疫》之上，它完全摆脱了写实框架的束缚，天马行空，肆意构造出一个现代神话。从戏剧形式看，它也与斯坦尼斯拉夫斯基的写实风格迥然不同，而是"要将戏剧的所有形式熔为一炉，从抒情独白、哑剧、普通对话、闹剧、合唱，一直到群体剧，无不包容在内"③。它以西班牙加的斯城为背景，令人惊讶的是，瘟神和披着他女秘书面目的死神直接现身舞台，紧密地参与到剧情的

---

① 阿尔贝·加缪：《鼠疫》，刘方译，载柳鸣九、沈志明主编《加缪全集》第 1 卷，河北教育出版社 2002 年版，第 210 页。

② 同上，第 236 页。

③ 阿尔贝·加缪：《戒严》，李玉民译，载柳鸣九、沈志明主编《加缪全集》第 2 卷，河北教育出版社 2002 年版，第 102 页。

进展中——单就这一点，全剧的超现实主义的幻想色彩显露无遗。此外，剧中合唱队和不少人物的台词铿锵华美，铸造出一种雄奇瑰丽的风格。

《戒严》中的主人公是青年医生狄埃格，他和里厄一样，冒着危险救助众多病人。与《鼠疫》不同的是，加缪为他设置了一个女主角，法官的女儿维克多丽雅，他俩倾心相爱。两人面对瘟神和死神的淫威，一度有过动摇绝望，但最后舍身一搏，带领人们奋起反抗。在黎明到来的前夜，狄埃格以自己的生命为代价，换来了情人维克多丽雅的复活与全城的解放。

同样是洋溢着集体反抗的信念，《戒严》在《鼠疫》的基础上更进一步。它进一步凸显勇气的重要性。绝大多数人在灾难面前丧失了勇气，而勇气恰恰是宇宙间不可摧毁的生命力的象征，人们只有克服恐惧，鼓起勇气，不向荒诞世界屈服，才能与瘟神、死神抗衡，连死神也不得不承认："只要有一个人战胜恐惧心理，起而反抗，就足以使他们的机器吱咯作响"。[1] 虽然这还远谈不上胜利，但已踏上了通向胜利的路径。

细究之下，不难发现，这一勇气实则衍生于人内在的自由意志。对勇气的歌颂也是对人追求自由意志的颂扬。正是在这点上，《戒严》与萨特根据古希腊悲剧改编的《苍蝇》异曲同工。俄瑞斯忒斯回到故里，想为被母亲杀死的父亲阿伽门农复仇，但如何下手，一时间里他犹豫再三。当自由意志在他心中觉醒，他便义无反顾地实施了复仇。连主神朱庇特也感受到了自由意志的巨大威力："一个人的灵魂中，一

---

① 阿尔贝·加缪：《戒严》，李玉民译，载柳鸣九、沈志明主编《加缪全集》第2卷，河北教育出版社 2002 年版，第 149 页。

旦自由爆发出来，众神对他就毫无办法了。"① 而《戒严》中的狄埃格
正是这样一个自由在其灵魂深处觉醒了的人。

无独有偶，中国当代作家迟子建的《白雪乌鸦》也是一部全景式
展现疫情的作品。它以1910—1911年秋冬之际东北地区暴发的罕见鼠
疫为背景，聚焦哈尔滨傅家甸的芸芸众生在瘟神的威压下的挣扎与痛
苦。与加缪的《鼠疫》相比，它没有哲理的沉思和隐喻，没有对人们
反抗意志的颂扬；与迟子建的其他作品一样，它着意展现那片黑土地
上人们具体的生活情态，他们枝枝节节、琐琐细细的爱恨情仇，以及
与扎根于大地那股丰盈旺盛、不可阻遏的生命活力。作者以满怀悲悯
的笔调，展示了一幅百年前哈尔滨日常生活的浮世绘：王春申、秦八
碗、傅百川、于晴秀、周济一家三代人、陈雪卿、谢尼科娃等人物跃
然纸上，构成了一组参差错落的群像图。他们原本井然有序的生活被
突如其来的鼠疫打断，死神在他们头顶盘旋，光傅家甸一地疫毙者就
有五千余人。而全书中最为惊心动魄的篇章莫过于焚尸扬灰那一幕：
为了阻断疫情，两千多具安放了疫死者的棺木在空旷的坟场上被焚毁，
众多亡灵在冲天的火光和刺鼻的焦糊味中袅袅飘向苍穹，犹如一场盛
大的祭典。

除了上述虚构的人物之外，《白雪乌鸦》中还出现了若干真实的人
物，像东北防疫总医官伍连德、外务部高官施肇基（此公日后曾出任
驻美大使）、北洋医学院法藉首席教授迈尼斯。伍连德与迈尼斯间的冲
突饶有趣味，里面还涉及防疫期间要不要戴口罩的话题。这一冲突缘

---

① 萨特：《苍蝇》，袁树仁译，载《萨特戏剧集》上册，人民文学出版社1985年版，
第70页。

于两人对疫情性质的不同判断：伍连德认为应将患者采取隔离措施，呼吁民众佩戴口罩，而迈尼斯拘囿于先前的经验，觉得应将防疫重点放在灭鼠上。两人相执不下，最后狂妄自大的迈尼斯为此付出了生命的代价——他在巡视病房时，因没有戴口罩而感染，不久病重身亡。

当年伍连德在哈尔滨采取的防疫措施与当今也有几分相似之处：傅家甸被"封城"后，划分为四个区域，居民凭佩戴在左臂上的证章出入其间。同一区内的人可在本区内自由活动，如要去外区，则要申请特别通行证。证章颜色分为白、红、黄、蓝四种：人们最喜欢红色，它显得喜气，能祛除晦气；拿到黄色的心里也平添几分安慰，因为那是富贵色；而蓝色就不太合人心意了，它是天空的颜色，似乎喻示着快要升天的厄运；最让人讨厌的是白色，它让人联想到办丧事时用的招魂牌，太不吉利。

有关中医的话题在这部小说中也有涉及。疫情之初，傅家甸的各路中医曾云集商讨对策。他们都没有应对鼠疫的经验，几番争执后，最后确定了一种有 14 味药的方子，供百姓煎服。更绝的是，他们还推荐一种在民间流传甚广的排毒法，即用生锈的铁钉煮水喝。人们在惊惶中纷纷将家里的门框、桌椅和箱柜上的铁钉拔出来扔进锅里烧煮，但在面目狰狞的瘟神的威压下，其效果可想而知。

在《白雪乌鸦》中，给读者留下最深刻印象的人物要数翟役生。他是一个极致化的人物，从生理上看，他少年时便阉割进宫做了太监，后因得罪了大太监而被逐出宫，流落到东北。这样一个生理残损的人内心充满怨毒，在疫情期间他可谓是仅有的感到快乐的人，他所敌视的一切在疫情中纷纷陨灭。他躲藏在天主教堂内，外面死的人越多，他越开心；他还盼望整座哈尔滨成为死城，盼望鼠疫蔓延到关内，让紫禁城也沦为死城，"当人类灭绝的时候，他会敲响钟楼，振臂欢呼"①。从这一点上看，他与加缪笔下的柯塔尔在精神气质上有共通之处，而翟役生由于生理的残疾，其心理变态程度远超柯塔尔。迟子建虽然并没有刻意开掘人性深处的黑暗，但通过这一人物还是鲜明地展现了人性在瘟疫横行时期产生的始料未及的畸变。

### 三、瘟疫与命运的陡转

在一些文学作品中，作者虽然没有展示瘟疫流行时期的全景图，但疫期在其笔下人物的生活历程中扮演了重要的角色，直接改变了其命运的走向。英国作家毛姆的《面纱》便是其中的一部。

毛姆的小说一向以可读性著称于世，数十年来多种作品长畅不衰。乍看之下，《面纱》有两大看点，一是背景设在20世纪初的香港和中国内地，在西方读者眼里散发着浓浓的异国情调；二是男女三角关系。这二者结合在一起，其吸引眼球的力度可想而知。书中的女主人公凯蒂年轻貌美，但虚荣轻浮。她嫁给木讷古板的细菌学家瓦尔特，随后一同来到香港。凯蒂与丈夫貌合神合，不久便与殖民政府的高官查理有了私情。瓦尔特察觉隐情后，痛不欲生，自愿去中国内地霍乱盛行的湄潭府从事医疗救护工作（这其实是一种变相的自杀行径），凯蒂不得已与他同行。在深入疫区后，尤其在与修道院忠于职守、虔诚的法国修女接触后，她的人生观发生了蜕变，灵魂得到了净化。丈夫染病身亡后凯蒂回到英国，鼓足勇气，决意开始新的人生，陪伴年老的父亲去巴哈马群岛。在作者笔下，通过诸多人事沧桑，凯蒂悟到了

---

① 迟子建：《白雪乌鸦》，人民文学出版社2010年版，第229页。

"道"，那是"修道院里那些可敬的修女们谦恭践行的人间大道——它是一条通往平静与安宁的康庄大道"①。

不难发现，在毛姆笔下，霍乱疫情为凯蒂的生活提供了一个机遇，使她得以摆脱偷情导致的诸多困扰，反思人生的意义，寻求新的路径。与查理的私情，让凯蒂愈加觉得难以继续与瓦尔特生活在一起；她期望查理能离婚娶她，但不料查理出于种种顾虑，回绝了她的请求。她在绝望中只得跟随丈夫前往疫区。正是在中国内地的这段经历，将她从原本狭隘的生活圈子中解救了出来，看到了更多的人间世象，看到了法国修女那般虔诚为善的人们。这对于她贪图享受的人生观无异是一次震撼。在此作者触及到了人生之道、爱、宽恕、灵魂不朽、责任等严肃话题，但作者的处理略显轻飘，没有将女主人公内心复杂的精神撕裂与搏斗充分展现出来，这不能不说是一大遗憾。

而德国作家托马斯·曼的《死于威尼斯》则展现了20世纪初风光旖旎的意大利水城威尼斯遭遇到的一次霍乱疫情。盛夏时节，瘟疫从天而降，来势汹汹，人们一旦染上，致死率可达80%。疫情之初，威尼斯当局担心旅游业受损，刻意隐瞒，但真相浮出水面后，游客惊惶四散逃去。但有一位游客却从容淡定，长久滞留在滨海旅馆。他便是作品的主人公、德高望重的德国作家阿申巴赫。他之所以对猖獗的疫情毫不在意，并不是他有百病不侵的金刚之身，而是他陷入了一场不可遏止的恋情。且慢，托马斯·曼在此展现的并不是一个年过五旬的中年作家与一个纯情少女相恋的狗血情戏，阿申巴赫迷上的是同住一家旅馆的14岁的波兰美少年塔齐奥。由于塔齐奥的出现，他改变了原

---

① 毛姆：《面纱》，张和龙译，上海译文出版社2017年版，第235页。

有的旅行计划，在威尼斯无休止地逗留下去。这真是一场奇特的恋情，在阿申巴赫眼里，塔齐奥成了古典美的化身。从始至终，他没有和塔齐奥正面交谈过，只是每天按时来到海滩上，凝视着他的身影，以此为乐。疫情开始后，塔齐奥一家没有离开，阿申巴赫为了他心目中的偶像，留守在疫区，还经常在威尼斯迂曲的小径上尾随心爱的美少年，直至他不知不觉间染上了疫病，在生命的最后时刻，他还呆在海滩边痴情地盯视着塔齐奥。

阿申巴赫可谓是为美而死，威尼斯的疫情使他的生命猝然划上了休止符。联系他以往严谨自律、苦行僧般的生活方式，他的悲剧真有点匪夷所思。他在公众眼里是一个在道德上具有非凡勇气的作家，能在苦难面前表现出坚忍不拔的高贵品性，他的格言便是"坚持到底"。但无奈晚节不保，长年蛰伏在肉体深处的狂放不羁的感性冲动蠢蠢欲动，他感到疲惫之至，决意出门放松一下，没想到就此踏上了不归路。塔齐奥的出现唤醒了他的感性欲望，使他长年恪守的戒律和价值观瞬间土崩瓦解。他耽溺于对美少年狂热的情欲中，不可自拔，一点点滑向毁灭的深渊。正是这股激情使他丧失了理性，彻底变了一个人，流连于疫城。在他心目中，"因为激情像罪恶一样，与既定秩序和千篇一律、平淡而舒适的生活是格格不入的"[1]。他那见不得人的情欲飘浮在威尼斯迷宫般的水道上，与四处游走的霍乱病菌融为一体，最后将他置于死地。

这部五万多字的中篇小说发表于 1912 年，一发表便轰动全欧洲，成为托马斯·曼译成外文最多的作品，不少读者在读到这部作品后便

---

[1]　托马斯·曼：《死于威尼斯》，钱鸿嘉译，载《托马斯·曼文集：中短篇小说选》，钱鸿嘉、刘德中译，上海译文出版社 2006 年版，第 358 页。

料定作者日后会荣获诺贝尔文学奖。意大利导演维斯康蒂晚年还将它搬上了银幕，他将阿申巴赫的职业从作家改成了作曲家，而对于威尼斯的民风民俗的精彩展现则远远超越小说原作。这部作品文本貌似简单，人物也不多，但关于其意蕴晦涩复杂的讨论，一直是众说纷纭，连托马斯·曼自己也承认它是"一个名副其实的结晶品……从许许多多的晶面上放射出光辉"①。有研究者追根溯源，发现主人公阿申巴赫身上有着奥地利大作曲家马勒的影子，还有人察觉他在很多方面是托马斯·曼自身的写照。

熟悉历史的读者会发现，这部作品发表于第一次世界大战前的两年，在某种意义上它像是为即将到来的大浩劫、大灾难唱出了一曲天鹅之歌，弥漫在字里行间的情调幽深而雄浑，感伤又辉煌，真挚又颓唐绝望，那哀婉的旋律对欧洲古老、行将入土的旧文明唱出了一首深情的挽歌。通过对阿申巴赫悲剧的展现，《死于威尼斯》又是一曲艺术家命运的悲歌。在赶赴威尼斯前，阿申巴赫在创作中陷入了瓶颈，原本坚毅的意志悄然涣散，他生命中隐藏着的、不为其察觉的原始的生命力冲跨了理性的堤坝，但一时间无法在创造性活动中得以升华，它反过来吞没了艺术家本人，瘟疫成了压倒他的最后一根稻草。

而托马斯·曼对狂放不羁的感官欲望和令人恐惧的瘟疫也抱着一种暧昧的态度，在他眼里，阿申巴赫的心灵在痛苦和受难中获得了"超越一切文明生活经验的生命感觉的提升"②。这无疑是一种回避价值判断的审美主义姿态，与德国浪漫主义文化传统一脉相承，这一姿

---

① 转引自钱鸿嘉：《托马斯·曼文集：中短篇小说选·译本序》，载托马斯·曼《托马斯·曼文集》，钱鸿嘉、刘德中译，上海译文出版社 2006 年版，第 14 页。

② 参看谷裕：《德语修养小说研究》，北京大学出版社 2013 年版，第 272 页。

态在他日后的煌煌巨著《魔山》中得到了进一步的拓展和深化。阿申巴赫死了，他死于威尼斯的瘟疫，更是死于艺术家内在生命的一次系统性的紊乱与失调。

综上如述，形形色色的瘟疫在古今中外的文学作品中呈现出多样化的面目。作家们或直面其导致的惨相，或展示人性在危难时刻爱、良善的闪光或恶性的畸变，或藉此探索生命的意义和价值，昭示在现实层面之外新的生活形态的可能性。随着生态环境恶化的趋势不断加强，未来的岁月或许有更多难以预测、难以控制的瘟疫侵袭到人类社会中。从某种意义上说，它成了文学作品永恒的主题之一。

# 昆德拉热与文化犬儒主义

## 一

20 世纪 80 年代以降，捷克裔法籍作家米兰·昆德拉和马尔克斯、福克纳、博尔赫斯、川端康成等人一起，成为对中国当代文学影响最大的外国作家之一。他的作品开始被译成汉语后，对于他作品的译介一直没有中断过。① 如今，他的主要作品都已被译成汉语，其影响也越出了文学界，成为中国社会的宠儿，对当代中国文化产生着不容忽视的影响。

对于这股昆德拉热的成因，可以从多个角度加以解释。宋炳辉先生对这一过程进行了详尽探讨，曾概括出其主要缘由："政治批判、历史反思与性爱的独特结合使昆德拉充满吸引力，但昆德拉作品的耐人寻味之处则在于对具体历史事件和场景的超越与提升，以及独特的小说观念、文本结构和艺术手法。"② 由于数十年来相似的政治历史境

---

① 有关昆德拉作品在中国大陆地区的译介状况，参看仵从巨主编《叩问存在——米兰·昆德拉的世界》（华夏出版社 2005 年版）中《昆德拉与我们》（代序）及书后所附"米兰·昆德拉生平与创作大事年表"中汇集的相关材料。

② 参阅宋炳辉先生的博士学位论文《弱小民族文学的译介与 20 世纪中国文学的民族意识》第五章"米兰·昆德拉在中国的译介及其接受"，复旦大学中文系比较文学与世界文学专业，2003 年 12 月。

遇，昆德拉作品对传统的斯大林模式的社会体制的反思，成为引起中国读者共鸣的一个重要原因，而他大胆的性爱展示则无疑为当时还笼罩在清教氛围中的中国文学打开了一个崭新的天地。

此外，昆德拉独树一帜的小说美学也对中国当代作家产生了不小的冲击与启示。在深受法国18世纪启蒙主义熏陶、充满怀疑与探索精神的昆德拉看来，近代欧洲的小说并不是以讲述故事或塑造人物为其最高宗旨，由塞万提斯开创的这门艺术"正是对这个被人遗忘的存在所进行的勘探"①。在《小说的艺术》和《被背叛的遗嘱》，乃至新近问世的《帷幕》等文艺随笔论著中，昆德拉反复论述、探讨的是小说的这一特性。他关注的不再仅仅是小说的艺术特性，而是其作为一种审视世界的方式的伦理特性。这一伦理体现在它摒弃了一元论的价值立场，凸现了人生道德的模糊性与相对性，"小说的精神是复杂性的精神。每部小说都对读者说：'事情比你想的要复杂。'这是小说的永恒的真理，但是在先于问题并排除问题的简单迅速而又吵吵闹闹的回答声中，这个真理人们听到的越来越少"②。而昆德拉的魅力很大程度上源于他以小说这一体裁所能包容的综合性散文的形式，对人生种种复杂性的思考与揭示。

在昆德拉的眼里，小说的这一特性在塞万提斯那儿已体现得淋漓尽致，"当上帝慢慢离开它的那个领导宇宙及其价值秩序，分离善恶并赋予万物以意义的地位时，唐吉诃德走出他的家，他再也认不出世界了。世界没有了最高法官，突然显现出一种可怕的模糊；唯一的神的

---

① 米兰·昆德拉：《小说的艺术》，孟湄译，生活·读书·新知三联书店1992年版，第3页。

② 同上，第17页。

真理解体了，变成数百个被人们共同分享的相对真理。就这样，诞生了现代的世界和小说，以及与它同时的形象与模式。……塞万提斯使我们把世界理解为一种模糊，人面临的不是一个绝对真理，而是一堆相对的互为对立的真理（被并入人们称为人物的想象的自我中），因而唯一具备的把握便是无把握的智慧，这同样需要一种伟大的力量"。[①]

原有的神的世界解体了，呈现在眼前的是一个支离破碎的世界。虽然这世界丧失了确定的意义，但其相对性与模糊性却使人陶醉，而小说正是支撑这一反独断论的自由主义伦理学的绝佳载体，"小说作为建立在人类事物的相对与模糊性基础理论上的这一世界的样板，它与专制的世界是不相容的。这一不相容性不仅是政治或道德的，而且也是本体论的。这就是说，建立在唯一的一个真理之上的世界与小说的模糊与相对的世界两者是由完全不同的方式构成的。专制的真理排除相对性、怀疑、疑问，因而它永远不能与小说的精神相调合"[②]。

承认价值的多元性、道德的模糊性，使得人生的意义显现出相对性的驳杂面貌，这意味着各种生活方式都有着不容抹杀的独特意义，人们不能再用大一统的价值标准来衡量、评判。在这种情形下，价值诉求的权力从一个至高无上的神圣源泉下放到了每一个个体手中，人人都能理直气壮地选择自己的生活样式，并为之辩解。[③]

颇有反讽意味的是，一个消除了专制权力的世界并不是一个美好的新世界。由于神圣的价值本体被摧毁，整个世界陷入了众声喧哗之

---

[①]　米兰·昆德拉：《小说的艺术》，孟湄译，生活·读书·新知三联书店1992年版，第4—5页。

[②]　同上，第13页。

[③]　有关昆德拉体现的自由主义伦理学，参看刘小枫：《沉重的肉身——现代性伦理的叙事纬语》，上海人民出版社1999年版，第140—176页。

中。由于无法根据一个具有超越性的价值来评判，一切都能被允许，一切都能被展示，一切都能被赋予意义，到最后，人们面对的将是一个价值无序的世界，而这正是当今中国文化界的一种典型症候。正是在这里，昆德拉的自由主义伦理学打开了通向摒弃价值判断的犬儒主义的大门。

<h2 style="text-align:center">二</h2>

要深入探讨这一问题，我们先从昆德拉对所谓"媚俗"一词的解释开始。在某种意义上，对于"媚俗"这一词语内涵的揭示已成了昆德拉的专利，人们只要一谈到他，常常会情不自禁地联想起他对"媚俗"鞭辟入里的抨击。

在他影响最大的小说《不能承受的生命之轻》第六章"伟大的进军"中，昆德拉对"媚俗"这一概念的来龙去脉作了详尽的阐述。在对"媚俗"进行正面解剖之前，昆德拉先从儿童版的《旧约》入手。按照孩子的揣想，高踞云端的上帝既然长着嘴，那他也应该吃东西；既然他吃东西，他必然会有肠子，而一旦有了肠子，麻烦便接踵而来：肠子必然会排泄粪便。难道上帝这至高无上的主也像凡人一样排泄吗？这一亵渎神明的想法令人发噱，但它触及基督教神学的一个根本性问题，即人与上帝的形象之间同一与差异的关系。由于貌似不重要的肠子的介入，人们面临着这样一个悖论："要是人是按照上帝的形象创造的，那么上帝就有肠子；要是上帝没有肠子，人就不像上帝。"①

在昆德拉眼里，这种对粪便的避讳的态度并不是出于道德上的考

---

① 兰·昆德拉：《不能承受的生命之轻》，许均译，上海译文出版社 2003 年版，第 292 页。

虑，它是一种形而上学的价值取向。它以《旧约》中的"创世纪"为
基础，成了从古迄今基督教社会宗教、政治信仰的基石。凭借着对生
命的绝对认同，它建构起了一整套价值秩序。在这一秩序中，污秽的
粪便被视为必须加以剔除的异端，它没有存身的余地。昆德拉认为，
这种摒弃粪便的美学理想，便是所谓的"媚俗"，它的实质在于"把人
类生存中根本不予接受的一切都排除在视野之外"①。

昆德拉敏锐地觉察到，"媚俗"实际上已成为人类生活的一个基本
特征，它体现在人们生活的方方面面：它不仅是有关上帝的设定，而
且体现在种种强制性的群体性活动中，例如庆祝五一节的盛大游行集
会。在斯大林模式的社会体制中，这一功能表现得尤为鲜明。它强迫
人们接受同一种价值秩序，做出同一种非此即彼的价值选择，"在媚俗
的王国，实施的是心灵的专制"②。通过对萨比娜一生中对"媚俗"的
逃避的描述与分析，昆德拉力透纸背地展示出媚俗在极权主义社会精
神价值建构中的巨大作用。它竭尽全力防范与规避的正是一个具有多
样性、存在着大片灰色模糊区域的世界，正是在这样一个世界中，人
们可以根据各种不同的价值标准，在差异甚大的生活方式中相对自由
地选择自己钟爱的那一种。昆德拉在他众多作品（尤其是前期作品，
诸如《玩笑》《好笑的爱》《笑忘录》等）中以嘲讽、怀疑、戏谑等手
法加以解构的正是这一剥夺了人们多样选择性的"媚俗"的社会体制。

然而，昆德拉对"媚俗"的抨击在伦理观上却有着走向犬儒主
义的危险。尽管"媚俗"的理想设定了一个排他性的价值目标和秩

---

① 兰·昆德拉：《不能承受的生命之轻》，许均译，上海译文出版社 2003 年版，第
296 页。

② 同上，第 299 页。

序，对人们的心灵起着可怕的箝制作用，但它毕竟设定了一个充溢着价值意义和秩序的世界。对精神价值与意义的追求是人的天然趋向，而"媚俗"只不过是利用了人们心中潜藏的这一心理能量而将其玩弄于股掌之上，服务于特定的政治目标。对"媚俗"的反抗在某种意义上是对束缚个体生命发展的专制权力的反抗，并有其无可辩驳的合理性；但是如果因为摒弃了"媚俗"而刻意强调人生道德的模糊性与相对性，并进而否定一切世间神圣价值的存在，那无疑是站在了价值虚无主义的立场上。很多人在追求乌托邦理想的社会政治运动中感到受了空前未有的欺骗，痛定思痛之后，就再也不相信世间还有真实、可靠的价值。在这一极端的怀疑主义氛围中，其个体的感性生命存在成了他们唯一的依托。玫红色的光焰熄灭了，在苍茫的荒野上，他们信赖的只是自己身体的体温、有节奏的心跳和时而急促时而舒缓的呼吸。昆德拉在其作品中不遗余力地推崇的复杂性、模糊性和相对性，正是丧失了价值追求的人们眼里混沌莫辨的世界的显著特性，而这与返归自我、放弃价值选择与评判的犬儒主义只有一步之遥了。

## 三

昆德拉的自由主义伦理观不仅仅体现在上述对"媚俗"这一关键词语的细致解析上。在其早年重要的长篇小说《生活在别处》中，通过对诗人雅罗米尔生活历程的具体描述，他对素来为人们尊崇的诗人形象和诗歌本身作了极富颠覆性的解构。用加拿大文学评论家弗朗索瓦·里卡尔的话来说，昆德拉"这里所要批评（所要'颠覆'的）不是'拙劣'的诗歌，而是——我们必须说——所有的诗歌，所有抒情的形式"①。从某种意义上说，这一颠覆性的解构比对"媚俗"的批判更为激进，更发人深省，更突入人类文明结构的深层，更易遭到人们常规思维和感情的抗拒，因为它力图展示的是这样一个事实："诗歌，任何诗歌，任何诗意的思维都是一种欺诈。或者更确切地说：是陷阱，是最可怕的陷阱之一。"②

显而易见，昆德拉笔下的主人公雅罗米尔是欧洲近现代诗人的标本，在他的身上，我们可以看到波德莱尔、莱蒙托夫、普希金、雪莱、兰波、马雅可夫斯基等人共有的特性。而昆德拉着意展示的是诗人与革命之间的关系。如果说在捷克 1948 年革命之前，雅罗米尔还只是一般意义上的抒情诗人，那么他积极投身革命以及为了政治活动背弃自己的良知走向毁灭的道路则发人深省。在昆德拉看来，雅罗米尔的政治投机并不是一个偶然意外的事件，这与他诗人的身份密切相关。昆德拉这样来看待抒情诗人的禀赋，"抒情的天才同时就是没有经验的天才。诗人对这个世界的事情知之甚少，但从他心中迸发出来的词语却都成了美丽的组装件，最终仿佛水晶一般确定；诗人从来都不是成熟的男人，但他的诗句总具有一种预言式的成熟，在这份成熟面前诗人本人也无从进入"。③

在昆德拉犀利的目光中，诗人天真、缺乏经验的天性中本来就潜藏着毒素，而在某种特定历史境遇的刺激下，它会蜕化癌变，长出人们始料不及的恶之花。雅罗米尔的命运证明了这一点。在动荡的岁月

---

① 弗朗索瓦·里卡尔：《撒旦的视角》，载米兰·昆德拉《生活在别处》，袁筱一译，上海译文出版社 2004 年版，第 423 页。

② 同上，第 424 页。

③ 米兰·昆德拉：《生活在别处》，袁筱一译，上海译文出版社 2004 年版，第 283 页。

中，青春的热血使他本能地倾向于革命，与他富贵的亲戚反目决裂。然而，他狂热的天性使他把自己的整个生命全部奉献于他并不了解的政治事业，政治与个人私生活之间的距离彻底消失了。在他的身上，诗歌、青春与革命达到了近乎完美的统一。为了忠诚于革命事业，当得知他女友的哥哥试图偷渡到国外时，他不惜向警察告密，出卖了自己的女友。颇有讽刺意味的是，所谓偷渡一事完全是子虚乌有，是其女友为了诓骗他一时间编造出来的。雅罗米尔自己的结局全无诗意的光彩：他并没有死在刑场上，也没有死在牢狱中，也没有自杀，仅仅是一次受寒后得了肺炎便一命呜乎。

从雅罗米尔的经历中，昆德拉力图展示诗歌、诗人与政治恐怖间的关系。雅罗米尔的所作所为并不是他个人一时的失足，在特定的历史条件下，诗人和刽子手完全可以携手并进，共同主宰一个时代："那不仅仅是恐怖时代，也是抒情时代！诗人和刽子手一起统治着那个时代。"① 这一切并不能简单地以"青春无悔"等豪言壮语来辩解。诗人奉献给人们的并不仅仅是甜美的田园诗，也并不仅仅能抚慰人们的伤痛，给人以安慰。应该看到，诗人的天性中蕴藏着刽子手的种芽，它醉心于无节制的暴力与破坏——正是从这个意义上说，诗歌作为一种思维方式，如上所述，与欺诈、陷阱结下了不解之缘。因此，人们可以说：青春有罪。

作为对存在的勘测，昆德拉在《生活在别处》这部小说中的确向人们展示了人类生活中许多不易被察觉的隐秘关系，诸如青春与暴力、诗歌与恐怖。他实际上是对诗歌、诗人、青春作了祛魅化的处理。这

---

① 米兰·昆德拉：《生活在别处》，袁筱一译，上海译文出版社 2004 年版，第 355 页。

些先前笼罩着神圣光晕的事物经过他非浪漫化的冷峻处理后，显现出了令人难以承受的丑陋可怖的侧面。昆德拉用冷峻的目光打量每一种生命热情，在每一团摇曳的生命火焰里，他都能察觉到恶魔的身影。

应该指出的是，在这以往盛行的情感专制主义的解构中，昆德拉在不知不觉间走向了犬儒主义。对于青春激情的质疑与考量，使他不再相信理智之外的生命召唤。除了那干涩、带有腐蚀性的怀疑主义之外，他不相信任何东西。由此，我们也可以理解，为什么当年他曾拒绝与人合作将俄国作家陀思妥耶夫斯基的作品《白痴》改编为舞台剧。有人以为这是当年苏联军队占领捷克之后昆德拉民族主义情感的流露。但细究之下，实则不然，这一点他的立场非常明确。昆德拉拒绝陀思妥耶夫斯基的真正原因在于，他厌恶《白痴》中弥漫的整个氛围："那个世界充满了过分的举动、阴暗的深刻性和咄咄逼人的感伤"，他不能接受的是"一个什么都变成感情的世界；换句话说，一种感情被提升至价值和真理的位置"①。而这种情感的专制主义正是他在《生活在别处》中所着力抨击的。

## 四

笔者在本文一开始便提到，当代中国大陆昆德拉热形成的一个重要缘由，在于他作品中蕴含的政治批判与历史反思触动了与捷克等东欧国家有着相似历史境遇的中国人的神经，激起了他们的强烈共鸣。但这并不是其作品受到热烈欢迎与追捧的全部原因。值得注意的是，随着 20 世纪 90 年代中国市场化经济改革的深化，他的作品并没有因

---

① 米兰·昆德拉：《雅克和他的主人》，郭宏安译，上海译文出版社 2003 年版，第1—2 页。

为社会政治环境的变化而失去读者，相反，新世纪之交，当他的作品被重新翻译并成系列推出时，其市场之火爆超出了许多人的预料。①引人瞩目的是，在先前译本中由于种种政治禁忌而被删节的段落现在被恢复了原貌，而它的政治批判色彩在读者的心目中已大为淡化。在许多地方，他的作品已成为和日本作家村上春树齐首并肩的小资读本，成为人们炫耀文化教养和社会地位的标签。究其缘由，构成他作品内核的鲜明的自由主义伦理学，以及隐含的犬儒主义倾向起了关键性的作用。可以说，它与当代中国的文化语境构成了一种微妙的对应关系。

20 世纪 90 年代以来，中国当代文化的一个重要特征便是伴随着经济运作的市场化而引发的世俗化浪潮，在原有的大一统价值秩序失去神圣的地位后，相当多的文化人开始为人的各种世俗欲望正名，力图确立它的合法地位。那一时期王朔作品的走红及其引发的争议，典型地体现了文化的这一转型。王朔尽管在气质、精神谱系及作品风格上与昆德拉迥然不同，而且在其创作的鼎盛期也没有受过昆德拉作品的影响，但他以调侃的方式对原有价值体系进行了无情的嘲谑与消解，在这方面则与昆德拉有着异曲同工之效。他鄙视知识分子坚守迂阔的人文精神，倡导返回到世俗生活本身，生活而不是理想、价值成了他本人及其他笔下的众多痞子味十足的人物的生存根基。他那些并不崇高伟岸的人并不是真正十足的恶棍，他们有着最基本的道德感。但他们只是普通的人，只想过普通的市井生活。最让他们受不了的莫过于某些人以一种高高在上的理想、价值去规范他们，匡正他们——这对他们的自然生命无疑是最大的束缚。从某种意义上说，他的作品展示

---

① 仵从巨主编《叩问存在——米兰·昆德拉的世界》，华夏出版社 2005 年版，第 304—305 页。

的也是一个复杂暧昧的世界，很难用非此即彼的伦理规范加以评判。①

随后在世纪之交涌现的身体写作、欲望化写作，尽管其表现方式与王朔大异其趣，但从精神上却一脉相承。它们从王朔肯定世俗生活发展到肯定人的感性，肯定肉体的欲望冲动，并在一场令人炫目的狂欢中将它们转变成了新时代的图腾。而网络文化的兴起，更是将这一趋势推向了无以复加的高潮。正如学者刘小枫在评述审美主义与现代性关系时指出的那样，在这林林总总纷繁复杂的现象中体现出来的是"人身上一切晦暗的、冲动性的本能的全面造反。审美的现代人反抗精神诸神的统辖，这场造反使身体之在及其感性冲动摆脱了精神情愫对生存品质的参与，表达了自然感性的生命诉求——反抗伦理性的生命法则，即反抗对身体之在的任何形式的归罪"②。而这一点恰恰与昆德拉的伦理观不谋而合。

在中国的文化传统中，原本就不存在诸如基督教、伊斯兰教的一神教传统，不存在一个与此岸世界相对立的、标志着神圣价值的彼岸世界，儒家明君贤相的政治理想和内圣外王的人格理想全被安置在此岸一维的世界中。在这一精神传统中，从来就没有对超验的神圣价值的信仰，而崇尚无可无不可的犬儒主义则大行其道。这一文化传统，以及汹涌的世俗化为欲望正名的潮流，构成了当代中国语境一个重要方面，而它也成为昆德拉作品受到人们欢迎的深层土壤。

---

① 有关王朔作品及其争议，参看张志忠：《1993：世纪末的喧哗》，山东教育出版社1998年版，第22—51页。

② 刘小枫：《现代性社会理论绪论——现代性与现代中国》，上海三联书店1998年版，第348页。

# 猎手与猎物间的权力游戏

——耶利内克《钢琴教师》及其他

## 一、惊世骇俗的外观

奥地利女作家艾尔芙丽德·耶利内克出人意外地摘取了 2004 年诺贝尔文学奖的桂冠，在她不无晦涩、向人们的智力和精神提出极大挑战的众多作品中，《钢琴教师》无疑是影响最大的一部。2001 年，这部小说被改编成电影上映，并在当年嘎纳电影节上荣膺多个奖项。尽管这部作品并未包容耶利内克作品的全部内涵，但她作品中的一些基本主题和风格特征在其间已展露无遗。

乍看之下，《钢琴教师》会诱使人们产生温情脉脉的联想：黑白琴键上荡漾着曼妙动人的旋律，无数的柔情蜜意从中迸溅而出，从阳光明媚的正午一直陪伴着人们到月色溶溶的子夜。然而，只要稍稍翻读几页耶利内克的这部小说，上述期盼便会被击得粉碎。它不仅没有投合人们流行的趣味，而且以异常冷峻尖刻的笔墨展示了生活中（尤其是性爱中）许多不为人察觉的黑暗畛域。用美国哲学教授鲍勃·科贝特的话来说："没人能像她那样将人类的爱表现得如此无望、如此令人作呕。"① 正

---

① 参见祝旻：《谁谁谁》，《译文》2005 年第 1 期，第 56 页。

是这一特性，赋予了耶利内克的许多作品（包括《钢琴教师》）以某种骇人的外观。人们不禁要问：《钢琴教师》究竟是一部什么样的作品呢？首先，这是一个关于师生畸恋的故事，但它却一反年长的男教师与年轻的女学生为主角的俗套，展现在读者眼前的是年近不惑的老姑娘埃里卡与比她年轻 20 岁的少年克雷默尔反洛丽塔式的恋情。其次，这不是普通的恋情，而是一幕触目惊心的施虐与受虐交织相缠的性战争。不能说其间没有恋情中不可或缺的种种元素，诸如渴望、思恋、纠葛，但更多的是不可理喻的偏执，从幽暗的潜意识世界中喷薄而出的受虐冲动及自残冲动，以及一方因受挫而滋生出来的复仇欲念。此外，在这对非同寻常的恋人背后，埃里卡那乖戾、自私、暴虐的母亲形象为这原本已灰暗的画面平添了几分狰狞的色调。母亲在女儿埃里卡的成长历程中具有举足轻重的影响，甚至可以说母亲长年累月持之以恒的高压、禁闭手段直接塑造了埃里卡不幸的命运。因此，母女间的爱恨恩仇与这对情侣间的冲突在作品中具有同等重要的意义，而后者隐含的许多关键因素也只有借助前者才能得到有效的说明。关于耶利内克作品中呈现的这种怪异幽秘的世界，瑞典文学院的颁奖词说得非常中肯："她有一种如同红外线般的委婉声波，对于文明的隐蔽之处加以描述和阐明。在我们以前看到正常社会的地方，我们现在看到的是一个锁进牢房的系统，其中有男人和女人，暴行和屈从，猎人和猎物等等。"①

在奥地利和欧洲其他地区的传媒话语中，耶利内克的形象之所以显得如此惊世骇俗，除了她在社会批评中百无顾忌，直言不讳地就热

---

① 参见钱定平译《"钢琴教师"耶利内克》一书中收录的诺贝尔文学奖颁奖词《我们时代最为真实的代表》（长江文艺出版社 2005 年版）。

点问题发表自己的见解，对占据统治地位的主流意识形态和权力话语提出了尖锐的挑战之外，一个重要的原因就是她作品中俯拾即是的色情描写。它们林林总总，蔚为大观，而且一点不羞羞答答，遮遮掩掩。与她的政论文字一样，都是那么直截了当，一针见血，直逼事物的内核。举其荦荦大者，有埃里卡在性商店的窥视孔前与那些欲火中烧的男人一样赏玩着女人的裸体，在电影院中入迷地看三级片，在公园中津津有味地窥视外籍工人与妓女的野合，当这一切都不再过瘾时便用刀片割伤自己的下体求取满足；还有在全书情节推进过程中起引爆作用的埃里卡和克雷默尔在厕所中粗俗的挑逗与触摸，以及克雷默尔对她的施暴——它们犹如憧憧的鬼影，原先在黑暗幽冥中游走，而耶利内克将它们一齐曝于光天化日之下，产生了某种令人晕眩的震惊效果。而作为叙事载体的语言，耶利内克也让它呈现出了"语不惊人死不休"的面貌。有论者认为，耶利内克的"语言风格强劲有力，五彩缤纷，时而粗欲，时而文雅，充满了反常面闪亮的语言技巧"，各式文本纷至沓来，酿成了某种"语言雪崩"的效果。① 这种写作风格对普通读者的阅读惯性不啻是一记响亮的耳光，你穿梭于字里行间却无法顺着扣人心弦的情节脉络一气读完，更无法享受轻松的愉悦。此外，情节在耶利内克的作品中并不占据显要的位置，它常常只是一个背景、一个模糊的框架，甚至只是一个可供她挥洒汪洋恣肆文笔、建构其独特艺术世界的出发点。在阅读她作品的过程中，我常常不自觉地将她与法国新小说派作家克洛德·西蒙作对比。在淡化情节、突破叙述时间的线性限制、开拓小说表现容量以及注重语言创新等方面，二者不无相

---

① 钱定平：《"钢琴教师"耶利内克》，长江文艺出版社 2005 年版，第 45—46 页。

似之处。但细细品味之下，他们之间还是有着不小的差别。西蒙的文本尽管表面芜杂，但由众多零星的画面拼缀而成，字里行间仍可清晰地感受到法国古典散文精巧凝练的脉息；而耶利内克的文笔则更加狂放不羁，有着江河滔滔、泥沙俱下的壮观气象，这除了她成长其间的德语文化独特的氛围之外，她早年研习音乐的经历对她文学风格的形成起了不容低估的作用。如果说在西蒙的作品中绘画感占据着主导地位，那么耶利内克的文本中源源不断、如雷贯耳的声音就是最引人注目的元素。诺贝尔文学奖的颁奖词这样评价她的语言风格："作者随处都在，又无处可寻，从来不躲藏在她的语词背后，也不退居在她文学形象之中，以便容纳她那存在于语言之外的幻象。没有别的，只是一些充足饱满的语句流，好像是在高压之下焊接在一起，连一丝喘息的余地也不留给读者。"①

## 二、从自然的情欲到意志化的情欲

让我们先把眼光放回到 19 世纪，从法国作家福楼拜那部曾引起诉讼风波的杰作《包法利夫人》谈起。

熟悉《包法利夫人》的读者会记得，它有一个副标题"外省风俗"。正是在那细腻精确翔实的风俗画中，福楼拜对耽于幻想的女主人公爱玛的通奸经历作了横断面式的剖析与展示。原本只是出身农家的小家碧玉，爱玛却是心比天高，深深地沉溺于当时风行的浪漫文学的情愫中。而在现实生活中，她的丈夫查理医生却是极度的平庸乏味，这与爱玛心中的期望形成了巨大的反差。她情不自禁地向往上流社会的生活，但在两次

---

① 钱定平：《"钢琴教师"耶利内克》，长江文艺出版社 2005 年版，第 3 页。

婚外恋中她遇到的都是负心的男人，而且由于花销无度，财政上陷于破产的境地。但她不愿在丈夫面前失去尊严，最后选择服毒自杀。她弥留之际所听到的瞎眼乞丐沙哑的歌声可以说是概括了她一生的命运："火红的太阳暖哄哄，/小姑娘正做爱情的梦。"① 确实，爱玛生活在梦幻的世界中，当她清醒过来，脚下已委实无路可走。不管人们对爱玛的行为如何评价，有一点可以肯定，驱使她一再出轨的动因乃是人的自然情欲。这一自然情欲具有双重特性：一方面它是人的生命存在与繁衍的动因，另一方面它活跃不安分的本性又会对既存社会秩序构成潜在的巨大挑战。而从古至今，承载着各种意义的精神性观念的一个重要功能便是压抑、驯化这自然情欲，不让它对社会生活造成威胁。

到了 20 世纪初的劳伦斯那儿，这一自然的情欲获得了正面、近乎颂歌式的赞美。在许多作品中，他将人的自然情欲与具有所谓精神内涵的元素相对峙，而人从强制性的精神意义的重负下的逃离被描述成一种解放，它逃离的是这样的："一个恐怖的、为魔法迷惑的城堡，这个城堡的墙壁由潮湿的情感和沉重的感情链条砌成，中间充满了鬼神之气。"② 而在英美等国遭禁达 30 余年的《查特莱夫人的情人》便集中体现了这一倾向。乍看之下，《查特莱夫人的情人》处理的是与《包法利夫人》相类似的通奸主题，但它在对康妮与梅勒斯的恋情的处理中，寄寓了对工业文明的批判性反思和对人类未来前途的探索，这是《包法利夫人》里付之阙如的。"所有的人都一样，人们的血气没有了。

---

① 福楼拜：《包法利夫人》，载《福楼拜小说全集》上卷，李健吾译，人民文学出版社 2002 年版，第 312 页。

② 参见查尔斯·泰勒：《自我的根源：现代认同的形成》，韩震等译，译林出版社 2001 年版，第 720—730 页。

仅存的一点，也都被汽车、电影院和飞机给吸光了。可以肯定地说，人哪，是一代不如一代，现在的人，食道是橡胶管子，腿和脸是马口铁的。马口铁人民！金钱！金钱！金钱！所有的现代人都在全力以赴地把人类古老的人性连根拔掉，彻底打碎我们的老祖宗。""当他的精液在她里面播射时，他的灵魂也在这种远远高于生殖行为的创造性行为中向她播射着。"① 在此，种种社会成规习俗加以约束的自然情欲，成了人通向拯救之途的必由之路。将爱玛置于死地的情欲，在此罩上了神圣的面纱，成为顶礼膜膜的对象。而对人的生殖力量和生殖器的讴歌为劳伦斯赢得了阳物崇拜者的称号。到了耶利内克的《钢琴教师》里，文本中有关生殖器的描绘与劳伦斯相比，并不逊色。埃里卡用刀片刺割下体这一场景自不待言，男性的生殖器在作品中成了一个强有力的主题，反复出现着，暗中主宰着埃里卡的命运。她第一次接触的男人的生殖器是她表弟的："这是个无人能抵御得住的诱惑。她只把自己的面颊贴靠在它的上面，呆了一会儿。"② 而在厕所里克雷默尔心急火燎地向她发起进攻时，男性的阳器成为一件强有力的武器。但作为自然情欲象征的阳物，其内涵已悄然发生了转换。

　　细细审视埃里卡和克雷默尔诡谲复杂的关系，不难发现，克雷默尔的心理动因从起始到结束发生了相当大的变化。起先，这个喜爱音乐的工科学生，暗恋上了他的钢琴女老师，由爱慕而生欲念，随后便发起了凌厉的攻势。那时，自然的情欲表现得非常鲜明。然而，始料

　　① 劳伦斯：《查特莱夫人的情人》，赵苏苏译，人民文学出版社2004年版，第271、351页。

　　② 耶利内克：《钢琴教师》，宁瑛、郑华汉译，北京十月文艺出版社2005年版，第38页。

未及的障碍接二连三地出现：她母亲蛮横的干涉；埃里卡由于长年的心理扭曲、缺乏性经验而在他面前反复无常，她既渴望爱又竭力躲闪、回避。受挫使克雷默尔的自尊受到了沉重的打击，无法占有埃里卡及其后的阳萎让他陷于屈辱，他对她的感情一点点退潮，余下的只是男性固执的占有欲。"他，克雷默尔不太想占有埃里卡，不想把这个用颜色和材料编排组合、精心打扮的这包骨骼和皮肉最终打开……因为他希望这个女人把保留下来的最后原始性从包裹中倒出来，他要占有一切！然而他并不真正希望得到她。"① 而埃里卡在信中表露的受虐倾向根本无法得到克雷默尔的理解，最后他以施暴的方式占有了她。

"他要占有一切"点出了克雷默尔施暴的动因。这儿，不是爱情，不是自然的情欲，而是一种复仇的欲念，一种凭意志控制的冲力，驱使克雷默尔闯到埃里卡家，也正是在这种意志的推动下，他如陌生人一般强奸了她："克雷默尔切断与埃里卡·科胡特深情紧连的纽带，把带子连接到新的东西上……他希望没有任何没有了的事。"② 这里我们可以将克雷默尔的欲望命名为意志化的情欲。男性的阳物在此已不再是允诺希望与幸福的神灵的替身，它摇身一变成了性压迫、性奴投的利刃。劳伦斯笔下以自然情欲作为拯救之途的乌托邦图景在此轰然坍塌，人们生存的严峻境况被不加遮掩地展示了出来。

### 三、捕猎者的性祭礼

我们还是再一次回到《钢琴教师》临近结尾时克雷默尔对埃里卡

---

① 耶利内克：《钢琴教师》，宁瑛、郑华汉译，北京十月文艺出版社 2005 年版，第 172、173 页。

② 同上，第 219 页。

施暴的那幕场景。这真可谓是一幕惊心动魄的场景，之所以说它惊心动魄，原因在于它超越了人们的生活常态，在于它极度的不合情理，正如有论者所说："本来应该给男女双方带来愉悦的性爱变成了征服和被征服，施虐与受虐的仪式。"①

这幕让人不寒而栗的祭礼之所以会发生，很大程度上缘于克雷默尔和埃里卡两人间的心理错位。在厕所里求爱不成后，克雷默尔已感到了深深的屈辱，而清扫间里的阳萎更使他怒火中烧。在克雷默尔的心目中，埃里卡早已不是他倾心相恋的对象，而只是他作为猎手捕获的猎物。他的所作所为打上了猎手的烙印："他只有出于自我欺骗，才能如此长久地用爱掩盖着奇怪的仇恨。他一直喜欢这件爱情外衣，现在脱下来了。"② 所以他会来到埃里卡家后，凶相毕露，抬手给她几个耳光，并把她的母亲推回屋中。而埃里卡在开门前还梦想着甜美的爱，梦想着缱绻的柔情，在克雷默尔狰狞的面目下，这一切已荡然无存。猎手只服从残酷的吞噬与毁灭的法则，没有其他的多余之物可以容纳。这是耶利内克作品中的一个基本主题，《情欲》中厂长与妻子格蒂、大学生米夏埃尔与格蒂，《贪婪》中的警察库尔特·雅尼什和那些天真无辜的情人之间，呈现的都是这种猎手与猎物的关系。

这里，猎手与猎物进行的是一场权力的角逐。作为个体的人，克雷默尔并不是妖魔，但一旦置身于男性文化的逻辑中，他便成了一个无情的猎手，对他曾爱恋过的埃里卡施暴。具有反讽意味的是，由于埃里卡有受虐倾向，因而克雷默尔在施暴时声称他是按照对方的意愿

---

① 参见宁瑛：《两性战争下的极端诗学》，《上海文学》2005 年第 4 期，第 78 页。
② 耶利内克：《钢琴教师》，宁瑛、郑华汉译，北京十月文艺出版社 2005 年版，第225 页。

行事的。正是在这儿，这幕性祭礼中最残酷的元素豁露了出来：追猎者最终似乎是按照猎物的意愿设计了它的路线图，这也成了这幕权力游戏中最幽暗的部分。

值得注意的是，这种猎手与猎物间强权与压抑的关系并不仅仅存在于男人和女人之间，埃里卡和她母亲间的关系也体现出了这一惊怖的权力关系。在埃里卡的眼里，这个"在国家生活和家庭生活中集中世纪异端裁判所的审讯官和下枪决命令者于一身"的母亲，成了她生活中不折不扣的狱卒。① 她们天然的母女之情蜕变成了由虚荣心主导的望女成凤的强烈渴望，女儿成了她一生中最大的一笔投资，她的所有爱好、活动都被母亲严格地监管着，唯恐偏离预先设定的航道。在母亲的压制下，埃里卡年近四十，但情感、人格的发展长期滞后。如果说克雷默尔只是埃里卡生活中偶然闯入的猎手，母亲则是她与生俱来的猎手，克雷默尔捕获的是埃里卡作为女人的初恋，母亲捕获的是她整个青春乃至生命。在这场祭礼中，克雷默尔是登上前台的猎手，而母亲则是蛰伏在幕后的隐形猎手。如果没有母亲，埃里卡的命运轨迹将脱胎换骨地得到改写。

显而易见，作品对这幕猎者与猎物的性祭礼的描述是从鲜明的女性视角出发的。尽管耶利内克并没有昭示鲜明的女权主义立场，但在对克雷默尔暴行的描绘中随处羼杂嘲讽、揶揄和讽刺。她以这种方式在男人色彩甚浓的话语中，打乱了其内在的秩序："炸毁它、扭转它、抓住它、变它为己有、包容它、吃掉它，用她自己的牙齿去咬那条舌头，从而为她自己创出一种嵌进去的语言。"②

---

① 耶里内克：《钢琴教师》，宁瑛、郑华汉译，北京十月文艺出版社2005年版，第3页。
② 参见埃莱娜·西苏：《美杜莎的笑声》，载黄晓虹译，张京媛主编《当代女性主义文学批评》，北京大学出版社1992年版，第202页。

# 复仇的正义性与身体政治

## ——读《葛特露和克劳狄斯——〈哈姆莱特〉前传》

### 重构后的王子形象

莎士比亚笔下的丹麦王子哈姆莱特可谓是世界文学史上最脍炙人口的人物形象。他的名字早已进入日常语言，即专门指那些耽于思考、优柔寡断的人物。在文学批评活动中，当人们在论证各自的欣赏趣味无可争辩时，经常会脱口而出："有一千个观众，就有一千个哈姆莱特。"

然而，评论家们对哈姆莱特这一人物形象的特性长久以来聚讼纷纭，莫衷一是。争论的焦点之一是，他为何一再拖延复仇。在歌德看来，作为"一个美丽、纯洁、高贵而道德高尚的人"，哈姆莱特"缺乏成为一个英雄的魄力，却在一个他既不能承担又不能放弃的重担下被毁灭了"。[1] 法国学者泰纳则认为，哈姆莱特悲剧的根源在于"他的想象使他丧失了那种从容不迫地按照预定计划去杀人的冷静和力量"[2]。但他们和其他莎评者共享一个前提：哈姆莱特复仇行动的正义性无庸

---

① 歌德等著：《莎士比亚研究》，张可译，上海译文出版社 1986 年版，第 6 页。

② 同上，第 151 页。

置疑，他们没有也无意去追问复仇本身是否具有绝对的正义性与合理性。

到了世纪之交的 2000 年，终于人有来质疑丹麦王子复仇的正义性了，那便是以"兔子四部曲"闻名于世的美国小说家约翰·厄普代克（John Updike）。他并没有直接改写《哈姆莱特》，而是以王子的母亲和弑兄篡位的叔父为主人公，为莎士比亚的这部剧本写了一本别出心裁的"前传"。纵观全书，它在情节线索和人物形象上与莎剧环环相扣，它的结尾处正是莎剧的开首处。然而，通过这样一部貌似与原作配合默契的"前传"，厄普代克从崭新的视角审视了中古时期那件血腥的复仇事件。在此过程中，哈姆莱特的经典形象遭到了一次前所未有的解构，并以一种令人惊诧的风采呈现在人们面前。

熟悉莎剧的读者可以猜想得出，在厄普代克的这部"前传"中，关于哈姆莱特王子的描绘只占很小的篇幅。此外，王子的形象是在与他的父亲霍文迪尔的对比、映衬中一点点孵化成形的。在莎剧中，父亲是王子心中崇高的偶像："你瞧这一个的容颜，多高雅庄重，/长着太阳神的卷发，天帝的前额，/叱咤风云的摩天岭上，那仪表，那姿态，/十全十美，就仿佛每一位天神/都亲手打下印记，向全世界昭示/这才是男子汉！"① 但就是这样一个正面的英雄人物，在厄普代克的笔下，却显现出了截然相反的色调：灰黯、阴郁，乃至染带着几分狰狞。

的确，作为一个受害者，老哈姆莱特国王惹人同情，但这并不能证明他生前的所作所为都是那么的清白无辜、那么的无可非议。首先，他登上王位的过程并不那么光彩。作为一个好战骁勇的武士，他赢得

---

① 莎士比亚：《哈姆莱特》，载《新莎士比亚全集》第四卷，方平译，河北教育出版社 2000 年版，第 340 页。

了当时的国王罗瑞克的赏识，并如愿娶到了公主葛特露。老国王罗瑞克刚离开人世，他先下手为强，抢先入住到国王的行宫，使自己登基为王成为既成事实。显而易见，这一情节在厄普代克的作品中有着不容忽视的重要意义：它表明，当初老哈姆莱特的登位并不是那么神圣、那么名正言顺。和他弟弟日后的篡位一样，他采取的是一种没有血腥的、软性的篡位。既然老国王的权力并不是那么神圣不可侵犯，那么对他的谋杀虽然带着血腥气，但也不是那么天理难容，两者都有见不得人的阴暗面。

随着叙述的推进，厄普代克展示了老哈姆莱特身上那种为现代人久违了的阳刚之气。那是使我们现代人惊怖的阳刚气，它的力量从他全身的每个毛孔向外涌溢，无所顾忌，尘世的伦理根本约束不了他。对臣民，包括他的妻子，他永远是高高在上，盛气凌人，不可一世。作为强者，老哈姆莱特不需要别人的承认，他自己就是世界价值法则的制定者。挪威的两位国王死于他的刀剑之下，一名公主被他奸污后含恨死去。他既令人敬畏，也让人嫌恶。在家中，老哈姆莱特也不是一个好丈夫，不会体贴安慰女人，在妻子葛特露的心中，他永远是一个陌生人；而对于他而言，她"只是装饰品的一部分"。① 他不停地在政治、军事斗争的漩涡中打滚，当被长久忽略了的妻子与小叔子发生奸情后，他自然是怒发冲冠，决定将弟弟永久放逐。在莎剧中，这一切都隐到了幕后，而厄普代克在"前传"中将它细腻逼真地表现了出来。

而小哈姆莱特则禀承了父亲的许多特性，再灼热的母爱也熔化不了他天生的冷漠与矜持，"他身上流淌着父亲的血液——富于节制，心

---

① 厄普代克：《葛特露和克劳狄斯——〈哈姆莱特〉前传》，杨莉馨译，译林出版社 2002 年版，第 17 页。(冯贡和葛露丝为克劳狄斯与葛特露的别称。)

不在焉，有着朱特人的那种忧郁的外表，还有一位贵族矫揉造作的举止以及奢侈放纵的本领"①。与老哈姆莱特一样，王子也是一个彻头彻尾的自我中心主义者，"在他创造的宇宙里面，他是唯一的人"。葛特露在再婚前夕敏锐地洞察到了儿子隐秘的心思："我让他非常的失望。他原来希望我会死去，成为一个完美的寡妇的形象，被刻在石碑上面，替他永远守护着他父亲的圣骨匣，以为只有这样，我才能把对他孩提时代的记忆也封存在里面。"② 的确，母亲的目光没有看错，也不会出错，在莎剧中，王子当着母亲的面便吐出了连珠炮似的咒骂："你干下的事玷污了美德和廉耻，/使贞洁成了假正经，纯洁的爱情/被你摘去了她戴着的玫瑰花冠，/把烙印打上了她额头；使婚姻的盟誓/像赌徒的罚咒一样地虚伪——唉，/这是把盟约掏空成没灵魂的躯壳；/叫神坛前的婚礼变成了谎话连篇。/苍天也羞红了脸，茫茫的大地/愁容满脸，煞像是末日来临了——/只因为想到了人间干下的好事！"③

　　在这番狂热的话语下面，潜藏着一种无可理喻的愤怒与绝望，它为传统的荣誉、正义遭到无端的践踏与蹂躏而怒吼，这也是王子复仇最深层的心理依据。但小哈姆莱特的头脑是偏执的，他看到的只是世界颠倒翻转的一面，丝毫没有考虑到母亲个人的情感，顾及她个人的欲望，有的只是抽象的价值符号与无限膨胀的自我中心主义。

　　也正是在这一点上，哈姆莱特父子与克劳狄斯的分水岭清晰地浮现出来。对于一个弑兄篡位的人，找一千条一万条理由也难以为他开

---

　　① 厄普代克：《葛特露和克劳狄斯——〈哈姆莱特〉前传》，杨莉馨译，译林出版社 2002 年版，第 33 页。

　　② 同上，第 176 页。

　　③ 莎士比亚：《哈姆莱特》，载《新莎士比亚全集》第四卷，方平译，河北教育出版社 2000 年版，第 339—340 页。

脱。在王子的眼中，他的叔父是个不折不扣的恶魔："像蔓延病毒的霉麦穗拿它的毒素/去毒害他健壮的兄长"，"一个杀人犯，/一个奴才，不及你以前的夫君/二十分之一的十分之一，恶棍，/冒充国王的小丑，一个扒儿手"，"一个打补丁的、穿百结衣的国王"。①

然而，厄普代克为人们呈现的克劳狄斯的形象则要复杂得多、丰富得多。他刚出场时的肖像描绘展示了他的性格特点——他的嘴唇"红润饱满，线条分明，很像女性的嘴唇，但又不失阳刚之气……像是由充满爱意的、灵敏的手指精心浇铸出来的"②。他浪漫多情的心灵使他对女人充满了体贴与爱恋，给人以实实在在的幸福。在政治上，他不像哥哥那样一味迷信武力，而是审时度势，以巧妙的外交手腕平息挪威王子挑起的战火，为丹麦百姓赢得了一个相对和平的生活环境。从政治谋略而言，克劳狄斯的身上透露着新时代的气息，正如他自己所说："我们丹麦人落后了好大一截呢；寒冷的气候让我们得以保持鲜艳的气色，但同时也让我们变得愚蠢"③。无疑，这里的所谓愚蠢指的便是他哥哥骄横蛮野的行径。

通过对哈姆莱特父子、克劳狄斯的描写，莎剧中善恶二元对立的格局不再那么天经地义，它产生了一道裂缝，一切都在霎那间变得暧昧起来、可疑起来，翻转的世界又一次倒转过来，原有的明晰的界限模糊了，王子复仇的正义性与合理性也随之变得诡谲起来。在厄普代克的叙述中，人们依稀看到，一个阴郁、孤独、自负的王子将去杀死

①　莎士比亚：《哈姆莱特》，载《新莎士比亚全集》第四卷，方平译，河北教育出版社2000年版，第341—343页。
②　厄普代克：《葛特露和克劳狄斯——〈哈姆莱特〉前传》，杨莉馨译，译林出版社2002年版，第46—47页。
③　同上，第57页。

富于人情味、贤明能干的叔父，虽然后者杀死了自己的哥哥。在困惑中读者不禁会提出这样的问题："哈姆莱特王子真有权利复仇吗？"

复仇的绝对正义性与合理性被打上了问号。

## 女性视角中的王子复仇

应该注意到，厄普代克的这部"前传"在叙述视角上与莎士比亚的剧作有着重大的差异。在莎士比亚剧作中，哈姆莱特王子无疑是作品的中心和聚焦点。在这笼罩一切的男性视角下，他的母亲、王后葛特露只是一个陪衬性的配角，一个男性价值坐标系中的符码，人们无从知悉她丰富复杂的内心世界。而厄普代克的创新之处很大程度上在于为人们提供了一个新的叙述与观照的视角。它将叙述重心从王子转向作为女性的王后葛特露，她的生活经历与命运、她在漫长岁月中的复杂感受与体验构成了作品的叙述框架。可以说，这是一个女性化的视角（虽然从严格意义上说，厄普代克并不是一个女权主义者）。

从女性的视角重新审读莎士比亚的作品，厄普代克并不是始作俑者。20世纪后半期女权主义运动兴起之后，莎士比亚的剧作不时成为激进女权主义批评家和学者讨伐男性菲勒斯中心主义的靶子。的确，在莎剧中，可作为"罪证"的事例俯拾即是。就在我们讨论的《哈姆莱特》里，王子愤世嫉俗的独白中就包含着对女性的轻蔑与敌意："'脆弱'啊，你的名字就叫女人"，"老天呀，哪怕无知的畜牲/也不会这么快就忘了悲痛"，"无耻啊，迫不及待！/急匆匆地，一下子就钻进了乱伦的被子"。① 这次，面对厄普代克的文本，女权主义者们可以扬

---

① 莎士比亚：《哈姆莱特》，载《新莎士比亚全集》第四卷，方平译，河北教育出版社2000年版，第233—234页。

眉吐气一回了！

在女权主义者看来，由于男性文化的主宰性作用，文本的生产（包括文学文本）一直匍匐在父权制的阴影下。在这种情形下，女性被剥夺了主动的创造力，沦为消极的接受者。在男性文化的文本中，女性的经验与感受的表达不是被忽略，便是被排挤到边缘。这使人产生了一种普遍的错觉，以为女性缺乏创造力。但实际上，用法国女作家埃莱娜·西苏的话来说："妇女的想象力是取之不尽用之不竭的，就像音乐、绘画、写作一样，她们涌流不息的幻想令人惊叹。"①

而女性想象力的根源在于她具有一个与男性迥然不同的世界，"一个寻觅的世界，一个对某种知识苦心探索的世界。它以对身体功能的系统体验为基础，以对她自己的色情炙热而精确的质问为基础。这种极丰富并有独创性的活动，尤其是有关手淫方面的，发展延伸了（或者伴随着各种形式的产生）一种真正的美学活动，每个令人狂喜的阶段记载着幻境，一部作品，美极了。美将不再遭禁止"②。而厄普代克的这部小说正是从女主人公葛特露的身体感受展开的。

男人娶一个女人，可以只将她视为精美的点缀，而女人的性爱经历在某种意义上成了她生命中最惊心动魄的段落，也构成了文学创作中最感人的篇章。西苏对女性激情的力量作了热情洋溢的赞颂："妇女的身体带着一千零一个通向激情的门槛，一旦她通过粉碎枷锁、摆脱监视而让它明确表达出四通八达贯穿全身的丰富含义时，就将让陈旧

---

① 埃莱娜·西苏：《美杜莎的笑声》，载张京媛主编《当代女性主义文学批评》，黄晓红译，北京大学出版社1992年版，第189页。

② 同上。

的、一成不变的母语以多种语言发出声响。"① 葛特露的情爱经历便具备上述丰富的含义。在与老哈姆莱特王的婚姻中，葛特露除了精神上遭忽视外，她的身体也处于贫瘠的干枯状态。使她大失所望的是，在新婚之夜，丈夫由于劳累而沉沉睡去，没有对她的身体表现出强烈的兴趣。以后，她也只是他肉体享受的工具而已，而她期望的是一种心心相印的和谐，对她而言，这已成为女人的秘密，"对于被爱的人儿来说，既感觉到自己心中的爱情，又知道自己也被爱着，那是多么快乐的事"②。然而，在她和老哈姆莱特之间，这只能成为可望而不可即的梦幻。

在经历了长久单调、枯涩的生活之后，多情的克劳狄斯出现了。这成了葛特露生活中的一个转折点。在几经犹豫和周折后，她终于投入了克劳狄斯的怀抱。她当然清楚地知道，这是一种"罪孽"，但她身不由己，因为克劳狄斯将她带入了另一个世界，告诉了她人生中以前无从知晓的真理。

在他们偷欢的时光，冯贡用他雪白的、毛茸茸的、四仰八叉的身体，向她展示了一个自我，它深深地插入了她那四十七年来一直只是酣睡不醒、混沌未觉的身体。她身体内部所有以前朦胧不清的部分都变得鲜活起来，清晰起来。

他一遍又一遍地，用语言，用眼神，还有一次次勃起的阴茎，

---

① 埃莱娜·西苏：《美杜莎的笑声》，载张京媛主编《当代女性主义文学批评》，黄晓红译，北京大学出版社1992年版，第201页。
② 厄普代克：《葛特露和克劳狄斯——〈哈姆莱特〉前传》，杨莉馨译，译林出版社2002年版，第24页。

告诉着葛露丝，所有有关她的身体的真理。他在她体内唤起的，不仅有勇士的热血，还有奴隶的温驯……他是将她从空洞不堪、令人窒息的循规蹈矩的生活中拯救出来的救星，是她的又一个自我，只不过换上了一个男子胡子拉碴、孩子气的外表而已。①

尽管染着浓重的血腥气，但正是这种为人不齿的奸情使葛特露走出了封闭、枯窘的生活，找到了长久失落的自我，步入了生命的高峰体验。也正是通过王后的心理演变过程的细腻刻划，厄普代克实际上又一次将王子复仇的正义性与合理性这一问题摆在了读者面前：对作为女人的葛特露而言，她的丈夫是暴君，是恶魔，而犯下了弑兄罪的克劳狄斯则是救星，她全部生命意义寄托之所在。那么，在这种情形下，王子的复仇对葛特露而言，只不过是为了维护传统价值而扼杀她鲜活生命的尝试。难道为了正义，她就应该被重新抛入生命的荒原吗？

但另一个严峻的问题接踵而来，它同样不容回避——克劳狄斯弑兄的罪行就能被一笔勾销吗？

## 身体政治的凯旋

实际上，葛特露本人对生命的这种窘境有所体悟，那便是构成传统价值核心之一的荣誉与感性生命本身的冲突。她对奥菲利娅说："对于我们来说，荣誉似乎只是男人们的信条而已，他们心甘情愿为了它而卖命，为获得它而感到荣耀不已，可是对于我们来说，荣誉却会阻止我们获得爱情的滋润。"②

---

① 厄普代克：《葛特露和克劳狄斯——〈哈姆莱特〉前传》，杨莉馨译，译林出版社 2002 年版，第 132—133 页。

② 同上，第 194 页。

综观厄普代克的作品，葛特露无疑将以感性生命为基础的爱情置于男人的荣誉感之上，这也正是她日后遭到儿子诟骂的原因。那么作者厄普代克对此的真实态度又是如何呢？尽管他曾声言善恶等伦理问题是他作品关注的焦点，但在这部"前传"中，他的态度不无暧昧。他并没有刻意为克劳狄斯的罪行辩护，作品结尾写到他登位后的感受时也提及他内心的惶恐与不安："他罪孽深重，污秽不堪，因此受到了最可怕的诅咒。"① 这段话让人联想起莎剧中克劳狄斯的那番忏悔："唉，我一身罪孽，臭气直冲天庭，/那原始的、最古老的诅咒落到了我头上"，"这可诅咒的手，凝结着厚厚一层/兄长的鲜血，只怕慈悲的上天/降下大雨也不能把它冲洗得/雪一样白"。②

但和莎剧相比，厄普代克所描绘的克劳狄斯的忏悔无论是从语气还是从篇幅上，都显得轻巧得多，它只是他头脑中一掠而过的阴影，根本无法遮盖其前程璀璨的幸福生活。通过对葛特露内心感受和经历的展示，"前传"自然而然地诱导着读者同情克劳狄斯和葛特露出自生命本能的情爱，而对王子则生出难言的嫌恶之情，虽然他日后为父亲复仇有一万条神圣的理由。就这样，王子复仇的绝对正义性与合理性便水到渠成地遭到了解构。原有的黑白分明的伦理世界不复存在，这儿没有绝对的好人，也没有绝对的坏人，每个人都是那么暧昧复杂，那么不可捉摸——这是一个让人困惑、难以作出简单评判的世界。

不难看出，厄普代克在"前传"文本中表露的这种暧昧是一种分

---

① 厄普代克：《葛特露和克劳狄斯——〈哈姆莱特〉前传》，杨莉馨译，译林出版社 2002 年版，第 220 页。

② 莎士比亚：《哈姆莱特》，载《新莎士比亚全集》第四卷，方平译，河北教育出版社 2000 年版，第 333 页。

泌着毒液的致命的暧昧。通过对哈姆莱特父子、克劳狄斯和葛特露形象及其关系的重新展示，构成莎士比亚剧本内核的克劳狄斯的谋杀被淡化了，它原本浓得化不开的血腥气消散了大半，剩下的是夫妇、情侣、母子之间的恩恩怨怨。读完全书，人们会或多或少地认同文本中隐含的观念：男女之间感性的情爱及其欢乐比复仇等事关荣誉的事件要重要得多，也实在得多。

对哈姆莱特王子复仇事件的这一处理并不纯然出自厄普代克个人的喜好，从文化语境来看，它可视为一种身体政治策略运作的必然结果。在身体政治的话语中，人的感性生命被置于价值评判体系的最高层面，价值不再像在传统社会中那样以各种抽象的理念为基石，而以人的自然感性生命为支柱。这样，身体政治矗立起的是一座感性的神坛，尼采对此曾有精到的论述。

> 要以肉体为准绳。……因为，身体乃是比陈旧的"灵魂"更令人惊异的思想。无论在什么时代，相信身体都胜似相信我们无比实在的产业和最可靠的存在……①

而作为感性生命最高体现的男女之间的性爱，具备了无可争辩的特权。在现代人的心目中，性爱已取代上帝至高无上的地位，成了现代生活的图腾。与性爱相关的各种身体的快感也得到了程度不一的褒扬。而弥漫社会生活各个角度、甚嚣尘上的消费主义也是以人的感性生命为轴心运作的，绝大多数供人消费的物品都是为了让人在身体上获取更大更多的欢娱和享受。

---

① 尼采：《权力意志》，参看刘小枫《现代性社会理论绪论——现代性与现代中国》（上海三联书店 1998 年版，第 346—347 页）相关段落的分析。

厄普代克的这部"前传"从头至尾渍润着这一身体政治的法则。从艺术风格上说,它也不是"前不见古人,后不见来者"的天之骄子;准确地说,它可以说是18世纪前半叶风行一时的洛可可风格的翻版。洛可可风格最为显著的特征在于,"它向全世界展示了非道德范畴内最轻松、最美妙的娱乐,田园作品,狩猎和色情的牧歌,充满着微笑、叹息、哲理、对话以及羽管键琴纤细的叮当声","其核心是追求感官愉悦、享乐主义、鉴赏、艺术、不道德"。① 从葛特露女性视角衍生而出的叙述中散溢着身体馥郁的芬香,尽管有各种痛苦与哀伤,但它从总体上说流露出细腻、轻盈的气息,一些细节的描写还颇具装饰性。这使"前传"与充满着强烈的不安与紧张、刻骨铭心的悲怆、狂放的激情的莎剧形成了鲜明对比。可以说,在厄普代克的笔下,身体绝对地高于蛮勇、高于荣耀,也高于复仇的责任。身体就是一切。

但令人遗憾的是,人的感性身体也有着种种无法克服、摆脱的弱点,身体政治对此也束手无策。身体是多变的、脆弱的、飘浮不定的,也是易逝易朽的,同时又是贪婪的、歇斯底里的、易于失控的。如果没有超越性的道德法则的约束,身体也会沦为另一种形式的暴君。而克劳狄斯弑兄篡位的恶行正是身体的一次大失控。

"前传"的收尾部分颇具讽刺性——"克劳狄斯的时代终于曙光初露;它将在丹麦王国的编年史中闪闪发光……一切都将正常进行下去。"② 踌躇满志的克劳狄斯陶醉在对太平盛世的向往中。然而,只有

---

① 保罗·亨利·朗:《西方文明中的音乐》,顾连理等译,贵州人民出版社2001年版,第325页。

② 厄普代克:《葛特露和克劳狄斯——〈哈姆莱特〉前传》,杨莉馨译,译林出版社2002年版,第224页。

克劳狄斯这样迷恋于身体快乐的人才会有这样的念头，才会相信他自己给这个国家带来的和平与繁荣能满足人们的一切欲求，能将他自己的恶行轻巧地抹去。但这只是短暂的一厢情愿，就在他志满意得之际，脚下的大地开始颤抖、震动，王子悄然开始了他的复仇行动。这是身体政治无法抵达的彼岸世界，阴郁、凶暴、狂放不羁。它是古老价值与传统的畛域，在那里罪恶就是罪恶，正义必须伸张，复仇的精灵向自命不凡的身体发起了攻击，而无情的死亡将攫住弑兄者、复仇者及他们周围的许多人，只有这样，嗜血的正义才会得到满足。

# 从受害者到虚无主义者：
# 陀思妥耶夫斯基作品中反叛者的形象

对俄罗斯现实主义文学作品，包括费奥多·陀思妥耶夫斯基的创作，艾里奇·奥尔巴赫曾经作过如下简要但又极富洞察力的评论："反映在俄罗斯现实主义中的内在节律的最基本的特征在于人物身上所表现出来的那种经验的浩瀚、广阔和激情澎湃。"① 从某种意义上说，上述特征在反叛者的形象中得到了充分的体现。在四处蔓延的非正义与痛苦的压力下，对那些桀骜不驯者来说，反叛成了一项无可回避的举动——它成了陀思妥耶夫斯基作品中反复出现的主题。在他为数众多的著作中可找到一长串反叛者的形象。值得注意的是，在数十年间，反叛者形象本身也发生着剧烈的变化。它的发展历经了三个阶段：最初，反叛者以被侮辱、被损害者的面目出现；随后，他依照非同寻常的哲学推理进行了有预谋的凶杀；最终，作为一个疯狂的虚无主义者，他企图以恐怖和暴力毁灭整个现存的世界。本文将依次对这几个阶段加以剖析说明。

---

① 艾里奇·奥尔巴赫：《模仿：西方文学中现实的表现》，威拉德·R. 特拉斯克英译本，普林斯顿大学出版社 1968 年版，第 522—523 页。

### 一、作为受害者/暴君的反叛者

首先，有必要阐明一下什么是反叛者。在阿尔伯特·加缪看来，反叛者是同时说"不"和"是"的人。一方面他拒绝对他权利的侵害，同时又坚守着某些崇高的价值，那便是"在每一个反叛的举动中，反叛者厌恶着对他权利的侵害；同时，对他自身的某些方面，他体验到一种彻底、出自内心的忠诚"①。

从这一视角出发，被侮辱与被损害者倾向于成为反叛者便很容易理解了。他们感到他们的权利遭到了某些人或是当权者的侵犯，他们要保持自身的尊严和荣誉——没有这些，他们便无法生存下去。在陀思妥耶夫斯基的早期作品中，我们可以看到许多被蹂躏、受屈辱的人物，如《孪生兄弟》中的大戈里亚德金。然而，正是在《地下室手记》中的主人公/叙述者（地下室人）所扮演的受害者/暴君的双重角色中，反叛者的形象达到了最为充分的体现。

显而易见的是，地下室人和陀思妥耶夫斯基其他作品（《穷人》《白夜》和《被侮辱与被损害的》）中的那些受害者有着不少共同的特征：这些遭人鄙视、软弱无力的主人公们在生活中一蹶不振；他们虫豸一般地在淤泥中挣扎，屈辱成了他们的家常便饭。就地下室人而言，他曾在台球桌边被一个傲慢自大的军官羞辱。他感到在那一刻他像是被当作一只苍蝇、一件家具。如果地下室人在蒙受侮辱后不进行任何反抗，他便仅仅是一个受屈辱的人而已。然而，他说了"不"。从他说"不"的那一瞬间起，他变成了一个反叛者：他力图拒绝接受压迫他的

---

① 阿尔伯特·加缪：《反叛者》，安东尼·鲍恩英译本，纽约 Alfred A. Knopf 公司1957年版，第13—14页。

不义之物。事实上，他就此踏上了反叛之路。

无疑，地下室人的反叛可追溯到这部作品的开头部分。在他的声调中有一种反抗挑战的意味，其间充斥着仇恨、焦虑和痛楚："我是一个有病的人……我是一个凶狠的人。的确，我是一个不讨人喜欢的人。我相信我的肝里面有病。然而，我对自己的肝一无所知；另外，我也不知道身上到底哪儿真正有病。"① 作为一个异化的个体，他对鄙俗、无情的社会现实展开了一场吵吵嚷嚷的反叛。

现在要问，什么是地下室人的"是"？即什么是他所珍视的价值？他个人的尊严、荣誉和行动时进行选择的意愿。与风行一时的科学主义和功利主义的人性观相反，地下室人将人的自由意志和狂放不羁的欲望置于至高无上的地位。在他看来，"人所需要的只是绝对的自由选择，不论那种自由将使他付出多么高昂的代价，也不管它会将他引向何方"②。

不幸的是，地下室人的反抗以惨败而告终。他的愤怒和痛苦仅仅在想象的天地（地下室人以一个英雄的面目出现）中才得以尽情地宣泄而出。在现实世界里，他无数次地试图鼓足勇气对那个曾侮辱过他的军官进行报复，然而到了关键时刻，他总是临阵退缩，盛气凌人的反叛者一下变成了十足的胆小鬼。他还傻头傻脑地挤进老同学的告别聚会，将它搅成一场地地道道的闹剧。原先他是想报复他们对他的轻蔑与鄙视，但结果却事与愿违——他所受的屈辱进一步加深。

---

① 陀思妥耶夫斯基：《地下室手记》，大卫·玛加谢克英译，见纽约 Harper & Row 公司 1968 年出版的《费奥多·陀思妥耶夫斯基中短篇作品精选》，第 263 页。

② 同上，第 284 页。

如今，地下室人一步步走近他反叛的顶点：对无辜的妓女丽莎加以羞辱。这一可怕的事件可以看作是施虐狂的一次大发作。在他们第一次相遇时，他对丽莎说了一大通感人肺腑的话，深深地打动了丽莎的心。过后当丽莎上门来看他时，他尽其所能地嘲笑她，将心中的怨愤全发泄在她头上。确实，他陷入了狂乱的施虐的快乐中。从那一刻起，他就不再仅仅是一个受害者，而且成了一个虐待者、一个施虐狂。他羞辱他人的缘由在于他的软弱无力，在于他反抗的彻底失败。为了保持尊严和荣誉，地下室人变成了暴君，变成了屈辱的施行者。他的逻辑清楚明白地体现在他的话语中："我被羞辱了，所以我也要羞辱别人；他们将我打得稀巴烂，我也要显示一下我的力量。"[1] 似乎只有在那些反常的行为方式中，他那遭受侮辱的自尊才能得到恢复。

事实上，地下室人的这一番所作所为并不是出于一时的心血来潮。在他少年时期，这一病态可怖的心理倾向便已初次抬头。一方面，他不得不忍受同伴们的仇视、嘲笑和憎恶；另一方面，他曾对一个亲近的朋友施行羞辱。从那时起，这一受害者/暴君的双重性便开始植根于他的心灵，并指引着他的行为。

就这样，地下室人交替地充当着困窘与痛苦的承受者和制造者。反叛者不再是社会的无辜牺牲品，而是一个暴君、一个非正义的施行者。在这一反叛者/暴君的双重角色中，他使反叛沦为一种没有任何价值目标的自我放纵。[2] 然而，在地下室人那儿，虚无主义者的形象还

① 陀思妥耶夫斯基：《地下室手记》，大卫·玛加谢克英译，见纽约 Harper & Row 公司 1968 年出版的《费奥多·陀思妥耶夫斯基中短篇作品精选》，第 369 页。
② 参看罗杰·B. 安德森：《陀思妥耶夫斯基：两重性的神话》，佛罗里达大学出版社 1986 年版，第 27—47 页。

289

处于胚芽状态。只有到了陀思妥耶夫斯基后期的几部主要作品中，它才发育成形。

## 二、作为谋杀者的反叛者

在《罪与罚》中，反叛者的形象发生了很大的变化。他不再停留于言语的领地，而是步入了行动之域：以一个谋杀者形象出现在世人面前。因此，反叛也由原先内在的反抗和施虐一跃而为血腥的毁灭。加缪曾详尽地论述过谋杀与反叛之间的关系——它对理解这个问题至关重要。

> 他否定一切，僭占着生杀大权……他追求着彻头彻尾的自由，追求着淋漓尽致地展现人类的骄傲。出于同样盲目的狂怒，虚无主义将创造者和被创造物混淆了起来。在将所有希望的本能压制下去的同时，它拒绝了任何限度的思想；在盲目的愤怒中（它甚至没有意识到它的缘由），它最终得出结论：当受害者已被判处死刑时，它便是一个对杀戮漠然处之的问题。①

主人公拉斯科里涅可夫在风行一时的虚无主义的影响下，提出了一种可怕的有关犯罪的理论。依照他粗略的假设，人可被划分为两大类：普通人和杰出的人。和驯顺、守法的普通人相比，那些杰出的人为了实现他们崇高的目标，有着充分的权力践踏法律，消除通向成功道路上的一切障碍，即便越过血泊也在所不惜。他的理论在下列段落中得到了集中概括的反映。

---

① 阿尔伯特·加缪：《反叛者》，安东尼·鲍恩英译本，纽约 Alfred A. Knopf 公司 1957 年版，第 282—283 页。

在我看来，作为某种组合的结果，如果开普勒和牛顿的发现，除非牺牲一个、十个、一百个或者更多的阻碍他们的发现或像障碍物那样挺立在道路上的人的生命，就无法让人知道，那么牛顿便有权力，甚至这可说是他的责任……为了让全人类知道他的发现，除掉那十个或一百个人……不妨说，人类的立法者和领袖……全是罪人……他们即便流血也不会退缩，如果鲜血有益于他们的话。值得注意的是，人类的这些恩人和领袖中的大多数都是极为可怕的杀戮者。①

显而易见，拉斯科里涅可夫僭占了最为极端的自由，即杀戮的自由：它允许占优势者越过禁忌的界线，正如侦探波费利所说的，"你最终从良心上允许了流血"②。正因为拥有杀戮和违反法律的自由，那些天才人物被尊奉为神祇，正如加缪所说，"如果人想要成为神，他便会僭取对他人的生杀大权"③。无疑，拉斯科里涅可夫自信地置身于那些拿破仑式人物的行列中，享有着他们的特权。在这个意义上，他变成了一个神。对他来说，变成神就是接受犯罪。神犯下的罪行可以被抹去，谋杀就这样被合法化了。

陀思妥耶夫斯基最后一部巨著《卡拉马佐夫兄弟》中的伊凡·卡拉马佐夫也是这样。由于察觉到造物主身上存在着不可宽恕的罪恶，伊凡拒绝接受神的恩典。出于心灵深处蛰伏着反叛的精神，伊凡认为

---

① 陀思妥耶夫斯基：《罪与罚》，理查德·彼维亚和拉里沙·伏龙克洪斯基英译，纽约 Alfred A. Knopf 公司 1992 年版，第 259—260 页。

② 同上，第 263 页。

③ 阿尔伯特·加缪：《反叛者》，安东尼·鲍恩英译本，纽约 Alfred A. Knopf 公司 1957 年版，第 246 页。

在这个世界上什么事都可以被允许。正是基于这一虚无主义的形而上学，他听任其父亲被谋杀，没有采取任何行动加以阻止。[①] 尽管这样，伊凡还只是一个理论家/反叛者。在拉斯科里涅可夫身上，一种重大的差异凸现了出来：是拉斯科里涅可夫本人实施了谋杀，跨越了血泊。当他将理论付诸于实践时，这一先前的理论家/反叛者一跃而为谋杀犯/反叛者。

就这样，忽忽欲狂的拉斯科里涅可夫开始了他在圣彼得堡都市迷宫中狂暴的冒险。最初，他以为谋杀那个贪婪的女典当主会使他有机会检验他超人的勇气和能力——在他的事业进程中这是关键性的一步。然而，风云变幻的事态碾碎了他的期望。一切似乎都超出了他的想象。先前所有的谋划都落了空，而且多半是机遇成全了他、拯救了他。总之，他的越轨行为完完全全地失败了。当拉斯科里涅可夫超越了社会的法律之后，他陷入了内心的自我分裂，并与周围的一切相疏远。和其他人一样，恐惧和良知重重地折磨着他。具有反讽意味的是，结果表明他不是一个超人，不是一个拿破仑式的人物，而只是一个普通人，这给了他的自信心以致命的一击。在与他的傲慢自大进行了一场激烈的斗争后，最终，他不得不坦白了他的罪行，但他并不真正悔罪。在他刚到西伯利亚服刑时，他依旧在想："在那种情形下，甚至人类的许多恩人（他们并没有继承权力，是他们自己将权力抓到手的）在他们迈出最初的几步时本该被处决了。但那些人忍受了他们自己所走出的几步，因而他们是对的；而我忍

---

① 有关情节可参看陀思妥耶夫斯基：《卡拉马佐夫兄弟》，伊格纳特·阿维赛英译，牛津大学出版社 1994 年版，第 403—404 页。

受不下去，因而我没有权利允许自己走出那一步。"①

在这个浸渍着罪恶的世界上，对拉斯科里涅可夫这样的罪人来说，圣爱是唯一的拯救之路。在作品中，拉撒路的复活作为圣爱的中心意象抵御着无处不在的邪恶，而天使般的索尼亚则成了那种爱的化身。然而，出于傲慢和敌意，作为谋杀者的反叛者拒不接受圣爱。在那时这是他无法涉足的领地。正因为他不信奉上帝，这才直接导致了他的越规行为。只有在索尼亚的爱和忠诚的感化下，这个倔强的反叛者才开始充分意识到他所犯下的罪行，并逐渐走上了一条新生之路。的确，对他俩而言，这是高峰体验的一刻，"他们俩既苍白，又瘦削，然而在那些苍白而又病恹恹的脸庞上闪烁着更新的未来和完完全全复活了的新生活的曙光。因为爱他们复活了"②。这个先前的谋杀犯沐浴在神的光辉中，走上了获得拯救的道路。尽管陀思妥耶夫斯基给作品安上了一个乐观的结局，但整部作品还是笼罩在一片浓郁的阴郁与黑暗的氛围中。

## 三、作为革命恐怖主义者的反叛者

如果说作为谋杀者的反叛者进行的仅仅是个人的反抗，《群魔》中作为革命恐怖主义者的反叛者则卷入了一场大规模的、毁灭性的反抗。在这一阶段，诸如彼得·斯捷帕诺维奇·韦尔霍文斯基之类的反叛者不满足于有限度的反抗，他们所要的是依照他们理性化的设计重新塑造、重新组织整个社会。未来社会的这一蓝图在受到韦尔霍文斯基赞许的希加廖夫的计划中得到了透彻的展现。

---

① 陀思妥耶夫斯基：《罪与罚》，理查德·彼维亚和拉里沙·伏龙克洪斯基英译，纽约 Alfred A. Knopf 公司 1992 年版，第 544 页。

② 同上，第 549 页。

作为对问题最终的解决办法，他建议将人类划分为互不平等的两类。十分之一的人被赋予个体的自由，对余下的十分之九的人拥有无限的权利。这些人必须失去个性，变成像牧群一样的东西；他们在无限的顺从中，通过一系列的新生，获得原始的天真无邪，像在原始的乐园中一样。①

显而易见的是，就将人类划分为互不平等的两大类而言，这一蓝图回响着拉斯科里涅可夫有关超人与普通人的理论。为了证明他是一个超人，拉斯科里涅可夫杀了两个人，但作为革命恐怖主义者的反叛者，希加廖夫构想了一个完全新型的社会，在那儿专制和奴役将占据支配地位。

他迫使社会中的每个成员互相监视，并且互相告密。个体归属于整体，整体也归属于个体。他们全是奴隶，在被奴役这一点上完全平等……最为首要的是平等。第一，教育、科学和天才的水准必须降低。高水准的科学和天才只有才智卓越的人才能接近……并不缺少才智卓越的人！才智卓越的人永远掌握着权力……奴隶们则必须是平等的；永远不会有摆脱了专制的自由或平等，但在牧群之内必须有平等。②

在这一漫画式的乌托邦社会中，在人类永恒的幸福和安康的名义下，自由被扼杀了，暴力的统治和精神的奴役通行无阻。就这样，对自由的渴望终结于绝对的专制，解放退化为大规模的谋杀。可以这样

---

① 陀思妥耶夫斯基：《群魔》，理查德·彼维亚和拉里沙·伏龙克洪斯基英译，纽约 Alfred A. Knopf 公司 1994 年版，第 403—404 页。

② 同上，第 417 页。

说，为了寻求所谓的至善，反叛者犯下了滔天的罪行。

对韦尔霍文斯基这样似乎是从地下窜出来的恶魔而言，他唯一的抱负便是夺取权力，置身于上述"十分之一"精英的行列中。然而，只有在恐怖主义活动的进程中，他的野心才有可能实现。因此，一系列的谋杀、丑闻和破坏行为接二连三地发生——欢庆会上的丑闻、列比亚德金兄妹的被暗杀、沙托夫之死，以及骇人的火灾……这一切的实施出于如下理由："为了彻底地动摇根基，为了使社会和它的原则从根本上遭到腐蚀；为了使每个人灰心丧气，对一切实行亵渎，这样社会便会失去凝聚力，变得病恹恹，了无生气，悲观怀疑，不信宗教。"① 只有在这样的情形下，他们向往的总体的革命才有可能爆发。

革命恐怖主义反叛者的凶残与不义在谋杀沙托夫（地下"五人小组"先前的成员）一案中得到了最为淋漓尽致的反映。由于不满韦尔霍文斯基对小组的独裁统治，加上自己政治态度的变化，沙托夫脱离了"五人小组"。因此，他成了韦尔霍文斯基计划的攻击目标。据称沙托夫有可能变成一个告密者，但实际上这种危险并不存在。这一拙劣、鲁莽的谋杀的真实理由乃是一种政治的需要，或者说是政治上的策略，正如斯塔夫罗金所说的那样，"你是想用这堆烂泥把你这一伙人粘在一起"②。由于小组的所有成员都参与了这一疯狂的共谋，敌人的鲜血可将他们牢牢地粘合在一起。沙托夫的命运就此注定了。

一旦谋杀被提升为一种原则，反叛者也由此走到了他路途的终点：这儿除了普遍的毁灭和恐怖已别无他物，即便是在乌托邦的乐园中。

---

① 陀思妥耶夫斯基：《群魔》，理查德·彼维亚和拉里沙·伏龙克洪斯基英译，纽约 Alfred A. Knopf 公司 1994 年版，第 670 页。

② 同上，第 415 页。

具有反讽意味的是，反叛起因于人对不公正和压迫的抗议，最后，它竟专注于杀戮和鲜血，远远地偏离了反叛的初衷和反叛的基本价值——它致力于扫除压迫，获得正义和自由。

上面粗略分析了陀思妥耶夫斯基作品中反叛者的形象。他生动逼真的描写和犀利的洞察力催生了一系列非同寻常的反叛者形象，这对理解人类隐秘的本性和它潜在的创造性及毁灭性都不无裨益。

1996 年 4 月

左顾右瞻

# "我城"叙事模态新变的潜力

"我城"这个词语的内涵并不复杂，它标示的是写作者与他生活、描写的城市间的一种水乳交融、难以分隔的依存关系。对于一个土生土长或是长期生活在城市里的作家而言，"我城"是他们最为重要的生活空间，这里的地理形貌与景观、历史源流、人群特有的气质脾性与嗜好、群体记忆、稍纵即逝的感性印象，以及飘浮在城市内外的氤氲气息都构成了"我城"不可或缺的元素，在作家心灵中打上了难以抹去的烙印，并以各种形式浮现在作品文本中。

我们现在讲的城市叙事，通常指的是近代工业社会以后涌现的产物。前现代时期，在欧洲和中国也有着众多的城市，但当时还无法孵化出近代意义上的城市叙事。中世纪的欧洲，在 11 世纪后众多城镇纷纷兴起，城镇的繁荣也带动市民阶层的兴起。中世纪文学中有很多幽默小故事，便生动地展现了市民阶层的情感、智慧和日常生活。在中国，从晚唐五代到宋元，城市中出现了众多的说书人，说书的底本便是后代话本小说的鼻祖。

18 世纪末期兴起的工业革命催生了大批城市，这些近现代意义上的城市形成和发展的原动力是机械化大生产和全球化贸易，正是在这一点上它们和古老的城市划清了界线。在近代欧洲文学中，许多作家的写作跟特定的城市捆绑在一起。伦敦是英国小说大师狄更斯最重要的描绘对象。他跟伦敦有一种特殊的亲缘关系，即只有在伦敦才能顺利地写作，一旦伦敦喧嚣的人流不在眼前，他便无法写出现代都市澎湃奔腾的活力。法国作家巴尔扎克、左拉和巴黎之间的关系也是密不可分，巴黎作为 19 世纪欧洲大陆首屈一指的都市，在他们的作品中得到了淋漓尽致的展现。

回到 20 世纪的中国新文学，在众多的作品文本中，城市和乡村的形象长期处于尖锐的对立状态，这一对立不但表现在作品文本展示的具体内容上，而且实际涉及伦理价值评判。乡村和城市不但地理环境与空间形态不同，而且置身其间人们的价值伦理和世界观也各不相同。乡村，除去其具体的与自然节律相吻合的生活方式，它有意无意间被赋予一种道德含义，经常与纯朴、正直、高尚等完美理想的人生境界相勾连；现代工业化的城市则与堕落腐化、欲望的深渊等负面评价相联系。1930 年代以新奇的写作风格登上文坛的穆时英在其代表作《上海的狐步舞》中开首便写道："上海。造在地狱上的天堂！"① 师陀创作于 1940 年代的《结婚》以年轻知识分子胡去恶在上海这一欲望的深渊中毁灭的悲剧，展示了城市与乡村间的对峙。城乡形象的对立在文学创作中一直延续至今。路遥 1980 年代初期的作品《人生》也承续了这一脉络，主人公高加林厌弃乡村生活，进城市后抛弃他原有的恋人刘巧珍，最后受到惩罚。从这种情节设置中不难发现上述母题原形的复现。

随着中国城市化的快速进展，如今约 60% 的国人居住在大小不一的城市社区中。文学中的城市叙事已悄然发生变化，越来越多的作家

---

① 穆时英：《上海的狐步舞（一个断片）》，严家炎编选《新感觉派小说选》，人民文学出版社 1985 年版，第 160 页。

开始更为细致、深入地书写他们生活的城市，孵化出五彩斑斓的"我城"故事。然而，在看到城市叙事的积极变化时，也不能忽视它的种种短板：与历史悠久、丰茂繁盛的乡村叙事相比，城市叙事还处于弱势，少有能与莫言、贾平凹等比肩齐立的名家大师。因此，都市叙事还有很广阔的成长空间与潜力。下面笔者将从叙事模态这一角度来探讨都市叙事的发展前景。

"模态"原本是一个物理学术语，它标示的是某个结构系统固有的振动特性。文学批评中的所谓"叙事模态"，力图揭示叙述文本这一复杂结构系统的运行特性，即文本内蕴的叙事方式、氛围、肌理组织、艺术风格等元素在叙述的动态推进过程中，如何互相依存、勾连，如何随着叙述的推展而呈现出诸多共振，并最终决定某一特定叙事文本的美学风貌。在这里之所以没有采用"叙事模式"这一更为常见的术语，主要是因为叙事模式这一概念偏重展示叙事文本中的技艺和手段，它的外延较狭窄，不像叙事模态这一术语能触及叙事过程中的更多因素。

从叙事模态的视角分析，在当今涌现的许多"我城"叙事文本中，可以发现在先前诸多乡村和都市叙事文本中占据显要位置的人物对话出现了大幅度缩减，与之形成鲜明对照的是对人物内在意绪情态的展示在显著增加。在中国古典白话小说（包括《红楼梦》等四大名著）中，人物对话占据了很大的比重，从某种意义上说，很多作品大体上就是由对话构成的。这一特性在中国20世纪叙事文学中依旧有着很大的影响，张爱玲的很多小说便是很典型的例子。金宇澄的《繁花》也沿袭了这一对白至上的传统。① 叙事文本的这一特性并不单纯是作家

---

① 《繁花》尽管写1960年代至1990年代的上海生活，但上海的弄堂在那个特定的年代就像是村庄一样，带有昔日乡村熟人社会或者半熟人社会的某些特征。

的技巧所致，更重要的是当时社会生活方式的投射。中国传统社会是一个由千千万万人际关系异常紧密的社群构成的庞大整体，群体至上的价值使个人的价值与地位一直屈居相对边缘的位置。在这样一个没有现代通信联系方式的宗法社会中，人际交往非常密切，而且是以面对面的交往为主，它渗透到了社会生活的每一个角落。

在乡村社会或者人际关系紧密的社会组织中，叙述作品集中描绘的常常是家人亲属几代人之间的恩怨情仇。20世纪中国小说常以此为基础，以几代人之间的悲欢离合为主轴，把个体镶嵌在家族命运的框架当中，而家族命运又与整个国族命运相呼应。陈忠实的长篇小说《白鹿原》便是一个典型。这部作品以陕西关中地区白鹿原上白、鹿两家几代人的命运遭际为主要内容，展现了晚清到新中国成立长达近半个世纪的世事沧桑。它不仅仅是白鹿原一地人们之间恩怨情仇的展示，而且是整个国家命运的史诗性写照。在这一宏大强势的家国叙事模式中，小说对主人公白嘉轩等人物的内心世界虽有所触及，但并不详尽细致，更无从构成相对独立的个体精神叙事。

而在现代都市中，现代通讯工具和传播手段日益使人们摆脱了面对面的交往，以对话为主体来构造叙事文本变得难以为继。大都市的社会是一个由陌生人构成的世界，在传统社会形态中缔结的人与人之间的亲密关系无法在此复制。当外来人口源源不断地移入新的城市当中，个体与他的原生家庭、亲戚网络之间的联系被无情切断，他变成了孤零零的原子化的存在。

现在要探究的是，如果城市的人如今更是作为一个孤独的个体，那么现在"我城"这一叙事，其动力究竟在哪里？原有的传统家族联系、人与人之间的紧密关系被疏远、稀释之后，个体内在的精神动力和追求，就成为"我城"叙事中主要的描写对象。而叙事的动力，必然是来自个人生活的挣扎和追求，它不再依恃于繁密的人际交往，更多呈现在个体的精神世界中。对诸多人物的生命活力，及其内在的生命意志的展现，都是不可忽略的重心。如果缺乏对人物生命意志与外部世界痛苦冲撞的描写，那么整个文本也会缺乏一种应有的活力。

但是，这样一来，是不是意味着对话在新型的"我城"叙事模态中不起任何作用？细思之下，人与人之间的直接对话在当代"我城"叙事中不再像古代小说那样，在整个叙事模态中起到推展、构建情节的枢纽作用，但这并不意味着它在新型的"我城"叙事中会全然消失，只不过占据的比重不再那么大，常常以零散的状态分布在作品的各个部分。而先前依附、从属于对话的个体心态意绪等精神活动则成为叙述的主体，在文本中的篇幅大幅度增加，它对情节的设置与推展，以及整部文本的审美风貌具有决定性的影响，成为叙事模态中的主宰性元素。

各个人物间的心态意绪在文本中并不是孤立、互不相关的存在，它们之间互相勾连、渗透、交叠，甚至发生硬撞，这样便形成了另一种意义上的对话。这种对话发生在心理层面，构成了人物之间内在的对话，我们可称之为"精神对话"。路翎写于 1940 年代的史诗性长篇小说《财主底儿女们》便是一个典型，尽管这部作品并没有专注描写都市生活，但胡风在评价这部作品时敏锐地察觉到："路翎所要的并不是历史事变底纪录，而是历史事变下面的精神世界底汹涌地波澜和它们底来根去向，是那些火辣辣的心灵在历史运命这个无情的审判者前面搏斗的经验。"[①] 这一特性集中体现在小说对蒋少祖、蒋纯祖兄弟精

---

① 　胡风：《财主底儿女们·序言》，人民文学出版社 1985 年版，第 1 页。

神世界的展示之中。蒋少祖是"五四"新文学运动的弄潮儿，随着年龄的增长和社会地位的提升，当年激进的热情慢慢消退，迷恋起中国古老文化悠远静穆的神韵和气象。与之形成鲜明对照的是他弟弟蒋纯祖。他的精神世界可谓斑斓驳杂：青春的热情，对旧世界激昂的反抗，肉体的苦闷和迷醉，精神求索的亢奋与绝望，沉沦的沮丧与痛楚……这众多的内心意绪元素构成了《财主底儿女们》的另一叙述层面——内在精神的叙述。可以说，个体的精神活动已不仅仅是情节事件的衍生物，不仅仅是他们艰难的成长历程的附属品，它在文本中肆意膨胀、扩展，构成了一个相对独立的世界，成为叙述推进的主要驱动力量。

生活在特定社会中的个体，无论其内心的思想情绪等精神性因素多么独特，都不是存在于真空中的，需要与外部世界交流，才能葆有生命活力。在一部大型的叙事作品中，一个人物与其他人物在思想意识、精神价值取向上的"对话"很大程度上构成了叙述推进的内在动力。不同的意识心理等精神元素，或相互赞同、钦佩，或相互敌视、冲突，交织成一部雄浑驳杂的交响乐章，正如巴赫金所说："思想只有同他人别的思想发生重要的对话关系之后，才能开始自己的生活，亦即才能形成、发展、寻找和更新自己的语言表现形式、衍生新的思想……"[①]

由此，我们可以这样设想，不同人物精神活动间的对话有可能成为未来"我城"叙事模态中的主要元素。它们不是像传统小说中那样发生于人与人、面对面之间，而是各个人物的精神、思想、情绪在叙事网络中交织，并构成叙述发展的驱动力。昔日人物间对话变成不同心灵间对话，由此作品整体的叙事结构与推进方式得以重构，并呈现

---

① 巴赫金：《陀思妥耶夫斯基诗学问题》，白春仁、顾亚铃译，生活·读书·新知三联书店 1988 年版，第 132 页。

出能最大限度凸显现代人生活特性的叙事风格。

当然，这是一种相对理想化的设想。在中国当代文学创作中，尽管不少作品不同程度地展现了诸多人物纷繁复杂的内心思绪，它们之间也构成了某种"精神对话"，但这并不能保证整部作品在艺术上的成功。在原有的叙事模态中，一旦人物间的"精神对话"被放大、凸显，上升到一个前所未有的显著位置，就会导致都市叙事文本外貌上的醒目改变——小说的叙述变得更内向。这在一定程度上会削弱作品对外部世界场景的摹写效力，而对五彩斑斓的外部世界展示的萎缩，有可能使叙述文本的肌理趋于干涩、枯萎，甚至只余下人物众多飘忽不定的内心意象。如何在叙述文本中提升"精神对话"权重的同时，兼顾对外部世界的生动展示，并在其间保持一种微妙的平衡，是当代作家创作"我城"叙事时不可回避的考验。

# 青春物语

——20 世纪 70 年代作家散论

我在极端的苦闷中因幸福而哭泣

生活对于我既轻松而又艰辛

——［法］路易斯·拉拜

有一种体验刻骨铭心，有一种感受惊心动魄，有一段经历令人血脉贲张，那便是青春。青春物语——有关青春的故事、叙事和再叙事，在庞大芜杂的写作体系中占据着重要的位置，上引 16 世纪法国里昂诗人路易斯·拉拜的诗句典型地展现了青春生命的真谛。那是生命历程中一个独特的位置：未来在地平线上露出朦朦胧胧的轮廓，但现实的凄风苦雨使年轻的生命不胜负载，但它顽强地搏击着，在漫长、甜美的苦痛中挣扎、蝉蜕、长大成人，步入向往已久但又满怀忧惧的世界。由于生命本身包孕着残缺的种子，它不可能完美无缺，这也注定了青春期生命特有的景观：斑斓、璀璨、明媚，但有时也险象环生，脆弱到不堪一击的境地。这构成了青春叙事的主要元素。

就在文坛掀起不小波澜的 20 世纪 70 年代作家的特色而言，批评界莫衷一是。一种具有代表性的意见是他们"在新的拓展主题的基本审美思维上发生了质的变化"，因为他们对时代主题、历史和现实采取了崭新的态度。① 有的作家将创作动力归咎于反叛的动机，"希望把所有的事情都弄糟，弄得不可收拾"，"很想进入一种不被迫的状态中"。② 此外，对 70 年代作家也有不少指责。平心而论，对于一个年龄在 20～30 岁之间的写作群体，过高的苛求只会扼杀他们的创造力。对这一年龄段的作家而言，青春成为他们一个共同的写作主题，是一件顺理成章的事。因此，对青春叙事的解读，可以成为对他们的创作进行有效阐释的台阶。

## 成长的烦恼

下面我们先来考察卫慧的《艾夏》和丁天的《饲养在城市的我们》中的青春经验。

在《艾夏》的篇首语中，卫慧写道："如果我有一种激情，那么这就是想告诉你，我所有青春年少时的梦魇。"③ 在南方那个相对闭塞的小镇中，艾夏、王勇、六六顺和张小丽四个少年间进行着一场无邪的青春游戏。但这种宁静并没有延续多久，副镇长的儿子丁鹏的出现打破了原有的和谐氛围。吉普车轻快的兜风，泳池中水波的荡漾，为艾夏和丁鹏两人青春年少的情欲之流开启了大门。为了争夺艾夏，丁鹏和王勇开始了日趋白热化的争斗。最后的结局近乎鱼死网破：丁鹏在享受了短暂的甜美的爱情后被打瞎了眼睛、打伤了胸肋骨，王勇被捕入狱，后在越狱途

---

① 陈家桥：《什么叫七十年代以后》，载江曾培主编《"七十年代以后"小说选》，上海文艺出版社 2000 年版，第 719 页。

② 周洁茹：《活在沼泽里的鱼》，载江曾培主编《"七十年代以后"小说选》，上海文艺出版社 2000 年版，第 655—656 页。

③ 卫慧：《蝴蝶的尖叫》，湖南文艺出版社 1999 年版，第 58 页。

中淹死在河里。这一切变故留给艾夏的则是青春梦魇般的废墟。

在很大程度上，卫慧展示的是许多人亲身涉略过而又避之不及的青春的真相：残酷、美丽，像一个温湿炎热的梦境，激情先是如一团微弱的火苗在那座南方小城灰色的天穹下摇曳，随后一下失去控制，窜成漫山遍野燃烧着的熊熊大火，将触及的一切化为焦土，最后转向自身，许多人就此沉入了深渊，幸存者在事隔很久之后还抚搓着肌肤上被那狂暴的烈焰烙下的华美而狰狞的图案。青春非同寻常的体验，成了她成长历程中的宝贵财富，成了她走向新生活的台阶，正是从这一台阶出发，她靓丽的身姿开始在上海滩令人眼花缭乱、在声色犬马的海涛中跌宕飘游。

相比之下，丁天笔下的青春风景则呈现出另外一种色调。那是一种以伤感为主基调的追忆，其中羼杂了调侃与反讽①。《饲养在城市的我们》是一本青春的留言簿和纪念册，它以主人公"我"在现实与往昔的穿梭来往为叙述线索，将"我"当年的朋友圈子内众多的故事一一道来。夜晚，主人公在桥上俯视汩汩而去的流水，此时"逝者如斯夫"的感喟充溢着他的心胸："对我们来说青春仅仅意味着一段虚度的光阴，是一个在路边莫名等待的岁月，一个在夜晚幻想加手淫的年代。而这个城市则仿佛是个专门收容我们的设置，它让我们在虚度中成长、欢笑，让我们培养友情、滋生爱情，也让我们痛苦、忧愁，让我们失去依托，让我们失去生命，让我们失去从前的美好记忆。"② 在这里，让主人公"我"刻骨铭心的并不单单是逝去了的青春岁月的某一侧面，不单是与齐明、刘军、黄力、冯苹、江彤、林雪等同伴们一起度过的

---

① 宋明炜：《终止焦虑与长大成人——关于七十年代出生作家的笔记》，《上海文学》1999 年第 11 期。

② 陈思和：《逼近世纪末小说选》，上海文艺出版社 1998 年版，第 109—110 页。

日子，而是它的全体，作为永不能复原、回返的生命的一部分。青春的逝去导致同伴们的离去，连他们的影子也消失在"我"的脑海中，这使主人公痛惜不已，也使他怀疑宝贵的纯真是否也一去不复返了？这种巨大的失落感从头至尾在文本的字里行间萦回。

人们对这种感怀与追想并不陌生。人们津津乐道的法国作家普鲁斯特的小说《追忆逝水年华》便是同一性质的尝试。这部皇皇七大卷的作品堪称人类回忆的一座巨厦，它对人类内在绵延的记忆之河作了前所未有的展示，在与遗忘持续不断的抗争中，搜集着记忆弥可珍贵的残片碎屑，以此确证自我个体生命的存在意义。《饲养在城市的我们》在对记忆探索的规模和广度上虽与《追忆逝水年华》不可同日而语，但它同样是对遗忘的抵抗。在丁天的作品中，青春实际上被赋予了一种至高无上的神祇地位，它包孕了生活中最珍贵的财宝，允诺着最璀璨的前景，值得人们以全部的热血甚至生命来膜拜祭献。在主人公的叙述中，昔日的青春生活与当今浑浑噩噩的成人世界构成了鲜明的对比。在作品中，对当今生活的描绘不仅所占篇幅很少，而且显得乏味无趣，在某种意义上可说是灿烂的青春岁月的滑稽模仿。然而，令作者感叹不已的是，青春毕竟是逝去了，这集中体现在当年朝夕相处的伙伴不同的命运遭际上：刘军在流氓斗殴中死去；齐明因盗窃入狱并由此葬送前程；"我"与恋人林雪分道扬镳，高考落榜沦为无业游民；而黄力则发了财。正是在这个意义上，丁天凝望的那条记忆之河泛起的是无数绚美的泡沫，它晶莹剔透，但又一戳即破。因而，《饲养在城市的我们》成了一曲对青春岁月无尽的挽歌。

从更广阔的背景上看，卫慧、丁天等人对青春生活的展示是对以往传统的青春叙事话语的一次颇具巅覆性的重写。自 20 世纪 50 年代起，占据绝对霸权地位的革命意识形态孵化出了独特的青春叙述方式：它将青春定义为个体为了至高无上的神圣事业而自我完善的一个重要阶段。由于个体生命的意义被限定于为了未来美丽的新世界而不懈地努力、奋斗，青春期的种种骚动、不安以其潜在的种种危险理所当然地成了调控、操纵和压制的对象。因此，青春便成了一次在神圣的名义下近乎自我阉割的残酷修炼，一切与远大的目标、与集体利益相悖的冲动，必须加以无情的压制和有效的移置。王蒙写于50年代的《青春万岁》鲜明地表现了这一点。那是一部产生于50年代特定历史情境的作品，作者主观上无疑是要真诚地展示那一群少男少女的生活，但由于革命意识形态话语的束缚，他们青春生活的全景并没有得到体现，相反，很多真实的生活侧面被省略、遮蔽、悬置，直至一笔勾消。

到了20世纪80年代，文学创作中原有的革命意识形态霸权土崩瓦解，取而代之的则是所谓的"新启蒙主义"。在此契机下，文学创作中的青春叙事也有了巨大的变化。丰富多彩的青春不再局囿于僵死的教条，与前一时期的作品相比，它较为真实地展现了青春生命特有的骚动不宁。刘索拉的《无主题变奏》便是典型作品。它以音乐学院学生孟野、森森、李鸣等人骚动不宁的生活为主线，展示了青春生活特有的风景线。青春的热情与冲动驱使着他们不再愿墨守成规，而是勇敢地探索，力图在音乐创作上走出一条崭新的道路来。毋庸置疑的是，他们尽管狂放不羁，但心目中还有着一种执着的理想，世界对他们来说也有一种确定的终极意义，这一点在篇末提及的莫扎特"清新而健全、充满了阳光的音响"清晰地体现了出来。[1] 然而，应该指出的是，

---

[1] 上海文艺出版社编，程德培、吴亮评述：《探索小说集》，上海文艺出版社1986年版，第265页。

"新启蒙主义"也是一种有着特定价值取向的话语。作为一种现代性方案，对进步的信念、对现代化的承诺、民族主义的历史使命，以及自由平等的大同远景是它主要的内涵。值得注意的是，在启蒙话语主导下的青春叙事尽管在具体的语词运用上与前一种青春叙事相比有很大的变化，但其结构和功能有着相通之处。实际上，它是用自由、民主、进步取代革命意识形态话语中的乌托邦理想，但它又使自己允诺的民主、自由成了一种新的乌托邦。

也正是在这里，卫慧、丁天等 20 世纪 70 年代作家青春叙事的靓丽之处凸现了出来。如上所述，在他们的青春叙事中，原先由革命和启蒙话语所设定的至高无上的价值意义被抽空了，他们的主人公置身于茫茫的沙漠之中，那里终年刮着干燥的风，没有美丽的地平线，没有令人如醉如痴的园苑，有的最多的则是转瞬即逝的海市蜃楼。对于这种情形，法国作家加缪曾这样描述："我们在一瞬间突然不再能理解这个世界，因为，多少世纪以来，我们对世界的理解只是限于我们预先设定的种种表象和轮廓，而从此，我们就丧失了这种方法的力量。"① 在艾夏、"我"和周围小伙伴的成长历程中，革命意识形态和启蒙话语的色彩被稀释到最低限度，青春不再是个体生命为实现某种崇高的理想目标而奋斗的预备阶段，不再是将狂乱不羁的生理冲动剔除殆尽的一群乖孩子的成长历程，也不再是获得健全完美人格、个性发展的一个必不可少的阶梯，青春就是青春，它有其特有的甜美芬芳，也有其特有的酷烈狂暴。如果说先前叙事中的革命或启蒙的话语为青春预设了一个价值目标，将青春转换成了天路历程中的一个必不可少

---

① 加缪：《西西弗的神话》，杜小真译，生活·读书·新知三联书店 1987 年版，第 11 页。

的环节，那到了这些 70 年代作家笔下，充溢着整部作品的是本能的冲动和躁动不安的狂潮。应该说，卫慧、丁天等人剥除了各种先入的成见，还青春以其本来的面目，大胆、坦诚而富有激情地叙述他们这一代人（自然包括他们本人）的青春岁月，叙述了他们的挣扎奋斗，从而为这一代人的青春留下了一份弥足珍贵的记录。

## 历史的囚徒

不少 20 世纪 70 年代的作家以在都市边缘挣扎的"新人类"为重要表现对象。在他们的作品中，以酒吧、舞厅为核心场所展开的狂放不羁的性爱行为和其他肉体的狂欢充溢在字里行间，占据了惹人注目的前景位置。而他们对时间—空间关系的处理与前代作家相比，也有了很大的不同。这主要体现出深度时间被抽空、瓦解的特性。先来看一下卫慧的一段文字。

> 我住在上海，这是个美得不一样的城市，像个巨大而秘密的花园，有种形而上的迷光。这个城市有着租界时期留下来的欧式洋房，成排成荫的悬铃木，像 UFO 般摩登的现代建筑，植根于平实聪明的市井生活里的优越感，和一群与这城市相克相生的艳妆人。

> 这群人在夜晚闪闪发亮，像从地层浮现的蓝色宝石，具有敏感而不可靠的美。正是这群人点缀着现代城市生活时髦、前卫、浮躁、无根的一个层面，组成独特而不容忽略的一个部落。①

---

① 卫慧：《我生活的美学》，载《像卫慧那样疯狂》，珠海出版社 1999 年版，第248 页。

　　这是对卫慧等人作品背景的真切写照。通过辩析，可以发现这基本上是一个空间的结构。尽管卫慧在动情地描述上海时提到了租界时期，这好像显示出她并没有将历史的维度遗忘，但上海的历史在她的文本中只是一种象征、一种怀旧的炫耀、一种时髦的装点、一种可供人消费的文化符号。在她的作品中被置于前景的无疑是 20 世纪 90 年代城市风景线中的红男绿女，所谓的"派对动物"。他们在都市欲望的潮汐中漾动，在他们的意识中，时间消失了，留下的只是空间性的现在时。棉棉的《糖》在叙事的时间跨度上稍许长些，女主人公与赛宁绝望而狂乱的情爱经历了一个从如火如荼的高潮到疲乏耗尽的过程，但从作品总体而言，它展现的依旧是一种空间意义上的现在时。

　　这种对时间—空间关系的处理与 20 世纪 70 年代作家青春叙事的特性有很大关联。通常情形下，青春叙事的时间跨度只有短短的几年，人物在这几年中历尽沧桑，尝遍了人间的甜酸苦辣。同时，这也和这些年轻作家的思维方式有关。他们有意无意地只关注自身生命成长的那一刻，暂时没有多大兴趣去关注隐隐制约着笼罩一切的"永恒的现在"背后的各种纠结交叉的历史性因素。他们的这一姿态昭示的似乎是这样一种信念——仿佛这个世界从来便是这样，也将永远这样。以这样一种太阳底下无新鲜事的非历史化姿态，他们似乎也成功地逃脱了历史的羁绊与束缚。

　　然而，令人无可奈何的是历史终究无法逃避。20 世纪 70 年代作家消解历史的姿态在某种意义上成了历史诡计的表征：在他们竭力淡化历史、逃脱历史的那一刻，他们被更深更牢地镶嵌在了历史的柜架内。他们的文本在常人眼里尽管充满了匪夷所思的场景、事件，但终究无法褪尽历史的气息，它们本身便是各种历史因素共同作用的产物。

法国思想家米歇尔·福柯的以谱系学方法对肉体与辩证法的展示可以帮助我们理解这一点："肉体——以及所有深入肉体的东西，食物、气候、土地……就像肉体产生欲望、衰弱以及过失一样，我们还可以在它上面发现过去事件的烙印；这些事件同样在肉体中相互连结、间或倾轧，也会相互解散、相互争斗、相互消解，追逐着不可克服的冲突。"①

在《艾夏》《像卫慧那样疯狂》《糖》《饲养在城市的我们》等作品中，在肉体的骚动、碰撞、扭动、疯巅、狂欢中，我们可以识别出历史的烙印，它是以革命意识形态为主导的一个禁欲时代终结的表征，也是一个已经到来的纵欲时代最鲜明的标记。禁欲年代被压制、移置的欲望日积月累，一旦外部的禁锢稍稍松动，便喷薄而出，幻成蔚为壮观的奇景。的确，在这些作品自身的叙述结构中，历史已悄然退隐，人们无法从文本里获知那"永恒的现在"从哪里来，又将往哪里去。但在文本的纤维组织和缝隙间，人们分明又察觉到历史巨大的触角，瞥见禁欲的过去与纵欲的当下的连接。一些作品中感官意味十足的末世狂欢景象正是由于历史潜在的背景才得以成立。正是在这个意义上，我们可以说，当20世纪70年代作家试图以消解时间深度的青春叙事逃脱历史的羁绊时，他们本身（包括肉体）却成了历史不折不扣的囚徒。

---

① 福柯：《尼采、系谱学、历史》，载杜小真编选《福柯集》，上海远东出版社1998年版，第152—153页。

# 欲望的凸现与调控：
## 对"三言""二拍"的一种解读

### 一、引言：作为内在文本张力的欲望的凸现与调控

明朝中后期堪称中国古代白话小说繁盛的年月，话本小说在其中扮演了一个相当重要的角色。[①] 尽管留存到今天的相当大部分的话本作品成形于先前的宋元时期，但它们的最后加工写定本"三言"（《喻世明言》《警世通言》和《醒世恒言》）直到晚明才出现。在"三言"成功的刺激下，拟话本作品大量涌现，"二拍"（《拍案惊奇》和《二刻拍案惊奇》）无疑是它们中的佼佼者。它和"三言"一起构成了明代白话短篇作品的精粹。

细读之下，不难发现有一种张力内嵌在"三言""二拍"的文本中，一方面，人类欲望的画面万花筒般地展现出来，那些作者、编者几乎是不遗余力地描述、展示、呈现着众多的欲望形态——在不少情形下，它们和不道德与罪恶有着或多或少的关联。欲望的散布可以说

---

① 一般认为，中国的白话短篇小说起源于唐代的变文。宋元时期城市中风行一时的街头艺人说书也有力地刺激了它的发展。见胡士莹：《话本小说概论》，中华书局 1980 年版，第 27—57、130—194 页。

是覆盖了生活的所有领域，这集中体现在对官位、财富和性的渴求上。欲望的这样一种大面积增生扩散可以部分地解释为何这些白话作品集在清代会遭到查禁的厄运。① 另一方面，仿佛是出于某种负疚心理的驱使，这些深受儒家伦理熏染的作者们又坚持不懈地向读者灌输正统的儒家道德观念，自古以来它便被视为普通百姓应该遵循的唯一正道。② 因此，在栩栩如生地描摹那些欲望的同时，作者们凭借着各种手段，力图驾驭、置换那些欲望，以达到对欲望的控制。③

文本中的张力存在以下情形中：当那些欲望得到充分展示的那一刻，它们也正被有效地调控着。明代后期出现了一种新的倾向，人们越来越热衷于谈论、诉说人的欲望，并把众多的欲望（尤其是性的欲望）转化为话语。广为人知的色情小说《金瓶梅》也出现在这一时期。被看作是"三言"话本故事源头的都市中的说书活动成为诉说欲望的一种有效途径。那些作品中展示与控制的内在冲突也表现在这一类的讲述和谈论中。然而，我倾向于不把上述文本中的调控简单地视作一种压抑行为。如果压抑确实起着作用，这些作品便很少会有机会大批量地产生出来，并流传至今。相反，那些文本通过情节、形象和说教气息十足的文字，扭曲、修正、操纵着欲望，使它们成为道德上可以

---

① 在清代，"三言""二拍"在社会上逐渐湮没无闻，仅有它们的选集《今古奇观》流传于世。

② 在《拍案惊奇》的序言中，凌濛初抨击了当时众多作品的夸张无度、堕落和淫秽，盛赞冯梦龙和他的作品："独龙子犹氏所辑《喻世》等诸言，颇存雅道，时著良规，一破今之陋习。"

③ 在他对近现代西方涉及性的话语极富启示性的探讨中，米歇尔·福柯认为通过加大刺激的机制，性被转化为话语，成为一个管理、控制的对象。我的论述在很多地方运用了福柯的理论假设。参看福柯：《性史》第 1 卷，罗伯特·哈莱英译，纽约 Pantheon 图书公司 1978 年版，第 24—26 页。

被接受的东西。初看"三言""二拍"序言或后记中那些声调高亢的道德宣言，人们会以为作者们似乎真的想压抑、抹去不道德的欲望，然而同时他们又确实想要在他们的作品中谈论、表现这些欲望。美国学者基思·麦克马洪（Keith McMahon）将这种张力定义为"正宗的传统与文学离经叛道的形式之间的争执"①，它对理解"三言""二拍"中的许多问题至关重要。

## 二、欲望的凸现

和许多恪守着"乐而不淫，哀而不伤"的美学准则、以古雅的文言文写成的作品不同，白话小说作品为了满足市民阶层的需求，将镜头瞄准日常生活，展现了丰富多彩的人类欲望，"三言""二拍"的作者便是这样。这一倾向在《喻世明言》的序言中有详尽阐述。

> 大抵唐人选言，入于文心；宋人通俗，谐于里耳。天下之文心少而里耳多，则小说之资于选言者少，而资于通俗者多，试今说话人当场描写，可喜可愕，可悲可涕，可歌可舞；再欲捉刀，再欲下拜，再欲决脰，再欲捐金，怯者勇，淫者贞，薄者敦，顽钝者汗下。虽小诵《孝经》《论语》，其感人未必如是之捷且深也。噫，不通俗能之乎？②

白话说书作品的巨大感染力在此表露无遗。与高雅的古典作品相

---

① 麦克马洪从小说作者所具有的双重作用切入这一论题。在他看来，"小说作者既是说教者又是魔术师。运用细节和色情描写，他使他的故事在最终回复到说教者文体所应有的端庄稳重之前尽可能地反复无常，难以捉摸。通过显示正确无误和平衡必须经受反复无常的变迁的考验，他使正统的道德陷入了窘境"。参见基思·麦克马洪：《十七世纪中国小说作品中的因果关系和遏制》，荷兰莱登 E. J. Brill 公司 1988 年版，第1—2页。

② 这篇序言署名绿天馆主人，一般认为它出自冯梦龙之手。

比，它能更有效地起到伦理教化的作用，而这样一种艺术感染力的获得又得益于说书人和听众构成的某种特殊的氛围。在"三言"作品集中那些直接脱胎于说书的篇章里，故事讲述者在欲望散布的过程中起着中介人的作用。即便在拟话本的"二拍"中，也有一个虚拟的充当中介人的故事讲述者存在。由于相当多的故事直接取材于先前的逸事趣闻，他们自然而然地包含了一个传统的框架。那些故事讲述者为了将它们传达给预期的听众，便需要对这些生糙的材料进行发挥、充实乃至重新创造。在这一过程中，为了激起并保持听众的兴趣，为了迎合他们的趣味、赢得他们的赞助，故事讲述者有意无意地强化了对欲望的表现。在生动地展现那些欲望之际，他们给了欲火中烧的听众一种替代性的满足。故事讲述者和听众间的所有这些交流发生在一个"虚拟的背景"中——凭借着它，叙述者和听众达成了让这些故事得以交流的默契。① 没有这一幻景，白话文本中欲望的散布将变得不可想象。

下面我将对欲望散布的几个重要领域进行探讨，它们分别表现为对官位、财富和性的追求。

1. 寻求官位

官场在古代中国社会的日常生活中占据着极为重要的位置，这一点反映在许多篇故事中，"老门生三世报恩"（《警世通言》18 卷）便

---

① "虚拟的背景"（simulated context）这一术语源自美国汉学家帕特里克·韩南（Patrick Hanan）。他以它来指涉一部虚构作品得以传达的情形。在他看来，这样一种幻景的存在是中国白话小说的特点。参看他所著的《凌濛初小说的特性》，收入安德鲁·H.普莱克主编《中国的叙述：批评和理论论文》，普林斯顿大学出版社 1977 年版，第 87—88 页。

是一例。① 这篇故事的主人公鲜于同是一个博学多才的秀才，尽管他小时便有神童之名，但时运不济，在科场上一再失意。在历经多年磨难后，他的生活在晚年有了奇迹性的转折：如有神助，他顺利地通过三场考试，61 岁时被委以官职。在科场发迹之前，鲜于同屡屡遭到旁人的白眼；当他位居高职后，富贵荣华接踵而至，他的生命也有了一个完满的结局。只有到了那时，他才在世人眼里赢得了幸福和成功。

显而易见，在这些文本中，在官场上飞黄腾达已被确认为一条理想化的人生之路。这在当时正统的意识形态那儿寻得了有力的支持。在早期的儒学思想中，为了实现跻身于圣贤行列的最高价值目标，个人的道德修炼被置于实际的政治参与之上，但它并没有排除人们可以在适当的时候介入政治活动。依照儒家适时的原则，如果时机成熟，一个人担任官职可以与坚持他的道德原则并行不悖。因而，仕途成了一条可被接受甚至是值得向往的谋生之道。②

儒学的创始者注重道德修养的良苦用心也许正在于他们试图以此来保证人们在入仕为官后能在一定程度上保持清正廉洁。但在现实世界中，更为强大的欲望机制击败了它，它激起、唤醒、强化着人们追求官位的强烈渴望。一条臻于幸福生活的切实可行的道路展现在人眼前：只要你在一系列高难度的科举考试中脱颖而出，取得官位，随后一切便唾手可得。鲜于同的期望、挣扎和成功正好体现了这一理想化的完美人生。就这样，儒家的信条便逐渐蜕化为实用主义气味甚浓的

---

① 在"三言"作品集中，只有这一篇被确认是出自冯梦龙本人之手，见孙楷第：《三言二拍源流考》，《国立北平图书馆刊》1931 年第 5 卷第 2 期，第 24—26 页。

② 有关个人道德修养与政治参与之间的关系，参阅汉学家罗伯特·伊诺：《儒家对天的创造：哲学和为精通礼仪的辩护》，纽约大学出版社 1990 年版，第 30—63 页。

社会政治性生存模式，其结果是伦理性的维度被利欲熏心的人们弃置一旁。

再者，官位成了各种欲望交汇的枢纽和中心。它是人一生事业最终的目的地，它将导致人的生活发生戏剧性的变化——他由此步入了上层社会的门槛，高高地凌驾于芸芸众生之上。它的获得喻示着一个人被压抑的利比多和最疯狂的梦想将得到相当程度的满足——这一点在马德称的故事（《警世通言》17卷）中得到了淋漓尽致的体现。由于出身于名门世家，加上从小聪颖过人，马德称得到一大群人的奉承，他们甚至争着日后和他结亲，这其中的奥秘在于他们确信他成年后会在官场上青云直上。但事与愿违，不久马德称遇上了一连串的不幸，变得一贫如洗。在他遭到灾难性的打击后，那些势利眼朋友纷纷转身而去。日后，马德称在科场上扬眉吐气，只有到了那时，福祉重又回到他的身边。他恢复了先前尊贵的地位，和他贤慧的妻子一同过上了幸福的日子。这篇故事的标题"钝秀才一朝交泰"点明了马德称大起大落的命运变迁，映照出官位在实现欲望过程中的支配地位。取得官职是马德称这样的士人摆脱贫困、屈辱和其他困扰并实现众多欲望的唯一途径。他们别无选择。

然而，在官场仕途的领域内，欲望的追求更为经常地呈现出一种否定的色调。除了少数幸运者和才智卓越的人外，大多数士人长年累月、孜孜不倦地追求着功名利禄，但到头来均以失败告终。他们自觉被那深不可测的命运错待了。在《喻世明言》31卷中，司马茂在阎罗王面前激烈地抨击了天道的不公正。

阎君，你说奉天行道，天道以爱人为心，以劝善惩恶为公。

如今世人有等怪吝的，偏教他财积如山；有等肯做好事的，偏教他手中空乏；有等刻薄害人的，偏教他处富贵之位，得肆其恶；有等忠厚肯扶持人的，偏教他吃亏受辱，不遂其愿，作善者常被作恶者欺瞒，有才者反为无才者凌压。①

司马茂的抗议道出了各个时代怀才不遇的士人的心声。尽管阎罗王回答道：上天的报应清爽无误，普通人无法识破其天机，但这没有给人提供任何慰藉。士人一代又一代地企求着官位和功名，他们的悲剧连续不断地上演着。但是，欲望的受挫并没有减弱它的强度；相反，挫折不停地刺激、激发、逗引、增强着欲望，并将那可望而不可及的目标神圣化。就这样，欲望散布的机制将人们牢牢地捆绑在它的网络之中。

## 2. 追财觅富

俗话道，有钱能使鬼推磨——它将财富在社会生活中扮演的显赫角色凸露无遗。显而易见的是，对财富的追觅是欲望满足的一项基本途径，也是"三言""二拍"文本中欲望展现的主要方式之一。

在对上述文本如何处理对财富的欲求作详尽的探讨之前，首先来分析一下那个社会中欲望的等级体系。无可否认，财富在日常生活中举足轻重，然而在大多数人的价值坐标上，它仍位居官职之下。在以伦理为中心的社会中，商业、贸易和其他以盈利为目的的活动都程度不一地受到公众和正统的道德家们的鄙视和谴责。之所以会产生这样的倾向，一个原因在于财富似乎与罪恶有着更为紧密的关系。确实，追求官位也会衍生出许多恶行，但它毕竟是在公共活动的幌子下进行

---

① 此种愤激的情绪可追溯到汉代的司马迁，他在《伯夷列传》中说："或曰：'天道无亲，常与善人。'若伯夷、叔齐，可谓善人者非邪？积仁洁行如此而饿死！……余甚惑焉，傥所谓天道，是邪非邪？"

的，并且有正统儒家意识形态的支持。相形之下，对财富的渴求就成了一种无遮无掩的自私行径。在"三言""二拍"的文本中，追财觅富几乎完全是以否定的色调来处理的，许多恶行或多或少地与对财富疯狂的贪欲有关。对财富的贪欲极易与既有的伦理规范发生尖锐的冲突，它会进一步侵蚀社会的合法性基石，直至损害被儒家推崇为至高无上的美德原则。人一旦财迷心窍，灾祸的发生便势不可挡。

在古代中国，孝道是所有道德活动的基石。它在各个领域内影响着人们的行为，孔子对孝道的重视基于如下理由。

> 其为人也孝弟，而好犯上者，鲜矣；不好犯上，而好作乱者，未之有也。君子务本，本立而道生。孝弟也者，其为仁之本与！
>
> （《论语·学而》）

然而，对财富的狂热追求使这至高无上的价值一下变得无足轻重。个人的利益与打算碾碎了神圣的美德。《拍案惊奇》13卷诉说了一个可怕的故事，儿子的不孝顺最后竟以弑父而告终。赵聪自小受到父亲赵六老和母亲的极度溺爱。他们在他身上花费了大笔金钱，还举债为他娶媳妇。但他们忽视了给儿子进行儒家伦理的教育——它是他日后在社会上立身和事业上成功的保障。最后，昏聩的父母一无所获，而且也遭受了不少痛苦。在啬吝小气、傲慢自大的妻子的影响下，忘恩负义的儿子拒不履行任何孝顺的义务。在母亲去世之后，他甚至不愿负担丧葬费。当父亲赵六老被债主追逼得走投无路时，他也拒不支援一文钱。赵六老出于无奈，想到儿子家偷些值钱的东西。就在那个夜晚，悲剧发生了。赵聪将父亲误作小偷，一斧头砍死了，这实在是致命的一斧头。赵聪不仅将最后一点孝道毁灭殆尽，而且也敲响了自己的丧钟。他被判处死刑，行刑前饿死于狱中。这个事例再一次证实了在财富领域内，欲望与罪恶如一对孪生子，互相纠结，密不可分。

不可否认的是，上述文本中也存在着一些与狂热追求财富相抗衡的事例。一些深受儒家伦理熏染的人坚守着传统的道德规范，牺牲了他们个人的私利，《醒世恒言》17卷中的张孝基便是这样。他婚后一直居住在岳父家。在岳父去世后，由于原先合法的继承人、他的小舅子过迁被剥夺了继承权并流浪在外，他便拥有了他岳父的全部财产。但张孝基心中很不安，他觉得自己不应拥有这份财产。他派人四出寻找小舅子过迁，并帮助他弃恶从善。当他小舅子改邪归正后，张孝基便将他岳父的财产完整地归还了他。在人欲横流的年代，这成了一个难以置信的故事。但对张孝基来说，维护伦理原则的神圣性是居于第一位的大事。

此外，叙述者在欲望散布过程中所扮演的角色也值得我们注意。一方面，在故事的开头或结尾处，叙述者不时地对人物、事件作出明确的伦理评判，使读者/听众增强对宇宙固有的道德秩序的信念，即善有善果，恶有恶报。另一方面，他们在对待欲望时有时也带着一种超脱的姿态，即便是面对令人发指的罪行。例如，在上述赵家父子的故事中，一种对人们行为动机冷嘲的讥讽渗透在对可怕的弑父罪行的处理中。在叙述者看来，父母溺爱儿子也犯下了罪过，并播撒下了他们自身不幸的种子。[①] 通过这样的处理方式，受害者与罪犯之间的严格界限变得模糊不清，两者共同承担着某种罪责。就这样，故事讲述者暗暗地使听众/读者沉醉于对贪欲富有同情心的描绘，使他们不致因为

---

① 帕特里克·韩南对"二拍"文本中的讽刺性因素作了颇富启迪的分析，参见论文集《中国的叙述》（第106页）。

道德意味十足的结尾而大倒胃口。

## 3. 性的追逐

性，而非婚姻，对于生命是不可或缺的组成部分。无论如何，性是尘世间无法祛除的诱惑，它允诺了一个触手可及的人间天堂。与官位和财富一样，它为人提供了一个发泄被压抑能量的渠道。然而，在某些社会中，性或性活动体现（或是被迫体现）在某种规范化、标准化的形式中，即婚姻关系之中，否则它在道德上便难以被接受。古代中国社会便是这样。正统的儒家礼仪对性活动施加了严格的限制。众所周知，旧式的中国婚姻按照父母之命、媒妁之言来安排，年轻人的意愿和感情在其中不起任何作用。婚姻是一宗交易，是增强家庭社会经济地位的一个砝码。在一夫一妻家庭占优势的总体背景下，存在着一些一夫多妻家庭：少数高官、贵人和富人拥有着多个性伙伴，即一个正妻和几个小妾。同时，他们还经常有着婚姻之外的性生活。对女性来说，她们无权享受这一特权，贞洁是她们必须履行的道德义务。

确实，充斥在"三言""二拍"文本中的性活动从正统的伦理观念上来看大多是不道德的。从现存的文字资料来看，明代中后期社会的一个显著特征便是非常规的性活动的广泛流行。旧有的性的禁忌瓦解了，人们急切地追逐着性的快乐。无疑，在这样一种淫靡的社会氛围中放纵而出的不可遏制的力量对神圣的道德和人类关系的基本准则造成了极大的冲击。福柯认为性在某种程度上浸染着死的本能，因此，一个人准备着"将他的全部生命来和性作交换……性是值得用死来换取的"[①]。正是在这个意义上，"淫为万恶之首"这句中国老话道出了

---

[①] 福柯：《性史》第 1 卷，罗伯特·哈莱英译，纽约 Pantheon 图书公司 1978 年版，第 156 页。

部分真理。

在"三言""二拍"文本中，性的出轨大量体现在女子的通奸行为上。基思·麦克马洪认为，在明代后期的白话文本中，"价值的中心位置是女人，那个裹着小脚、静止不动并处于隔绝状态的女人"。他还指出，白话文本中对女人的专注是那一时期不断增长的对女性的关怀的表征。[①] 这里透露的信息是：如何操纵、调控为性欲困扰的女人已成了以那个男性为中心的社会的当务之急。换句话说，女性的性活动不仅是男性快乐的源泉，而且也成了他们灾祸的根源。

作为女性性活动的中心点，女人的身体一直是男性操纵、占有和榨取的对象。女性传统上一直在性活动中扮演被动的角色，现在她们开始醒悟到她们身体的价值，并力图从中寻找到乐趣。自然，女性的这样一种自我意识衍生出了许多所谓的伤风败俗之举，并对男子的性霸权构成了巨大的挑战。通过对著名的"珍珠衫"故事（《喻世明言》第 1 卷）的分析，可说明这一点。

蒋兴哥和三巧儿本是一对恩爱夫妻。由于蒋兴哥外出经商，三巧儿只得长年独守空房，忍受着难捱的寂寞和性的饥渴。这时花花公子陈大郎乘虚而入，经过精心的预谋成功地引诱了她。一旦三巧儿在与陈大郎的关系（也即是对她身体的充分利用）中寻得了快乐，她便决意尽可能长久地保持这种偷情的关系。显而易见，那时性的欲念控制了她，她全身心地投入了这一不正当的性爱之中。在某种意义上，她侵夺了男性的权威，享用着男性拥有多个性伙伴的特权。她丈夫原先拥有的权力完全被颠覆了。当蒋兴哥发现了真情后，依照当时通行的

---

① 基思·麦克马洪：《十七世纪中国小说中的因果性和遏制》，荷兰莱登 E. J. Brill 公司 1988 年版，第 34、48 页。

惯例休弃了三巧儿。尽管这样，他们间的恩爱并未完全泯灭。日后当蒋兴哥身陷囹圄时，三巧儿设法营救了他。最后，她回到蒋家，做了蒋兴哥的第二房夫人。虽然这个故事以团圆告终，但它以相当多的篇幅描绘了三巧儿与她的情夫间不正当的性关系，这使人们对蒋兴哥与她重婚后关系的稳固性以及三巧儿作为一个妻子的忠诚可靠产生了怀疑。此外，叙述者对犯下过失的女主人公也抱着暧昧不明的态度：一方面，他不遗余力地从正统的立场出发谴责她的过错，像韩南所说，想要"调节着道德上的不平衡"；[1] 另一方面，他对不忠实的女主人公又怀有极大的同情，试图减轻她的过失的严重性——这个迹象显示了在风靡一时的性出轨行为的冲击下，传统的贞操观已渐渐失去了对人们的控制力量。这一伦理的困境在文本中无法得到解决。

有时，凶暴的性激情会变得如痴如狂，在摒弃一切社会责任和道德约束的纵欲的狂欢中达到高潮。《拍案惊奇》32 卷讲述了一个令人难以置信的故事：为了最大限度地猎取到性的快乐，胡生和铁生这一对亲密朋友开始了一场换妻的游戏。最初，铁生打算引诱胡生的妻子，但最终却受了胡生的要弄，妻子被勾引，做了"乌龟"。仿佛老天要惩罚恶人，胡生和铁生的妻子因病和抑郁先后死去。在这场性的游戏中，阴谋和背叛、坦率和诡诈交相缠结，伦理性的内涵荡然无存。在另一个故事（《二刻拍案惊奇》34 卷）中，一个高官的门客任君用乘其主人外出，与他家中的一群小妾沉溺于性的狂欢。性似乎在给人们五花八门的感官愉悦时，给他们提供了终极的福祉。然而，这个莽撞的年轻人为自己在性上的辉煌付出了沉重的代价：真相大白后，主人将他

---

[1] 韩南：《珍珠衫的制作和交际花的百宝箱》，《哈佛亚洲研究杂志》1973 年第 33 卷，第 124—153 页。

处以阉刑，永久地剥夺了他的性能力。

在这一时期的文学创作中，如此猥亵的描写不是独一无二的现象。明代中后期此类作品大行其道，《金瓶梅》便是其中的集大成者。[①] 它们一同成了那个时代精神氛围的真实写照。

### 三、欲望的调控

弥漫在"三言""二拍"文体中的大量炽热、多彩多姿的欲望冲破了古典诗文所遵循的高贵雅致的美学风格，先前文学文本中占主导地位的沉思默想和闲清逸致让位于风风火火的行动和不加节制的沉醉放纵。

然而，人们不应将这些文本视为纯粹享乐主义的发泄，在它们的肌理深处存在着一种内在的调控。显而易见，作者们不时地在故事的进程中加以干预，约束并试图驯驭这些欲望。在某种意义上，这样的调控已经成为狂暴的欲望的解毒剂。此外，从一些序文中可以看出，这些作者的头脑中并不缺乏必要的道德感。

> 事真而理不膺，即事膺而理亦真。不害于风化，不谬于圣贤，不戾于诗书经史，若此者其可废乎？
>
> （《警世通言》原叙）

确实，如韩南所说，那些故事讲述者绝大多数道德感很强，并且热衷于说教。[②] 他们有意识地想对那些令人生畏的欲望加以管束，通

---

① 有关《金瓶梅》中对性的表现，参看吴红、胡邦炜：《金瓶梅的思想和艺术》，巴蜀书社 1987 年版，第 211—220 页。

② 韩南：《珍珠衫的制作和交际花的百宝箱》，《哈佛亚洲研究杂志》1973 年第 33 卷，第 124—153 页。

过公共性的话语加以调控，从中引出道德上的教训，使它们易于被社会接受。然而，依照米歇尔·福柯对性的散布所作的分析，文本中权力运作的机制"并不试图压抑它［性］，而是赋予它一个分析的、可见的和永久的实在"①。就这样，欲望并没有被故事讲述者压抑或是祛除，它只不过被管束、改装，甚至披上了一层伦理的外衣。由此，那些白话作品的实际效果常常与故事讲述者的说教宗旨相偏离便变得非常好理解了。因为欲望并没有被抹去，它充斥在字里行间，或多或少地遮掩了那些伦理训诫。此外，无论作者们的真实态度究竟如何，序言中所表露出来的道德姿态也可被视为躲避、缓和公众指责的一种策略，他们毕竟将那么多与人伦不容的欲望毫不掩饰地展示在人们面前。

在某种意义上，可以说在机敏的故事讲述者和听众/读者之间存在着一种"共谋"关系。两者在虚构作品得以传达的"虚拟的背景"中采取了双重的姿态。对故事讲述者来说，他们确确实实想要谈论、表现欲望，但他们在根深蒂固的道德观念的压力和书刊检查的威胁下，不得不缓和欲望的强度。在听众/读者这方面，在潜意识的层面上，他们急切地想在欲望栩栩如生的画面中寻得完全的满足，但在现实意识的层面上，道德感又迫使他们寻求某种道德的平衡。由于那些从故事讲述者传送给听众/读者的文本是公共话语的一部分，不是私下里的悄悄话，因而它总得有某种约束。正是在这一点上，故事讲述者和他们的听众达成了默契：他们两者都在欲望的展示中得到了快乐，但他们又不能沉溺于纵欲的狂欢，某种伦理训诫出现了，尽管并不坚实牢靠。

下面我将谈及文本中欲望调控的几种方式，它们分别表现为善恶

---

① 福柯：《性史》第 1 卷，罗伯特·哈莱英译，纽约 Pantheon 图书公司 1978 年版，第 43—44 页。

各有报的信念、天命观等。

1. 善恶各有报

"善有善报，恶有恶报"，一直被视为天理昭彰的直接显示。自古至今，善恶各有报的观念在中国社会各个阶层中起着强有力的影响，几乎成了一种根深蒂固的民间信仰。一般而言，追逐欲望不可避免地会滋生出恶行，这样一种信仰的宗旨本在于遏制自然本性的盲目与狂乱的冲动，将它纳入伦理化的轨道。

故事讲述者常常将这一广为流传的观念编织进他们的故事情节中，以此缓解欲望在官位、财富、性等领域散布的强度，倾覆欲望至高无上的地位，在欲望的表现和道德教化之间达成一种平衡。在"三言"二拍"的文本中，我们可以发现，报应对一个人的前程起着巨大的影响，甚至完全改变了它原有的方向。有些原本注定要遭灾落难的人，凭藉着善举获得了改善，甚至改变自身命运的机会，裴度的经历典型地映证了这一点（《喻世明言》第 9 卷）。年轻时相面师告诉裴度，他日后注定死于饥饿。一次，他偶然拾到三根贵重的腰带，但他没有将它们据为己有，而是送还了失主。他的忠诚得到了丰厚的回报：他官至宰相，安享天年。相反，为恶的人受到严厉的惩罚，他们原本有的好运丧失殆尽。在上文提及的蒋兴哥的故事中，花花公子陈大郎因引诱了三巧儿，遭受了始料未及的灾祸：他孤身一人死于异乡，妻子则改嫁给受他损害的蒋兴哥。这儿，上天的公道似乎是毫厘不爽地体现了出来。由此可见，报应的机制在不同程度上塑造着一个人的未来。

上述的报应都发生在今生今世。然而，许多善行恶事在此生此世并没有得到其应有的回报，由此天理昭彰的观念在一定程度上失去了效力。为了维护这一信仰的有效性，有必要引入佛教中的因果报应概念来补充原有报应观的不足。

在佛教看来，世上万物无不处于因果关系的长链中，每一个行动和思想都会参与到因果关系中，并留下它们的印迹。与中国原有的民间信仰相比较，佛教因果观的最大突破在于它将报应的时间范围扩展到了人的前世和来世。换句话说，因果报应不仅会在人的今生今世发生，而且将延续到人的来世。① 在佛教传入中国后，它的因果报应观渗入中国社会，在大量的文学作品中留下了痕迹，包括"三言"和"二拍"。在某种意义上，正是佛教的这一因果报应观维系着这一被广为接受的报应信仰的有效性。

在不少文本中，因果报应观经常为故事提供内在的框架，并推动着情节向前发展。在一个奇幻的爱情故事（《喻世明言》第 4 卷）中，阮三和玉兰这一对青年男女在一个尼姑庵里幽会。没想到乐极生悲，阮三竟在做爱时猝死。当故事临近结尾时，作者透露了因果报应的秘密：阮三在前世曾与一名妓女相爱，她便是前世的玉兰。尽管他允诺与她成婚，但在地位显赫的家庭的压力下，他事后食言，抛弃了她，不久她便郁郁而终。到了今生今世，玉兰对她负心的情郎施行了惩罚，阮三为他在前世的所作所为付出了生命的代价。这个秘密构成了整个故事内在的枢纽。

现在要问："三言""二拍"文本中的因果报应究竟在何种程度上达到了道德上的平衡？从表面上看，这种平衡达成了——正义得到了伸张，过度的欲望依照伦理规范受到了调控。然而，细察之下可以发现，即便在那些似乎达到了道德平衡状态的文本中，欲望的散布与伦

---

① 参看肯尼思·陈：《佛教在中国：历史概述》，普林斯顿大学出版社 1973 年版，第 110—111 页。

理教诲相比依旧占着上风，报应无法制服欲望所衍生的恶行，《喻世明言》27 卷所叙述的故事便是一例。穷困潦倒的书生莫稽娶了美丽的姑娘金玉奴，因为她的父亲、先前的丐头金老大在积聚了一笔财富后，急于提高自己的社会地位，他认定莫稽的前程无量，便招他做了女婿。莫稽在科场考试成功、被授予官位后，深为妻子门第低贱而苦恼。在赴任途中，他精神上的不平衡达到了顶点，竟将妻子推下船，想淹死她，好在日后另行再攀一门高亲。幸运的是金玉奴被莫稽的顶头上司救起，并成了他的过房女儿。不久，他获悉了莫稽试图谋害妻子的罪恶行径。由于莫稽高攀心切，他便允诺将干女儿嫁给他。婚宴之后，莫稽方知他的新娘便是旧日的妻子。金玉奴痛快地打了负心的丈夫一顿，莫稽不得不表示悔悟，最后夫妻重新和好。但是莫稽的悔恨能抵消他的罪过吗？显然不能。他应受到更为严厉的惩处。

因而，在这些文本中，调控的机制并没有能涵盖欲望散布的全部领域。因此，可以说调控只获得了部分的成功，道德的不平衡依旧存在。这样一种不平衡损害着报应观念的有效性。如果要说文本中达成了一种道德的平衡，那么它确实是一种脆弱的平衡。

### 2. 天命难违

天道神秘莫测的运作对于普通百姓来说永远是个难解之谜。上文谈及的善恶各有报的观念在人们的行为和其领受的报应间建立了紧密的关系，昭示了人的善举和恶行可在一定程度上影响他的命运。这一报应（包括佛教的因果报应）的观念是建立在道德和正义基础上的世界观念的一个组成部分：它肯定了一个正义公平世界的存在，尽管其间穿插着许多迂回和曲折。然而，也正是那些白话故事的文本同时展现出生活中的另一面：那是理性和正义无法企及的领地，人的生命的基本走向，诸如他事业上的成败荣辱，寿命的长短，常常为超出他个人的神秘的力量所左右——简而言之，他的命运最终是由上天所钦定、摆布。如果是这样，那么人们对欲望的实现孜孜以求便多少显得有些徒劳。这一倾向在"三言""二拍"文本中评价人物、事件或直接表露作者观点的诗句中得到了充分的体现。

前程暗漆本难知，秋月春花各有时。静听天公分付去，何须昏夜苦奔驰？

（《喻世明言》第5卷）

万事由天莫强求，何须苦苦用计谋。饱三餐饭常知足，得一帆风便可收。生事事生何日了？害人人害几时休？冤家宜解不宜结，各自回头看后头。

（《醒世恒言》20卷）

诚然，这是一幅极为阴暗的图画：在不可抗拒的天命的罗网中，没有多少余地留给人去完成他所想干的一切，去干预事件的进程。命运的冷酷和反复无常有时会造成始料未及的悲剧。十五贯的故事（《醒世恒言》33卷）淋漓尽致地展现了这一悲剧。刘生可算是一个倒霉鬼，在科场考试和经商上都一无所成，因而全家时常陷入困窘之中。他的岳父出于对刘生的关心，给了他十五贯钱，让他开一个杂货店以改善生计。没想到岳父的善心好意竟惹出了一场可怕的灾祸。回家后刘生对他的姨太太陈戏言道，他要卖了她。陈姨太被吓坏了，惊恐之中，她连夜逃回娘家。凑巧，也正是在那个夜晚，盗贼潜入刘家，杀死了刘生，将十五贯钱洗劫一空。这下陈姨太自然成了重大嫌疑人。

在她回家的路上，她遇上了一个年轻人，两人一路同行。过后两人以谋杀的罪名被拘捕。由于这年轻人身上不多不少带着十五贯钱，一连串的巧合使他们有罪的证据变得无懈可击。无辜的陈姨太和那年轻人被作为谋杀犯定罪处决。只有当真正的凶犯曝光后，他们俩的冤案才得以昭雪，但这已为时过晚。这里，无情的命运对人的绝对统治昭然若揭：这纯然是一个没有正义和理性的世界。作者有意识地将命运的这种特性凸现在文本的情节进程中，以此对泛滥的欲望实行调控。

有时这一难测的天命会显示出它的偏宠，给某些人带来意想不到的好运和成功，史弘肇的发迹史（《喻世明言》15 卷）便是典型的一例。作为一个低级军官，热衷于偷鸡摸狗的他本毫无前途可言。在阴间的一个神重铸了他的心胆，并判定他将一鸣惊人，之后他果然出人头地。他的成功不依赖于个人的努力和道德的修养，他的荣辱沉浮全由老天安排。天命是如此的诡诈，如此的隐秘，从一开始胜败就已注定。

因此，原先单一的基于正义和理性的世界观不再有效。宿命的观念和报应的观念发生着激烈的冲突，这无疑会使抱着道德期待的听众/读者困惑不安。事实上，自古至今，人们一直试图调和这两种截然相反的观念。早期的儒家文献已触及这一难以解决的课题。

> 孟子曰："求则得之，舍则失之，是求有益于得也，求在我者也。求之有道，得之有命，是求无益于得也，求在外者也。"
>
> （《孟子·尽心上》）

> 孟子曰："莫非命也，顺受其正；是故知命者不立乎岩墙之下。尽其道而死者，正命也；桎梏死者，非正命也。"
>
> （《孟子·尽心上》）

　　确实，在孟子的理论构架中，神秘莫测的命运成了他高扬的道德理想的最大威胁。面对这一棘手的挑战，孟子只得将对手悬置起来，也就是在某种程度上回避它。他一方面极力肯定最大限度地发挥人的主观能动性，勤勉地加强道德修养的必要性；另一方面也承认了人在天命威力面前的无可奈何，在面对超出他能力所及的事情时，人们能做的充其量只是从容镇定地迎接命运的播弄。

　　很难说它提供了一个令人满意的答案。孟子之类的道德家们无法否认这世界荒诞和非理性的一面，但他们不遗余力地将人们的注意力和能量转移到自我控制的修养上来，以抵御命运的淫威。

　　这样一种观念的冲突并没有妨碍欲望的调控机制在"三言""二拍"的文本中发挥作用。人的命运预先被注定的情形，使他精心的算计和谋划都归于无效。无情的命运对人随心所欲的操纵意味着舍命追逐欲望不啻于白费气力，它在一定程度上削弱了欲望的强度，与报应的观念可以说是相得益彰。

1996 年 5—8 月

# 话语的冲突：
# 20 世纪中国文学中的两种外来话语

## 一、两种对立的外来话语

在 20 世纪中国文学繁富绚烂、明暗相渗的画卷上，从异域输入的文学犹如一簇簇触目奇异而又狰厉的色调，有的悬浮在画卷的表层，有的潜入深处，和底色融合在一起。在相当大程度上，正是这些外国文学决定了 20 世纪中国文学的基本格局和面貌。茅盾的一段话在中国现当代作家中颇具代表性："我也是和我这一代人同样地被五四运动所惊醒了的。我，恐怕也有不少人像我一样，从魏晋小品、齐梁词赋的梦游世界中伸出头来，睁圆了眼睛大吃一惊的，是读到了苦苦追求人生意义的 19 世纪的俄罗斯古典文学。"① 不单是俄国文学（包括苏联文学），在"五四"前后的数十年间，英国文学、法国文学、美国文学、德国文学、日本文学、印度文学、北欧及东欧诸国的文学一齐涌入中国，一时间蔚为大观。它们不但在中国人面前展示开拓了一个崭新、奇丽的文学世界，而且导致了中国旧有的文学话语范式的颠覆和解体，并在此废墟上营造起新时代的文学话语范式。

---

① 参见茅盾的《契诃夫的时代意义》中相关表述。

然而，上述林林总总的外来文学的影响和作用并不是等值的。它
们提供给中国人的文学话语范式（蕴含在理论和作品文本中的一整套
编码方式、组合规则、意义的构成方式以及价值观念取向）各各不同，
它们之间不同程度地存在着抵牾、冲突乃至对抗，而禀有不同意识形
态倾向、不同艺术风格嗜好的人们又各自袭取了不同的外来话语范式，
因而在 20 世纪中国文学壮阔的舞台上，各种外来话语展开一场场强弱
不一的冲突，乃是势所必然。法国、俄罗斯（包括苏联）、英国和美国
的文学堪称是对本世纪的中国影响最甚的几大文学。尽管同属欧美文
学体系，法俄文学话语和英美文学话语在一系列重大问题上存在着深
刻的歧异，这在长时间内制约着中国文学界左右两翼各种理论思潮和
创作倾向的跌宕起伏、盛衰荣枯，它们间力量的对比消长影响着 20 世
纪中国文学的总体进程。笔者将对这两种外来话语间的冲突作一番粗
略的勾勒，并以此为窗口，探讨外来文学话语在中国发生影响的种种
复杂多变的情形。

## 二、法俄激进的文学话语范式与中国 20 世纪文学

### 1. 法俄激进的文学话语范式

好心善良的人们无不祈愿社会变革能以尽可能和平的方式和尽可
能小的代价进行。但冷酷的事实却常常与人们的主观意愿相悖。历史
上史无前例的变革往往是以史无前例的激烈、血腥甚至是恐怖的手段
来完成的。法国 1789 年大革命、俄国 1917 年十月革命是人类近现代
史上空前绝后的重大事件，它们激烈的程度不仅超出了某些革命倡导
者和组织者的想象和控制能力，而且在那些活生生的事变过去后的多
少年里，依旧像鬼魂一样萦回缠绕在人们的心头，挥之不去，激发起

欢乐、狂喜、惊愕、恐惧或是仇恨的情绪。法国 19 世纪历史学家亚历克西·德·托克维尔称颂法国大革命代表法国的"青春，热情，自豪，慷慨，真诚的年代"，"这就是 1789 年，无疑它是个无经验的时代，但它却襟怀开阔，热情洋溢，充满雄劲和宏伟；一个永世难忘的年代，当目睹这个时代的那些人和我们自己消失以后，人类一定会长久地以赞美崇敬的目光仰望这个时代"。① 俄国革命的意义对我们来说更是耳熟能详，它决定了这个世纪世界的基本面貌。法俄革命在清除社会数百年沉淀下来的陈污积垢，扫荡一切腐朽而不合时宜的枷锁桎梏的同时，由于它们排山倒海的激进性，对社会正常的有机体也造成了相当程度的损害，传统的大厦在一夜里轰然倒坍，人们无意识中奔涌而出的原始的野性一时间将文明的果实冲蚀得几乎荡然无存。

疾风骤雨的革命造就了法俄激进的文学话语范式。文学在革命前后的法俄两国占据着极为重要的地位，发挥着异乎寻常的功用。那时的文学，已不是通常意义上的美文学，而是和政治社会活动密不可分地结合在一起，起着思想启蒙甚至是革命鼓动的作用，散溢着浓郁的火药味，成为一种托克维尔称为"文学政治"的奇特文化景观。法国当代思想家雷蒙·阿龙认为它"显示了法国文人的一种历史职能，即是将文人自身和人类的种种梦想和激情联系在一起，与此同时，不管是好是歹，他们还将那些散文化的社会成就转化为种种普罗米修斯式的使命、光辉灿烂的功绩和悲剧式的史诗"②。伏尔泰、卢梭、雨果、左拉、罗曼·罗兰等人集中体现了法国文学这种激进的话语特性。卢

---

① 托克维尔：《旧制度与大革命》，冯棠译，桂裕芳、张芝联校，商务印书馆 1992 年版，第 239 页。

② 雷蒙·阿龙：《知识分子的鸦片》，纽约双日出版公司 1957 年版，第 14 页。

梭以惊世骇俗的勇气将建立在私有制基础上的文明斥为"把花冠缀在束缚着人们的枷锁之上"的罪恶的果实，① 而从中孵化出来的科学和艺术理所当然地成了他否定的对象，在他的眼里，当时法国和欧洲各国盛行的君主专制体制并不禀有天然的合理性和不可侵犯的神圣性，他衷心倾慕的是建立在全体社会成员契约之上并使他们享有自由平等权利的民主共和政体。此外，在《新爱洛绮斯》《忏悔录》等文学著作中，卢梭将被传统伦理贬抑的人的自我、人的个性张扬到了前所未有的高度，并以叛逆者的狂狷和孤傲作赤裸裸的自我告白和汪洋恣肆的情感抒发。雨果则充溢着人道主义的激情，满腔义愤地对当时社会形形色色的不公、压迫、黑暗和暴虐作了猛烈的抨击，对身处底层的贫苦百姓抱着深挚的同情，他心目中未来世界的幸福图景涂上了一层乌托邦的光晕："到那时，人们将不再顾虑有饥荒、剥削，随着贫困而来的卖淫和随着失业而来的穷困，也不再有断头台、匕首、厮杀和现实世界里的一切意外的暴行，那时几乎可以说是太平盛世，人人幸福了。"② 尽管雨果原则上反对暴力革命，主张以仁爱消弥仇恨，净化社会，但他炽热的人道主义的呐喊对现存的社会体制不啻是一种激烈的抗议、一种全盘性的摒斥。

　　和法国文学相比，俄国文学在其话语激进的程度上显得毫不逊色。一部俄国文学史，在某种意义上说，是追求自由解放的知识分子向封建农奴制与沙皇专制政体作精神上殊死格斗的真实记录。在欧洲近代文明哺育下成长起来的具有民主倾向的俄国文人对中古沿袭而来的专制制度怀着不可遏止的仇恨，他们以高亢的热情抨击现行的体制，渴

---

① 参见让·雅克·卢梭的《论科学与艺术》。
② 参见雨果的《悲惨世界》第四部《卜昌梅街的儿女情与圣丹尼街的英雄血》。

慕建立一个理想的新世界。赫尔岑曾说，"我们的使命就是要去推翻旧
制度，打破一切成见，毫不留情地去对待一切以前是神圣的东西"；别
林斯基一度被人称为是"罗伯斯庇尔式的人"，他认为应用暴力和恐怖
的手段"把圣母送上断头台"，迎来一个"不会有富人，也不会有穷
人，没有沙皇，也没有臣民，大家都是兄弟，大家都是人"的美妙无
比的乐园。① 他和车尔尼雪夫斯基、杜勃罗留波夫倾全力捍卫倡导的
自然派文学与俄国的民族解放运动息息相关，沾染着极为浓烈的火药
味。就连素以"勿以暴力抗恶"为其学说座右铭的托尔斯泰，在晚年
也深切地感悟到对现存制度进行全面变革的必要性，他在日记中写道：
"现存的制度就其基础来说是完全与社会意识相矛盾的，既保留它的基
础，又改造这个制度是不可能的，正如不能修补一座地基已经下陷的
房屋的墙壁一样，必须整个地、从根基上加以重新建造。"② 《复活》
对现存社会所作的全方位的暴露和激烈的批判触怒了官方的教会，为
此托尔斯泰的教籍被革除。托尔斯泰况且如此，其他与社会革命联系更
为密切的作家如高尔基、马雅可夫斯基等人的激进情怀也就可想而知了。

　　从文化精神上说，法俄激进的文学话语的种子可一直往上追溯到
成书于 1 000 多年前的《新约·启示录》。在《新约·启示录》中，传
教士约翰在基督的引导下，进入天国遨游。在那儿，他目睹了人类末
日将要发生的惊心动魄的一切：神的震怒唤醒了天地间无数毁灭的精
灵，他们舞刀弄枪，大开杀戒，将地球变成了一座坟场，先前鲜活丰
盈的血肉之躯横尸遍野，无数眼泪、呻吟在弥漫着血腥的大气中飘荡，

　　① 转引自姚海：《俄罗斯文化之路》，浙江人民出版社 1992 年版，第 139、141、143 页。

　　② 转引自本社编《托尔斯泰研究论文集》，上海译文出版社 1983 年版，第 63 页。

而作为"鬼魔的住所和各样污秽之灵的巢穴"的巴比伦城在一片火海中化为灰烬。上帝之所以要以如此残酷的手段惩罚人类，乃是因为他们背离了他神圣的意旨，逞着自身邪恶的本性为非作歹。这一启示录的传统深深地浸渍到后世各种激进的社会文化话语中，法俄的文学话语也不例外。法俄激进的文人俨然以上帝的代言人自居，怀着乌托邦的冲动和彻底改造堕落腐化的现存世界的热望，怀着对人性、理性以及人道理想近乎绝对乐观的信念，依恃简单的线性进化论的观念，在现行文明框架之外重新设计一个终极的解决方案，并且深信通过他们的奋斗，一个自由、平等、光明的理性王国就会降临。由于与现实的政治社会活动相结合，这一激进的文学话语如虎添翼，一时间蔚为大观。

2. 中国新文学激进的话语范式

卢卡契在谈到不同国家间文学影响问题时曾说："任何一种真正深刻重大的影响不可能由任何一个外国文学作品所造成，除非在有关国家同时存在着一个极为类似的文学倾向——至少是一种潜在的倾向。这种潜在的倾向促成外国文学影响的成熟。因为真正的影响永远是一种潜力的解放。"① 的确，法俄文学话语（尤其是俄罗斯）之所以能在20世纪的中国产生那么大的影响，并成为主流文学话语的一部分，与其说是出于历史的巧合，不如说它们迎合了当时中国知识文化界特定的心理需要，刺激滋养了他们的想象力，使他们潜在的创造能量得以大面积的释放。二者间存在着巨大的亲和性。

---

① 卢卡契：《托尔斯泰和西欧文学》，载中国社会科学院外国文学研究所外国文学研究资料丛刊编辑委员会编《卢卡契文学论文集》（二），中国社会科学出版社1981年版，第452页。

　　20 世纪的中国是遭遇政治、经济、文化各个领域史无前例变革的年代。变革的时代孕育了激进的文化思潮。郭沫若激昂慷慨的诗句正是这一时代氛围的真切写照："我们尽他破坏不用再补他了！待我们新造的太阳出来，要照彻天内的世界，天外的世界！"[①] 在陈独秀、胡适、鲁迅等"五四"前后声名显赫的文化精英身上占据主导地位的是一种全盘性反传统的激烈态度。[②] 这一倾向在所谓的"文学革命"中表现得极为鲜明：中国几千年绵长悠久、繁富庞杂的古典文学被一股脑地轻蔑地贬为所谓的"雕琢的阿谀的贵族文学"，"陈腐的铺张的古典文学"，"迂晦的艰涩的山林文学"，弃之如粪土，他们要创立的则是所谓的"平易的抒情的国民文学"，"新鲜的立诚的写实文学"，"明了的通俗的社会文学"。[③] 他们把滥觞于宋元时代的白话文学奉为正宗，并且宣称"不容反对者有讨论之余地"，[④] 这样几乎是人为地隔断了古典文学和现代文学发展的联系。更有甚者，有人还提出了"废除汉字""废除国语"的主张，以外国的语言文字取而代之。其激进的程度在此可见一斑。

　　变革的年代常常也是激进的乌托邦幻想开出其绚烂花朵的时刻。尽管中国并没有基督教启示录的传统，但乌托邦的梦想与激情对国人来说并不陌生，它们平日潜藏在文化的底层，一到气候成熟便迅即破土而出。20 世纪初，改良思想家康有为便在其《大同书》中设计了一

---

　　①　郭沫若：《女神·女神之再生》。

　　②　参见林毓生：《中国意识的危机："五四"时期激烈的反传统主义》，穆善培译，贵州人民出版社 1986 年版。

　　③　陈独秀：《文学革命论》，《新青年》第二卷第六号。

　　④　陈独秀：《答胡适之信》，《新青年》第三卷第三号。

个"天下为公，无有阶级，一切平等"① 的乌托邦乐园。当各种外国文化话语（包括近代的社会主义学说）输入之际，这种乌托邦话语很快找到了新的寄身之所。李大钊在俄国革命这一"新世纪的曙光"中发现了他心目中理想的蓝图："在这曙光中，多少个性的屈枉，人生的悲惨，人类的罪恶，都可望在像春冰遇着烈日一般，消灭渐净，多少历史上遗留的偶像，……也都像枯叶经了秋风一样，飞落在地。"②

义愤填膺的全盘反传统的情怀，狂热的乌托邦冲动，为激进的文学话语的产生准备了丰沃的土壤，此刻来自法俄的情性相投的激进话语一旦与之相结合，便会掀起滔天的巨浪，成为惊心骇目的文化景观。但这一切的最终实现，还有赖于中国源远流长的文学功利主义的价值取向作为其中介和桥梁。

中国 20 世纪文学变革的先驱梁启超在《小说与群治之关系》一文中曾说："欲新一国之民，不可不先新一国之小说，故欲新道德，必新小说；欲新宗教，必新小说；欲新政治，必新小说；欲新风俗，必新小说；欲新学艺，必新小说；及至欲新人心，欲新人格，必新小说。"稍后兴起的"五四"新文学在长时间内一直匍匐在这种极端功利主义价值观的光晕下。的确，从一开始，"五四"新文学运动就不是纯粹的文学运动，它不过是当日政治层面的社会解放运动和文化层面的思想启蒙运动在文学领域中的体现。倡导"为人生的文学"的文学研究会在其宣言中开宗明义地说："将文艺当作高兴时的游戏或失意时的消遣的时候，现在已经过去了，我们相信文学是一种工作，而且又是于人

---

① 参看李泽厚：《中国近代思想史论》，人民出版社 1979 年版，第 127—149 页。
② 李大钊：《新纪元》，载《每周评论》(1919.1.15)

生很切要的一种工作。"① 鲁迅在谈到他写作的动机时说："说到'为什么'做小说罢，我仍抱着十多年前的'启蒙主义'，以为必须是'为人生'，而且要改良这人生。我深恶先前的称小说为'闲书'，而且将'为艺术而艺术'，看作不过是'消闲'的新式的别号。所以我的取材，多采自病态社会的不幸的人们中，意思是在揭出病苦，引起疗救的注意。"② 起先举着"艺术的本身是无所谓目的"的旗帜，认定"文艺也如春日的花草，乃艺术内心智慧的表现"的郭沫若，随着时代政治运动的日趋激进化，其文艺观发生了 180 度的大转弯："我们的运动要在文学之中爆发出无产阶级的精神，精赤裸裸的人生，我们的目的要以生命的炸弹来打破这毒龙的魔宫。"③

这已经成了一股不可抗拒的潮流。或许是出于自觉的筹划，或许是出自潜意识的驱动，鲁迅、郭沫若、茅盾、郁达夫、巴金等作家纷纷在其作品中熔铸了犀利、激烈的文学话语。无论是对所谓"国民性"的剖析、对个性解放的大声吁求、对自我本体的张扬、对倍受压抑的个体内心隐秘情欲的揭示，还是对病态社会各个层面的描摹、对以孤注一掷的激烈及至恐怖的行动反抗社会的壮举的赞美，都渗透着创作者们全面反叛现存社会秩序的情绪和心迹，表露着他们对理想中的乌托邦世界的追慕。平心而论，这些作家激进的文化、政治倾向与他们的艺术才能之间还保持着一种微妙的平衡，激进的文学话语还没有使他们的作品沦为纯粹的宣传品。1927 年后，在日趋残酷的政治斗争的催化下，中国文学界孵化出了更为激进的狂热斗士。他们尊崇的艺术

---

① 见贾植芳等编《文学研究会资料》（上），河南人民出版社 1985 年版。
② 鲁迅：《我怎么做起小说来》。
③ 郭沫若：《文艺之社会使命》，《我们的文学新运动》。

是要奉献给"'胜利不然就死'的血腥的斗争"① 的艺术。因而，在他们笔锋所到之处，连鲁迅、茅盾、郁达夫等人一度都成了横扫炮轰的对象。对旧中国社会持毫不妥协的批判态度的鲁迅竟被咒为"封建余孽""二重的反革命""不得志的 fascist"。② 而那些欲为文学保留一点自主独立的地位，保持"艺术和实际人生的距离"③ 的自由主义作家，在他们眼里，更是大逆不道的异端之徒，必欲剪除而后快。"文艺永远是，到处是政治的留声机"④ 的"文学政治"式的策略使滥觞于法俄的激进文学话语在 20 世纪三四十年代后的中国以恶性癌变式的发展，在文坛肆虐达数十年之久，几乎毁灭了文学自身，这恐怕也是法国和俄罗斯那些血气方刚的前辈们所始料未及的。

### 三、英美非激进性的文学话语范式与 20 世纪中国文学

#### 1. 英美非激进性的文学话语范式

在 20 世纪的中国，英美文学的翻译介绍就其总体规模而言，并不比法俄文学逊色多少。据资料统计，在 1919—1979 年翻译的外国文学作品中，英国和美国在数量上分别占据了第二、第四位，与居于第一、第三位的俄国和法国文学成比肩颉颃之势。⑤ 莎士比亚、拜伦、雪莱、狄更斯、哈代、萧伯纳、劳伦斯、马克·吐温、杰克·伦敦、德莱塞

---

① 转引自唐弢主编《中国现代文学史》（二），人民文学出版社 1983 年版，第 12 页。

② 杜荃（郭沫若化名）：《文艺战线上的封建余孽》。

③ 朱光潜：《谈美："当局者迷，旁观者清"》。

④ 瞿秋白：《文艺的自由和文学家的不自由》。

⑤ 转引自智量等著《俄国文学与中国》，华东师范大学出版社 1991 年版，第 364 页。

对苏曼殊、郭沫若、郁达夫、徐志摩、老舍、张天翼等中国作家产生了大小不一的影响。但是，且不论中国读书界对英美文学的熟稔程度远不及法俄文学，单就其文学话语范式而言，它们对 20 世纪中国文学所产生的影响与法俄文学相比，也远不如后者那样具有震撼性和爆破力。英美文学史上的许多重要作家，诸如英国的斯威夫特、菲尔丁、哥尔斯密、萨克雷、丁尼生、勃朗宁夫妇、乔治·艾略特、康拉德、亨利·詹姆斯，美国的爱伦·坡、霍桑、辛克莱·刘易斯、菲茨杰拉德等人或是因不合中国文学界的口味而被漠视，或是与主流文学话语范式发生抵触而遭到排斥。有一个事例颇能说明中国文学界与英美文学之间的隔膜有多深：作为一位享誉全球的伟大作家，莎士比亚的作品自 20 世纪初以来源源不断地被移译成汉语，并被陆续搬上舞台，广为传播，但是，要在中国作家中找出不仅仅在形式上而且在内在心理气质上受到莎士比亚影响的事例，实在是难上加难。的确，郭沫若、曹禺、田汉等人在其戏剧创作中颇多受益于莎士比亚，但仔细分析下来，他们大多着眼于戏剧布局、人物形象塑造，或是在激情洋溢、夸张化的台词抒写等方面。莎士比亚之所以能在数百年间为人们交相称颂，其主要原因还在于他以酣畅淋漓的笔触描绘了人类丰富多彩的激情和欲望的种种争斗和痛苦，从人性的深度展现了一幅幅雄伟悲壮的绚丽画卷。正是凭借这一点，他凌驾于绝大多数作家之上。莎士比亚从他所处的时代汲取灵感和诗情，但他远远超越了那个时代，如本·琼生所说："不属于一个时代而属于所有的世纪。"① 这种博大的胸襟和气度正是他在中国的门徒们所缺乏的。

① 中国社会科学院外国文学研究所外国文学研究资料丛刊编辑委员会编《莎士比亚评论汇编》（上），中国社会科学出版社 1979 年版，第 13 页。

与法国和俄罗斯形成鲜明对比的是，由于历史发展提供的机缘，英美的社会变革走的是一条渐进的、较为平稳温和的道路。不能把英美的历史发展想象成充满田园牧歌情调的浪漫的散步，在那里，暴力和血腥事件也屡见不鲜，荦其大者便有：1640 年的英国革命，19 世纪初英国政府对激进民主运动的镇压，美国的独立战争和南北战争。但与法国和俄罗斯的革命相比较，它们不啻是小巫见大巫。在英国和美国，从来没有发生过法国和俄罗斯意义上的对社会体制进行彻底改造和颠覆的大革命，更为常见的是，当危机来临时，各个阶级经过一番较量，各自作出些妥协和让步，实施某种改良性的措施，以缓解尖锐的社会冲突。英国自 1688 年光荣革命，美国自1865 年南北战争以来的历次重大变革，都是在旧体制原有的框架内进行的。尽管这种变革有其先天不彻底的弱点，但毕竟避免了重大的社会动荡和灾难，使文明积聚的成果不至于在一场人为的浩劫中骤然间毁灭殆尽。

不能说英美没有产生出富于激进倾向的思想家。在法国大革命前后的岁月里，英国的托马斯·潘恩、葛德文、约翰·边沁等人在法国革命精神的感召下，挺身而出，对英国旧有的贵族制和君主制进行了无情的抨击和否定，要求以法国式的民主制取而代之。在 20 世纪"红色的 30 年代"，美国一批左翼激进知识分子奋力声讨资本主义金元帝国的罪恶，他们憧憬社会主义的人间天堂早日降临。但是，政治和文化上的激进主义思潮始终没能在英美社会占据霸主的地位，也没能在具体生活领域中成功地付诸实施。崇尚个人自由、个人财产权、人身权的自由主义价值观一直是英美文化的主流思潮，而经验主义的思维方式又使人们对理性在规划人类社会未来时具有的能力与优势抱着相当大的怀疑态度。在亚当·斯密、大卫·休谟、佛格森等自由主义思想家看来，社会的一切进步必须以传统为基础，如果像法国的激进人士那样，盲目地信赖理性，企图在现有文明的框架外凭借理性重新设计一个乌托邦的天国，那一定会招致始料未及的灾祸。

也正因为这样，文学在英美社会发展进程中远远没有它在法国和俄罗斯所具有的那种叱咤风云的巨大威力，在法俄颇为盛行的"文学政治"这一奇特的文化景观在英美很难找到生存发展的土壤。就总体特征而言，英美文学话语范式呈现出非激进化的面貌，它以温和、幽默、睿智的目光和姿态看待世界，既充满了对现实人生的关注，又与之保持一定的距离，很少沉溺于激进的改造社会的梦幻和空想之中。不能说那里没有具有激进倾向的作家，19世纪的拜伦、雪莱，20世纪的劳伦斯，或因其激进的政治主张，或因其狂放不羁的生活方式，或因其惊世骇俗的文学创作，而不见容于保守压抑、清教徒伪善气氛十足的英国社会，先后远走高飞，客死异乡。而哈代仅因在小说《德伯家的苔丝》和《无名的裘德》中揭露宗教和婚姻家庭制度中的罪恶与流弊，便招来维多利亚时代卫道士们的疯狂围攻。在英美，更为典型的是像狄更斯这样的作家。在狄更斯的作品中，社会不公正与黑暗、下层人民的痛苦与不幸是一个基本的主题。但狄更斯小说的典型结局是：有罪者幡然悔悟，罪行受到惩罚，美德得到报偿。狄更斯寄希望于依照平等、仁爱原则进行的社会改良，寄希望于上层人士的良心发现，对激进的暴力则充满恐惧，这在《双城记》中表现得尤为明显。萧伯纳以俏皮、辛辣、机智的语言对社会现实竭尽嘲弄讽刺之能事，抖露了其内里的丑陋。他还自诩为社会主义者，但他主张进行一点一滴改良的费边社的社会主义与推崇暴力革命的激进社会主义之间无疑有着天壤之别。英美作家的这种非激进的，甚至是保守的文化倾向在康拉德的小说《特务》中得到了充分体现。作品围绕一帮恐怖主义者试图在伦敦制造爆炸事件展开，康拉德明确地反对一切激进的反社会行为，秩序在他心目中可以说是占据着至高无上的位置，而"革命者的大多数是纪律和秩序的敌人"①，因而理所当然地遭到他的鄙弃。

英美文学的这种非激进的特性使它们在摒弃启示录式的拯救人类的冲动和梦想的同时，清醒和睿智的目光对种种乌托邦王国作着反讽性十足的描写。这鲜明地表现在所谓的"反乌托邦小说"中。这既是对沉溺于空想的人们不乏善意的警诫，又是对非激进的、非乌托邦的、自由主义的文化价值的自我肯定、自我珍视与重新发现。

2. 中国新文学中非激进性的话语范式

20 世纪前半期的中国，是一个沸腾着血与火的年代，这是一个爱走极端、憎恶绅士习气、唾弃"费厄泼赖"风度的年代。这是一个梦想在一昼夜之间甩掉几千年文明的陈旧包袱并创造一个全新乌托邦世界的年代。历史的逻辑就是这般残酷，在这样的年代，人们对与他们的生存境遇有着更多亲和性的法俄文学情有独钟，对多了一份绅士派头的英美文学略为冷淡，实在是一件极为自然的事。但是，即便在大变革的时代，也并不是每一个人都那么壮怀激烈，热血沸腾，总有那么一些人愿意以较为平和的手段来进行变革，愿意在与传统有着更多的联系而不是全盘的决裂中开拓新的文化天地。他们是一批被称为具有自由主义倾向的文人，他们从与他们有着亲缘性的英美文学话语中

---

① 参见侯维瑞：《现代英国小说史》，上海外语教育出版社 1985 年版，第 150 页。

找到了知音。但是，在这样一个黑白分明、非此即彼的世界上，他们实在难以找到稳固的安身立命之地。他们常常处于两面夹攻、左右不讨好的窘境，在一条异常狭窄的道路上踽踽行进，沦为一种边缘性的存在。

这一切似乎是命中注定。1920年代初，《学衡》杂志的编撰人梅光迪、吴宓和胡先骕深受美国新人文主义思想家欧文·白璧德的影响。白璧德尊崇古希腊的亚里士多德和东方的孔孟哲学，对欧洲近代风行的各种激进的文化思潮大多持否定，反对态度，他认为："保持住真理的灵魂，这种灵魂就包含在它的伟大传统中。"① 为此，《学衡》杂志对当时激进的白话文运动提出异议，反对全盘否定中国古典文化的主要载体文言文，在他们眼里，白话文只有在汲取文言作品精华的基础上才能发展。在"五四"以后激进的、全盘反传统的文化氛围中，这种高雅的古典情趣与审慎的理性思考变得如此不合时宜，复古派的帽子轻而易举地落到了他们头上。

早年曾盛赞郭沫若《女神》狂放不羁的浪漫主义风格的闻一多，其内心的情怀与充满激进倾向的郭沫若毕竟是迥异其趣。郭沫若渴望创造一个"年轻的女郎"般的全新的中国，闻一多则深深地眷恋着中国古老的文化，他作过这样一番表白："我爱中国……尤因他是有他那种可敬爱的文化的国家"，"东方文化是绝对的美的，是韵雅的……是人类所有的最彻底的文化"。② 在文学上，闻一多深受英国维多利亚时代诗风的熏陶，醉心于沉静典雅和谐的古典风范，追求诗歌"音乐的

---

① 参见周策纵：《五四运动：现代中国的思想革命》，哈佛大学出版社1960年版。
② 闻一多：《女神之地方色彩》。

美，绘画的美，建筑的美"①。针对诗歌创作中的滥情直露的倾向，他
与其他新月派诗人一同倡导"理性节制感情"的美学原则和诗歌形式
格律化的主张。日后翻译《莎士比亚全集》的梁实秋的文学观念更是
以白璧德的新人文主义思想和英美非激进的、注重理性的文学话语范
式为基础，"文学基于人性，发于人性，亦止于人性。人性是很复杂
的，唯因其复杂，所以才是有条理可说。情感和想象都要向理性低首，
在理性指导下的人生是健康的，常态的，普遍的，这种状态下所表现
出的人性，亦是最标准的。在这种标准之下所创造出来的文学才是有
永久价值的文学"②。基于这一准则，他与激进的左翼文学团体就文学
的一系列原则问题发生了激烈的论战。因为对传统和秩序的热忱维护，
他被富有毫不妥协的激进情怀的鲁迅谑称为"丧家的资本家的之
走狗"。

时代氛围的激进化，将一大群犹疑观望、动摇不定的中间派人士
拖入了激进者的阵营，但"五四"时期与激进文化人一同倡导"为人
生的文学"的周作人，其情趣和志向却作着反向的逆转，他越来越钦
慕英美非激进性的、自由主义的文化观念。他声称"中国现在所切要
的是一种新的自由与新的节制"③，并认为其与中国传统的文化精神有
着某种契合点。英美艾迪生、兰姆、吉辛等人的散文随笔与中国明清
小品文的融合，是造就周作人特有的恬淡、平和的散文风格的一个重
要因素。他在文学上的这种努力与意欲彻底摧毁旧文化的激进思想界
显然已大异其趣。

---

① 朱自清：《中国新文学大系·诗集·导言》。
② 梁实秋：《文学的纪律》。
③ 周作人：《生活之艺术》。

在中国现代卓有成就的作家中，受英美文学影响最大的恐怕莫过于老舍了。这不仅是因为他在英美生活了相当长一段时间，亲身感受了那儿的文学思潮和趋向，也不仅是因为他早期的作品《老张的哲学》有着狄更斯《匹克威克外传》《尼古拉斯·尼克贝》的直接投影，而且从他整个创作来看，他那"笑骂，而又不赶尽杀绝"① 的情感基调无疑与英美的文学话语范式更为亲近。他对日趋糜烂的旧社会深恶痛绝，但也像狄更斯那样对暴力革命充满恐惧和憎厌，着迷于种种改良的蓝图。他的幻想小说《猫城记》有着"反乌托邦小说"的许多特点，其中对激进的革命者的讽刺性描写尤为引人注目。因而，长时间内这部小说一直为左翼文艺界诟病。

政治斗争的白热化，使自由主义文人的生存空间日趋瘪缩。1930年代《论语》杂志的困境为之提供了一个最为生动的例证。林语堂等人从外国（主要是英美）引入幽默小品文，意在为匍匐在专制铁爪下的人们带来一丝精神上的慰藉，指引一条尽管是虚幻的解脱之道，他们因此陷入腹背受敌的窘境。正如《论语》主编陶亢德当年感慨的那样："世人对于《论语》均曾挥其如椽之笔，大肆诛伐，好像《论语》不死大祸不止似的。左派说《论语》以笑麻醉大众的觉醒意识，右派说《论语》以笑消沉民族意识。"② 这简直可以视为这群自由主义文人悲剧命运的一个绝妙写照。

回眸 20 世纪文坛上各种外来文学话语争斗、冲突所幻成的波诡云谲的奇景，人们不难从中闻到一股硝烟味，这类矛盾冲突已远远超出了纯艺术的界域，成为 20 世纪中国思想文化整体景观中的一个侧面。

---

① 　老舍：《我怎样写〈老张的哲学〉》。

② 　转引自施建伟：《中国现代文学流派论》，陕西人民出版社 1986 年版，第 84 页。

在宽松的氛围中，各种文学话语的共存能有效地促进文学的发展，而在嵌制思想自由的环境中，不同的文学话语的冲突会激化到你死我活的境地，而这也正是人类的精神之花枯萎凋谢之时。

1993 年 5—6 月